반기억으로서의 문학

변학수

경북대학교를 졸업하고 독일 슈투트가르트 대학교에서 문학과 철학으로 석사학위를 받고, 같은 대학교에서 문학박사학위를 받았다. 한국통합문학치료학회 회장과 한국아데나워학술교류회 회장, 한국연구재단 전문위원을 역임했으며 문학평론가로 활동 중이며 현재는 경북대학교 사범대학 독어교육과 교수로 재직하고 있다. 저서로는 『수사학의 극복』(역락, 2015), 『토르소』(글누림출판사, 2014), 『감성독서』(경북대학교출판부, 2012), 『문학적 기억의 탄생』(열린책들, 2008), 『내면의 수사학』(경북대학교출판부, 2008), 『프로이트 프리즘』(책세상, 2004), 『문학치료』(힉지시, 2007), 『통합적 무학치료』(학지사, 2006), 『문화로 읽는 영화의 즐거움』(경북대학교출판부, 2003), 『잘못보기』(유로서적, 2003) 등이 있고, 역서로는 『신들의 모국어』(경북대학교출판부, 2014), 『니체의 문체』(책세상, 2013), 『기억의 공간』(그린비, 2012), 『이집트인 모세』(그린비, 2010), 『제국의 종말 지성의 탄생』(글항아리, 2008), 『독일문학은 없다』(열린책들, 2004), 『시와 인식』(문학과지성사, 1993) 등이 있으며, 에세이집으로 『을의 언어』(박문사, 2014), 『다이달로스의 슬픔』(박문사, 2015), 『앉아서 오줌누는 남자』(시와반시, 2003)가 있다.

글누림 문화예술 총서 14

반기억으로서의 문학

초판 1쇄 발행 2016년 10월 26일

지은이 변학수
펴낸이 최종숙

책임편집 이태곤 | 편집 문선희 박지인 권분옥 최용환 홍혜정 고나희
디자인 안혜진 이홍주 | 마케팅 박태훈 안현진
펴낸곳 글누림출판사 | 등록 2005년 10월 5일 제303-2005-000038호
주소 서울시 서초구 동광로46길 6-6 문창빌딩 2층(우06589)
전화 02-3409-2055(편집부), 2058(영업부) | 팩시밀리 02-3409-2059
홈페이지 http://www.geulnurim.co.kr | 이메일 nurim3888@hanmail.net

ISBN 978-89-6327-320-4 93810
정 가 24,000원

* 이 도서의 국립중앙도서관 출판예정도서목록(CIP)은 서지정보유통지원시스템 홈페이지(http://seoji.nl.go.kr)와 국가자료공동목록시스템(http://www.nl.go.kr/kolisnet)에서 이용하실 수 있습니다.(CIP제어번호: CIP2016024209)

이 저서는 2013년도 정부(교육부)의 재원으로 한국연구재단의 지원을 받아 연구되었음.
(NRF-2013S1A6A4018136)

글누림 문화예술 총서　14

반기억으로서의 문학

변학수 지음

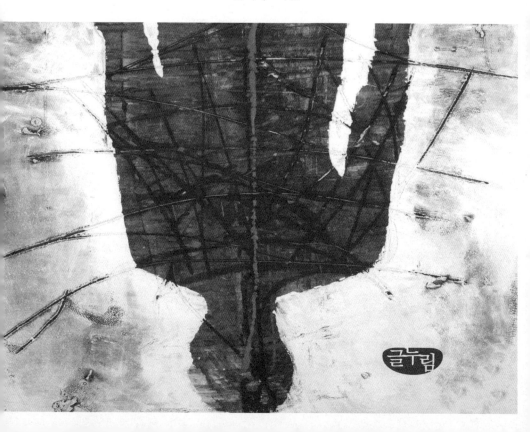

글누림

고 류시응 교수님을 추모하며

in memoriam

서문

혹시 여행 중에 독일의 뮌헨에 가볼 기회가 있으면 뮌헨 개선문을 찾아보라. 이 개선문은 외형적으로는 파리 개선문이나 런던 하이드파크 개선문과 별반 다르게 보이지 않는다. 정면에는 바바리아 여신 청동상이 있고 그 밑에 "바이에른 군대에 바침"이라는 문구가 새겨져 있다. 그러나 이 개선문의 뒷면은 확연히 다르다. 넓은 여백이 있는데 뭔가가 사라지고 없다는 느낌을 준다. 이 여백은 전쟁으로 인해 파괴된 개선문을 복구하면서 만든 것으로, 원래 있었던 역사적인 것을 복구하지 않고 여백으로 둔 것이다. 역사를 들여다보면 왜 그들이 이 여백을 만들었는지 그 이유를 알 수 있다.

나폴레옹이 독일의 여러 나뉘어진 나라들을 공격했을 때 바이에른은 나폴레옹과 연합하여 그 나라들을 공격했다. 그리고 이 개선문은 그 업적을 기리기 위해 만든 것이다. 그러므로 이 개선문은 독일 내의 다른 나라들에는 차마 이야기하지 못할 기억들을 담고 있다. 그러니 파괴되기 이전의 역사적 기록들을 그대로 재현했을 경우, 독일의 일부인 바이에른이 독일과 적이었다는 것을 보여주어야 하는 이율배반에 직면하게 된다. 그래서 그들은 그 여백 밑에 소박하게 "승리를 기념하기 위해 만들었으나, 전쟁에 파괴되었고, 평화를 염원하며"라는 문구를 넣었다. 독일 바이에른의 기억은 다른 지역 독일인의 반기억(대안기억)으로 퇴색했고, 그 반기억은 오히려 살아남아 역사적 기억을 퇴색시켰다.

신이 죽고, 절대왕정이 사라지고, 절대적 주체가 소멸됨에 따라 절대적 '기억' 또한 이제 사라지게 되었다. 피에르 노라가 지적한 대로 절대적 확실성은 뿌리째 뽑혀 나가고 역사는 '가치의 전도'라는 거대한 물결 앞에 힘을 잃게 되었다. 역사는 새로 쓰여야 할 것처럼 보이고, 변증법적 프레임 안에서 그들의 진정성을 신문 받는 형국이 되었다. 문학, 즉 이야기 또한 확실한 한 인물의 말로만 그 신뢰성을 유지하기는 힘들어졌다. 가치관이라는 프레임은 해체되고 그것이 지켜온 절대적 성벽은 무너지고 말았다. 그러니 우리가 이제 믿고 따라야 할 진리는 그저 독자가 판단해야 할 것으로 미루어지게 되었다.

나는 내 독서지식이 허용하는 범위 내에서, 그런 경우들을 찾아보았다. 그 대상으로 삼은 책들은 독문학과 영문학, 그리고 국문학의 영역들에서 나온 것이다. 그리고 그 담론인 이 저서는 2013년 정부(교육부)의 재원으로 한국연구재단의 지원을 받아 수행되었다(NRF-2013S1A6A4018136). 글이 완성되는 동안 나를 격려하고 원고를 비판적으로 읽어준 아내에게 감사한다. 무엇보다 안타까운 일은 이 책을 집필하던 중에, 때로는 형님같이 때로는 동료처럼 아낌없는 지원과 우정, 그리고 충고를 아끼지 않았던 류시응 교수가 세상을 하직했다. 그분이 남긴 마음의 빈자리가 크다. 다소 늦었지만, 그의 빈자리에 감사의 마음을 담아 이 책을 바친다.

2016년 10월 연구실에서
변학수

차 례

들어가는 말

들어가는 말

  얼마 전 한강의 『채식주의자』가 맨부커 상 인터내셔널 부문을 수상했다. 그리고 몇 년 전에 신경숙의 『엄마를 부탁해』라는 책이 우리나라에서뿐만 아니라 서구에서도 많은 관심을 불러일으켰다. 연구자는 이 책들의 성공이 그저 어디서나 느낌을 불러일으키기에 충분한 감성적 문체나 '가족'이라는 주제 때문이었다고 생각하지 않는다. 그보다는 소설이 다루는 대상과 사건을 보는 시각의 문제, 즉 기억(회상)의 형식을 각각의 작품들이 잘 구조화했기 때문이라고 본다. 게다가 이들의 구조화 과정은 단순한 기억의 재현을 넘어 기억과 반기억의 대립으로 이루어져 있다. 『채식주의자』나 『엄마를 부탁해』에는 다양한 시각들이 각기 고유한 권한을 가지고 다양하게 존재한다.

  앞의 작품에서는 '남편'의 시각, '형부'의 시각, '언니'의 시각, '채식주의자'의 시각(무의식), 그리고 뒤의 작품에서는 '너'의 시각, '형철'의 시각, 그리고 '당신'의 시각, 그리고 가상적인 '엄마' 자신의 시각(무의식)이 다양하게 전개된다. 그러므로 이 소설들은 다양한 기억의 모자이크처럼 구성되어 있다고 할 수 있다. 그리고 그 사건을 바라보는 화자의 시각들 또한 아주 다양하다. 그러니 전통적인 문학독자들은 이 작품을 읽으면서 난처한 상황에 처하게 되는데, 이것이 아마도 그들에게 "기억은 없다"(피에르 노라)라는 명제를 받아들이게 만들었을 것이다. 이야기에는 다양한 관점이 있으므로, 즉 하나의 기억이 아니므로 이 저자들은 근대적 저자의 죽음, 즉 해체적 글쓰기로 들어갔고, 기억담론의 관점에서는 반(反)기억1)의 전략으로 작품을 썼다고 말할 수 있을 것이다.

철학자 니체는 『도덕의 계보』 서문에서 "우리는 자기 자신을 잘 알지 못한다. 우리 철학자들조차 우리 자신을 잘 알지 못한다."2)고 말했는데, 이 언명은 무엇보다 우리가 기억하는 것과는 상반되는 기억이 존재한다는 반기억의 실체를 말하려는 것 같다. 이런 의미에서 반기억이란 정식 기억에서 망각되거나 망각될 경향이 있는 기억이라 정의할 수 있다. 가령, 구로자와 아키라 감독의 영화 <라쇼몽>과 알랭 레네 감독의 영화 <지난해 마리앙바드에서>, 샐린저의 소설 『호밀밭의 파수꾼』처럼, 개인들이 아주 다른 방식으로 같은 사건을 기억하는 것을 두고 우리는 반기억이라고 말한다. 그러므로 어떤 기억은 불협화음을 생산하고 보존하는 반대 기능이 있는데, 이 기억을 두고 '나는 네가 망각한 것을 기억한다', 혹은 '우리들은 네가 기억하지 않는 다양한 것들을 기억한다'는 반기억으로 정의할 수 있다.

---

1) 대항기억 또는 대안기억이라고도 하는데 독일어는 Gegenerinnerung, 영어는 counter-memory로 사용한다.
2) Friedrich Nietzsche, Sämtliche Werke. Kritische Studienausgabe, hg. von Giorgio Colli und Mazzino Montinar, Bd.1, München 1980(이하 KSA로 약기), Bd. 5, S. 247.

반기억에 대한 개념은 니체가 처음 제시했다. 그 다음으로는 프로이트를 꼽을 수 있고, 미셸 푸코가 그 대를 이어 반기억의 개념을 정립했다. 얀 아스만은 이 개념을 그의 저서 『이집트인 모세』에서 '모세구별'에 적용하여 분석한다. 이를테면 아스만은 모세가 기억의 인물이지 역사의 인물이 아니라는 것을 보여줌과 동시에, 모세는 이집트 문화의 반기억(동시에 헤브라이 문화의 반기억)이라는 담론을 펼친다.

니체는 「삶에 대한 역사의 공과」란 글에서 "행동하는 사람은, 괴테의 표현에 따르면, 양심이 없는데, 그뿐만 아니라 그는 아는 것도 없다. 그는 하나를 행하기 위해 대부분의 것을 망각하며, 자신의 배후에 있는 것에 대해 불의를 행한다."[3]고 말하였는데, 이는 우리의 인식체계와 삶이 분리되어 있다는 것을 정확히 지적하고 있다. 니체가 주장하는 것은 인식의 반 체계적 방법으로서 "도덕적 가치들을" 비판하고 "도덕적 가치들의 가치를 그 자체로 문제 삼는 것"인데 그것은 "가치의 전복Um-wertung aller Werte"이자, 포스트모던 시대 인간이 꿈꾸는 미학의 정수가 되었다.[4] 도덕이라는 이데올로기가 요구하는 것과 실제 삶의 괴리를 전근대는 의식하지 않았고, 근대의 사람들도 달라지기는 하였으나 크게 의식하지 않았다.

이 저술에서 다루게 될 다양한 반기억의 형식들은 자의적으로 선택한 것이 아니다. 때로는 문학의 형식을 빌려오긴 했으나 역사적 사건에 대해, 개인적 경험에 대해 다양한 반응을 보이는 반기억의 형식들을 다룬다. 일반적으로 문학작품 모두가 기억 또는 반기억이 아니냐는 비판

---

3) KSA, Bd.1, 254.
4) 필자는 프랑스 해체주의자들이 니체에게서 영향을 받았다는 것을 전제한다.

을 피하기 위해서 이 책에서는 기억과 반기억의 구도가 명시적으로 드러난 작품만 대상으로 하였다. 가령 <라쇼몽>과 <지난해 마리앙바드에서>, 샐린저의 『호밀밭의 파수꾼』에서처럼 반기억의 다양한 표본들이 구체적이고 명시적으로 제시된 작품만을 다룬다. 그 다음으로는 작품의 저자가 (반)기억의 구조에 대한 의도를 보이는 작품으로 제한하였다. 조지 오웰의 『1984』나 크리스타 볼프의 『카산드라』처럼 기억이 (또는 반기억)이 우리가 알고 있는 상식적인 역사의 흐름과는 배치되는 문학의 중심테마가 되어야 한다. 우리는 푸코가 "작품이 살아남아 죽음을 넘어서도 존속하는 것, 그 수수께끼 같은 잔여물"을 전제로 하여, "역사 중심적이며 선험적인 19세기의 유산"(푸코, 저자란 무엇인가)을 비판하는 것과 같은 구도를 보이는 작품만을 연구대상으로 하였다.

현대문학은 기억에 대해 불신을 드러내는데 니체와 푸코의 계보학으로 하여금 반기억의 다양한 형식을 설명하기에 좋은 이론적 틀을 제공한다. 이런 이론적 기반을 토대로 우리는 기억과 반기억, 반기억과 문학, 그리고 문학적 서술방식의 관계를 재조명하고 소설이 가지는 그러한 특성을 되짚어볼 필요가 있다. 연속성과 하나의 체계를 거부하는 반기억은 주체의 내면이나 의식에 집중하는 문학 작품들에서 빈번하게 발견된다. 이를테면 본론에서 다루고자 하는 문학작품들이 그렇다. 그것이 개인적 차원의 이야기이든, 역사적 차원의 복권(復權)이든, 내면(무의식)과의 해리 내지는 분리이든 우리가 다루려는 문학작품들에서 이런 역사/이야기에 대한 관점의 다양성을 짚어볼 수 있다.

이미 언급했던 조지 오웰의 『1984』와 크리스타 볼프의 『카산드라』는 각기 기존의 "역사 중심적이며 선험적 19세기의 유산"을 다른 눈으로 본다. 전자는 전체주의 사회에서 "생략된 것omission",[5] 후자는 남성들과 영웅들이라는 시선에서 사라진 역사의 현장을 각기 보여주고 있다. 신경숙의 『엄마를 부탁해』에서는 좀처럼 벗어날 수 없는 가부장적이고 권위적인 시각에서 벗어나는 반기억들을, 귄터 그라스의 『게걸음으로 가다』에서는 정치적 사건으로 인해 탈색된 과거 극복을, 파트리크 쥐스킨트의 『콘트라베이스』는 상식적인 세상에서 소외된 존재 콘트라베이스의 눈으로 바라본 세계와 인물에 대한 반기억을, 알렉산더 클루게의 『이력서들』에는 담론으로 가려진 구체적인 기억의 상관물들을 통해 반기억의 복권을 통해 재구성하고 있다.

브라질의 중량감 있는 저자 파울로 코엘료의 『포르토벨로의 마녀』에서는 다양한 반기억의 관점들을, 감정이입 없이 냉정하게 서술한 김훈의 『남한산성』에서는 객관적 역사라는 목표를 향해서, 커트 보네거트의 『제5도살장』에서는 의식적으로 기억할 수 없는 것들을 환상과 상징으로 처리한 반기억을 읽을 수 있다.

이러한 작품들은 사유의 과정이나 순간적인 인상, 조각난 회상 등을 형상화하며, 전지적 시점이나 3인칭 시점으로 대변되는 하나의 체계적인 기억 대신 대상을 따라 끊임없이 떠다니면서 우연한 사건과 사실에 대한 반기억들과 조우한다. 이것은 원근법이 배제된 기억으로, 수많은 역사의 저항과 몰락, 망각을 찾아 나섬으로써 일관된 기억의 체계와 무

---

5) Michel Foucault, What is an Author? in: M.F., Language, Counter-memory, Practice. Selected Essays and Interviews, ed. with an Introduction by Donald F. Bouchard, Oxford, 1977. p.135. 아울러 박인기 편역, 작가란 무엇인가, 지식산업사, 1997을 참조하라. 다만 이 책의 원전은 마지막 부분이 영어 번역본과는 다른 내용을 다루고 있다는 점이 이상할 뿐이다.

관한 파편적인 것에 관심을 둔다. 최근 한국문학에서는 역사적 기억과는 상반되는 기억을 주제로 하는 작품들이 나왔다. 예를 들면 병자호란과 임진왜란을 배경으로 한 김훈의 『남한산성』, 『칼의 노래』와 같은 작품이 대표적이다. 그러나 이는 각기 『대춘부』, 『불멸의 이순신』(또는 『성웅 이순신』)같은 작품과 비교할 때 서로 상이한 역사나 인물을 다루는 것처럼 느껴진다. 전자가 비교적 열린 텍스트로서 반기억을 다루고 있다면, 후자는 우리가 소위 말하는 "전통적인 역사학"에서 찾아볼 수 있는 정체성을 만드는 기억을 패턴으로 삼고 있다.

이런 소설들은 역사에 대한 시점뿐 아니라, 소설의 서술방식에서도 뚜렷한 차이를 보여주고 있다. 조이스의 소설 『망자』에서는 등장인물들이 같은 정황에서 전혀 상반되는 (반)기억들을 상기하는 과정을 예술적으로 그리고 있으며, 커트 보네거트는 『제5도살장』에서 미국 보병대의 낙오병으로서, 전쟁포로로서 엘베 강변의 피렌체라는 독일 드레스덴 대공습 현장에서 살아남았던 기억을 서술할 때, 저자는 끔찍했던 경험을 기존의 '회상' 방식으로는 재현하기가 불가능했다고 말한다.

그래서 이 소설은 전통적인 구성과 인물창조와 주제의 일관성을 의식적으로 방기하고, 메타 픽션과 공상 과학과 패러디와 블랙유머의 기법을 빌어 어렵사리 이야기를 풀어내어 반기억의 한 형식을 만들어내고 있다. 1930년에 탄생한 윌리엄 포크너의 소설 『내 죽어가며 누워있을 때』에는 15명의 화자가 진술하는 59개의 장으로 구성되어 있다. 그런데 여기에서 흥미로운 점은 일곱 명의 번드런 가족과 여덟 명의 외부인이 전하는 총 59개의 언술들이 서로 충돌한다는 점이다. 다시 말해 이 소설은 59개의 다른 반기억들을 전하고 있는 셈이다. 포크너와 코엘료의 전통에서 살펴본 신경숙의 반기억 양식의 소설을 넘어서서 한강의 『채식주의자』에서는 주체를 분리시키고, 사회적 인물들의 견해를 다양한 주체로서 파악한다는 점에서 한국문학에 반기억에 새로운 담론을 제시하였다고 볼 수 있다.

마지막 장에서 우리는 성서 텍스트, 특히 창세기와 출애굽기를 중심으로 한 프로이트의 관심을 반기억이란 관점에서 다루고, 나아가 토마스 만이 『요셉과 그 형제들』이라는 제목의 소설로 재구성한 성서의 반기억을 다루고자 한다. 성서의 여러 가지 설화들, 이를테면 에덴과 최초의 인간, 바벨탑의 설화, 노아의 홍수설화, 아브라함과 유일신교의 탄생, 요셉과 파라오의 이야기, 그리고 모세와 출애굽 이야기에는 우리가 그냥 받아들일 수 없는 여러 가지 기억사들이 섞여 있다. 특히 프로이트와 얀 아스만이 집중한 모세라는 인물은 역사적으로 존재하지 않는다. 기억사에만 존재하는 모세는 히브리인인가, 아니면 미디안인인가, 이집트인인가? 이런 문제에 대한 문화적 기억의 작업은 현대에 매우 중요한 화두가 되었다. 프로이트는 토템과 타부에서 펼친 이론을 바탕으로 기억할 만한 그 무엇이란 트라우마일 것이며, 그것은 원시사회에서 아버지 살해에 해당하는 것이라고 말한다. 이것이 오랫동안 잠복되어 있다가 토템과 같은 형식으로 부활하는데 그것이 바로 모세 같은 '기억'의 인물로 부상한다는 것이다.

이런 문제는 우리의 과거 설화에도 적용된다. 서동요나 헌화가(수로부인 설화), 그리고 처용가에 얽힌 설화는 하나의 반복되는 패턴을 가지고 있다. 그러면서도 설화는 이야기의 알맹이는(플롯은) 생략한 채 사실만을 나열하고 있다. 그러므로 우리는 문헌학적 연구에서 사실을 규명하려고 애쓰는 것보다 이런 사실/허구를 집단적 기억 현상으로 받아들인 시대에 대해 연구자의 의지를 필요로 한다. 기억은 거짓일 수 있고, 왜곡하고, 조작하고, 인위적으로 주입된 것일 수 있기 때문이다. 아스만이 역사에는 없고 기억사에만 있는 모세를 연구한 방법론, 토마스 만이 아무런 이야기에 대한 인과관계를 규명하지 않고 넘어간 보디발의 아내와 디나 이야기에 대해 다른 기억을 찾아내는 방법, 이런 것이 서동요 같은 설화/역사에도 적용될 수 있다. 프로이트나 얀 아스만, 그리고 토마스 만의 반기억은 바로 이런 문화적 기억의 흥미로운 요체들을 잘 간파하고 있기 때문이다.

반기억 담론의 접근법은 대단히 선택적이다. 우선 「서동요」와 「처용가」, 그리고 「헌화가」의 기억들은 고고학적, 문헌학적 사료들뿐 아니라 정신분석 같은 이론에 토대한 기억담론을 고려해야 한다. 문학자로서 나는 이 연구에서 무엇을 전제해야 할지 잘 알고 있다. 그것은 우선 이야기를 역사로 다루려는 자들의 태도이고, 다른 하나는 집단기억으로서의 지배지와 피지배자, 집단기억의 차이, 그리고 사회의 주도적인 이데올로기이다. 설화나 역사가 구비로 전승되다가 후일 문헌으로 기록되는 회상기억의 산물이기 때문에 한민족의 정체성을 위해 실증적으로 기록되지 않은 반기억을 다시 되짚어볼 필요가 있다.

기억의 진실은 그 기억의 실제성보다는 그 기억을 하는 집단이 처한 현실성에 달려있다.6) 이 같은 원칙은 기본적인 의미론적 구별에도 적용된다. 이런 구별이 기억되지 않는다면 역사는 의미가 없다. 기억이 이렇게 "계속 살아남는" 이유는 사건들의 지속적인 중요성 때문이다.

---

6) 얀 아스만, 이집트인 모세, 변학수 옮김, 그린비, 2010, 27쪽 참조.

그리고 이런 중요성은 그들의 역사적 과거로부터가 아니라 이런 사건들이 중요한 사실로 기억되는, 끊임없이 변화하는 현재로부터 생겨난다. 기억담론은 현재가 과거에 부여하는 중요성을 분석하는 학문이다. 역사적 실증주의의 과제는 기억에서 역사적 요소와 신화적 요소를 구별하고 현재를 구성하는 요소와 과거를 보존하는 요소를 구별하는 것이다. 그와는 대조적으로, 기억담론의 과제는 전통에서의 신화적 요소를 분석하고 숨겨진 동기를 발견하는 것이다. 기억은 문(헌)학적 이야기가 어떠한가를 묻는 대신 그런 이야기가 왜 의미가 있는지 어떤 조건하에서 의미가 있는지를 연구한다.

제 1 장

반기억이란 무엇인가?

반기억이란 무엇인가?

서문에서 언급하였듯이 얀 아스만Jan Assmann은 정식 기억(역사가 아니다!)에서 망각되거나 망각될 경향이 있는 기억을 반기억이라고 명명하였다.7) 가령 드라마, 『불멸의 이순신』과 소설, 『칼의 노래』에서 다룬 이순신에 대한 관점이 서로 다르고, 구로자와 아키라 감독의 영화 <라쇼몽>이나 알랭 레네 감독의 영화 <지난해 마리앙바드에서>처럼, 개인들이 아주 다양한 방식으로 어떤 사건들을 기억하는 것을 두고 아스만은 반기억이라고 명명한다. 원래 기억은 알라이다 아스만이 지적하듯이 "불일치를 생산하고 보존하는 반대 기능이 있다."8) 그 이유는 기억에 망각이 교묘히 숨어있기 때문이다. 또한 반기억의 현상은 '당신은 이것을 이렇게 기억하지만 나는 당신이 잊은 것을 기억하기 때문에 그것을

---

7) Jan Assmann, Moses the Egyptian: the memory of Egypt in western monotheism, Harvard University Press paperback edition 1998, p.12을 참조하라.
8) 이런 반기억은 단순히 어제를 재구성할 뿐 아니라 오늘을 재구성하기도 한다. Aleida Assmann, The sun at midnight: The Concept of Counter-Memory and Its Changes, ed. Leona Toker, Commitment in Reflection. Essays in Literature and Moral Philosophy, New York: Routledge, 1994, p.224.

다르게 기억한다'는 방식으로 구성되어 있다.9) 이것을 '이순신'이라는 인물이나 '병자호란'이라는 전쟁에 대해 다른 시각으로 재구성한다면 그것은 반역사counterhistory가 될 것이다.

이렇게 "연속적인, 하나의 체계를 거부하는" 반기억은 주체의 내면이나 의식에 집중하는 문학 작품들에서도 빈번하게 발견된다. 이러한 작품들은 사유의 과정이나 순간적인 인상, 조각난 회상 등을 형상화하며, 전지적 시점으로 대변되는 하나의 체계적인 기억 대신 대상을 따라 끊임없이 떠다니며 우연한 사건과 사실에 대한 반기억들을 찾아낸다. 이것은 원근법(관점)이 배제된 기억으로 수많은 역사의 저항과 몰락, 망각을 찾아 나서며 일관된 기억의 체계와 무관한 파편적인 것에 관심을 둔다. 이런 맥락에서의 반기억이라는 의미를 제일 먼저 구상한 사람은 독일의 철학자 니체다.

니체는 그의 앞에 있었던 철학자들처럼 '진리란 무엇인가?'같은 식의 문제를 묻지 않고 언제부터 이런 식의 가치 평가 방식이 시작되었는가, 진리는 어떻게 진리가 되었는가에 관한 계보학적 물음을 묻는 가운데 반기억의 원류를 짚어내고 있다. 니체에 따르면 진리가 당연하게 존재한다고 말하는 것은 편견이자 일방적이기 때문에 그는 진리가 "어떤 관점에서" 진리라고 말할 수 있는지를 '반시대적 고찰'로, '계보학적' 관심으로 찾아 나서고 있다. 즉, 니체는 우리들의 기억이야말로 힘 있는 자들에 의해 주장되었을 뿐이기에, 그들의 근본적인 믿음은 진리가 아니라 그저 가치들의 대립에 관한 믿음일 뿐이다. 이 대립 중 하나는 사멸하고 없다고 말한다. 그것이 니체의 반기억 개념이다.

---

9) Jan Assmann, 같은 곳을 참조하라.

반기억이라는 용어를 상술한 사람은 프랑스의 철학자 미셸 푸코다.[10] 그는 니체의 계보학을 연구하면서 역사가 오랫동안 스스로 만족하게 했던 "이마주", 즉 집단적 기억으로부터 벗어나게 하는 것이 필요하다고 보았다. 그가 바라본 역사란 그저 지식으로서의 역사학일 뿐이었고 이 지식으로서의 역사학 대신에 "쓸모 있는effectif" 역사학을 세워야 하고, 또 그런 이질적 체계를 나타내기 위해서는 "반기억contre-mémoire"을 구축할 수밖에 없다고 보았다. 푸코는 니체의 계보학적 분석에서 드러난 진리 개념이 더 이상 자유의지의 개념이 아니라 "지배계급의 고안물"[11]일 뿐이다. 그것은 종국적인 인간본성도 신성불가침의 영역도 아니다. 거기서 발견되는 것은 오로지 사물들의 불화, 즉 부조화disparité일 뿐이라고 주장하며, 이 "쓸모 있는 역사"라는 반 체계적 방법으로 푸코는 역사의 단절과 역사의 불연속성에 주목하게 되었다. 푸코의 계보학적 관점에서 보면 지식은 하나의 관점일 뿐이며 지식으로서의 역사학을 거부하기 때문에 이질적 체계를 나타내기 위해서는 반기억을 구축할 수밖에 없다. 푸코는 "역사는 이제 문서적 직물 자체 내에서 통일성들, 집합들, 계열들, 관계들을 정의하는"[12] 것이라고 말한다. 그러기에

---

10) 푸코는 『언어, 반기억, 실천』이라는 제목을 가진 저서 제2부 반기억에 「저자란 무엇인가?」, 「니체, 계보학, 역사」라는 에세이를 싣고 있다. 그는 직접적으로 반기억에 대한 정의를 말하는 대신, 저자성에 대해, 그리고 니체의 "계보학"에 대해 논의하는 가운데 그의 반기억에 대한 생각을 스케치하고 있다. 텍스트로 사용한 대본은 Michel Foucault, Language, Counter-memory, Practice. Selected Essays and Interviews, ed. with an Introduction by Donald F. Bouchard, Oxford, 1977.과 우리말 번역본, 미셸 푸코, 니이체, 계보학, 역사, 이광래 역, 있는 곳: 이광래, 미셸 푸코, '광기의 역사'에서 '성의 역사'까지, 부록 1, 민음사, 1996, 329-359쪽, 그리고 미셸 푸코, 저자란 무엇인가?, 있는 곳: 박인기 편역, 작가란 무엇인가, 지식산업사, 1997, 159-185쪽이다.

11) 방랑자와 그의 그림자 9, 인간적인 너무나 인간적인 II, 니체전집 8권, 228쪽.

12) 미셸 푸코, 지식의 고고학, 이정우 옮김, 민음사, 1998, 26쪽.

푸코는 전통적인 역사학이 연속성을 강조하고 목적론적 전통을 강조하기에 인간의 삶 또한 단일한 집합적 기획으로 파악될 뿐이라고 강조한다. 그리고 이렇게 역사가 집합적 기획으로 파악되는 한, 전통적 역사 기술 방식은 자기 정체성을 그대로 유지하는 개인의 기억인 전통적 소설의 서술방식과 유사하다. 오랜 시간 동안 인간 집단의 정체성을 그 집단의 특수한 관념과 함께 정립한 역사 저술의 의도만큼이나 문서(문학이라고 읽자)가 일생 동안 안정된 자기 정체성을 갖게 해온 것이 개인의 기억이다. 이런 의미에서 보면 문학은 더 이상 "관성적 물질"이 아니라 "통일성들"이나 "계열들"이다.13)

나아가 푸코는 「저자란 무엇인가?」란 글에서 "어떤 담론이 사회 속에서 존재하고 유통되고 작용하는 방식이 바로 저자의 기능이다"고 밝힌 바 있다.14) 그의 견해에 따르면 "저자는 작품에 들어있는 어떤 사건의 존재뿐만 아니라, 사건의 변화나 왜곡이나 다양한 변경을 설명하는" 토대를 제공한다. 가령 텍스트에는 양립할 수 없는 요소들이 저자의 사고나 욕망, 의식이나 무의식과 같은 차원에 함께 있을 것이다. 그래서 우리는 아무리 일인칭 소설이라도 실제의 작가와 허구적 화자, 즉 저자를 동등시할 수 없다.15) 그렇게 본다면 저자의 기능은 실제 작가와 저자의 분열에서 찾을 수 있고, 나아가 저자의 기능이 들어있는 모든 담론에는 "복수적 자아"가 들어있다고 할 수 있다.16) 이 말은 결국 푸코가 저자라는 개념을 "담론적 실천의 창시자initiator of discursive practices"

---

13) 같은 곳.
14) 저자란 무엇인가, 170쪽.
15) Foucault, Language, p.129.
16) Foucault, Language, p.130.

로 부르는 계기가 된다. 그래서 그가 제시한 저자의 "담론성"은 "거짓"이라고 말할 수 있는 과학과는 다른 어떤 것이다. 결국 저자의 담론성이란 "어떻게 자유로운 주체가 사물의 본질에 들어가 의미를 부여할 수 있을까?"라는 질문 대신에 "어떤 조건, 어떤 형태로 주체와 같은 것이 담론의 질서 속에 나타날 수 있을까?"라는 질문을 제기하게 한다.

이는 저자라는 전통적인 개념을 뒤집는 것으로 저자는 "무진장한 의미의 세계를 담아놓은 창조자"가 아니라 "제한하고 배제하고 선택하는 그런 기능상의 원칙을 가지고 있는 존재임을 말해준다. 그렇다면 저자의 기능이 언제나 변함없이 남아있을 수 없다. 저자의 전통적 기능은 사라지고 그가 만든 허구와 다의적 텍스트들은 이제 다르게 작용한다. 푸코의 저자에 대한 이런 개념은 곧 저자성이 반기억의 토대가 되며, 그래서 저자(성이)란 반기억과 같은 반담론을 만들어내는 사람이 될 것이다. 결론적으로 말하자면, 푸코는 힘의 역사가 제거한 것, 즉 역사의 왜곡에서 건져낸 기억을 반기억이라 한다.

푸코가 이런 이론을 정립하기 훨씬 이전에 프랑스의 역사학자들은 반기억의 생성과정을 다양한 영역에서 논증하고 있다. 그 대표적인 학자가 알박스인데, 그는 자신의 저서 『기억의 사회적 틀』(1925)과 『집단기억』(1950)을 통해서 기억이 항상 변하는 현실에 대한 가능성들, 욕구들, 그리고 제한들에 대한 정체성을 형성하기 위한 기능을 갖고 있음을 탐구하기 시작했다. 그러니까 반기억은 기억에 대한 그런 대안으로 만들어졌기에 우리는 기억을 우리가 조정할 수도 기억이 우리를 조정할 수도 있다는 생각과 만날 수 있다. 이런 기억의 반기억 성향에 대한 이론을 토대로 피에르 노라는 이제 (반)기억의 가속이 점점 더 심해지고 있음을 다음과 같이 묘사하고 있다.

"모든 것이 점점 더 급속하게 확정적으로 죽은 과거로 변해버리는 것, 모든 것이 사라진 것 같은 총체적 인식—하나의 균형의 단절, 전통의 뜨거움 속에, 관습의 침묵 속에, 조상 전래의 반복 속에 아직 살아남아 있었던 것들이 밑으로부터의 역사적 자각의 압력 아래 뿌리 뽑혀 나간 것이다. [⋯] 요즘 우리가 기억에 괸헤 그토록 이야기를 많이 하는 것은 바로 기억이 더 이상 존재하지 않기 때문이다."[17] 결국 노라는 여기서 역사처럼 당연시되었던 삶이 종결되자 조작되기 쉬운 기억이 부상하였고, 또 이 기억조차 "포괄적이거나 유동적이고 상징적이고, 전이되거나 차폐되거나 검열되거나 투사되기" 쉬워지자 이제는 반기억적 역동이 살아나기 시작하였다는 것을 말하고 있는 것이다. 이미 집단들이 있는 것만큼 많은 기억들이 존재하고, 본질적으로 다수이면서 파급적이고, 집단적이고 복수적이면서 동시에 개별적이라고 알박스가 말한 것이 바로 반기억의 특성을 나타낸 것이라 짐작된다.[18]

고대 헬레니즘 시대에 마다우로스의 아풀레이우스는 이시스 신에게 바친 구절을 자신의 책 『변신Metamorphoses』에서 이렇게 말한다. "무엇이 진리인지 보고 믿을지어다. 내가 죽음의 세계에 들어가, 즉 발을 들어 프로제르피나의 문지방을 넘고 모든 것을 경험한 후에 나는 다시 돌아왔노라. 나는 하얗게 빛나는 한밤중에 태양을 보았노라."[19] 여기서

---

17) 피에르 노라 외 지음, 기억의 장소, 김인중·유희수 외 옮김, 나남, 2010, 31-32쪽.
18) 노라, 같은 책, 35쪽.
19) 원문은 다음과 같다. "Igitur audi, sed crede, quae vera sunt./Accessi confinium mortis / et calcato Proserpinae limine/per omnia vectus elementa remeavi,/nocte media vidi solem candido coruscantem lumine."Apuleius of Madauros, Metamorphoses, XI, ch.6. W.Heimpel, "The Sun at Midnight and the Doors of Heaven in Babylonian Texts,"Journal of Cuneiform

말하는 "한밤중에 본 빛나는 태양"은 바로 반기억의 메타포라 할 수 있다. 그리고 또한 이시스 종교에 입문하려는 자가 통과의례로 지하세계의 문턱을 넘어 갔다는 상징적 죽음이 곧 반기억에 대한 메타포일 것이다. 그리고 그 입문자가 보았다고 고백하는 것이 곧 반기억이라는 뜻이다. 이렇게 볼 때, 우리는 더 이상 고전적 소설의 화자나 저자성으로는 현대인의 생활감정이나 진리에 대한 인식을 제대로 담을 수 없다는 것을 알 수 있다. 오히려 저자는 죽거나, 분열하거나, 다양한 독자 뒤로 숨거나 의문시된다. 이런 상황에서 독자 또한 난감해질 수밖에 없고 진리에 대한 강요 대신 진리가 무엇인지를 스스로 구성해나가야 한다. 말하자면 "한밤중에 태양"을 찾으려고 애쓰게 된다.

Studies 38(1986): 127-157. 아풀레이오스와 고대 세계의 반종교에 관해서는 얀 아스만, 이집트인 모세, 변학수 옮김, 그린비, 2010, 86-102쪽을 참조하라.

1. 반기억의 시작 또는 기억과 망각의 담론

반기억이란 개념은 사회적, 집단적 개념이기 전에 이미 그 배아를 기억과 망각이라는 담론 안에서 배태하고 있다. 기억의 다른 버전인 반기억은 소위 기억의 불확실성 때문에 발생하는 문제이기 때문에 그렇다. 그래서 우리는 기억과 망각의 관계를 철학적 조망 안에서 살펴보는 것이 필요하다. 아무래도 기억은 관념적인 것보다는 경험적인 것에 가깝기 때문에 기억에 대한 최초의 생각들을 우리는 영국의 경험론자들에게서 찾아보고자 한다.

1.1. 토마스 홉스 또는 쇠퇴하는 감각

기억에 대한 논의의 태두는 토마스 홉스로서 우리는 최초의 기억과 망각에 대한 생각을 그의 『리바이어던』에서 찾아볼 수 있다.[20] 홉스는 이렇게 말한다.

> 정지해 있는 한 물체가 있다고 하자. 다른 것이 그것을 건드리지 않는 한, 그 물체는 영원히 정지해 있을 것이다. 이것은 의심할 수 없는 진리이다. 그러나 어떤 물체가 움직이고 있을 때 무언가가 그것을 막지 않는 한, 그 물체는 계속해서 움직일 것이라는 데엔 그 이유가 앞의 경우와 같다고 해도(어떤 것도 스스로는 변화할 수 없다) 사람들은 쉽게 인정하지 않는다.[21]

---

20) 토머스 홉스, 『리바이어던』(1651), 최공웅, 최진원 옮김, 동서문화사, 2011, 25-27쪽.
21) 같은 책, 25쪽.

여기서 눈에 띄는 것은 홉스가 인간의 지각 과정의 한 요소인 상상을 물체의 운동과 같은 것으로 보고 있다는 점이다. 그는 물체가 한번 운동을 시작하면 다른 것이 그것을 막지 않는 한 영원히 운동을 지속하듯이, 그리고 정지하더라도 한순간에 정지할 수 없고 서서히 정지하듯이, 인간의 상상도 마찬가지라고 설명한다. 그래서 인간이 지각한 것은 한꺼번에 망각할 수도, 그리고 완전히 망각할 수도 없다는 점을 강조한다. 그런데 홉스는 "로마 사람들은 이런 감각이 실제로 볼 때 생긴 심상(心象, image)에서 생성되는 것이라 하여 '상상(想像, imagination)'이라 부르고, 그리스인들은 '환각(幻覺, fancy)'이라고 부른다"고 말한다.[22] 홉스가 상상이나 환상이라고 칭한 감각을 우리는 오늘날 의미에 있어서 회상이라는 의미의 기억이라 부른다. 따라서 기억이란 홉스에게 있어 "쇠퇴하는 감각decaying sense"에 지나지 않으며 인간이든, 다른 생물이든, 혹은 그들이 깨어 있든, 자고 있든 이와 유사하게 발견된다.[23]

홉스는 깨어 있을 때 감각이 쇠퇴하는 것은 감각 속에 일어난 운동이 쇠퇴하는 것이 아니라 그것이 똑똑히 보이지 않게 되기 때문이라고 설명한다. 그 이유를 "대낮에 별이 자신의 존재를 알리는 빛을 밤보다 덜 발산하는 것은 아니지만 햇빛 대문에 그 빛이 흐려지는 것과 같다."고 설명하며, 또한 우리의 감각기관이 주변부 강화현상처럼 수많은 자

---

22) 홉스는 이를 각기 라틴어로 imaginatio, 그리스어로 phantasia로 말하였다. 볼프강 이저는 이 부분을 독특하게 이렇게 해석한다. 그는 홉스가 사용한 라틴어 "imaginatio"란 현재 존재하는 대상의 개념으로서 "쇠퇴한 감각decaying sense"을 말하고, 그런 지각을 회상하는 것 Wahrnehmungserinnerung을 "phantasia"라고 본다고 말했다. Wolfgang Iser, Das Fiktive und das Imaginäre. Perspektiven literarischer Anthropologie, Frankfurt a.M. 1991, pp.296을 참조하라.
23) 같은 책, 26쪽.

극 중에 가장 우월한 것만 지각하므로 앞에서 지각했던 것은 사라지고, 혹시 지각했던 것의 인상이 남는다 해도 다른 더 강한 지각이 다가오면 그 인상은 약해지고 흐려지기 마련이다. 또한 감각을 지닌 인간의 몸은 계속 변화하는 과정에서 받은 자극을 서서히 소멸시키기 때문이기도 하다. 멀리 사라지는 소리가 들리지 않듯이 과거에 대한 우리의 감각도 차츰 쇠퇴하고 만다. 그래서 홉스는 이 '쇠퇴하는 감각'을 '상상'이라고 한다. 그러나 동시에 홉스는 이미 시간적으로 '쇠퇴한 것', 감각이 희미해지고 오래되어 과거의 것이 되고 만 것을 표현하고자 할 때는 '기억 memory'이라는 말을 사용한다. 오늘날 개념으로 환원하여 설명하자면 전자는 기억해내는 행위, 즉 회상기억Erinnerung이라 할 수 있으며, 후자는 기억한 것, 즉 저장기억Gedächtnis라 할 수 있다. 따라서 홉스에게서 상상과 기억은 결국 같은 것이며, 다만 고찰 방법에 따라 다른 이름을 가질 뿐이다. 여기서 우리는 기억에 "부패한 냄새가 배어 있다"는 사유를 찾아볼 수 있는데,24) 그것은 기억이 이미 본질적으로 상상과 동일하다는 의미, 즉 개인적 기억의 불확실성으로서 반기억의 가능성을 태동하고 있다.

1.2. 존 로크 또는 망각의 흔적

토마스 홉스의 『리바이어던』이 쓰인 후 38년 만에 존 로크는 그의 저서 『인간지성론』(『인간오성론』으로 번역되어 있기도 하다)에서 기억에 대한 생각을 좀 더 체계적으로 피력한다. 로크는 같은 책의 제10장 <보존에

---

24) Wolfgang Iser, Das Fiktive und das Imaginäre: Perspektiven literarischer Anthropologie, Frankfurt am Main, 1991, pp.296.

대하여>25)에서 먼저 "지식에의 발걸음을 더 나아가게 하는 심적 기능"을, "보존"이라고 부르고, 그것을 "마음이 감각 또는 내성(內省)으로부터 받아서 어떤 관념을 유지하는 일"이라고 정의한다. 로크에 따르면 그 방법에는 두 가지가 있는데 우선 (감각 또는 내성으로부터) 마음으로 옮겨오는 관념을 한동안 실제로 바라보는 방법으로 정관contemplation이라는 방법이 있고, 다른 하나는 기억이라는 방법이 있음을 주장한다. 로크는 보존의 다른 방법이 인상을 받은 후에 사라져버린 관념, 다시 말하면 보이지 않게 되어버린 관념을 마음에 재생하는 능력power of the mind으로, 이것을 기억이라 부른다.26)

하지만 중요한 것은 이런 관념들이 고정 불변하는 것이 아니라 시간이 지나면서 차츰 쇠퇴해간다는 점이다. 이 점에서 홉스의 사상을 이어가고 있는 로크는 다음과 같이 말한다. "우리가 아이들 때나 청년 시절에 생각한 것들은 우리 앞에서 사라지고 없다. 그래서 인간의 정신은 마치 무덤과 같다. […] 묘비명은 시간이 흘러 지워지고 꽃무늬 장식 또한 바람에 풍화되고 만다."27) 이와 같이 모든 지각이나 생각들은 시간이 흐름에 따라 "풍화되고" 사라진다. 그러므로 기억에는 망각의 흔적이 남아있다고 볼 수 있다. 우리가 회상한다는 것은 마음이 이전에 가지고 있던 지각을, 대개의 경우, 전에 가지고 있던 지각에 새로운 지각을 첨가하고 결부시켜 재생하는 능력을 갖는다. 우리는 이런 능력을 토

---

25) 존 로크, 『인간지성론』(1689), 추영현 옮김, 동서문화사, 2011, 170-173쪽.
26) 이 표현은 로크의 저작 원전에서 재구성한 것이다. John Locke, An Essay Concerning Human Understanding, ed. Peter Nidditch, Oxford 1975, p.164."... the mind ... can, by its own power, put together those Ideas it has, and make new complex ones, which it received so united"를 참조하라.
27) 존 로크, 같은 책, 172쪽.

대로 현실적으로 보고 있지는 않으나, 마음에 이 관념을 처음으로 각인한 감각의 도움을 빌리지 않고도 그것을 다시 보이게 하고, 떠올릴 수 있어, 생각의 대상으로 삼을 수 있다. 이것을 로크는 회상(기억)이라고 부른다.

로크에 따르면 주의와 반복, 쾌락과 고통은 기억을 고정시키는 데 큰 역할을 한다.[28] 주의와 반복보다도 더 깊게, 영속적으로 관념을 각인시키는 것은 쾌락과 고통이다. 그 이유는 로크에 따르면, "감관이 하는 큰 일은 신체를 해치는 것과 이익을 주는 것을 우리에게 지각시키는 것이므로, 약간의 관념의 수용에는 고통이 따르도록 자연은 현명하게 정하고 있기" 때문이다. 그러면 얼마나 관념이 기억에 머물 수 있고 그 영속성은 어떻게 결정되는가? 로크에 따르면 감관을 단 한 번만 유발하고 한 번 이상은 유발하지 않는 대상에 의해서 지성에 생성된 것이나, 여러 번 감관에 나타났으나 거의 지각되지 않은 것은 영속성을 담보할 수 없다. 또한 아이들의 경우처럼 알아차리지 못했거나, 오직 한 가지 일에 몰두하고 있는 어른들처럼 다른 일로 향하여, 마음속 깊이 새기지 않은 경우도 영속성이 보장되지 않는다. 또 사람에 따라서는, 관념이 꼼꼼하게 되풀이해서 각인되어도, 신체의 상태나 그 밖의 결함으로 기억이 매우 약한 경우가 있다. 이 경우 마음속의 관념은 급속히 희미해지고, "그림자가 보리밭 위를 날아서 지나가면서 흔적을 남기지 않는 것처럼" 기억을 보존하지 못하고 마음에 관념이 결여된다.

2차적 지각이라고 불러도 무방할 회상은 그것을 다시 바라볼 때 마음이 단순히 수동적 이상의 것이 된다. 왜냐하면 이들 잠자는 그림의

---

28) 존 로크, 같은 책, 171쪽.

출현은 의지에 입각하는 경우가 많기 때문이다. 여기서 우리는 로크가 단순히 시간의 흐름에 의하여 망각이 일어날 뿐 아니라, 기억의 왜곡, 즉 현재의 욕망에 의하여 망각이 일어난다는 사실을 인지했다는 것을 알 수 있다. 그리고 "때로는 숨은 관념이 스스로 마음에 갑자기 나타나 지성 앞에 모습을 드러내고, 광란하는 폭풍의 격정에 잠이 깨어 숨어있던 어두운 방에서 밝은 대낮으로 튀어나오는 일"이 있는데 그 이유는 우리의 감동이, 그것이 없을 때 돌아보지 않아 방치되었던 관념을 기억으로 되가져오기 때문이다. 로크에게서 우리는 반기억의 생성 원리를 찾아볼 수 있다. 그야말로 이성이나 지성 만의 문학이 격정과 감동의 축으로 옮겨 오면서 현대의 문학은 비이성적인 기억에 관심을 갖게 되었다.

1.3. 데이비드 흄 또는 기억의 허구

데이비드 흄은 기억이 고정된 유형이 아니라 시간 속의 존재라는 점에서는 로크와 의견일치를 보인다. 그러나 로크는 관념의 변화 과정 또는 변화된 관념을 동질적인 것으로 보는 데 반하여,[29] 흄은 이런 동일시가 "신빙성 없는 신비화"일 뿐 아니라, 그 회상은 동질적인 관념이 아니라 허구라고 일축한다.[30] 흄은 어떤 인상이 정신에 나타났을 때, 그 인상이 다시 관념으로서 정신에 현상하는 것을 다음과 같이 구분한다.

---

29) 데이비드 흄, 『인간이란 무엇인가』(1739), 김성숙 옮김, 동서문화사, 2011, 27쪽 이하.
30) 알라이다 아스만, 기억의 공간, 변학수 · 채연숙 옮김, 그린비, 2011, 131쪽.

첫째, 그 인상이 새로 현상할 때 맨 처음 생동성을 꽤 대단하게 유지하는 경우로, 그것은 인상과 관념 사이의 어떤 중간자이다. 둘째, 그 인상이 생동성을 오롯이 잃어버릴 경우로, 그것은 완전 관념이다. 우리가 인상을 첫째와 같이 되풀이하는 기능을 기억이라고 하며, 둘째와 같이 되풀이하는 기능을 상상이라고 한다. 기억 관념이 상상 관념보다 훨씬 생기 있고 세차며, 기억 기능은 상상 기능이 그리는 그 어떤 것보다도 훨씬 확실한 색으로 대상을 그려낸다는 것은 첫눈에도 분명하다. 예를 들면 지난날 어떤 사건을 되돌아볼 때, 그 사건의 관념은 힘차게 정신 내에서 흐른다. 반대로 상상 속에서는 지각들은 생생하지 못하고 어렴풋하여, 꽤 많은 시간동안 변하지 않고 한결같이 유지되기 어렵다.[31]

기억이라는 관념과 상상이라는 다른 종류의 관념들 사이에서 알 수 있는 차이가 바로 여기에 있다 할 수 있다. 관념으로서의 기억은 회상의 과정을 통하여 변할 수 있고 비지속적인 존재이기에, 로크가 제시했던 정체성이라는 획일적인 개념에 적용할 수가 없다. 즉, 로크가 '정체성'이라고 말한 것을 흄은 '허구'라고 본 점이 양자 간의 큰 차이다. 기억은 그 대상이 나타났던 때의 원형을 지키며, 우리가 무엇을 회상할 때 그 대상을 벗어나게 되는 것은 모두 기억이라는 기능의 부실함 또는 불완전함에서 비롯됨 것임에 틀림없다. 예를 들어, 역사가는 좀 더 편리하게 해설하기 위하여 실제로는 뒤에 발생한 사건을 어떤 사건 앞에 관련시켜 설명할 수 있을 것인데 여기서 허구가 개입된다. 흄은 우리가 시나 소설을 통해 접했던 터무니없는 이야기들은 이런 차이를 전혀 문제 삼지 않는 데서 비롯된 것이라고 본다.

---

31) 데비드 흄, 같은 책, 27-28쪽.

흄에 따르면 "감관에서 비롯되는 인상들의 마지막 원인은 인간 이성으로는 완전히 밝혀낼 수 없으며, 그 인상이 대상으로부터 직접 비롯되는지, 아니면 정신의 창조력에 의해 생겨나는지, 아니면 우리의 조물주로부터 비롯되는지를 확실하게 결정하는 일"은 영원히 불가능하다. 다만 기억의 속성은 그 관념 본연의 근원적 질서와 위치를 보존하는 것이며, 반대로 상상은 그 관념들 본연의 질서와 위치를 마음대로 바꾼다. 그러나 흄에 따르면 왜 그렇게 되는가를 아는 것은 불가능하다. 왜냐하면 현재 관념과 과거 인상들을 비교해서 그 배열이 정확하게 비슷한가를 살펴보기 위해, 과거 인상들을 되돌아본다는 것 자체가 불가능하기 때문이다. 흄의 생각으로는 비슷한 종류의 기억과 이러한 공상을 구별할 수 있는 가능성은 전혀 없는 것 같다.

흔한 일이지만 두 사람이 어떤 연극 공연을 보았을 때, 한 사람이 다른 사람보다 그 공연을 잘 기억하고 동료에게 그 공연을 상기시키느라고 어려움을 겪는 일이 이따금 있다. 그때 그는 여러 상황들은 간략하게 말해주지만 헛일이 되고 만다. 결국 그의 친구가 모든 것들에 대해 완전히 기억하고 전체를 상기할 수 있게 되는 조금은 다행스러운 상황을 마침내 그가 볼 때까지, 그는 언제 어디서 무슨 대사가 있었고 무슨 일이 일어났는지를 자세히 설명할 것이다. 이때 잊어버리고 있던 사람은 비록 그런 것을 상상의 꾸며냄으로 여기겠지만, 다른 사람과의 담화에서 처음으로 때와 장소 등과 함께 모든 관념을 받아들인다.[32]

오랜 시간이 지난 뒤 그가 자신이 보았던 대상을 다시 응시했을 때,

---

32) 데이비드 흄, 같은 책, 108-109쪽.

언제나 그는 그 관념이 완전히 지워지진 않았어도 아주 아득해졌다는 것을 발견하게 된다. 우리는 가끔 아주 약해진 기억의 관념에 회의를 품으며, 어떤 이미지가 기억이라는 기능을 특징지을 정도로 생생한 색상으로 나타나지 않으면 그 이미지가 공상에서 비롯되는지 기억에서 비롯되는지를 결정하지 못하고 쩔쩔 맨다. 어떤 사람은 자신이 어떤 사건을 기억하지만 분명하지는 않다고 생각한다. 오랜 시간으로 그 사건이 기억에서 거의 지워져버려, 그것이 순수한 공상의 결과인지 아닌지조차도 분명히 믿을 수 없게 되었기 때문이다.

기억 관념은 그 힘과 생동성을 잃어버림으로써 상상 관념으로 여겨질 정도로 쇠퇴하게 될 수도 있다. 거꾸로 상상 관념이 힘과 생동성을 얻음으로써 기억 관념으로 여겨져서, 신념과 판단에 그 영향을 헛되게 미칠 수도 있다. 거짓말쟁이의 경우에 이것은 눈여겨볼 만하다. 흄은 이렇게 말한다. "마음은 다양한 지각들이 차례차례로 나타나고 등장했다가 사라지는 일종의 연극이다. 그리고 끝없이 다양한 모양과 배치방식들로 서로 그룹을 이룬다."[33] 여기서 "다양한 모양과 배치방식들"이란 곧 기억 관념의 결합과 순열을 말하는 것으로 그것은 다시 인과성, 유사성, 인접성을 말한다. 그러니까 결국 반기억의 모종은 바로 확실치 않은 기억이나, 한 걸음 더 나아가 어떤 허구적 결합에서 자라난 것일 수도 있다.

---

33) David Hume, A Treatise of Human Nature(1739), ed. L.A. Selby-Bigge, Oxford, 1960, p.253.

2. 반기억의 전형: 두 편의 영화와 한 편의 소설

〈라쇼몽〉 羅生門

구로사와 아키라 감독의 <라쇼몽>은 반기억이 무엇인지를 보여주는 대표적인 영화이다. 전란이 난무하는 헤이안 시대, 영화는 먼저 억수 같은 폭우가 쏟아지는 라쇼몽의 처마 밑에서 나무꾼과 스님이 "모르겠어. 아무래도 모르겠어."라며 심각한 표정을 짓고 있는 장면으로 시작된다. 잠시 비를 피하러 그곳에 들른 한 남자가 그 소리를 듣고 궁금해 한다. 이들은 이 남자를 상대로 최근에 그 마을에 있었던 기묘한 사건을 들려준다.

이야기는 먼저 한 사무라이가 여인을 말에 태워 가는 장면에서 시작된다. 사건이 벌어진 배경은 녹음이 우거진 숲속. 사무라이 타케히로(모리 마사유키 분)가 말을 타고 자신의 아내 마사코(교 마치코 분)와 함께 오전 숲속 길을 지나가고 있었다. 그늘 속에서 낮잠을 자던 산적 타조마루(미후네 도시로 분)는 슬쩍 마사코의 매혹적인 얼굴을 보고는 마음이 동해 이들 앞에 나타난다. 속임수를 써서 타케히로를 포박하고, 타조마루는 마사코를 겁탈한다. 오후에 그 숲속에 들어선 나무꾼은 사무라이의 가슴에 칼이 꽂혀있는 것을 발견하고 관청에 신고한다. 곧 타조마루는 체포되고, 행방이 묘연했던 마사코도 불려와 관청에서 심문이 벌어진다.[34] 그런데 실제로 무슨 일이 있었는가를 판단하는 준거는 없다. 다

---

34) 등장인물은 아쿠타가와 류노스케 원작 「덤불 속」에서 인용한 것이다. 아쿠타가와 류노스케, 라쇼몽, 문예출판사, 2013, 186쪽 이하를 참조하라.

만 관객으로서 그것을 증언할 사물들과 증언하는 사람들의 말뿐이다. 관청에선 그 사람들을 불러서 사건의 경위를 듣게 된다. 물론 살인의 피해자인 사무라이는 부를 수 없으므로 영매(靈媒)를 통해 얻은 정보일 뿐이다.

문제는 겉보기에는 아주 명백한 이 살인 사건이 당사자들의 진술에 따라 아주 다른 이야기가 된다는 점이다. 그래서 사건을 판결하는 (동시에, 이 영화를 보는) 사람은 무엇이 진실인지 알 수 없는 상황에 이른다. 먼저 타조마루는 자신이 속임수를 썼고, 마사코를 겁탈한 것은 사실이지만, 사무라이와 정당한 결투 끝에 죽인 것이라고 한다. 그러나 마사코의 진술은 다르다. 자신이 겁탈당한 후, 남편을 보니 남편이 싸늘하기 그지없는 눈초리로 자신을 쳐다보았다고 한다. 겁탈이 자신의 잘못이 아님에도 자신을 경멸하는 눈초리에 정신이 나간 자신은 정신이 혼미한 가운데 남편을 죽였다고 진술한다.

하지만 무당의 빙의를 통해 죽은 사무라이 타케히로는 또 다른 진술을 한다. 아내 마사코는 자신을 배신한 데 반하여 산적 타조마루가 자신을 옹호해주었고, 결국 그는 스스로 자결했다는 것이다. 이처럼 엇갈리는 진술들(즉, 기억들) 속에는 각자의 욕망과 이해관계가 담겨있다. 좀처럼 실체적 진실에 접근할 수 없는 이때, 그 현장을 목격한 사람이 있는데 바로 나무꾼이다. 그는 또 다른 진술을 한다. 마사코가 싸우기 싫어하는 두 남자를 부추겨서 결투를 붙여놓고 도망쳤고, 남은 두 남자는 비겁하고 용렬하기 짝이 없는 개싸움을 벌였다는 것이다.

먼저 칼을 꽂은 장본인임을 자처하는 산적 타조마루는 자신이 남자를 속이고 여자를 겁탈하고 그 여자를 자기 여자로 만들기 위해 치열한 결투를 벌이다가 그를 죽였다고 말하는데, 그의 (반)기억의 핵심은 한 여자를 두고 벌이는 남자들의 당당한 결투다. 그러나 여자의 말은 다르다. 타조마루가 겁탈하고 가버린 뒤, 자신이 남편의 결박을 풀었는데 남편이 자신을 싸늘한 시선으로 본 것을 견디지 못해 칼로 찔렀는데 그 다음은 어떻게 되었는지 모른다고 말한다. 이 여인이 가지고 있는 (반) 기억의 핵심은 칼로 이루어지는 결투가 아니다. 그보다는 자신이 정조를 지키는 여인으로서 사회적 규율을 어기지 않고 행동했다는 기억을 만드는 데 있다. 싸늘한 남편의 시선은 여자를 견디지 못하게 하고 칼로 남자를 찌른다는 기억을 만들어낸다. 영매의 입을 통해 나오는 (물론 이것은 여기서 전개되는 반기억 중 가장 허구적인 것이긴 하지만) 죽은 사무라이의 말은 다르다. 여자를 겁탈한 후 자기 여자에게 함께 가자고 꼬드기던 산적 앞에서 울던 여자가 고개를 휙 돌려 자신을 돌려 보더니, 타조마루에게 남편을 두고 당신을 따라갈 순 없으니 남편을 죽이고 가자고 했다는 것이다.

이 사무라이의 (반)기억은 사회적 권력이다. 정조를 잃은 여자에게 자살을 강요하는 관점으로 기억이 만들어졌다. 놀란 타조마루가 여자를 발로 밟고선 "이 여자 어떻게 할까? 죽일까? 네 뜻대로 하지"라고 말했고 그 순간 자신은 그 산적을 용서했다고 말한다. 자신의 결박을 풀러 온 사이 여자는 도망치고, 자신은 배신과 수치심에 비통해하다 결국 자신의 손으로 칼을 가슴에 꽂았다고 말한다. 사무라이의 사회적 행동 양식이 (반)기억의 핵심을 이루고 있다는 것을 알 수 있다. 여기에다가 사건의 당사자가 아닌 관찰자로서 나무꾼이 등장하는데 그의 기억 또한 다른 하나의 반기억을 생성한다. 직접 목격한 관찰자의 시각 같지만 마사코의 비싼 칼이 어디로 갔는지 하는 점에서는 불분명하다. 세 사람과 어떤 이해관계도 없지만 값나가는 칼 문제 때문에 기억을 왜곡했으리라는 의심에서 자유롭지 못하다. 그의 (반)기억의 핵심은 자신은 이 사건과 아무 관련이 없다는 점을 강조하는 것이다.

반기억에 대한 담론을 전개하면서 그 진술들이 크게 세 가지 용도에 따라 다르게 진술됨을 알 수 있다.[35] 우선 고백에서는 외적인 정황이 중요한 것이 아니라 어떤 사건이 자기에게 어떤 고통을 주느냐 안 주느냐는 내면적 정황에서 기억이 만들어진다는 점이다. 가령 그 사람이 부정하면 부정하는 행위의 기표 자체가 의미를 띤다. 그 다음으로 법정에서는 사실이 중요하기 때문에 어떻게든 자신에게 유리한 방향으로 기억의 진술이 이루어진다. 그러므로 법관은 진술한 기억에서 그 사실여부를 신중하게 짚어가려고 애쓴다.

마지막으로 인터뷰에서는 인터뷰자의 목적에 따라 기억이 조정된다. 가령 담배를 많이 피우는 여성은 아이 출산율이 저조하다는 가설을 증명하기 위해서 다른 그 모든 것은 잊어버리고 단지 담배가 (출산을 저조하게 하므로) 나쁘다는 기억만 선택하게 만든다. 이렇게 보면 <라쇼몽>의 반기억들은 두 번째 경우에 해당한다. 법정에서 살아남기(현재의 욕망) 위해서는 어떻게든 자신에게 유리한 증언을 해야 한다. 그러므로 무죄가 되기 위해서는 최대한 거짓말을 해야 할 것이다. 물론 여기서 말하는 법이란 관습법을 말한다.

우선 산적 타조마루를 보자. 사람을 죽인 것에 의도가 없었다는 것을 보여주기 위해 "숲속에는 산들바람이 불었고 만약 그 산들바람만 불지

---

35) 아스만, 같은 책, 354-355쪽 참조.

않았다면 나는 그 남자를 죽이지 않았을 것이다."라고 진술한다. 법정에서 무슨 도움이 될지 모르지만 일단 살해동기가 없었다는 것을 역설하고 있다. 그리고 '사람을 죽이려는 생각은 없었다, 여자만 희롱하려들었다, 그리고 자기가 강제적으로 여자를 범한 것도 아니다, 여자도만족해했다'는 식으로 자기변호를 하였다. 그리고 사무라이를 풀어주고정정당당히 결투했다고 함으로써 무죄를 입증하려고 애쓴다.

다음으로 사무라이의 아내는 무의식적 욕망과 관습법의 테두리 안에서 가장 심하게 책망을 받을 수 있는 존재가 되었다. 사람을 죽인 것도아니면서 오히려 폭력을 당한 사람으로서 많은 것을 변명하여야 했다.그러므로 "정신이 혼미했고 아무것도 생각나지 않는다."라고 진술하고있다. 이 부분에 틀림없이 중대한, 그리고 양심과 관계되는 문제가 속해 있다. 살고 싶은 욕망이 문화적 관습보다 우위였었기 때문에 그녀는자결해야 했지만, 자의든 타의든 살아남았다. 영화의 처음에 아이가 나오는데 이 아이가 누구의 아이인가, 하는 문제에 시사하는 바가 많다.

다른 한편 죽은 사무라이의 진술은 빙의의 상태에서 한 진술이기 때문에 신빙성이 없고 그보다는 문화적 기억이라는 측면에서 살펴보아야한다. 특히 사무라이의 아내로서의 삶이 어떨지를 사무라이의 진술에서역력히 볼 수 있다. 다시 말하면 부정을 통해 실제 삶의 모습이 뚜렷이드러난다. 그리고 사무라이의 정체성, 즉 자결이 기억을 왜곡하는 기제로 작동한다.

마지막으로 이 영화에서 가장 객관적인 부분은 아무래도 직접적 이해관계가 적은 목격자 나무꾼이다. 하지만 전적으로 그렇게 볼 수 없는것은 여자의 단검이 없어졌다는 부분에서 꼭 믿을 수 있는 진술이 아닐 수도 있다는 생각 때문이다. 가령 이 목격자가 그것을 가져갔을 경우, 그런 관점에서의 기억이라면 그 기억은 왜곡되었을 가능성이 많다. 그렇다면 이 영화의 사실구성은 어디까지 가능할까? 어떤 누가 그것의 사실을 구성한다 하더라도 객관적 기억을 담보하기는 불가능하고, 그저 영화를 보는 또 하나의 눈이 될 뿐이다. 그러므로 사실이라고 말할 수 있는 것, 즉 여자가 강간을 당했다, 사무라이가 죽었다는 사실만 있지 이것이 어떤 경로로 이루어졌는지 해석하기에는 무리가 있다. 즉, 이들의 진술로는 범죄 요건 구성이 어렵다.

이렇게 보면 사실적 기억이 너무 많기 때문에 "기억은 없다"는 말이 옳을 것이다.[36] 동시에 영화 <라쇼몽>과 기억이라는 주제에서는 반기억이라는 문제와 마찬가지로 옳은 기억을 찾을 수 없다. 그보다는 어떻게 세상을 보는가, 사실을 재구성하는가 하는 것이 기억/반기억을 바라보는 감독의 의도가 될 것이다. 이 영화는 진리라는 개념에서 출발하고 또 도덕이라는 기준에서 출발하지만 결국 진리에 이를 수 없고 도덕의 잣대 또한 다양함을 보여줄 뿐이다. 니체는 이것을 힘 의지의 소산으로 해석하는데, 그를 이은 푸코는 계보학으로, 들뢰즈는 계열화로 설명한다. 이런 힘과 유래, 계열에 따라 사건의 의미는 달라질 수밖에 없다.

---

36) 피에르 노라는 이렇게 말하였다. "요즘 우리가 기억에 관해 그토록 이야기를 많이 하는 것은 바로 기억이 더 이상 존재하지 않기 때문이다." 피에르 노라 외 지음, 기억의 장소 1. 공화국, 도서출판 나남, 2010, 32쪽을 참조하라.

〈지난해 마리앙바드에서〉 L'année dernière à Marienbad

20세기 전반에 프랑스에서 일어났던 문예사조인 누보로망과 누벨바그는 기존의 소설과 영화의 재현에 대한 시선을 근본적으로 뒤흔들었다. 영화 <지난해 마리앙바드에서>에서는 이런 맥락에서 만들어진 작품으로 선형적인 서사구조, 인과구조, 인물의 구체적인 행위와 심리 같은 전통적 서사 방식들이 사라지고 없다.[37] 그나마 영화 <라쇼몽>에서 비교적 명확하게 구분되었던 반기억들의 실체조차도 이 영화에서는 흔들리기 시작한다. 인물의 내면을 내적으로 재현할 수 있는 소설과는 달리 시청각적인 대상을 객관적으로 기술할 수밖에 없었던 영화에서도 누보로망의 이런 서사기법을 실행하였던 것은 큰 의미를 지니고 있다.

영화에서는 남녀가 서로 다른 기억을 말하고 있다. 남자는 여자에게 1년 전에 이곳에 왔었고 서로가 사랑에 빠졌다고 주장한다. 프레데릭스바드(독일어로 프리드리히스바트) 정원에서 그 여자를 처음 보았고, 그때 그녀는 돌난간에 혼자 서 있었고, 팔은 절반쯤 펴서 난간 위에 손을 얹고 산책길을 바라보고 있었고, 여자는 남자가 다가오는 것을 보지 못했고 자갈을 밟는 자신의 발소리를 듣자 얼굴을 돌렸다고 말한다. 그러나 여자는 남자의 기억을 단호하게 부정한다. "그것은 내가 아니에요. 당신이 잘못 보신 거예요."라고. 하지만 남자는 계속해서 당시의 상황을 설명한다. "우리는 석상 근처에 있었어요. 고대 복장을 한 남자와 여자가 어떤 장면을 나타내는 중인 것 같았습니다. 그때 당신은 그들이 누구냐

---

37) 소설과 영화에 나타난 허위의 서사화 연구 - 로브그리예와 레네의 『지난해 마리앙바드에서』를 중심으로, 있는 곳: 불어불문학연구, 제52집(2002, 겨울), 한국불어불문학회, 156쪽을 참조하라.

고 물었습니다. 나는 모른다고 했죠. 당신은 추측해서 말하기 시작했고 나는 당신과 나일 수도 있다고 말했죠." 이렇게 말하는 순간 여자는 웃기 시작했고 남자는 그때도 여자가 웃기 시작했다고 말한다. 남자는 그때 사람들이 와서 이 석상이 신화적인 인물이거나 영웅을 보여주는 알레고리였든가 그 비슷한 것이었다고 말한다. 남자는 "당신은 더 이상 듣지 않았어요. 정신이 나간 것처럼 보였어요."라고 말한다.

우리는 여기서 두 가지를 눈여겨볼 수 있다. 여자는 나중에 남자가 처음 만난 이 장면을 되풀이하자 다시 석상의 인물 이름이 무엇이냐고 묻는다는 점이고, 여기서 석상에 대한 해석이 하나 나오고 있다는 점이다. 뒤에서 남자가 해석하는 것, 여자가 해석하는 것, 그리고 남편으로 추정되는 인물이 말하는 것과 함께 기억의 네 가지 이형을 말해주는데 결국 이런 해석의 이형들이 반기억의 형식이 된다. 우리는 반기억이 기억을 다르게 보존하고 있는 것이라고 볼 수도 있지만 니체가 계보학에서 말한 것처럼 다르게 보고자 하는 '힘 의지'로도 볼 수 있다. 영화에서 분명히 밝히고 있지는 않지만 기억이 흐릿하게 작용하는 데는 기억의 터가 비슷하고 (프레드릭스바드, 마리앙바드, 바덴살사 등), 특히나 그곳의 바로크식 장식, 모여든 사람, 하는 행동 등의 분위기가 비슷하기 때문이다. 영화 내내 다음과 같은 내레이션이 반복적으로 들리고, 영화의 처음에 삽입된 연극장면에서도 재현된다.

X의 목소리: 또 다시 나는 걸어간다. 또 다시 수많은 복도의 연회장, 회랑을 지나서 — 다른 시대의 이 거대한 건물의 내부 — 바로크 식의 크고 호화로운 호텔 — 인적이 없는 연회장으로 통하는 복도, 복도를

가로질러, 다른 시대의 장식으로 치장되어 있는 — 침묵이 흐르는 방
들 — 발소리는 아주 무겁고 두터운 양탄자에 흡수되어 — 누구의 귀
에도 들리지 않는다 — 걷는 사람에게도 — 마치 아주 멀리 있는 것처
럼 — 마비되어 있고 메마른 이 장식으로부터 아주 멀리.[38]

그런데 차츰 여자는 남자의 말을 듣는 중, 그것을 완전히 부정하려
들지 않는다. 우리는 여기서 서로 다른 기억의 양식, 즉 반기억을 찾아
볼 수 있다. 여기서 남자의 말하는 태도는 너무도 당당하고 반복적이고
확신에 차 있기 때문에 ('당신은 -을 했어요'라고 말함) 남자를 중심으
로 읽으면 남자가 말하는 것이 확실한 진리인 것처럼 느껴진다. 그렇게
본다면 영화에서 여자의 진술은 여자에게 말 못할 어떤 두려움이 있고
그래서 남자와 공유할 수 있는 기억을 회상하고 싶어 하지 않는다고 말
할 수 있다(또는 회상할 수 없다고 말할 수 있다). 반대로 여자의 진술을 중심
으로 보자면 남자가 주장하는 사건이 정말로 있었는가, 의구심이 들게
한다. 여자가 프레드릭스바드에 가본 일이 없다고 하자 남자는 그것이
마리앙바드가 아니라 프레드릭스바드 또는 바덴살사 같은 다른 곳일
수도 있다고 말함으로써 기억의 실체를 의심하게 한다. 그러므로 주인
공 남자 X와 여자 A가 만난 적이 있는가, 혹은 누가 진실을 말하는가
를 따지는 것은 의미가 없다.[39] 영화는 단지 주관적 리얼리티만 구현하
고 있을 뿐이다.
　이는 이미 앞에서 언급한 기억에 관한 흄의 의견과 너무나 흡사하다.

---

38) 인용은 영화가 아닌 로브그리예의 텍스트에서 가져왔다. A. Robbe-Grillet, *L'Année
　dernière à Marienbad*, ciné-roman, Ed. du Minuit, 1960, p.24.을 보라.
39) 알랭 로브그리예, 누보로망을 위하여, 김치수 역, 1981, 110쪽 이하.

사건의 인과, 시간적 절대성, 구조의 통일성은 무너지고 어떤 의미에서 기억이 허구화되어가고 있다. 과거의 기억은 그저 실재에 대한 기억과 상상으로 혼합되어 있다. 남자가 말하는 것들은 화면에 비친 사건들과 다른 진술이고, 호텔 전체의 분위기, 사물의 특성, 그리고 여자의 남편으로 추정되는 남자의 존재를 고려하지 않은 것이다. 그러므로 애매함과 혼란스러움만이 영화를 지배할 뿐이다. 가령 남자는 이렇게 말한다. "(나와 헤어지고 난 뒤에) 당신은 침대로 돌아갔습니다." 그러나 내레이션이 진행되는 동안 그 영화의 실제적 장면에서 여자는 침대에 눕지도 않고 서 있다. 내레이션과 여자의 행동은 서로 다르다. "문은 닫혔어요."라고 말하지만 실제로 문은 열려있다. "우린 당신 방에 있었어요." 라고 말하지만 실제 영화 장면은 바깥에서 담소를 나누고 있다.

정신분석은 우리의 기억이 이와 같이 혼란스럽고 왜곡된 것이라고 말한다. 억압된 무의식은 잠복해 있다가 의식의 검열이 느슨해질 때나 잠복된 무의식이 강렬하게 분출할 때 왜곡된 기억을 발산한다. 마찬가지로 영화의 메시지가 이렇게 혼란스러운 데는 남자의 내레이션이 의식의 검열 같은 모종의 역할을 하고 있다. 남자의 기억이 모두 사실이 아니고 여자의 기억이 사실이라면 남자가 계속해서 설명할 때 무언가를 떠올리는 여자의 기억도 모두 거짓일 것이다.

그러므로 이 영화에서 알랭 레네와 로브 그리에가 말하려는 것은 단지 기억의 불확실성과 반기억 또는 대안기억으로서의 상상일 것이다. 혹은 기억이 왜곡된 상상일 뿐이라는 것을 말할 수도 있다. 남자의 기억 또는 관점이랄 수 있는 내레이션은 무엇일까? 처음부터 끝까지 일관성을 가지고 실행되는 내레이션은 니체가 말하는 "도덕적 편견의 기원"(『도덕의 계보』, p.338)같은 것으로서 일반적 내레이션과는 다르다. 일반적인 내레이션은 주인공의 심리를 묘사하거나 참고할 만한 줄거리를 중간에 짧게 이야기해준다. 그러나 이 영화의 내레이션은 제3자의 시선을 대변할 만한 어떤 증거도 보충하지 않는다. 그저 남자의 느낌과 그의 주관적 기억으로만 남아있을 뿐이다. 그런데 중요한 것은 내용과 관계없는 이 내용이 영화의 줄거리를 이루고 있다는 점이다.

여자의 옷으로 상징되는 시간의 변화는 연속적이지 않고 뒤죽박죽이다. 여자의 옷이 바뀌어 과거인지 현재인지 모를 때조차 남자의 내레이션은 과거형식으로 되어있다. 영화는 시간순으로 구성되는 것이 아니라 기억에 따라 배열된다. 기억의 순서는 시간 순으로 나열되는 것이 아니라 연상에 따라 만들어지기 때문이다. 사건은 단지 남자의 주관적인 구성에 따라 이루어진다. 조각상과 게임에 관한 에피소드에서 남편으로 추정되는 남자의 역할이 중요한 의미를 띤다. 그는 수학적인 게임에서 항상 이길 뿐 아니라 조각상에 관해서도 비교적 정확한 해석을 한다. 남자는 그의 게임에서 빠져나갈 수 없고 이것은 곧 여자가 남편으로 추정되는 남자의 손아귀에서 빠져나갈 수 없다는 것을 암시한다. 그리고 그가 항상 게임에서 이기기 때문에 모든 것을 다 알고 있다는 느낌을 주어 조각상의 해석도 옳으리라는 편견을 가지게 한다. 즉, 그는 진실을 알고 있거나 진실에 관한 실마리를 가지고 있다는 느낌을 준다. 그러나 동시에 그 남편으로 추정되는 남자가 차지하는 비중이 작기 때문에 이마저도 꼭 진실을 담보해줄 만한 비중은 얻지 못한다.

영화의 시점도 기억에 대한 신빙성에 영향을 미친다. 일반적으로 영화는 중요도가 높은 등장인물에 초점을 맞춘다. 그만큼 그의 기억에 신뢰를 한다는 뜻이다. 그런데 이 영화는 도입부부터 다른 사람들에게 초점을 맞춘다. 다른 등장인물들이 서로 대화하는 장면들이 많이 있었다. 그렇다면 남자, 여자, 남편으로 추정되는 남자라는 사람들이 말하는 것보다 실상 사람들 사이에서 말해지는 것이 더 진실일 수 있다는 뜻을 말하고 있다. 예를 들어 석상에 대한 해석의 차이가 그렇다.

일반적인 사람들의 해석은 '신화적인 인물이거나 영웅을 보여주는 알레고리였든가 그 비슷한 것이다'라고 본다고 한다. 그러나 남자 X의 해석은 '(석상의) 남자가 젊은 여자를 멈추려 한다. 그는 위험한 것을 보고 팔을 들어 그녀를 막았다고 말한다. 그리고 여자 A는 "무엇인가 본 것은 남자가 아니라 여자다. 그래서 조각상의 그 여자는 멋진 것을 가리키고 있다. 그들은 고향을 떠나 며칠 동안 걸어서 절벽 위에 도달한 것이다. 남자는 그녀가 절벽 가장자리로 너무 가까이 오는 것을 막았고 여자는 지평선까지 펼쳐진 바다를 가리킨 것이다"라고 해석한다. 남편으로 추정되는 사람의 해석은 이것이 샤를르 3세와 그 부인이고, 그 시대의 작품은 아니지만 그들이 반역죄 재판 때 의회에서 선서하는 장면이라고 말한다. 그럼에도 대화의 도중에 남자 X는 "이 모두가 가능했다."라고 말하고 있는데, 이것은 진실한 기억은 없고 오로지 기억들, 다시 말해 반기억들만 존재한다는 뜻이다. 레네는 이렇게 말한다. "이 영화에서 나의 관심을 끄는 격자유형들 가운데 하나는 다양한 세계의 공존이다."[40] 아마도 그는 이렇게 기억의 공간을 다양한 측면에서 해체함으로써 기억은 사실상 존재하지 않는다는 것을 보여주려 한다.

---

40) 알랭 레네, 임재철 엮음, 한나래, 134쪽.

『호밀밭의 파수꾼』 The Catcher in the Rye

샐린저의 『호밀밭의 파수꾼』은 이미 반기억의 소설로 잘 알려져 있다. 그러나 이 소설에 대한 반기억 담론은 아직까지 찾아볼 수 없다. 『호밀밭의 파수꾼』은 홀든 콜필드가 학교에서 다시 퇴학을 당해 집에 돌아오기까지 2박 3일 동안, 누군가에게 도움을 청하려고 헤매고 돌아다니는 과정을 독백 형식으로 담고 있다. 이 책은 한때 반사회적인 아이에 대한 동정심으로, 또는 기존의 학교 사회에 대한 비판으로서 금서가 되기도 했다가 금세기 다시 최고의 청소년 문학 작품의 반열에 오른 그야말로 롤러코스터를 탄 소설이다. 그러나 우리의 관심은 바로 반기억의 문학적 형상화라는 점에 집중하지 않을 수 없다.

> 난 이 이야기를 펜시 고등학교를 떠나던 그날부터 시작하고 싶다. 펜시 고등학교는 펜실베이니아에 있는 애거스타운에 위치한 학교로, 아마 들어본 적이 있을 것이다. 어쩌면 이 학교의 광고를 본 적이 있을지도 모르겠다. 수천 개의 잡지에 광고하고 있는데, 웬 잘난 척하는 녀석이 말을 타고 울타리를 뛰어넘는 사진. 그 광고를 보면 마치 이 학교에 들어오면 내내 폴로를 하는 것처럼 보인다. 하지만 난 이 근처에서 말이라고는 꼬리도 본 적이 없다.(10-11쪽)

그러니까 학교에서 광고를 하고 있는 내용이 실제와는 전혀 관계없는 일이라는 것이 주인공의 주장이다. 그렇게 다르게 보는 이유는 홀든이 "학교에서 쫓겨났기" 때문이다. 말하자면 "학교에서 쫓겨난" 낙제생의 입장에서 본 세상은 공부를 잘 하고 학교에 잘 적응하는 사람이 본

세상과 다를 수밖에 없다. 주인공 홀든이 제일 먼저 찾아간 스펜서 선생과의 대화 때부터 이런 방식의 기억은 두드러지게 대립적이다. 스펜서 선생(선생님이 아니다!)은 홀든 콜필드가 교장 선생과 나눈 대화를 되물으며 이렇게 말했다. "인생은 시합이지. 맞아, 인생이란 규칙에 따라야 하는 운동경기와 같단다." 이런 설교는 곧바로 홀든에게 이 같은 반응을 불러일으키는 것 같다. "예, 선생님, 저도 그렇다고 생각합니다." (19) 그러나 그의("나"의) 해석은 다르다.

시합 같은 소리 하고 있네. 시합은 무슨, 만약 잘난 놈들 축에 끼어 있게 된다면 그때는 시합이라고 할 수 있을 것이다. 그건 나도 인정한다. 하지만 그렇지 못한 축에 끼게 된다면, [⋯] 그때는 어떻게 시합이 되겠는가?(19쪽)

학생이 선생을 존중해야 하는 분위기가 지배적인 시기의 기억은 곧바로 반기억에 대한 근본적인 이유를 말해준다. 이런 대립은 "어른들"과 아이들의 사고방식의 차이에 기인한 것이기도 하다고 홀든은 고백한다.

어른들은 자신들의 말이 늘 맞다고 생각하니까. 난 그런 일에는 그다지 신경 쓰지 않는다. 어른들이 내 나이에 맞는 행동을 하라고 말하는 것은 지겹기까지 하다. 때로는 나도 나이보다 조숙하게 행동할 때도 있다. 그건 정말이다. 하지만 사람들은 그 사실을 알아차리지 못한다. 어른들은 절대로 아무것도 모르니까.(20쪽)

"어른들은 절대로 모른다"는 명제는 홀든이 세계를 바라보는 눈, 즉 반기억의 원천이다. 그러나 불행하게도 어른들은 자기들이 하는 행동을 모른다. 심지어 홀든 앞에서 스펜서 선생이 "손가락으로 코를 후비는" (20쪽) 행동을 의식하지 못한다. 만약 아이가 선생 앞에서 그런 짓을 했다면 당장 혼이 났을 텐데도 말이다. 또한 선생은 무릎 위에 놓여 있던 잡지를 자기 옆으로 던지려 하고, "파자마와 목욕가운을 입은" 모습이었는데 이는 홀든에게 끔찍한 일이었다. 그러나 스펜서 선생은 그런 자신의 모습과 행동을 거리낌 없이 한다. 그리고 스펜서 선생은 홀든의 성적에 대해 끝없는 비난을 한다. 그런데 이런 순간에 홀든은 딴 생각을 한다.

> 난 그런 헛소리를 지껄이면서도 머릿속으로는 온통 다른 생각을 하고 있었다. 우리 집은 뉴욕에 있었다. 그래서인지 센트럴 파크 남쪽에 있는 연못을 생각하고 있었다. 내가 집에 돌아갔을 때, 그 연못이 얼어붙지는 않을지, 얼어버리면 그곳에 살고 있던 오리들은 어디로 가게 되는 것인지가 궁금했다.(25쪽)

이 이야기는 근대적 주체의 힘을 부정하는 개성의 탄생을 말해주고 있다. 주도적인 가치에 대해 근대적 개인은 새로운 이야기를 꾸며내며 견뎌낼 수밖에 없다. 홀든은 바로 다른 생각을 하며 이 순간을 견딘다. 기숙사 오센버거관을 지어준 오센버거라는 인물의 행태에 대해서도 홀든의 시선은 그저 다르기만 하다. "지금 내 눈 앞에는 일단 기어를 넣으면서 예수님께 좀 더 많은 돈을 벌 수 있게 해달라고 기원하는 엄청난 사기꾼이 서 있는 것이다."(30쪽) 이렇게 다른 관점은 계속되는 이야기에서도 거듭 반복된다. 펜 역에서 기차를 내린 뒤 택시를 타고 택시 기사에게 같은 질문을 한다. "저기요, 아저씨, 센트럴 파크 남쪽에 오리 가 있는 연못 아시죠? […] 그 연못이 얼면 오리들은 어디로 가는지 혹 시 알고 계세요?"(85쪽) 밤에 어니클럽에 갔다 오다가도 택시를 탔는데 택시기사 호이트와 대화를 나눌 때도 같은 질문을 한다. "호이트 씨, 센 트럴 파크에 있는 연못을 지나가 본 적이 있으세요?"(112쪽) "오리들이 그곳에서 헤엄을 치고 있잖아요? 봄에 말이에요. 그럼 겨울이 되면 그 오리들은 어디로 가는지 혹시 알고 계세요?"(113쪽) 이런 질문들은 홀든 에게 매우 궁금한 질문이지만 아무도 그것을 받아주지 않는다. 이것이 홀든이 갖고 있는 지식과 지혜의 세계에 대한 반기억의 모습이다.

스트라드레이터는 홀든의 연적이기도 하지만 준수한 그의 외모는 사 실상 더러운 면을 모르고 하는 얘기라는 것을 강조하고 있다. 특히 스 트라드레이터가 연애에 관한 한 거짓말로 일관하고 있다는 것을 폭로 하고 있다. 그리고는 홀든과는 달리 퇴학을 당하지 않았음에도 스트라 드레이터는 영어 작문을 홀든에게 부탁한다. 이는 우리가 보는 세상과 는 다른 세계를 보여주는 것이다. 기차에서 우연히 만난 급우 모로의 엄마와 대화하는 가운데서도 모로가 예민하다고 말하는 것에 대해 전 혀 다른 생각을 하고 있다. "예민하다고? 난 정말 기가 막혔다. 화장실 변기도 그 녀석보다는 더 예민하겠다."(79쪽) 누구나 자식이 잘났다는 생각을 하는 부모와는 달리 홀든은 모로를 아주 부정적으로 평가했다. (81쪽) 모로의 엄마와 대화할 때는 그를 칭찬하였지만 그는 실제라는 반 기억을 표현하고 있다. 창녀 서니가 떠난 후 홀든은 잠을 자려고 기도 를 하고 싶었지만 되지 않았다. 그는 이 순간 예수님의 열두 제자가 정말 싫다는 생각을 한다.

　예수님은 좋아했지만, 성경에 나오는 대부분의 내용들은 도저히 좋아할 수가 없다. 예를 들자면, 열두 제자 같은 것. 사실 난 그 제자라는 사람들이 정말 싫다. 그 사람들도 예수님이 죽은 다음에는 괜찮다고 할 수 있다. 하지만 예수님이 살아 있는 동안에는 예수님을 뜯어먹고 살았던 군식구에 불과했으니까 말이다. […] 나는 예수님이 직접 그 사람들을 선택했다는 것은 잘 알고 있지만, 그냥 임의대로 아무나 뽑은 것이라고 말해주었다. 예수님에게는 제자들에 대해서 신중하게 분석할 만한 시간이 없었기 때문이라고 말이다. […] 난 예수님이 유다를 지옥에 보내지 않았을 것이라는 데 천 달러라도 걸 수 있다고 했다.(135-136쪽)

이 내용은 제2장에서 다루게 될 『포르토벨로의 마녀』에서 아테나의 어머니가 성모께 기도를 올리자 성모께서 자신도 아들(예수) 때문에 마음고생을 했다고 말해주는 것과도 매우 흡사한 내용이다. 절대적이라고 생각하는 것들을 뒤집는 관점이 우리를 전율하게 한다. 홀든은 여기서 사람들이 일반적으로 생각하는 성서 내용과는 다른 생각을, 다른 기억을 펼치고 있다. 그의 반기억은 사실 그의 세계관과도 밀접한 관계가 있다. 그의 삶이 주위 친구들이나 선생님, 그리고 부모님과는 전혀 다른 관점으로 이루어져 있기 때문이다. 홀든은 이런 일들이 마치 실제로 일어난 것처럼 기억을 하고 있다. 홀든의 기억은 강한 트라우마로 인해 항상 반복적으로 재현되며 그런 (반)기억은 그 정동의 강력함 때문에 실제적 기억과 얼마든지 혼동할 수 있는 기억이 되고 있다.

3. 반기억 담론의 원류: 니체

니체의 철학에 대한 사람들의 일반적 견해에는 그의 철학에 체계가 없다는 것이다. 이것을 돌려 생각하면 그의 '체계 없음'이 (물론 이 '체계 없음'은 들뢰즈에 의하면 철저하게 잘못된 오해지만) 하나의 체계로서 결국 푸코가 말한 반기억의 프레임에 해당한다. 니체는『선악의 저편』에서 진리에의 의지(즉 진리의지)에 대해 다음과 같이 말하고 있다. "우리는 이 의지가 가지는 가치에 관해 묻게 되었다. 우리는 진리를 원한다고 가정했는데, 왜 오히려 진리가 아닌 것을 원하지 않는가?"[41] 진리의 문제에 관한 한 니체는 누가 오이디푸스이고 누가 스핑크스인가 하는 의문을 제기한다. 그리고 그는 이렇게 대답한다. "최고의 가치를 지닌 것은 다른 독자적인 기원을 가져야 한다"라고.[42]

그러니까 니체는 철학자 플라톤이나 칸트와는 달리 진리란 무엇인가, 같은 식의 문제를 묻지 않고 언제부터 이런 식의 가치 평가 방식이 시작되었는가에 관한 계보학적 물음을 묻고 있다. "불변하는 것 속에, 숨어있는 신 안에, '물자체' 속에" 진리가 있다고 말하는 것은 편견이기 때문에 우리는 "어떤 관점에서" 그것이 진리라고 하는지를 찾아 나서야 한다. 즉, 형이상학자들의 생각을 만든 "근본적인 믿음"은 진리가 아니라 "가치들의 대립에 관한 믿음"일 뿐이다.

계보학이 정립되는 것은 바로 이 지점이다. 그러니까 언제부터 어떤

---

41) 프리드리히 니체, 니체전집 14권(선악의 저편, 도덕의 계보), 김정현 옮김, 책세상, 2004년, 15쪽.
42) 같은 책, 16쪽.

것이 진리라고 말해져 왔는지 그것은 어떤 양상을 띠고 있는지, 하는 바로 그 지점이다. 데카르트가 "나는 생각한다, 고로 나는 존재한다"라고 명석판명한clara et distincta 명제를 니체는 "형용모순eine contradictio in adjecto(쉽게 말하자면 어불성설(語不成說))"의 대표적인 경우로 보고 있다. 왜냐하면 대중들이 생각하기에 인식이란 아는 것이지만 철학자들은 "사유란 그 원인으로 생각되는 한 존재의 측면에서 보자면 하나의 활동이요 작용"[43]이라고 보기 때문이다. 데카르트에 대한 니체의 비판은 이렇게 시작한다. 하나의 사상은 니체에 따르면 그 '사상'이 원할 때 오는 것이지 '내'가 원할 때 오는 것이 아니다. 그러므로 '생각한다Es denkt'에서 '나'는 하나의 가정일 뿐이고 '직접적 확실성'은 아니다.'(그 무엇이) 생각한다Es denkt'라는 문장에서 보듯이 '생각'이라는 것은 '그 무엇'이 원해서 나오는 것이지 내가 원해서 나오는 것이 아니다.

그러나 사람들은 그저 관습에 따라 "사고라는 것은 하나의 활동이며, 모든 활동에는 하나의 주체가 있다. 고로—(어찌 되었나. 필자 주)"라고 추론한다. 그러므로 니체에 따르면 데카르트의 명제는 명석 판명하지 않다. 니체는 의식되지 않은 의지가 자아를 구성하는 요소이고 사유Denken 또한 "의지의 구성요소로 인정해야" 한다고 본다. 그러니까 결국은 데카르트의 사유하는 자는 '나'의 밖에 있다. 이것이 곧 "감정과 사고의 복합체"[44]인 의지작용Wollen이자 힘Macht으로서 사유하는 근대주체의 해체를 시도하는 출발점이 된다.

니체의 반기억의 원류는 바로 그의 계보학에 있는데 그는 우선 영국

---

43) 같은 책, 34쪽.
44) 같은 책, 37쪽.

인 파울 레 박사의 『도덕 감정의 기원』에서 출발하여 논의를 전개한다. 니체는 그 책에 다음과 같은 말이 쓰여 있다고 한다. "원래 비이기적 행위란 그 행위가 표시되어, 즉 그 행위로 인해 이익을 얻는 사람의 입장에서 칭송되고 좋다고 불렀다. 그 후 사람들은 이 칭송의 기원을 망각하게 되었고 비이기적 행위가 습관적으로 항상 좋다고 칭송되었기에, 이 행위를 그대로 좋다고도 느꼈던 것이다. 마치 그 행위 자체로 선인 듯."45) 니체는 이 책의 저자가 공리, 망각, 습관 오류라는 키워드로 정리하고 있음을 확인하고 이 책을 잘못된 가치평가에 의해 쓰인 글이라고 본다. 좋음이라는 판단은 니체가 보기에 '좋은 것'을 받았다고 표명하는 사람들의 입장에서 나온 것이 아니라 '좋은 인간들' 자신에게 있었다고 설명하고 있다. 그 이유는 애초부터 이런 감정이 "거리 두기의 파토스Pathos der Distanz"에서 창조된 가치이기 때문이다. 이런 가치는 공리와 아무런 상관이 없고 오히려 저 반대편에 있다.

정리하자면, 좀 더 높은 종족이 하위 종족을 지배하기 위해 만든 것이 바로 "좋다/나쁘다"라는 도덕의 기원이다. 그러기에 이 가치는 비이기적 행위와는 무관하다. 니체에 따르면 오히려 이것은 무리본능에 가까운 것이다. 나중에 우리가 고찰하게 될 기억/반기억의 대립 또한 집단적 기억에 근거하는 것이라면 무리본능이란 그의 견해는 탁월한 생각이다. 그리고 그 가치가 시간이 흐름에 따라 망각되었다는 사실도 니체는 받아들이지 않는다. 망각되기보다는 오히려 하나의 가치로 각인되었다고 보고 있다. 이것을 니체는 독일어 단어 schlecht(나쁜)를 예를 들어 설명한다. 어원학적으로 schlecht는 schlicht(소박한, 단순한)와 같은 말

---

45) 니체가 인용한 것을 재인용하였음. 도덕의 계보 제1논문, 니체전집 14권, 353쪽.

이었다. 라틴어 malus(나쁜)도 어원적으로 멜라스μέλας(머리가 검은)와 같은 말인데 이는 평민들 가운데 머리가 검은 사람이란 뜻이었다.[46] 나쁘다는 뜻이 결국 '소박하다', '서민적이다'라는 말에서 나온 것이다.

니체는 같은 맥락에서 성직자에 대한 논의를 한다. 순수한 사람이란 뜻도 처음에는 성직자를 가리키는 말로서 "몸을 씻는 자, 피부병을 일으킬만한 어떤 음식도 먹는 것을 기피하는 자" 등이었는데—말하자면 건강하지 못한 자였는데—이것이 순수한 것이 되어 인류는 그 이후 이런 "본질적으로 위험한 생존형식"을 순수한 것으로 받아들이게 되었다. 이런 니체의 생각은 성직자 민족인 유대인을 향한다. 유대인들은 "좋은 =고귀한=강력한=아름다운=행복한=신의 사랑을 받는"이라는 개념을 발전시켰고, 유대인 자신들의 신분을 토대로 "비참한 자만이 오직 착한 자다 […] 고통 받는 자, 궁핍한 자, 병든 자, 추한 자 […] 오직 그들에게만 축복이 있다. 그 대신 고귀하고 강력한 자들, 그대들은 […] 저주받을 자, 망할 자가 될 것이다."라는 니체가 보기에 전혀 얼토당토 않는 가치 전환의 유산이 만들어졌다. 즉, "유대인과 더불어 도덕에서의 노예반란이 시작되었다"[47]고 보고 있다.

그래서 급기야 이런 도덕 가치들은 인간을 "더욱 아래로, 아래로 내려가며, 좀 더 빈약한 것, 좀 더 선량한 것, […] 좀 더 중국적이고 그리스도교적인 것으로 되어가" 결국은 "인간에 대한 희망, 아니 인간에 대한 의지도 잃어버리게."[48]한 것이다. 그 대신 니체는 "선악의 저편에, 숭고한 수호의 여신들이 있다면—내가 한 번 볼 수 있게 해달라! 아직

---

46) 도덕의 계보 제1논문, 같은 책, 358쪽.
47) 도덕의 계보 제1논문, 같은 책, 364쪽.
48) 도덕의 계보 제1논문, 같은 책, 376쪽.

도 두려움을 느끼게 만들 만한 완전한 것, 마지막으로 이루어진 것, 행복한 것, 강력한 것, 의기양양한 것을 내가 한번 볼 수 있게 해달라!"[49] 고 탄원한다.

이런 것을 종합하여 『도덕의 계보』 제1논문은 다음과 같은 결론에 도달한다. '좋음과 나쁨', '선과 악'이라는 개념이 유럽에서 수천 년간 대립해왔다. 그것은 바로 기독교와 로마라는 대립항이다. 로마는 기독교에서 반자연적인 어떤 것을, 즉 괴물을 느꼈을 것이라고 니체는 추론한다. 거꾸로 말하자면, 니체에게 최고의 가치는 로마적인 것, 고귀한 이상의 도래(到來)일 것이다. 이것이 비인간이자 초인인 나폴레옹의 도래와 같은 새로운 세계다. 니체는 주(註)에서 이제 "철학자가 가치의 문제를 해결해야"[50]만 한다고 말한다. 그러니까 반기억의 원류는 바로 새로운 가치, 즉 불편부당하게 받아들인 과거, 즉 기억을 망각하고 새로운 과거를 기억해내는 것이다.

니체의 반기억에 대한 사상은 그의 '반시대적' 고찰과 무관하지 않으며, 그가 말한 '반시대적'이라는 개념은 그의 모든 작품에 붙여도 무방하다. 니체가 말한 반시대적인 것은 신의 관점을 말한다. 실제로 그리스의 영웅들은 신의 반열에 있고, 그의 디오니소스와 고대숭배는 그가 처한 현실을 땅에 묻지 않고서는 다다를 수 없는 영역이었다. "고대처럼 살려고 시도해보라 —그러면 그 어떤 학문과 함께 하는 것보다 고대인들에게 훨씬 더, 수백마일은 더 가까이 다가가게 된다."[51] 이것이 니체가 제기한 회귀의 모델로서 반시대적 고찰과 적그리스도의 시작이며,

---

49) 같은 곳.
50) 도덕의 계보 제1논문, 같은 책, 391쪽.
51) KSA, Bd.8, 75쪽, 89쪽; 니체전집, 6권, 193쪽.

하나의 반기억이다. 목사의 아들이자 그리스 고전문헌학자였던 니체는 그리스도교보다 훨씬 더 오래되고 풍부한 다른 약속을 발견했다. 그것은 "시간적이고 시대적인 모든 것"[52]에 대항하는 것으로서 곧 그런 세계가 도래할 것임을 설파했다.

기독교와 바그너와 현실을 포함한 모든 시대적인 것에서 그리스 문화가 삶에 재등장해야 한다는 반시대적 생각은 혁명적인 것이다.[53] "만족이 아니라 더 많은 힘: 평화가 아니라 싸움, 덕이 아니라 유능함. [···] 약자들과 실패자들은 몰락해야 한다: 우리의 인간애의 제일 원리. 그리고 사람들은 그들의 몰락에 힘써야 한다. 이러저러한 악덕보다 더 해로운 것이 무엇인가?—모든 실패자와 약자에 대한 동정행위—그리스도교······"[54] 이것이 니체가 왜곡된 기억이라고 본 모든 시간적이고 시대적인 것으로서, 이것이 지양되고 "동일한 것의 회귀"가 곧 그의 반기억적 사유의 전형이 되었다.

니체는 그의 저서 『반시대적 고찰』 두 번째 논문 「삶에 대한 역사의 공과」에서 망각에 대한 논지를 이어나간다. 니체는 역사(역사학만이 아니다!)가 주는 너무 많은 기억이 우리의 행동 가능성을 짓눌러 억압함으로써 삶에 해가 된다는 논지를 펴나간다. 그에 의하면 역사에는 전적으로 '회상'이, 기억에는 '망각'이 깔려있다. 아마도 이런 생각의 구성에는 괴테의 『파우스트』가 모범이 된 것 같다. 니체는 "각각의 인간이나 민족은 자기 목표나 힘, 고난에 따라 과거에 대한 특정한 지식을 필요로"[55] 한다는 사실에서 출발한다.

---

52) KSA, Bd.1, 311쪽; 니체전집, 2권, 362쪽.
53) 하인츠 슐라퍼, 니체의 문체, 변학수 옮김, 책세상, 2013, 214쪽을 참조하라.
54) KSA, Bd.6, 170쪽; 니체전집, 15권, 216쪽.

니체가 살았던 19세기는 역사학뿐 아니라 많은 학문의 홍수를 이루었지만 그 속에서 그는 극단적 위기를 경험하였다. 과거에 대한 지식이 본말(本末)의 전도 상태가 되지 않으려면 분명하게 해야 할 부분이 있는데 그것은 과거에 대한 지식이 "어느 때를 막론하고 현재를 약화시키고 생명력 있는 미래의 뿌리를 말살해서는" 안 되고 오로지 현재와 "미래에 봉사하기 위해서"[56] 탐구되어야 한다는 점이다. 그런데도 인간이 동물과는 전혀 달리 "망각을 배우지 못하고 항상 과거에 매달려"있게 되면 "불면과 되새김질만 할 뿐이다. 역사적 의미에도 어떤 한도가 있는데, 이 한도에 이르면 인간이든 민족이든 문화든 살아있는 것은 모두 해를 입고 마침내 파멸한다."

니체는 전승된 것이 점차 현재의 행위와 미래와는 아무런 관련이 없음을 간파하였다. 그 결과 우리는 어디로 나아가야 하는가? 그리고 우리는 누구인가? 하는 질문에 대한 대답을 할 수 없다. 또한 니체는 "역사적인 것과 비역사적인 것은 한 개인이나 한 민족 그리고 한 문화의 건강에 똑같이 필요하다."고 본다. 니체는 시대적인 것과 반시대적인 것을 근본적인 차원에서 대립시키는데 현재가 과거의 지배하에 있는 것이 상당히 해롭고, 과거가 현재의 지배하에 있는 것이 유익하다고 본다. 결국 과거 망각 속에 있었던, 그리스 비극 정신 같은 것, '디오니소스적인' 것, '그리스적인' 것이 오고 '기독교적인' 것이 가야 한다. 과거를 역사적으로 고찰하는 모든 방식에 대항하여 니체는 과거의 것과 현재의 것은 동일하다고 하며, 그것은 불변의 가치와 영원히 동일한 의미

55) 반시대적 고찰 II, 니체전집 2권, 316쪽.
56) 같은 곳.

를 지닌다는 반시대적 고찰을 하는 것이다.

니체는 자신을 학문에 얽매어 생의 즐거움/쾌감과는 거리가 멀게 된 파우스트로 이해하고 있었던 듯하다. 그에 따르면 역사적 지식은 기억을 통해 삶은 망각을 통해 번성한다.

> 망각이란 천박한 사람들이 믿고 있듯이 그렇게 단순한 타성력 vis inertiae이 아니다. 오히려 이것은 일종의 능동적인, 엄밀한 의미에서의 적극적인 저지 능력이며, 이 능력으로 인해 단지 우리가 체험하고 경험하며 우리 안에 받아들였을 뿐인 것이 소화되는 상태(이것을 '정신적 동화'라고 불러도 좋다)에 있는 동안, 우리 몸의 영양, 말하자면 '육체적 동화'가 이루어지는 수천 가지 과정 전체와 마찬가지로, 이것이 우리의 의식에 떠오르지 않는다. 의식의 문과 창들을 일시적으로 닫는 것, [···] 약간의 정적과 의식의 백지상태—이것이야말로 이미 말했듯이, 능동적인 망각의 효용이며 [···] 여기에서 바로 알 수 있는 것은 망각이 없다면 행복도, 명랑함도, 희망도, 자부심도, 현재도 있을 수 없다는 것이다.[57]

『도덕의 계보』에서 니체는 망각이 그냥 관성적으로 발생하는 행위가 아니라 적극적인 기억의 소멸 능력임을 힘주어 말하고 있다. 왜냐하면 인간을 약속할 수 있는 동물, 양심을 가진 동물로 만들기 위해 인류는 기억술을 고안하였기 때문이다. "기억 속에 남기기 위해서는, 무엇을 달구어 찍어야 한다. 끊임없이 고통을 주는 것만이 기억에 남는다"(니체가 누구의 말을 인용하였는지는 아무도 모른다). 인간이 스스로 기억을 만들 필

---

57) 『도덕의 계보』, 제2논문, '죄', '양심의 가책', 그리고 그와 유사한 것들, 책세상, 니체 전집 14권, 395-396쪽.

요가 있다고 여겼을 때는 신체훼손, 고문, 희생 같은 것을 행함으로 고통 속에 가장 강력한 기억의 보조 수단이 있다는 것을 알았다. 니체는 역사와 책임감을 부여하는 기억을 문제시한다. 니체는 지성을 가진 인간에게 고통을 각인시키는 방법으로 기억을 만들어내면서 사회는 가치들을 만들어냈다고 말한다. 그래서 니체는 "칸트의 정언명법에는 잔인함의 냄새가 난다"고 말했다. 이는 망각이 하나의 가치에 대한 망각임을 천명한 것이다.

니체가 실스 마리아에서 체류하던 시기에 쓴 『도덕의 계보』는 1887년에 탄생했는데, 니체가 자기의 사상을 전개하기 시작한 초엽에 쓴 『반시대적 고찰』은 바로 이 책, 즉 도덕의 기원에 대한 전주곡이다. 『반시대적 고찰』 제2권, 「삶에 대한 역사의 공과」에는 망각에 대한 구체적인 그의 생각이 담겨있다.

> 모든 행위에는 망각이 내재한다. 모든 유기체의 생명에는 빛뿐만 아니라 어두움도 속하듯이. 철저하게 역사적으로 느끼려는 사람은 잠을 자지 못하도록 강요당하는 사람이나 되새김질로만, 반복되는 되새김질로만 살아가야 하는 동물과 비슷할 것이다. 다시 말해 동물이 보여주듯이 기억 없이 살아가는 것, 행복하게 살아가는 것은 가능하다. 그러나 망각 없이 산다는 것은 전적으로 불가능하다. 또는 좀 더 단순하게 내 주제를 설명한다면, 불면과 되새김질, 역사적 의미에도 어떤 한도가 있는데, 이 한도에 이르면 인간이든 민족이든 문화든 살아 있는 것은 모두 해를 입고 마침내 파멸한다.[58]

---

58) 니체전집 2권, 292-293쪽.

그리고 니체는 우리에게 "제때에 기억할 줄 아는 것처럼 제때에 잊을 줄 아는" 기술을 가르쳐준다. 무엇보다도 망각을 이용하여 역사를 잊어버려야 한다고 강조하는데, 여기서 역사란 단순히 현재까지 축적된 지식 같은 역사만이 아니라 예술과 학문, 그리고 삶 전반을 가리킨다. 물론 "인간이나 민족은 목표나 힘, 고난에 따라 어느 정도의 역사를 필요로 한다." 그러나 역사가 그것을 배우는 사람의 기억을 무겁게 짓눌러 살아가는 데 필요한 기본적인 능력마저 잃어버리게 한다고 니체는 이렇게 말한다.

> 행위자는, 괴테의 표현에 따르면, 양심이 없는데, 마찬가지로 그는 아는 것도 없다. 그는 하나를 행하기 위해 대부분의 것을 망각하며, 그는 자신의 배후에 있는 것에 대해 불의를 행한다. 그가 아는 유일한 권리는 이제 생겨나야 할 것의 권리다.[59]

이것이 니체가 말하는 망각의 기본원칙이자 새로운 기억의 탄생이다. 지금까지 충실히 갈무리해온 기억의 내용, 곧 역사적 교양의 동기가 되는 토대를 없애고, 행위나 삶이 미래를 중심으로 새로운 대안을 구축하고 이것을 기준삼아 기억을 새롭게 해야 한다는 생각은 결국 기억과 망각의 관계를 넘어 기억과 반기억의 구도를 구성한다. 물론 그런 "능동적 망각"에도 불구하고 그런 망각이 성공적인가 하는 것은 미지수다. 니체는 『선악의 저편』에서 스스로 이렇게 말한다.

---

59) 반시대적 고찰 II, 니체전집 2권, 296쪽.

내 기억은 "이것을 내가 했다"고 말한다. 내가 그러한 것을 했을 리 없다고 내 자부심은 말하며 냉정해진다. 결국—기억이 양보한다.[60]

중립적인 것 같은 이 태도에는 기억과 망각이 사실 서로 별개의 것이 아니라 마음과 몸의 일심동체 또는 일심이체의 상황에서, 동전의 양면과 같이 서로 공존한다는 것을 보여주고 있다. 어떻게 읽으면 양심이 없는 행동을 질책하는 것처럼 보이는 이 구절은 오히려 반대의 해석을 가능하게 한다. 말하자면 니체는 "알프스 골짜기의 주민"[61]이라는 비유를 들어 매우 건강하고 씩씩하게 살아가는 것을 "자부심"에 비유하고, "그(알프스의 주민)보다 훨씬 더 정의롭고 학식 있는 사람이 병약하고 쇠약한 상태로" 있는 것을 기억에 비유하고 있다. 물론 전자가 "점에 불과한 지평"을 가지고 있는 동물과 같지만 살아가는 데는 역사의 과잉이라는 짐을 지고 가는 "학자"보다는 더 힘차게 살아갈 수도 있다.

니체는 니부어의 말을 빌려 보통 사람들은 어떤 특정한 사상을 여과 없이 받아들여 그것을 역사를 보는 하나의 틀로 삼고 모든 역사적 사건들을 이 틀로만 보게 된다는 점을 강조한다. 이유는 무지한 사람들이 어떤 인물의 강력한 정신에 매료되어 사유의 틀에 쏟아 붓는 그 열정의 노예가 되기 때문이다.[62] 이런 초역사적인 관점은 어떻게 기억이라는 주형(鑄型), 즉 기억의 틀이 만들어지는지 그리고 반기억, 즉 기억의 틀로 망각된 또는 소실된 틀이 존재할 수 있는지를 알게 한다. 니체가 위의 인용문에서 "행위자"라고 명명한 사람은 이로 인해 맹목적이고 부

---

60) 『선악의 저편』 68번, 니체전집 14권, 108쪽.
61) 니체전집 2권, 294쪽.
62) KSA Bd.1, S. 254. 니체전집 2권, 297쪽을 참조하라.

당한 사람이 된다. 그래서 그는 이런 초역사적인 관점을 가지게 된다.

본문에서 상세히 논의하겠지만 오웰의 『1984』의 인물 윈스턴이 전체주의에 대한 불신을 보여준 것이나, 이순신과 병자호란에 대한, 소위 말하는 초역사적인 관점은 이렇게 발생된다. 그렇게 되면 "행위자"는 아무런 생각도 없이, 즉 역사에 무관심하게 세상을 살아가게 된다. 이런 행위자를 니체는 "역사적 인간"이라고 부르는데, 아이러니하게도 이들은 "모든 역사에도 불구하고 얼마나 자신들이 비역사적으로 사유하고 행동하는지를 알지 못하며, 그들의 역사연구도 순수한 인식에 기여하는 것이 아니라 삶에 봉사한다는 것도 알지 못한다."63) 결국 이들 "역사적 인간"은 "초역사적 인간"이 될 수밖에 없는데 그것은 그들이 역사에서 배우는 것이 "체념인지 또는 미덕인지, 아니면 참회인지"에 대해 생각이 없기 때문이다.

니체는 여기서 과거 역사에 대해 가지는 하나의 담론이 가지는 위험성에 대해 엄중히 경고한다. 그런 "순수하고 완벽하게 인식되어 인식 현상으로 용해된 역사적 현상"은 그런 과정을 인식한 자, 즉 니체에게는 죽은 자이다. 왜냐하면 니체는 그 현상 속에 "광기와 불의, 맹목적인 정열"을 보게 되고 동시에 인간 세상의 어두운 지평, 특히 역사적 힘(권력)이 있다고 보기 때문이다. 그러므로 역사는 수학처럼 그런 순수한 학문이 아닐 뿐만 아니라 나아가 그런 역사의 과잉은 살아 있는 것에 해를 끼친다. 니체는 역사비판의 첫걸음을 내디디면서 역사와는 다른 관점에서 파악한 (반)기억의 개념을 위한 주춧돌을 놓았다.

니체는 역사를 파악하는 세 가지 방식에 대해 언급한다. 그것은 기념

---

63) KSA Bd.1 255, 니체전집 2권, 298쪽.

비적 방식, 골동품적 방식, 그리고 비판적 방식이다. 기념비적 방식은 마치 점성술사가 하는 것과 같은 방식으로 별들의 위치에 따라 사건을 설명하는 것과 같다. 이것은 천문학자가 하는 방식과는 대조적인 것으로, "다른 것을 유사하게 만들고, 일반화하고 끝없이 동일시하며, 원인을 희생시켜 결과를 기념비적으로"[64] 만들기 위해 주제와 동기의 차이점을 약화시킨다. 그러나 이렇게 되어 기념비적인 방식이 승리를 하게된다면 다른 두 가지 방식은 손상을 입게 되고, 결국 "과거의 위대한 부분들은 잊히고 무시되며 멈추지 않는 흙탕물처럼 흐르게 되어 단지 몇몇 분칠한 사료들만이 섬처럼 떠오를 것이다."[65] 결국 기념비적 역사는 지난 시대의 "강한 자와 위대한 자에 대한 증오"를 감탄으로 바꾸는 가면무도회 의상과 같다. 이 가면을 쓴 자들이 역사적 고찰의 진정한 의미를 정반대로 뒤집는다.

두 번째 역사 파악의 방식은 골동품적 방식이다. 이는 마치 조상들이 물려준 가구를 보존하듯이 어떤 역사를 보존하려는 정신을 말한다. 이런 방식은 "자연의 혜택을 받지 못한 종족이나 민족들을 그저 자신의 고향에 묶어두고, 좀 더 좋은 것을 찾아 나서지 못하게 하고, 더 좋은 것을 두고 경쟁하지 못하게" 한다. 그리하여 사람들은 "자신의 실존에 대한 해명을 얻고 정당성을 얻는 행복감"[66]을 진정한 역사라 부르게된다. 이것은 앞에서 언급한 기념비적 역사인식과 유사한 것이다. 이런 방식은 마치 나무가 숲을 보지 못하듯이 제한된 시야를 가질 수밖에 없고 "대다수의 것을 전혀 인지하지 못하고, [⋯] 그래서 각각의 개별적인

---

64) KSA Bd.1 261 f., 니체전집 2권, 305쪽.
65) KSA Bd.1 262, 니체전집 2권, 306쪽.
66) KSA Bd.1 267, 니체전집 2권, 311쪽.

것을 지나치게 중시한다."67) 그러나 여기에는 항상 위험이 따른다. 그것은 "생성 중에 있는 새로운 것을"68) 거부하고 적대시하는 것이다. 이렇게 니체가 나무와 뿌리로 비유한 현재와 역사의 관계는 골동품적 방식으로 역사를 이해하는 경우에 결국은 나무 잎사귀가 마르면서 뿌리까지 말라 죽게 된다는 비유에 이른다. 왜냐하면 현재의 신선한 삶이 주는 혼과 감동을 부여받지 못하기 때문이다. 그저 "과거에 한번 존재했던 것을 맹목적으로 수집하고 쉴 새 없이 긁어모으는 역겨운 연극을"69) 지속할 뿐이기 때문이다. 결국 골동품적 역사는 삶을 보존할 뿐 생산할 줄 모른다.

그리하여 니체에게 제3의 역사는 필수 불가결해진다. 그것은 비판적 방식이다. 니체는 말한다. "인간은 살기 위해 과거를 파괴하거나 해체할 힘을 가져야만 하고 때에 따라 실제로 그렇게 해야 한다. 그렇게 되기 위해 그는 과거를 법정에 세우고 고통스럽게 심문하고 마침내 유죄를 선고해야 한다. [...] 항상 그 안에는 인간적 폭력과 약점이 강력하게 작용하고 있었기 때문이다. 여기서 법정에 앉아 있는 것은 정의가 아니다. 여기서 이루어지는 판결이 자비는 더더욱 아니다. 그것은 오로지 삶, 저 어둡고 충동질하는, 끊임없이 스스로 욕망하는 힘(권력)이다."70) 비판적 방식은 과거가 얼마나 부당한지, 어떤 사물의 존재가 얼마나 부당한지를 알아야 하는 것이며, 그것을 비판적으로 고찰하고 그 뿌리에 칼을 대는 것이다. 왜냐하면 우리 모두가 과거 종족의 결과인 까닭에

---

67) 같은 곳.
68) 같은 곳.
69) KSA Bd.1 268, 니체전집 2권, 313쪽.
70) KSA Bd.1 269, 니체전집 2권, 314쪽.

그들의 과실, 열정과 오류, 심지어 범죄의 결과일 수 있기 때문이다. 결국 이런 역사의 방식은 "오늘의 자신을 있게 한 과거가 아니라 현재의 자신을 있게 한 것으로 여기기를 원하는 과거를 나중에a posteriori 만들어내는 것"71)이라고 할 수 있다. 니체는 결론적으로 과거에 대한 연구는 "현재를 약화시키고 생명력 있는 미래의 뿌리를 말살하기 위해서가 아니라 미래와 현재에 봉사하기 위해서 탐구되어야"72) 한다고 말한다. 이것이 진정 니체가 왜 반기억 담론의 원조가 되는지에 대한 근거라고 할 수 있다.

---

71) KSA Bd.1 270, 니체전집 2권, 315쪽.
72) KSA Bd.1 271, 니체전집 2권, 316쪽.

4. 프로이트의 잠복이론

푸코나 니체와 같이 프로이트는 명시적으로 기억과 반기억에 대한 논의를 하지는 않는다.[73] 그러나 그의 이론 전체가 의식 또는 자아가 형성하는 기억에 대한 무의식 또는 알 수 없는 그 무엇(Es)을 형성하는 반기억으로 구조화되어 있다는 점에서 그의 기억 담론을 다룰 필요가 있겠다. 그는 내가 보기에 "억압된 것의 회귀"로서의 기억을 암시적으로 반기억으로 보고 있는 것 같다. 문학, 특히 소설은 내면의 이중적 자아를 그리는 것으로, 문학에서의 반기억 담론을 위해서 우리는 프로이트의 기억에 대한 이론을 다루는 것이 필수불가결하다.

프로이트가 말하는 무의식은 '절대로 알지 못했던 것'이 아니라, 언젠가 한 번 알았던 것으로 '지금은 잊혔지만 마음에서 사라지지 않는 것'이다. 그러니까 이 무의식은 마음의 "잠재적" 층에 잠복(억압)되어 있다가 다시 등장하는 것이다. 결국 이런 잠복된 것(억압된 것)의 회귀가 프로이트의 반기억의 요체이다. 프로이트는 이 무의식, 즉 억압된 것은 모두 같은 동기를 가지고 있다고 주장한다. 그것은 바로 불쾌감으로서, 현실원칙에 위배되는 것들이다. 기분 좋지 않은 것, 양심을 괴롭히는 것, 곤혹스러운 것 등은 "불쾌감"을 방지하기 위하여 우리로 하여금 곧잘 잊어버리게 하지만 사라지지는 않는다. 그러므로 프로이트에게 "무

---

73) 이 저서의 이 부분은 원래 연구재단에 지원한 저술출판지원사업의 계획서에는 포함되지 않은 것이다. 이 책을 다 끝내고 난 후, 익명의 심사위원이 프로이트의 이론을 이 부분에 보완하면 좋겠다는 의견을 냈고 그 결과를 받아들인 것이다. 공교롭게도 책을 끝마치고 난 후, 맨부커 상을 받은 한강의 소설 『채식주의자』를 보완하였는데, 그에 대한 이론은 프로이트의 이론과 상응한다. 이 자리를 빌려 의견을 주신 심사위원께 감사한다.

의식이란 곧 억압된 것"이다. 그는 이 '억압된 것'의 회귀가 소설이나 원시문화의 경전에서 반기억의 형식으로 부활한다고 본다. 프로이트는 "그 사람 모세와 유일신교"74)에서 다음과 같은 사례를 든다.

> 자기 어머니와 결정적으로 대립하는 상태에 이른 한 소녀의 사례를 소개한다. 이 소녀는 어린 시절부터, 어머니에게는 결여되어 있는 성격은 애써 계발하고, 어머니를 상기시키는 부분은 극력 기피해왔다. […] 이 소녀는 여자 아이들이 대부분 그렇듯이 어린 시절에는 어머니와의 동일화를 꾀하다가 일정한 나이가 되자 어머니와 동일한 여성이 되는 데 맹렬하게 저항하게 된 것이다. 하지만 놀라운 것은 이 소녀가 결혼해서 아내가 되고 어머니가 되면, 그토록 적대하던 어머니를 닮아가다가 급기야는 극복의 대상이었던 어머니와의 동일화가 다른 식으로 재현된다는 점이다.75)

프로이트는 여기서 소녀의 "극력 기피한" 본능적 충동은 그 강도를 유지하거나, 그 강도를 재결집하거나 새로운 동기를 통해 재분출을 시도한다. 이렇게 되면 충동 이전에 했던 요구를 반복한다. 그러나 억압된 것의 트라우마는 차단당한 채로 있기 때문에 취약한 곳에서 대리만족을 통해 분출된다. 이 대리만족으로 쾌감을 얻게 된 자아는 의기양양하게 된다. 이것이 바로 억압된 것의 회귀라는 메커니즘이다. 우리가 만약 이 소녀의 이야기에서 소녀를 의기양양하게 만든 것을, 즉 의식한 것을 중심으로 쓴다면 그것은 기억일 것이다. 그러나 반대로 무의식적

---

74) 열린책들의 프로이트 번역전집에서 이윤기는 "인간 모세와 유일신교"라고 번역하고 있지만 이는 명백한 오류로서 본문 제3부에 가서 자세히 설명한다.
75) 프로이트, 전집 16권, 이윤기 역, 열린책들, 1998, 170-171쪽.

인 행동, 즉 "어머니와의 동일화"를 이야기한다면 그것은 반기억이 된다.

반기억이 만들어지는 메커니즘은 이렇다. 어린아이가 말을 배우기도 전에 받아들인 초기기억의 인상이 강박적 성격을 형성하는 데 영향을 미쳤다고 하는 이론을 프로이트는 인류의 태곳적 체험에도 동일하게 적용된다. 프로이트가 「토템과 타부」에서 주장하는 이론이 이것이다. 원시 아버지는 무리 안의 여자를 독점하고 아들들을 비롯한 젊은 남성을 모조리 추방한다. 그러나 이 아들들과 무리의 젊은이들은 아버지에 대항하여 아버지를 죽이고 여자들을 차지한다. 그 후 죄의식을 가진 아들들은 토템을 세우고 족외혼속을 취하게 된다.

프로이트에 따르면 이 가설은 "유일신 이념"의 생성과 맥을 같이 한다. 유일신 이념은 상당부분 강박과 같은 성격을 띠고 있고 망상과 같이 왜곡되어 있으나 정당한 기억으로 승인될 수밖에 없다. 왜냐하면 이 이념이 과거로 회귀하면 진리의 성격을 띠기 때문이다.76) 프로이트는 유일신교를 주창한 모세에 대한 연구를 통해서 이 문제를 본격화한다. 즉, 일반적으로 알고 있는 모세는 역사적 인물이 아니라 기억의 인물이며, 역사적 인물 모세는 아마르나 혁명과 추방의 과정에서 비밀과 신비에 싸여 결국 오랫동안의 잠복으로 끝을 맺었다는 것이다. 이 과정은 프로이트가 강박 신경증이나 토템과 타부에서 원시인의 아버지 살해에 대한 가설과 같은 맥락이다. 이런 문화적 기억 혹은 문화적 반기억은 매우 획기적인 문화이론으로 아스만에 따르면 어떤 다른 이론으로도 대체될 수 없다.77)

---

76) 전집 16권, 177쪽.

프로이트의 반기억은 오랫동안 망각된 기억, 잠복된 기억의 부활이다. 이집트인 모세에 대한 문화적 망각은, 프로이트에 따르면 오랫동안 잊혀졌다. 구어적 사회에서는 폐기된 지식을 저장하는 기술을 알지 못하기 때문이다. 그러니 망각할 수 있는 기술이 없다. 다만 비문이나 성상 같은 물질적 기억의 파괴만 있을 뿐이다. 고고학적 발굴로 인하여 알게 되었지만 이것이 아마르나 혁명에서도 발견된다. 가령, 모세가 실존인물이 아니라 아케나톤으로 불린 아멘호테프 4세일 가능성이 있다는 가설들이 이를 뒷받침한다. 출애굽기에 기록된 문둥병자에 대한 이야기, 그리고 출애굽 당시에 벌어진 재앙들, 레위기에 기록된 이집트적 제의적 습속들은 망각과 억압에 관한 프로이트의 가설을 입증하기에 충분하다.

아마르나 혁명을 주도한 아케나톤(그는 모든 신상들을 파괴하고 오직 아톤이라는 유일신만을 섬기고자 하였다)은 이집트 왕들에게는 반이미지, 반종교였던 것과 마찬가지로 히브리인 모세가 바라보는 이집트인 또한 반이미지요 반종교였다. 프로이트는 유일신교적이고 성상파괴주의적인 반종교가 있었다는 사실을 알았다. 그리고 이집트가 상실한 기억을 되찾아 이집트인 모세를 완성하고자 했다. 프로이트는 우선 출애굽기 11장 3절의 "그 사람 모세"라는 식으로 성서의 기자가 모세에게 거리감을 두고 묘사한 것에 주목한다("또한 그 사람 모세는 그 땅 이집트에서 아주 위대하였다"). 그런데 모세가 어디 사람인지를 나타내주는 이정표가 오랫동안의 잠복을 거쳐 신약 사도행전 7장 22절 "이렇게 해서 모세는 이집트 사라의 모든 학문을 배워 말과 행동이 뛰어나게 되었습니다."란 구

---

77) 얀 아스만, 이집트인 모세, 380쪽을 참조하라.

절에 다시 등장하게 된다. 이것이 위에서 말했던 강박신경증의 특성이기도 한 '잠복 후 회귀'라는 반기억의 이론을 잘 대변하고 있다.

프로이트의 가설 반기억의 "잠복이론"은 다시 입증할 수 없는 모세 살해설로 이어진다. 다시 말해, 유대인들이 시내산에서 내려온, 비타협적인 모세를 살해했다는 것이다. 여기서 아톤을 섬긴 이집트인 모세와 야훼를 섬긴 미디안인 모세가 구별된다. 그러면 성격은 불완전한 것이 되는데 불완전하지 않은 성경과는 모순적이다. 그래서 프로이트는 다른 가설을 내세우는데 그것이 살해된 모세의 자리를 다른 지도자가 차지한다. 물론 이 지도자는 후세에 같은 모세로 지칭(기억)된다. 그 결과 모세라는 인물은 유태인 전통에서 배타주의와 보편주의라는 이중성을 만들어낸다. 여기에서 프로이트는 이런 결론을 도출한다. "진리는 영원히 감춰지거나 '변용'될 수 없었다"[78]는 프로이트는 그래서 이런 모세를 신뢰할 수 없었다. 이런 프로이트의 문헌적, 정신분석적 재구성은 '예언자 모세', '히브리인(유대인) 모세'에 대한 초월적 업적을 신학적으로 해체하고, 모세를 재구성된, 짜깁기된 인물로 만들었다. 결국 이 과정을 통해 프로이트는 기억과 반기억이 어떤 메커니즘으로 형성되는지를 보여준다. 나아가 우리가 어떻게 문화적(또는 문학적) 기억의 진실(또는 진리)을 찾아야할 것인지를 보여준다.

살해당한 모세를 입증할 만한 근거는 없다. 그러나 프로이트가 「토템과 타부」에서 주창한 잠복이론을 구체적으로 '모세의 기억'에 적용했다는 것에 그 의미가 있다. 그는 여기서 반기억에 대한 이론을 펴는데 그것이야말로 깊이 감춰진 흔적들을 찾아내는 과정이다. 해제주의에서 말

---

78) 아스만, 이집트인 모세, 285쪽.

하는 '흔적이론'은 바로 프로이트의 이런 주장에서 출발하고, 그것이 진리란 확실한 근거를 가지는 것이 아니라 흔적의 재구성을 통해 결속 력이 보장 받을 때 진리로서 인정될 수 있다는 이론을 시도한 최초의 학자라는 점을 인정해야 한다. 프로이트가 시도한 것은 지속적인 인류 학적 흔적에서 반복과 억압을 찾아내는 것으로 니체와 푸코가 말한 "진 정한/쓸모 있는 역사"와 궤도를 같이 하고 있다. 그러므로 문화적 기억 에서 서술된 기억이 아니라 심층적으로 각인된, 암호화된 (반)기억을 찾 는 것은 후현대의 매우 중요한 기억담론의 도구가 된다.

5. 미셀 푸코의 반기억 담론

이미 서문에서 언급하였듯이 반기억이라는 용어를 상술적으로 제일 먼저 언급한 사람은 프랑스의 철학자 미셸 푸코다. 그는 역사 기술, 즉 고고학(考古學) 또는 계보학(系譜學)의 특징을 규명하기 위해 이 말을 사용하였다. 푸코에 의하면, (그리고 그가 자신의 사상의 출처로 지목해온 니체에 의하면) 전통적인 역사학은 연속성을 강조하고 목적론적 전통을 강조한다. 전통적인 역사학에서는 인간의 삶 또한 단일한 집합적 기획으로 파악된다. 역사가 집합적 기획으로 파악되는 한, 전통적 역사 기술 방식은 자기 정체성을 그대로 유지하는 유일한 기억(관점)인 전통적 소설의 (전지적 시점의) 서술방식과 유사하다.

> 역사로 하여금 오랫동안 스스로 만족하게 했던 그리고 스스로의 인간학적 정당화를 찾도록 했던 이마주—과거의 생생함을 되찾기 위해 물질적 문서들에 덧붙여지는 매우 오래되고 집단적인 기억의 이마주—로부터 벗어나게 하는 것이 필요하다.[79]

오랜 시간 동안 인간 집단의 정체성을 그 집단의 특수한 관념과 함께 정립한 역사 저술의 의도만큼이나 텍스트(문학이라고 읽자)가 일생 동안 안정된 자기 정체성을 갖게 해온 것이 유일한 개인의 기억이다. 이런 의미에서 보면 문학은 더 이상 "집단적인 기억의 이마주"가 아니라 "통일성들"이나 "계열들"이다. 푸코는 우선 역사학에서 계보학과 고고

---

79) 미셀 푸코, 지식의 고고학, 이정우 옮김, 민음사, 1998, 26쪽.

학을 분리하기 위해 니체의 "진정한 역사wirkliche Historie"라는 개념을 빌려와 "쓸모 있는effectif 역사"라는 개념을 확립한다. 이 "쓸모 있는 역사"라는 반 체계적 방법으로 푸코는 역사의 단절과 역사의 불연속성에 주목하게 되었다. 지식도 푸코의 '계보학적' 관점에서 보면 "하나의 관점일 뿐이며"80), 그런 지식으로서의 역사학을 거부하고 이질적 체계를 나타내기 위해서는 반기억contre-mémoire을 구축할 수밖에 없다.

이런 그의 사상 확립을 위해서 푸코는 니체를 원용하고 있다. 그가 펼친 사상의 원류는 니체의 계보학인데, 제일 먼저 그는 계보와 관련된 개념인 "기원Ursprung"이라는 말을 니체가 사용한 맥락에서 분석하고 있다. 푸코에 따르면 니체는 이 말을 Entstehung(발생), Herkunft(유래), Abkunft(혈통), Geburt(탄생)과 혼용하고 있다. 이를테면 니체는 『아침놀』 102번에서 "모든 도덕의 기원Ursprung aller Moral"이 "나에게 해로운 것은 악한 것(그 자체로 해로운 것)"이고 "나에게 이로운 것은 선한 것(그 자체로 자비롭고 이익을 가져오는 것)"이라는 혐오스럽고 편협한 결론이 아니겠는가 하고 추론한다.81) 이때 니체는 도덕이 "수치스러운 기원pudenda origo"을 갖고 있다고 주장하면서 "Ursprung(기원)"이라는 말을 사용한다. 그리고 그 이외에도 푸코는 니체의 『도덕의 계보』 제1논문, 14번에서, 그리고 종교의 기원에 대해 말하는 『아침놀』 62번, 『즐거운 학문』 151번, 353번에서 그 기원이 "하나의 소설이자 하나의 속임수, 하나의 예술품이요, 하나의 비밀스런 공식"이라고 논평하고 있다.82)

그러나 본격적으로 『도덕의 계보』 서문에 보면 계보학과 관련된 다

---

80) 이광래, 미셸 푸코 광기의 역사에서 성의 역사까지, 민음사, 1996, 95쪽을 참조하라.
81) KSA, Bd. 3, 90, 니체전집 10권, 111쪽.
82) 이광래, 같은 책, 331쪽

른 말을 사용하여 우리의 주목을 끈다. 그 개념은 우리가 가지는 도덕적 선입견의 기원에 관한 검토로서 이때 니체는 Ursprung(기원)이 아니라 Herkunft(유래)라는 말을 사용한다는 것을 간파한다. 니체 자신이 썼던 그 이전의 글, 이를테면 『인간적인, 너무나 인간적인』이라는 글에서는 Ursprung(기원)이라는 말을 그대로 사용하고 있다. 그러니 거의 10년 후에 이 말이 『도덕의 계보』에 와서 대립적 양상을 띠는 Herkunft(유래)라는 말로 바뀌지만 그 이후에 다시 중립적이고 등가적인 말로 되돌아간다.[83]

이와 더불어 푸코는 이런 질문을 던진다. 왜 니체는 자신이 진정한 계보학자généalogiste일 때조차도 가끔씩 기원(Ursprung)의 추구에 도전하는가? 그것은 우선 그가 "사물의 정확한 본질, 사물들의 순수한 가능성들, 조심스럽게 보관된 사물들의 정체성들"[84]을 파악하고자 하였기 때문이다. 푸코는 니체가 이미 외부세계에 선행하는 "부동의 형식들"이 존재하고 있다는 것을 알았고, 그것들을 "이미 존재하고 있었던 것들"이라 표현한다고 보고 있다. 니체는 그런 형식들이 갖는 근원적 동질성을 위해 모든 가면들은 제거되어야 한다고 보았다. 계보학자가 형이상학에 대한 자신의 믿음을 연장하길 거부하고, 역사에 귀 기울이는 한, 그는 사물의 배후에 "전혀 상이한 어떤 것"이 존재함을 알 것이다.

『아침놀』 경구 123번은 이성에 대해 이렇게 말한다. "어떻게 이성이 세계에 나타나게 되었는가? 당연히 비이성적인 방법을 통해, 즉 하나의 우연을 통해 세계에 나타나는 것이다."[85] 그런 만큼 니체는 사물들이

---

83) 도덕의 계보 제1논문, 2번에서는 Herkunft, 그리고 제2논문 8번, 11번, 12번, 16번, 17번에서는 Ursprung을 사용하고 있다.

84) Michel Foucault, Language, Counter-memory, Practice, ibid., p.142.

"전혀 본질을 가지고 있지 않다." 사물들은 본질로 존재하는 것이 아니라 그저 천의 조직(組織)처럼 짜여 있을 뿐이다. 나아가 니체의 계보학적 분석에서 진리는 자유의지의 개념이 아니라 "지배계급의 고안물"[86]일 뿐이다. 그것은 종국적인 인간본성도 아니요, 사물들의 역사가 시작하는 곳에 있는 그 사물들의 기원이 갖는 신성불가침의 영역도 아니다. 거기서 발견되는 것은 오로지 사물들의 불화, 즉 부조화disparité이다.

그렇기에 니체가 파악한 역사는 그 기원의 장엄함을 사람들이 어떻게 조소하는가를 가르쳐줄 뿐이고, 결국 니체가 「방랑자와 그의 그림자」에서 말한 대로, "기원을 찬양하는 것,―이것은 [...] 만물의 시작에는 가장 가치 있고 가장 본질적인 것이 있다고 생각하게 하는 형이상학의 싹이다."는 말은 형이상학의 연장에 불과한 것이다. 『아침놀』 49번에서 니체가 말하는 것은 푸코에게 자못 충격적이다. "옛날 사람들은 자신들이 신적인 기원을 갖는다고 생각함으로써 인간의 위대함을 느끼고자 했다. 이런 생각은 현재는 금지되어있다. 그 이유는 그 길의 입구에 소름끼치는 다른 동물과 나란히 원숭이가 서 있고 '이 방향으로는 더 이상 갈 수 없다'고 말하기라도 하는 것처럼 이빨을 드러내고 있기 때문이다."[87] 푸코는 이 구절을 보며 니체가 기원을 "기만적이며, 아이러니하며, 모든 어리석은 생각들로 되돌아가는 것"이라는 의미를 말했다고 본다.

이런 기원이 후세에 그대로 받아들여지는 데는 대체로 두 가지 점에

---

85) 니체전집 10권, 141쪽. 푸코의 글에는 니체가 비이성적이라 표현한 이 부분을 "이성적reasonable"이라 표현하고 있다. 왜 이렇게 전도되었는지 필자로서는 알 길이 없다.
86) 방랑자와 그의 그림자 9, 인간적인 너무나 인간적인 II, 니체전집 8권, 228쪽.
87) 니체전집 10권, 62쪽.

서 매우 유리한 조건을 안고 있기 때문이다. 그 하나는 절대적 거리라는 유리한 조건을 이용하여 그 기원이 실증적으로 증명할 수 없다는 점을 이용하는 것이다. 즉 이때 기원은 그 자체로 너무 호도되었기 때문에 결과적으로 허구적 인식으로 변하고 만다. 그래서 결국 기원은 증명할 수 없는 소실의 자리에 놓이게 되고, 사물들의 진리가 담론과 연계되는 지점에 놓이게 되고, 담론이 사라져 상실되는 말들의 잔치 자리에 놓이게 된다.[88] 그래서 결론적으로 진리란 니체에게(동시에 또한 푸코에게) 결코 의심할 수 없는 종류의 오류가 된다.

그러니까 진리는 처음에는 현자들에게 유용하게 만들어졌다가 다음에는 경건한 인간들에 의해 도달 불가능한 세계로 위축되었다가 결국에는 무용하고 피상적이며 모든 면에서 모순된 관념으로 거부된다. 그러기에 이제 기원과는 다른 담론인 계보학이 등장한다. 계보학이야말로 모든 가치, 도덕성, 금욕주의, 지식 등에 대해 분명히 밝혀줄 수 있다. 무엇보다 기원과 계보학이 혼동되어서는 안 된다. 그렇다고 어찌 해볼 수 없는 역사의 질곡으로 치부되어서도 안 된다. 그러기에 계보학자는 역사에게 기원이라는 망령에서 벗어날 것을 요구한다. 이것은 경건한 철학자가 자신의 영혼에 드리워진 그림자를 쫓아내기 위해 의사를 불러들이는 것과 같다.

> 계보학자는 역사의 사건들을, 역사의 급격한 요동들을, 역사의 놀라움들을, 역사의 불안정한 승리들과 불유쾌한 패배들을 인정할 수 있어야 한다.[89]

---

88) 푸코, 이광래, 334쪽을 참조하라.
89) 푸코, 이광래, 336쪽.

왜냐하면 역사란 "마치 신체처럼 그것의 강한 순간과, 그것의 쇠퇴와 그것의 뒤끓는 흥분과 졸도 같은 순간들로 점철"[90]되어 있기 때문이다. 여기에 바로 푸코가 니체에게서 찾은 반기억의 이론적 토대가 놓여 있다. 한편, 푸코는 니체 계보학에서 기원(Ursprung)이라는 개념보다는 발생(Entstehung)과 유래(Herkunft)가 더 중요함을 언급하고 있다.[91] 더 나아가 유래는 계보descente의 동의어로서 종족이나 사회유형이란 뜻을 포함하고 있다. 이런 계보에 대한 분석은 어떤 특성이나 어떤 개념의 유일한 양상 아래에서, 그것을 통해서 그리고 그것의 도움으로, 혹은 이것들에 대항해서 형성된 수많은 사건들에 대한 발견을 하게 한다. 그러므로 계보학의 과제는 "우연들, 곧 미세한 일탈들을 확인하는 일이요, 오류들과 그릇된 평가들과 잘못된 계산들을 인식하는"[92]일이다. 그리고 계보학의 임무는 전적으로 역사에 의해 흔적이 보존된 하나의 육체를 드러내는 일이며, 육체에 대한 역사의 파괴 과정을 폭로하는 일이다.

그렇기 때문에 니체의 계보학이 가지는 장점은 "이전에는 부동이라고 고려되었던 것을 혼동시키며, 동질적이라고 상상되었던 것의 이질성을 보여주며, 통일된 사고였던 것을 조각내는"[93] 일이다. 그런데 이런 계보는 육체에 붙어 있다. 육체는 계보를 지탱하고 있다. 푸코는 니체의 『아침놀』 42번의 말을 인용한다. 그곳에서 관상적인 삶의 유래에 대해 니체는 이렇게 말한다.

---

90) 같은 곳.
91) Michel Foucault, Language, Counter-memory, Practice, ibid., p.145.
92) ibid., p.146.
93) 푸코, 이광래, 338쪽.

그러나 그의[인간의: 필자] 힘이 약해져 피로, 병, 우울, 권태를 느끼고, 그 결과 때때로 의욕을 상실하게 되면 그는 비교적 더 나은 인간, 즉 덜 위험한 인간이 되었다. 이렇게 되면 그의 비관적인 생각은 겨우 말과 생각으로, 예를 들어 자신의 동료들 혹은 자신의 아내 혹은 자신의 삶 혹은 자신의 신들이 갖는 가치에 대한 말과 사상으로 표출될 뿐이다. ―그의 판단은 악의를 담은 판단이 될 것이다. 이런 상태에서 그는 사상가이자 예언가가 되거나 자신이 믿는 미신을 계속 꾸며내고 새로운 관습을 고안하거나 자신의 적들을 비웃는다.[94]

그러므로 우리는 푸코의 생각을 따라 이렇게 거꾸로 유추할 수 있다. 육체가 과거의 기억을 유지하며 갈망과 실패와 오류를 낳을 수 있다고. 육체는 사건들의 각인된 표면이며 분열된 자아의 저장고다. 그러므로 푸코에 따르면, 계보학의 임무는 역사에 의해 흔적으로 보존된 육체를 찾아내는 일이며, 육체에 대한 역사의 파괴과정을 폭로하는 일이다.

푸코가 바라보는 니체의 세계는 결코 본질적인 특징이나 궁극적 의미를 지닌 그런 단순한 세계가 아니라 수많은 사건들이 뒤얽혀 있는 세계이다. 그러므로 진정한 역사학은 전통적인 역사학이 형이상학에 의존하는 데 비해 근친성과 간극 사이의 관계를 역전시킨다. 전통적인 역사학은 "먼 것들과 높은 것들, 이를테면 가장 숭고한 시기들이라든가 최고의 형식이라든가 가장 추상적인 관념들이라든가 가장 순수한 객체들에 대한 사고에 깊이 빠져드는" 데 비해 진정한 역사학은 "자신의 시야를 자신에게 가장 근접한 것들―육체, 신경조직, 영양섭취, 소화, 에너지―로 축소시킨다." 그리고 진정한 역사학은 "퇴폐의 시기를 발굴하

---

94) 니체, 아침놀 42번, 니체전집 10권, 57쪽.

며, 우연히 행복한 시기를 만나더라도 야만적이고 부끄러운 혼돈을 발견하지는 않을까 하는" 의심을 품게 된다.[95] 여기서 우리는 반역사라는 개념이 형이상학보다는 형이상학에 의해 무시된 "생리적인" 측면을 강조한 데서 나온다는 것을 알 수 있다.[96]

　니체는 『우상의 황혼』에서 원인과 결과가 감각적인 측면에서 어떤 오류로 등장할 수 있는지를 다음과 같이 힘주어 말하고 있다. "꿈에서 출발해보자: 예를 들어 멀리서 울리는 포 소리의 결과로 생기는 어떤 원인이 나중에 슬쩍 끼어든다(꿈꾸는 사람이 주인공인 아주 작은 콩트 같은 이야기가 종종 그렇다). 한동안 그 감각은 일종의 반향으로서 유지된다: 이 감각은 말하자면 원인을 만들어내는 충동이 그 감각으로 하여금 전면에 나서게 할 때까지 기다린다―이제는 우연한 사건이 아니라, '의미'로서 나서게 할 때까지. 포 소리는 인과적 방식으로, 분명히 시간의 역행 안에서 등장한다. 더 나중의 것, 동기를 부여하는 것이 가장 먼저 체험된다. 종종 섬광처럼 스쳐가는 수백 가지의 개별적 사건들과 함께. 그리고 그 다음에 포 소리가 따른다……"[97] 이렇게 하여 포 소리는 동기일 뿐인데 원인으로 오해되는 것이다. 우리는 여기서 니체가 의도하는 진정한 역사학이 푸코의 『광기의 역사』, 『지식의 고고학』의 모태가 됨을 알 수 있다. 푸코가 보기에 니체는 이런 의미에서 도덕학, 형이상학, 민주적인 방식, 종교적 방식들은 사실 "최후의 것, 가장 빈약한 것, 가장 공허한 것"임에도 실제적인 존재자라고 규정되는 전통적 역사학

---

95) 같은 책, 348쪽.
96) 니체는 『우상의 황혼』 44번에서처럼 그의 저작에서 "역사적으로나 생리적으로"라는 말을 자주 쓰고 있다.
97) 니체전집 15권, 117-118쪽, 우상의 황혼, 네 가지 중대한 오류들 4번.

의 방식이다.

진정한 역사학은 그 첫 번째로 풍자를 말하되, 현실에 대항하여 역사의 주제가 추억이나 인정으로 변하는 것을 반대한다. 두 번째로 분해를 말하되, 동질성에 대항하여 역사가 전통의 연속이나 대변자가 되는 것을 반대한다. 세 번째로 희생을 말하되, 진리에 대항하여 역사가 지식으로 전락하는 것을 반대한다. 이 모두는 기억과의 단절을 요구하고, 형이상학 모델이나 인류학의 모델과 절연하고 반기억 counter-memory을 구성한다. 이 반기억은 역사를 전적으로 다른 시간 형식으로 변형한다.

첫 번째 용도는 풍자와 익살에 어울리는 용도이다. 역사가는 이제 자신이 누군지 모르는 니체 당시의 유럽인들에게 또 다른 주체의 가능성을 제공하지만 역사적 감각을 소유한 인간은 이것이 하나의 가면에 불과하다는 것을 안다. 전통적 역사가들은 프랑스 혁명에 로마적 전형을 갖다 붙였고, 낭만주의에 중세 기사도의 갑옷을 입혔으며, 바그너에게는 독일 영웅의 칼을 쥐어주었는데 이것 모두 비실제적 가면일 뿐이다. 아무도 이런 종교에 빠지는 것을 막지 못했고, 새로운 내세를 축원하기 위해 바이로이트로 성지순례를 떠나는 것을 막지 못했다. 계보학자, 즉 새로운 역사가는 이언 가면들을 제거하고, 희미한 개체성을 견고한 주체성으로부터 건져낼 것이다. 그리고 이것은 셔레이드 charade를 시작한 신의 주체성을 능가할 것이다.

두 번째 용도는 주체성의 체계적 분해이다. 그 이유는 우리가 하나의 가면 아래에 유지시키고 통일시키고자 하는 이 나약한 주체성은 원래 하나의 풍자이기 때문이다. 이런 것들은 복수로 존재하며 수많은 정신들이 그것을 소유하려고 애쓰며 수많은 체계들이 그 안에서 상호 교차하고 경쟁한다. 니체는 『인간적인, 너무나 인간적인』(「혼합된 의견과 잠언들」)에서 다음과 같이 말한다. "아침 햇빛 속을 거닐던 한 사람이 이와 같이 자신에게 말했다: 그는 역사를 보며 정신뿐만 아니라 마음까지도 항상 새롭게 변화해가는 사람이었고 형이상학자들과는 반대로 '단 하나의 불멸하는 영혼'이 아니라 죽어야 할 많은 영혼들이 자신 속에 살고 있다는 사실에 행복해하는 사람이었던 것이다."[98] 역사학은 하나의 주체성을 찾아 재탄생하려 하지 않고 분명하고 다양한 요소들을 발견하는 데 그치고 말아 종합하는 힘을 만들 수 없다.

역사학의 세 번째 용도는 인식주체의 희생이다. 역사의식은 외견상, 즉 그것이 쓰고 있는 가면 때문에 중립적이고 열정이 없으며 그저 진리에 내맡겨져 있을 뿐이다. 그러나 면밀히 관찰한다면 그 역사의식의 다양한 양상들은 본능, 정열, 탐구자의 헌신, 철저한 치밀함, 악의 같은 지식의지와 결부되어 있다는 것을 알 수 있다. 그 역사의식은 자신의 무지로 인해 행복한 사람들의 반대편에 서서 폭력적인 입장을 택한다. 니체는 『아침놀』 429번에서 이렇게 말한다.

> 야만으로의 복귀 가능성에 대해 우리는 왜 두려워하고 싫어하는가? 야만이 현재의 상태보다 인간을 더 불행하게 만들기 때문인가? 아, 아니다! 모든 시대의 야만인들은 더 많은 행복을 누렸다. 우리 자신을 기만하지 말자! 우리의 인식 충동은 너무나 강하기 때문에 우리는 인식 없는 행복이나 강하고 확고한 망상의 행복을 평가할 수 없는 것이다.[99]

---

98) 혼합된 의견과 잠언들 17, 니체전집 8권, 30쪽.
99) 니체전집 10권, 337쪽.

인간은 인식이라는 무기로 진실한 행복을 발견하지 못하게 한다. 푸코에 따르면, 니체의 의견을 잘 분석해보면 기억이라는 것이 인식의 결과에 기대어 나온 것일 뿐이라는 것을 알 수 있다. "비웃고, 탄식하고, 저주한 것" 또한 "충동들 상호간의 특정한 태도"로, 즉 기억되지 않는 반기억(물론 니체는 이런 표현들을 쓰지 않았다)들로서 엄연히 존재한다는 것을 알 수 있다. 이런 원한에 사무친 지식 의지를 역사적으로 분석해보면 모든 지식은 불의에 의존해있고 인식에서조차 진리에 대한 권리와 진리를 위한 토대가 없다. 또한 지식을 얻으려는 본능도 악의적인 것이며 인류의 행복과 대립되는 살인적인 것이다. 그래서 종교가 옛날 육체의 희생을 요구했다면, 이제 지식은 우리 자신에 대한 검토를 요구한다. 즉 인식 주체의 희생을 요구한다.

제 2 장

문학적 반기억

문학적 반기억

이제 우리는 반기억에 대한 근원적 물음에서 출발하여 여기에서는 문학적 반기억의 양상들을 다양한 작가들의 소설에서 파악해보고자 한다. 이런 양상들은 니체에 따르면 "충동들 상호간의 특정한 태도에서" 나온 인식이자 어떤 하나의 진리로 과거를 파악되는 것이 아니라 지식 주체를 파괴하는 모험을 하는 태도들이다. 그러기에 우리는 왜 그런 담론들의 실천가들이 반드시 "기원으로의 회귀"를 실천하는지 또한 이해할 수 있다. 이런 소설들은 푸코가 말한 대로 어떤 "재발견"이나 "재활성화"가 아니라 "근원으로의 회귀"를 보여준다. "재발견"은 유추나 잊히거나 잘 알려지지 않은 인물들에 대한 자각을 가능하게 하는 현재 형태의 지식과의 이종동형(異種同形)이다.

푸코에 따르면 만약 우리가 회귀한다면, "그것은 기초적이고 구성적인 생략" 때문인데 그 생략은 우연하게 일어난 것도 몰이해의 결과도 아니다. 모든 기억은 본질적으로 그리고 불가피하게 그 자체의 왜곡을 겪을 수밖에 없으며 이러한 행위를 보여주는 것이 필요하다. 반기억은 바로 이러한 특성을 가지고 있는데 이러한 "구성적 생략"은 모든 이야기에서 어떤 원리들로 일반화되어왔다. 그것은 추론적 관행을 부추기고, 그것은 스스로에게 어떤 소설의 법칙 같은 것으로 여겨져왔다. 생략으로 가려진 혹은 잘못되고 거짓된 풍부함 속에 감쳐진 그 빈 공간들로 회귀할 때 바른 인식을 얻을 수 있다.

전통적 소설은 알다시피 한 작가의 주관적 담론에 의지하여 독자를 작가가 만든 허구의 세계로 끌고 간다. 이 '반 믿음의 상태poetic belief(코울리지)'를 생산하는 것이 곧 데이비드 흄이 말한 근대적 기억의 행위이자 망각의 활성화였다면, 현대 사회의 기억에 대한 불신과 다양하고도 이질적인 기억의 "생략"은 니체의 계보학이 생산한 담론성의 대상이 되었다. 그래서 반기억에 대한 연구는 자연스레 작가가 어떻게 그 어떤 "생략"을 형상화하는가(또는 문제시하는가)를 탐구해야 하고, 나아가 소설 미학적 측면에서의 서술 방식을(이것은 독자를 유혹하기 위한 수단으로서 진화한다) 연구하는 것을 특별한 과제로 삼아야 한다.

이런 반기억들이 문학에 나타내는 모습은 원근법(또는 관점Perspektive)과 밀접한 관련이 있다. 그렇기 때문에 우리는 먼저 반기억의 쟁점과 관련하여 소설의 서술방식, 즉 소설의 서술시점에 대해 생각해보아야 한다. 소설에서 일반적으로 받아들이는 서술시점이나 서술기법을 두고 영미 계통에서는 이미 오래 전부터 일반적으로 전지전능 시점, 주(主)인물 시점, 부(副)인물 시점, 객관적 시점 등과 같은 시점이론을 발전시켜온 데 비해100) 독일에서는 기록자적 시점, 1인칭 시점, 인물적 시점으

---

100) 토머스 어젤이 1934년에 쓴 내러티브 기술에서 출발한 것이다. Thomas Uzzel, Narrative Techniques, 3rd ed., New York 1934, pp.410-37.

로 구분하여왔다.[101] 슈탄첼은 서술상황으로 본 소설의 유형을 구분하는 데 있어서 기본적으로 보고적 서술과 장면적 묘사로 나누어 시작한다. 그는 보고적 서술의 표현법을 이렇게 예시하고 있다.

그 전쟁 통에 이 도시마저도 마침내 정복되고 파괴되었다. 그 북새통에 거의 모든 집들과 사원들이 정복자들의 방화로 인하여 잿더미로 화했다.

이와는 다른 표현법으로 그는 장면적 묘사를 들고 있다.

도시의 동쪽 성벽에서 조금 떨어진 곳에 위치한 자기 집 지붕 위에서 그는 성곽을 포위하고 있던 적군이 마침내 도성 안으로 침입해 들어오는 데에 성공했으므로 소리로 들어 아주 분명히 알 수 있었다.[102]

슈탄첼은 보고적 서술이 시간적 공간적 거리를 지니고 있는 데 반하여 장면적 묘사는 "그 일이 현재 일어나고 있는 것을 보는" 목격자의 시선을 서술한다고 본다. 그럼에도 슈탄첼은 이 서술과 묘사의 상황에 뭔가가 빠져 있다고 보고 있는데 그는 그것을 서술자의 등장 방식에서 찾고 있다. 즉, 보고적 서술은 역사가의 냉정함으로 서술했을 경우로서 동시대의 보고자(가령 이웃지방의 사람)의 서술과는 다르게 들릴 것이며, 장면적 묘사 또한 그 도시의 주민에 의해 묘사된 것과 약탈에 가담한

---

101) 슈탄첼의 이론을 따른 것이다. Franz K. Stanzel, Typische Formen des Romans, Göttingen 1972(한국어 번역본: 소설형식의 기본유형, 안삼환 역, 1982) 11쪽 이하. 아울러 김천혜, 소설구조의 이론, 문학과지성사, 1994, 99쪽 이하도 참조하라.
102) 슈탄첼, 같은 책, 26-27쪽.

한 병사의 입장에서 사건을 함께 체험하는 묘사가 서로 다른 영향을 미칠 것이다. 그래서 슈탄첼은 급기야 1. 주석적 서술상황, 2. 일인칭 서술상황, 3. 인물 시각적 서술상황으로 구분한다.103) 말하자면 소설에서 하나의 담론적 시점만을 인정하려고 하는 태도를 갖고 있다.

슈탄첼의 이론을 조금 더 정교화하여 빌헬름 포스캄프는 문학 내재적으로 규정한 역사소설의 유형에 관한 논문에서 이 시점들을 1) 서사적-주석적 서술narrativ-auktoriales Erzählen, 2) 피카레스크적 또는 자전적 서술방식pikareske oder autobiographische Erzählweise(이것은 일반적으로 1인칭 시점이라 한다) 그리고 마지막으로 3) 개괄적-기록물적 서술형식rekapitulierend-dokumentarische Form der Darstellung으로 분류하고 있다.104) 화자의 다양한 에피소드들을 피카레스크 방식으로 구조화한 소설을 제외하면 처음의 두 서술 방식은 전통적인 서술방식과 별반 다른 것이 없다.105) 그러나 세 번째의 개괄적-기록물적 서술형식은 반기억의 성격을 다분히 내재하고 있다. 포스캄프도 이를 인정한다. "모방적이거나 정체성 문제를 다루는 서사의 모든 형식과는 가장 분명하게 거리를 두는 개괄적-기록물적 서술 방식은 시대사적 현실에서 출발한다."106)

그러나 포스캄프는 시대사적 현실을 반기억의 세계관에서 찾고 있다기보다는 독자의 수용이라는 측면에서 찾고 있는 듯하다. 그는 대표적

---

103) 슈탄첼, 같은 책, 32쪽 이하를 참조하라.
104) Wilhelm Voßkamp, Deutsche Zeitgeschichte als Literatur. Zur Typologie historischen Erzählens in der Gegenwart, in: 독일어문화권연구 8(1999), S. 61-89.
105) 한 사례를 들자면 쥐스킨트의 『좀머 씨 이야기』를 들 수 있는데 이 소설은 "좀머 씨"에 대해, "카롤리네 퀴켈만"에 대해, "피아노 선생님"에 대해 서술하는 다양한 에피소드들로 구성되어 있다.
106) A.a.O., S. 79.

으로 알렉산더 클루게의 『이력서들Lebensläufe』을 사례로 들면서 이 작품의 미학적 원칙들은 "상호텍스트적, 상호매체적 서술기법을 갖고 있고 이는 노벨레적 폐쇄성을 포기하고, 현실의 이질적인 파편들을 새롭게 조합하는 콜라주의 형식들을 선호한다. '구성'이라는 측면에서 언어 기록물을 연출하는 것은 동시에 독자와 관객의 수용과정과 관계한다."107) 고 규정한다. 그러므로 기록물 전시 같은 이 소설은 그 기록물 자체보다는 독자의 관점이나 시각을 중요한 것으로 다룬다. 클루게의 의도는 "다양한 모습 속에서 전통에 대한 질문을 던지는 것"108)이었다. 이런 의도는 화자의 주관성이나 객관성에 따른 분류로서 아예 다른 화자를 원하는 반기억의 성격을 대변할 수 없지만 필자의 생각으로는 당시 현실과 역사에 말할 수 있는 것이 많지 않다는 것을 감안할 때 이 또한 반기억의 한 형식이라고 할 수 있다.

역사학에서 기억의 문제가 집중적으로 조명되고 난 후, 화자나 시점의 문제는 좀 더 다른 차원에서 논의되어야 한다. 말하는 주체는 프로이트가 말한 대로 무의식적 억압의 주체로서 그것은 더 이상 역사학적 모방의 태도가 아니라 고고학적 탐구의 태도(푸코)가 되어야 한다. "말 없는 기념비들", "문맥 없는 대상들", "흔적들"은 이제 고고학적 담론에 의해서 재구성될 수 있을 뿐이다. 전통적인 소설에서 말해진 것은 단지 발음된 구절이나 이미 쓰인 텍스트일 뿐, '결코 말해지지 않은 것', 육체 없는 담론, 숨결과도 같이 말 없는 목소리, 스스로의 흔적에 있어서의 구멍일 뿐인 글쓰기가 반기억적 서술태도인 것이다."109) 파울

---

107) A.a.O., S. 80.

108) Alexander Kluge, Lebensläufe. Vorwort zur ersten Ausgabe der lebensläufe, Stuttgart 1962, S. 5.

로 코엘료는 이런 반기억의 서술방식에 대해 다음과 같이 말한다.

> 오늘날의 사회는 '모든 것은 설명 가능하다'는 오해에 사로잡혀 있
> 다. 사회는 우리가 세상에, 또 우리 자신에게 완벽하게 투명할 것을 강
> 요한다. 하지만 그 속엔 커다란 위험이 도사리고 있다. 우리는 우리가
> 손에 잡을 수 없는 무언가가 존재한다는 것을, 우리에게 어떤 공백이
> 있다는 것을, 그리고 그러한 신비를 인정하고 존중해야 한다는 것을 받
> 아들여야 한다.110)

여기서 말하는 "손에 잡을 수 없는 무엇", 어떤 "공백"은 무엇일까?
그것은 바로 텍스트가 말하지 않는, 기억의 저편에 서 있는 "한밤중의
태양"과 같은 반기억일 것이다. 알렉산더 클루게는 이렇게 말한다. "우
리는 한밤중에 태양을 볼 수 있어야 한다—그것은 바로 상상력이자 진
실로 말하건대 모든 인류가 그리는 기억의 원천이다"111) 손에 잡을 수
없는 무엇을 그리는 것이 새로운 시대의 소설의 서술시점이다.

포크너의 『내 죽어가며 누워 있을 때』나 한강의 『채식주의자』가 취
하는 서술시점은 다중적 특성을 보여주고 있다. 특히 사회적 행위의 의
미가 중요할 경우, 독자들의 흥미를 끌기 위해 다른 인물들의 시각에
의해 한 인물의 행동을 보게 하는 것은 매우 중요하다. 영화 <라쇼몽>
에서 만큼이나 다양한 시점으로 보여주는 이 작품들은 단순히 흥미를
끄는 것 이상으로 서사적 세계해석, 즉 반기억의 복권(復權)을 분명히 보

---

109) 지식의 고고학, 같은 책, 49쪽.
110) 파울로 코엘료, 포르토벨로의 마녀. 한국독자들에게 2007년 9월, 문학동네, 2007,
  398쪽.
111) Aleida Assmann, ebd., S. 223.

여주고 있다. 드라마에서는 불가능한 이런 서사적 장치는 소설이 영화에서 배운 것이다. 한스-디터 겔페르트는 이런 서술시점의 이유에 대해 자세히 설명한다.

> 서술과정에서의 시점과 그 시점의 지속 그리고 그 시점의 교체는 현실 인식의 상대성과 진실주장의 모호성을 분명하게 표현하기 위한 서술기법상의 수단이다.[112]

진리의 확실성이 급격하게 감소한 현대사회에서 주석적 서술방식은 현대적인 것으로 받아들여지지 않는다. 오히려 현대는 텍스트 자체가 서술방식을 대체하는 시대라 할 수 있다. 이 장에서 다룰 소설들은 직·간접적으로 이런 시점과 연결되어 있고, 등장인물들의 서술이 주된 인물과 대등한, 내지는 우월적인 관계에 있음을 보여준다.

---

112) 한스-디터 켈페르트, 소설 어떻게 해석할 것인가?, 정인모, 허영재 역, 새문사, 2002, 34쪽.

1. 조작: 조지 오웰 『1984』

조지 오웰의 소설 『1984』(1949)의 주인공 윈스턴은 현재가 과거의 파괴나 억압에 의해서만 구성된다는 것을 알면서 이것이 또한 생존의 숙명적 본질이라는 것을 안다. 윈스턴은 역사야말로 이 법칙에 의해 만들어졌다는 것을 안다. 역사는 힘에 의해 규정되고 힘이 원하는 것만 기록하기 때문이다. 그러므로 역사란 이런 조작의 현실에서 크게 벗어나지 않는다. 윈스턴은 이런 것을 차츰 의식하게 된다. 그런 반기억은 단선적인, 망각 속에 버려진 기억을 의미한다.

> 윈스턴은 각각의 메시지를 처리하자마자 ≪타임스≫의 해당 호에 구술기록기로 정정한 것을 철해서는 전송관 속으로 밀어넣었다. 그러고 나서는 거의 무의식적으로 메시지의 원본과 자기가 쓴 초고를 구겨서 화염이 이글거리는 아궁이로 통하는 기억통(記憶筒) 속으로 처넣어 버렸다.
> 윈스턴은 자신이 밀어넣은 것들이 전송관을 거쳐 보이지 않는 미로 속으로 들어가고 나면, 그 다음에는 어떤 일들이 일어나는지 자세히는 아니더라도 대강은 알고 있었다. 먼저 ≪타임스≫의 해당 호에 필요한 정정된 기사들을 모두 수집하여 대조한다. 그리고 그 결과를 바탕으로 신문을 다시 인쇄한다. 그런 다음 원래의 신문을 폐기하고 정정된 기사가 실린 새 신문을 신문철에 꽂는다. […] 그리하여 매일 매 순간 과거는 현재의 것이 되곤 했다. […] 말하자면 모든 역사는 필요에 따라 깨끗이 지우고 다시 고쳐 쓰는 양피지 위의 글씨와도 같은 것이었다.[113]

---

113) 조지 오웰, 1984, 정희성 옮김, 민음사, 2004, 37쪽.

"양피지 위의 글씨"란 소위 프로이트가 말한 억압의 현상을 잘 설명하는 것으로서 기억의 왜곡을 의미하기도 한다. 통제되는 사회에서 윈스턴의 임무는 사회 이념에 불일치하는 모든 자료들을 왜곡하는 것인데, 그것도 하루 이틀에 끝나는 것이 아니라 끊임없이 업데이트하면서 지속적으로 이루어진다. 이런 상황은 조지 오웰이 1946년에 예언한 미래, 즉 1984년대가 (물론 이것이 구체적 역사 1984년을 의미하지는 않지만) 그야말로 역사에 대한 반역사의 시작이라고 말할 수 있다. 여기서 보이는 반기억의 현상은 그야말로 표준화된, 일상적 경험의 세계 저편에 놓여 있는 다른 실재의 가능성을 모색하는 것이다. 적어도 조지오웰의 이 소설 이후에는 이런 기억의 반대적 기능, 즉 정체성 형성 기능의 반대적인 측면을 강조하는 기억을 보여주는 소설이 많다.

이런 기억의 유형은 앞 시대의 일치의 기억, 협화음의 기억을 대변하는 기억과는 상반된, 불협화음의, 불일치의 기억 유형을 보여주고 있다. 모리스 알박스의 기억이론과 구성주의가 보여주는 기억의 기능은 동질성 구성 기능인데, 이는 끊임없이 변화하는 현실의 가능성, 요구, 제한들과 일치하고자 하는 의지의 표현이다.114) 이런 이론들에 따르면 기억이 사회 정체성을 형성하는 주요한 매개로서 우리가 우리의 과거, 즉 기억과 함께 살아갈 뿐 아니라 기억에 의해 살아간다는 것을 보여준다. 기억이 새로운 상황에 적응하기 위해서 변화되고 재조정된다는 이론이다. 이런 기억이론은 정체성 유지의 관점에서 바라보는 기억을 조명한다. 낭만주의적 소설들은 바로 유년의 기억이나 지난 시절의 기억들이

---

114) Maurice Halbwachs, Das Gedächtnis und seine sozialen Bedingungen, Suhrkamp, Frankfurt a.M. 1985, p.231을 참조하라.

어떻게 구별되는지 그 정체성을 찾는 데서 시작한다. 그러나 기억은 어떤 변화에서 불협화음을 생산하고 그것을 유지하는 반대의 기능을 가지기도 한다. 알박스의 기억이론과 구성주의 기억이론이 가지는 동질성 이론 대신에 우리는 바로 이런 문학적 기억이 가지는 이질성 기능을 찾아 그것을 반기억이라 명명한다. 문학적 모더니티는 바로 이런 이질성에서 출발한다.

낭만주의의 미적 모더니즘이 동질성을 회복하는 조건에서 기억에 관한 문제를 다루었다면 그것은 인간조건에 대한 플라톤주의(영지주의)적 사유와 유사하다. 플라톤주의란 인간이 현실에 갇혀 있지만 외부적 증거 덕택으로—갑작스런 태양, 낯선 이로부터의 부름, 인식이라는 충격으로—환상이라는 꿈의 세계에서 진리의 세계로 들어간다. 영지주의의 신화는 이방인과 귀환, 아둔한 망각과 예민한 기억, 어둠에서 빛으로의 여행에 관한 신화이다. 윈스턴은 두 세계 사이에서 투쟁한다. 소설의 시작부터 그는 우선 자기 주변에 놓인 단단한 현실의 절대성에 관해 의심한다. 그의 의심은 우선 보이는 겉모습과 실제 사이를 벌린다. 바로 이런 간극으로 인해 윈스턴은 삶과 학습과 사랑에 대한 위험을 감수해야만 한다. 책은 제3부 마지막 장에서 이런 과정이 고문의 고통으로 뒤집어진다는 것을 보여준다. 그리고 그 간극은 정도를 높여가며 외현과 실재의 두 세계는 붕괴되어 단 하나의 권력 영역으로 변한다. 최초의 상태는 드디어 주인공이 처형의 길로 가는 것으로 복원된다.

이 소설이 주인공의 기억에 대한 첫 번째 욕구와 더불어 시작한다는 것은 매우 의미심장하다. 소설의 제1부는 잃어버린 과거를 찾아서라는 제목을 붙여도 무방하다. 그 이야기는 윈스턴이 기억의 매개체로서 채

택하려는 글쓰기 소재를 얻는 것으로 시작된다. 하지만 그 일은 기대한 것보다 더 어렵다는 것을 알게 된다.

런던이 옛날에도 이랬던가? 그는 어렸을 때의 기억을 더듬어보았다. 그때도 지금처럼 낡은 19세기 가옥들이 즐비한 가운데 벽들은 통나무로 받쳐져 있고, 창문들은 마분지가 덕지덕지 발라져 있으며, […] 그러나 소용없는 일이었다. 그는 그런 장면들을 기억해낼 수가 없었다. 어린 시절에 대해서는 아무런 배경이 없는 데다 뭐가 뭔지 분간할 수도 없는, 그저 환한 그림 같은 일련의 정경만이 남아있을 뿐이었다."115)

그가 스스로 던지는 물음에 대해 소설에서는 의도적인 회상기억 대신에 무의도적인 기억만이 묘사된다. 다시 말하면 윈스턴 스스로 질문하지도 않은 대답이 떠오른다. 꿈속에서 윈스턴은 그의 어머니와 어린 동생이 천천히 가라앉는 배에 앉아있는 것을 본다.

그는 빛과 공기가 있는 바깥 세상에 있는 반면, 두 사람은 죽음을 향해 물속 깊이 빠져들고 있었다. 그런데 그가 높은 곳에 있기 때문에 두 사람이 더욱 깊은 곳으로 가라앉는 것이었다. 그는 그런 사실을 잘 알고 있었다. 두 사람도 마찬가지였다. 윈스턴은 두 사람의 얼굴에서 그 사실을 알고 있다는 것을 읽을 수 있었다. 하지만 두 사람의 표정이나 마음속에서 그에 대한 원망의 빛은 찾아볼 수 없었다. 단지 두 사람은 그가 살아남기 위해서는 자신들이 죽어야 하고, 그것이 피할 수 없는 숙명unavoidable order of things이라는 걸 잘 알고 있는 듯했다.116)

---

115) 조지 오웰, 1984, 정희성 옮김, 민음사, 2004, 12쪽.
116) 같은 책, 46쪽.

이 문장은 기억의 메커니즘에 대한 좋은 사례라고 볼 수 있다. 기억 활동은 망각의 힘을 발견하는 것과 더불어 시작된다. 결국 윈스턴은 현재란 과거의 파괴와 억압 위에 만들어졌다는 것을 이해하게 된다. 이런 "피할 수 없는 숙명"이 생존의 추악한 법칙이었다. 망각에 직면하는 것, 이런 법칙의 잔인함을 깨닫는 것이 그것을 파헤치는 첫 단계이다. 오웰은 전체주의 국가의 가장 중요한 일은 현실의 인위적 구성이라 했다. 그러나 그 현실은 일치를 이루어야 비로소 확립되는 것이다. 그렇기 때문에 오웰이 일치를 도출하기 위한 전략은 소설에서 몇 가지 전략으로 등장한다.

첫째는 불일치를 이루는 자료를 파괴하는 것이다. 이는 소설 속에서 "과거의 조작성"이라 언급되는 전략이다.117) 이것은 극단적인 형태의 검열이고 그 속에서 역사는 끊임없이 다시 쓰이는 과정을 겪다가 사라진다.

그리하여 매일 매순간 과거는 현재의 것이 되곤 했다. […] 말하자면 모든 역사는 필요에 따라 깨끗이 지우고 다시 고쳐 쓰는 양피지 위의 글씨와도 같은 것이었다. 일단 그 모든 과정이 완료되면 어떤 경우에도 거기에 허위가 섞여 있다고 주장할 수도, 증명될 수도 없었다.118)

모든 기록은 폐기되거나 날조되었고, 책이란 책은 모두 다시 쓰여졌으며, 모든 그림도 다시 그려졌어. 또 모든 동상과 거리와 건물에는 새 이름이 붙었고, 역사적인 날짜마저 모두 새롭게 고쳐졌지. […] 한마디

---

117) 민음사 번역본에서는 이 부분이 "무상성"이라 번역되었는데 그러면 원래 의미, 현재에서 만들어지는 과거라는 의미가 퇴색한다.
118) 같은 책, 59쪽.

로 역사는 정지해버린 거야. 이젠 당이 항상 옳다고 하는 이 끝없는 현재 이외에는 아무것도 존재하지 않아.[119)]

그런 세계에서는 불일치를 야기할 수 있는 모든 증거는 파괴될 수밖에 없다. 주인공 자신도 과거의 기록들을 영원히 "교정"하는 궁색한 일에 공식적으로 가담하게 된다. 현실은 완벽한 범죄거나 혹은 어떤 가설이 될 것이다. 범죄거나 가설은 간과되거나 거짓임이 입증되지 않는 한, 계속 유지될 수 있다. 마찬가지로 세상은 반대되는 증거가 입증되지 않는 한 현실일 수 있다.

두 번째 지적한 것은 불일치에 대한 언어적 파괴다. 이 전략은 "신어 Newspeak" 프로젝트와 관련된 전략인데 이것은 절대적인 언어를 만들어내서 불일치를 완전히 제거하는 것이다. 이는 말들의 의미론적 범위를 줄임으로써 의식의 범위를 좁히는 것이다. 자연언어와 인공언어의 차이는 시간을 통해 커지고 변하는 언어의 개념과 함께 사라진다.

앞으로 필요한 모든 개념은 정확히 한 낱말로 표현될 것이고, 그 뜻은 엄격하게 제한되며 다른 보조적인 뜻은 제거되어 잊히게 될 걸세. 이미 우리는 제11판에서 그런 것에 주안점을 두었네. [⋯] 세월이 흐를수록 낱말 수는 줄어들고, 그에 따라 의식의 폭도 좁아지게 되는 거지. 물론 지금도 사상죄를 범한 것에 대해 이렇다 저렇다 이유나 구실을 댈 수는 없네.[120)]

---

119) 같은 책, 220쪽.
120) 같은 책, 75-76쪽.

가령 소설에서는 언어의 단순화를 예로 드는데, 가령 "good"에 대한 반대말은 더 이상 "bad"가 아니라 "ungood"이며, "good"에 대한 더 좋은 표현 "excellent"는 "plusgood"으로 통일된다. 이렇게 되면 언어에 대한 불일치는 문제될 것이 없어진다. 오로지 하나의 주제와 하나의 관점만 제시되고, 그에 대한 불일치의 시선은 무시된다. 나아가 불일치에 대한 정신적 파괴를 들고 있는데, 이는 소설에서 습관을 만들어내는 방식인 "이중사고"이다. 그 전략은 자료에 대한 검색이나 심지어 언어적 단의성보다 더 미묘하다. 그것은 모순을 위해 모순을 사용한다. 일종의 정신적 조건화이고 통제된 억압이고 의식적 망각이다.

알면서도 모른 척 하는 것, 진실을 훤히 알면서도 교묘하게 꾸민 거짓말을 하는 것, 철회된 두 가지 견해를 동시에 지지하고 서로 모순되는 줄 알면서 그 두 가지를 동시에 믿는 것, 논리를 사용하여 논리에 맞서는 것, 도덕을 주장하면서 도덕을 거부하는 것, […] 이런 것들은 지극히 미묘하다. 의식적으로 무의식 상태에 빠지고, 자신이 방금 행한 최면 행위에 대해서까지 의식하지 못하는 격이다. 그래서 '이중사고'라는 말을 이해하는 데조차 이중의 사고를 해야 한다.[121]

일치를 생산하기 위해 불일치를 허용하면서 '이중사고'는 논리와 응집이라는 이성적 표준을 뒤집는다. 그래서 이 소설에서는 '2+2=4'와 '2+2=5'의 차이는 더 이상 중요하지 않다고 역설한다. 이런 상황에서 기억은 오웰에게 형이상학적 존엄성을 얻게 해준다. 기억은 의심과 불일치의 매개로서 독립적이고 역사 초월적 증거로서 뿐만 아니라 현실

121) 같은 책, 53-54쪽.

의 권력구조를 깰 만큼 충분히 잠재적인 저항의 원천이 된다. 주인공은 영원한 주변의 장벽을 깨기 위해 반기억을 사용한다. 반기억은 추억 이상의 것을 만들어내고 절대적 사실의 기준을 제공한다. 이것은 전근대 사회에서 종교가 독점적으로 맡아서 하던 것이었다. 확장되고 있는 전체주의의 권력체제들로부터 위협받는 세속적 자유주의를 오웰이 옹호할 때 역사의 객관적 진실이 반종교적 가치를 지니게 된다. 그래서 이례적인 열정으로 주인공은 역사가로 바뀐다. 그는 또 다른 현실이 존재한다는 것을 입증하기 위해 증거를 요구한다. 기억 구멍들로부터 건져진 하나의 그림이 또 다른 세계가 있을 수 있다는 가능성을 허용하는, 작은 틈들을 벌릴 수 있다. 그 그림은 망각의 핵심 기술인 기관들일 수도 있고 쓰레기 같은 것들의 발견일 수도, 시구(詩句)의 파편일 수도 있다.

  군이 말한다면 이건 그들이 미처 바꿔놓지 못한 역사의 한 단편이지. 만약 누군가 해독할 수만 있다면, 이건 백 년 전의 메시지인 셈이야.122)

  '오렌지와 레몬이여, 성 클레멘트의 종이 말하네. 그대는 내게 서픈의 빚을 졌지. 성 마틴의 종이 말하네…' 아무리 생각해도 기이한 가사였다. 그런데 가만히 가사를 흥얼거리노라면 어딘가에 아직 남아 있거나, 아니면 변형되어 잊혀졌거나 사라져버린 런던의 종소리가 실제로 들리는 듯한 착각이 들었다. 이곳저곳의 유령 같은 첨탑에서 울려퍼지는 종소리를 듣고 있는 것 같았다. 그러나 아무리 기억을 더듬어보아도

---

122) 같은 책, 207쪽.

교회에서 울려오는 종소리를 실제로 들어본 적은 없었다.[123)]

윈스턴은 살아있는 기억으로부터 구술사를 회복하려 애쓴다. 그런데 이것이 더 힘들다는 것을 알게 된다. 늙은 술꾼은 과거의 증인으로 나타나지만 실망스럽다. 그는 도움이 되지 않는 상세한 이야기 더미를 끌어내지만 어느 것도 진짜 도움은 되지 않는다. "노인의 기억은 사질구레한 잡동사니에 불과했다."[124)]

> 현재 이곳저곳에 흩어져 살고 있는 구시대 사람들마저 이미 한 시대와 다른 시대를 비교할 수 있는 능력을 상실했기 때문에 그들에게서도 그런 질문에 대한 답변을 얻을 수 없기는 마찬가지였다. [...] 그들은 큰 것은 못 보고 작은 것만 볼 줄 아는 개미와 같았다.[125)]

윈스턴의 분명한 (결국은 치명적인) 발견은 기억은 소통 없이 존재할 수 없다는 것이다. 그는 또 다른 누군가가 자신의 생각과 같을 수 있다는 모호한 확신을 갖게 된 후에야 비로소 자신의 일기를 쓰고 기억술 프로젝트를 시작하게 된다. 최소한의 동질적 마음에 대한 환상이나 가능한 수신자에 대한 환상 없이는 그가 쓰는 것도 기억해내는 것도 시작할 수 없었을 것이다. 혼자만의 기억은 존립할 수 없고, 그것은 오직 정신병자의 기억으로서 그런 사람인 "단지 몇 명에 불과할지도 모른다."[126)] 고립은 절멸 이전에 온다.

---

123) 같은 책, 140쪽.
124) 같은 책, 129쪽.
125) 같은 책, 131쪽.
126) 같은 책, 112쪽.

전체주의적 상황 아래서 역사적 진실에 대한 주장은 종교적 이슈가 된다. 오웰은 자신의 시대 이전에 기록된 역사서술들은 절대로 객관적이고 믿을 만한 진실의 표본들이 아님을 잘 알고 있었다. 그는 영국의 역사학자 플럼T.H. Plumb의 말을 빌려 역사란 "권위를 손으로 빚은 것"이라는 견해를 갖고 있다. 그러나 오웰은 기술적인 현대사회에서의 독재자의 출현은 역사적 진실과 진실의 역사에서 극적인 변화를 만들어냈다고 주장했다. 현대 대중 매체의 정치적 도구화는 진실과 거짓이라는 오래된 질문을 극적으로 변화시켰다는 것이다. 이제까지 역사는 적어도 사건의 실제 과정과 어느 정도 유사성을 지녔다. 하지만 이제는 그것이 평범한 거짓 속에 암시된 사실과 더 이상 아무런 관계도 없다. 보편적 진실과 보편적 동의는 "현실"을 구성하고 강요하려는 전체주의 체제와 그 무한한 권력에 의해 산산이 부서진다.

"전체주의가 정말로 무서운 것은 그것이 '잔혹행위'를 저질러서가 아니라 객관적 진실의 개념을 공격하기 때문이다. 그래서 그것은 미래뿐만 아니라 과거도 지배하고자 하는 것이다."라고 오웰은 어떤 정치 에세이에서 말했다. 그리고 또한 "정신의 자유로운 습관"에 대해서도 주장하길 "진실을 자신의 외부에 있는 것으로 그래서 스스로 만들어가는 것이 아닌 발견되어져야 할 것으로 생각한다."127) 오웰은 인간에게 가장 혹독한 타격이라고 자신이 생각했던 것이 거의 반세기 후에 포스트모더니즘 철학가나 역사가들 사이에서 세련되고 유행하는 자명한 반기억의 원리가 될 것이라고 절대로 생각하지 못했을 것이다. 이들에게 객관적 진실이라는 개념은 세상에서 사라져버렸다. 사회적 지위 간의 차

---

127) George Orwell, The Collected Essays, III: 88.

이는 권력의 좌표 중 하나다. 나치가 그것이 그들의 권력에 대한 제국주의적 의지에 장애가 되기 때문에 객관적 진실을 반대했던 반면에 포스트모더니즘 철학가나 역사가들은 모든 보편적 제국주의적 주장에 적용되는 바로 그 권력의 태도 때문에 객관적 진실의 개념에 반대하고 있었다. 전체주의와의 싸움의 무기로서 오웰은 객관적 진실이라는 개념을 절대적 가치로 제기한다. 그러나 근본적인 가치가 다원주의인 곳에서 객관적 진실이라는 개념은 그 자체가 통일성을 강조하고 기억의 동질성을 강조하기에 위험한 것으로 여겨진다.

2. 여성: 크리스타 볼프 『카산드라』

크리스타 볼프의 『카산드라』(1983)는 호메로스의 『일리아스』와 아이스킬로스의 비극 『아가멤논』에 등장하는 카산드라라는 인물이 고백하는 기존의 서사, 즉 기존의 기억에 대한 반기억이라고 할 수 있다. 이 소설은 보통의 소설 같은 느낌을 주지 않는데 그 이유는 카산드라가 과거의 일을 독백형식 또는 편지글 비슷한 내적 성찰로 말하기 때문이다. 카산드라는 지금 미케네의 사자문 앞에 도착한 마차 속에 있다. 예언 능력이 있는 카산드라는 왕궁에 발을 들여놓는 아가멤논이 클리타임네스트라에게 죽임을 당하리라는 것, 자신도 그녀에게 살해되리라는 것을 예견하고 죽음을 각오하고 있다. 이제 죽음을 목전에 두고 있는 카산드라의 회상은 시작된다.

이 소설의 반기억 형식은 바로 우리가 많이 들어서 익숙하게 된, 기억으로서의 문학인 그리스 신화를 다르게 구성하거나, 재해석하거나 또는 전복적으로 구성함으로써 이루어진다. 말하자면 이 이야기는 그리스 신화의 기억을 여성의 시각에서, 그리고 패자인 트로야의 입장에서 재구성하고 있다. 우선 이 소설에서 눈에 띄는 것은 그동안 『일리아스』에서 절대적 (주석적(註釋的) auktorial 시점)으로 기술되었던 아킬레우스도, 오디세우스도, 아가멤논도 별 볼 일 없는 남자들로 보게 만들었다는 점이다. 그뿐만이 아니라 자기가 몸담고 있었던 트로야의 궁전도―프리아모스 왕을 포함해서 에우멜로스 등―마찬가지로 무기력하고 기만적인 체제였다고 서술하고 있다. 말하자면 니체가 말한 "모든 가치의 전복"이라고 말한 관점으로 이야기가 그려지고 있다는 점에서 우리는 이 작품을 반기억의 전형으로 보는 것이다.

조지 오웰의 작품 『1984』가 쓰인 지 34년 후, 크리스타 볼프는 신화적 모델, 즉 트로야의 몰락을 소재로 자신이 속한 당시의 정치적 환경에서 반기억, 즉 망각의 전략들을 작품화하고 있다. 오웰의 인물 윈스턴처럼 카산드라도 이제 막 죽음에 직면해 있다. "이 이야기와 함께 나는 죽음으로 들어간다."[128]는 문장으로 카산드라의 1인칭 화자시점 소설 『카산드라』는 시작된다. 그러므로 카산드라의 서술시간은 그녀가 미케네에서 처형되기 몇 시간 안에 한정된다. 카산드라는 그 순간 그녀 삶을 이루었던 중요한 장면들을 다시 떠올린다. 카산드라는 외로운 목소리로 소위 말하는 '기억'에 대항하여 망각된 진실을 토로한다.

오웰의 인물인 윈스턴이 "그는 아무도 귀담아 듣지 않는 진실을 말하는 외로운 유령이었다. 어쨌거나 완곡하게 진실을 말하는 한, 그 발언은 계속될 수 있을 것이다. 후대의 인간에게 남겨줄 유산은 말을 들려주는 것보다 건전한 정신을 유지하게 하는 것이리라."라고 말하면서 "책상으로 돌아가 펜에 잉크를 묻히고 글을 쓰기 시작"[129]했다면, 카산드라는 "생각이란 만일 그것이 이 세상에 한 번 존재했던 것이면 다른 사람 속에 계속될까?"[130]하고 말하고 "나는 증인으로 머무르리라. 나에게 증거를 요구할 인간이 하나도 더 이상 존재하지 않게 될지라도."[131]라고 중얼거린다. 하지만 언젠가 진실이고자 했던 기억, 즉 "저녁이 될 때까지 내가 파악한 것은 나와 함께 종말을 맞으리라."[132]고 말한 기억

128) Christa Wolf, Kassandra, Darmstadt und Neuwied, 1986, p.5.
129) 조지 오웰, 같은 책, 43쪽.
130) Wolf, ibid, p.8.
131) Wolf, ibid., p.27.

은 틀림없이 망각의 강으로 흘러들어가고 말았을 것이다.

인간으로 머물면서도 인간의 과거 유산을 그대로 전해야 한다는 명령에 충실하듯이 카산드라는 하나씩 과거의 망각을 고백한다. 즉 카산드라에게는 훼손되지 않은 진실을 지키는 것이 인류를 위한 의무로 보인다. 그리고 카산드라의 예언자적 신통력은 남들이 대부분 잊기 쉬운 기억들을 고집스럽게 기억하는 데 있다. 크리스타 볼프는 신화 속의 인물인 카산드라를 망각에서 건져내어 반기억을 구성하기 위한 탁월한 맥락을 창조한다. 그렇게 한 이유는 역사가 후현대에 이르러서, 역사책이 전쟁을 기술하는 것만큼이나 시간 속에서 말끔히 정리한 행위가 더 이상 아니기 때문이다. 아마도 볼프는 반기억의 패턴을 역사의 "탈신화화"[133]로 보고자 했던 것 같다.

사실을 다루는 역사와는 다른 기억의 문제가 원래 그러하듯이, 이 작업은 작가가 처한 현재의 욕망이나 의도에 의해 만들어진 상상이라는 것을 말해준다. 이제 (크리스타 볼프가 이 작품을 쓰던 시기는) 전쟁과 남성적인 정당성에 의문을 제기한다. 카산드라는 이렇게 고백한다. "우리는 전쟁이 언제 시작하는지는 알지만 언제 전초전이 시작되는가? 만일 거기에 법칙이 있다면 그 규칙을 대대로 전달해야 한다."[134] 좀 더 진실한 역사는 전쟁을 망각의 전략들로 보지 않는 것이다. 전쟁이 망각의 기제로 지속되는 한 전쟁은 계속된다. 전쟁이 언제 시작되는지는 지금까지의 기억이 충분히 말해주고 있다. 그러나 전초전Vorkrieg에 대한

---

132) Wolf, ibid., p.8.
133) Christa Wolf, Die Dimension des Autors. Essays und Aufsätze. Reden und Gespräche 1959-1985. Darmstadt und Neuwied 1987, p.903.
134) Wolf, ibid., p.78.

인식은 누구도 말한 적이 없고 카산드라는 이제 그것을 말해야 한다고 고백한다. 전쟁이 어떻게 전조를 알리는지에 대한 규칙을 말하는 것, 그것이 바로 이 소설의 전략이자 반기억이 된다.

> 나는 그들에게 말한다. 너희들이 승리하기를 멈출 때에 너희들의 도시(미케네: 필자 주)가 살아남으리라. 질문 하나 해보자. 여사제여 - (마차몰이꾼.) - 질문하라. - 그것을 너는 믿지 않지. - 무엇을. - 우리가 승리하기를 멈출 수 있다는 것을. - 나는 그렇게 하는 승자를 보지 못했어. - 승리가 거듭되는 것이 결국 파괴를 의미하는 것이라면, 그런 파괴는 우리의 본성 속에 놓여 있는 것이지.(136)

기억의 위반, 즉 반기억 앞에는 반드시 물리적 파괴가 있기 마련이다. 망각의 가장 효과적인 전략은 적에 대한 증오라는 범주의 스테레오 타입이 있다. 적이 누군가 정해지면 그 사람은 숙명적인 상대를 필요로 한다. 말하자면 "에우멜로스는 오래된 신발의 한 짝이 다른 짝을 필요 하듯이 아킬레우스를 필요로 한다."135) 카산드라는 전초전이 어떻게 만들어졌는지를—물론 호메로스에 이런 기록은 없다—이렇게 설명한다.

> 그[에우멜로스]는 그의 방식대로 옳았다. 전쟁이 우리를 필요로 했듯이 그도 우리를 원했다. 적을 쳐부수기 위해서는 우리도 그들처럼 되어야만 했다.136)

카산드라의 기억은, 즉 크리스타 볼프의 반기억은 한 사회에서 전쟁

---

135) Wolf, ibid., p.123.
136) 같은 책, 37쪽.

이 시작되기 전에 전초전이 어떻게 이루어지는가에 미친다. 볼프는 전쟁 준비가 그리스에서만 시작된 것이 아니라 트로야에서도 시작되었음을 상기시킨다. 그렇다면 트로야에서는 먼저 전초전이 어떻게 이루어졌는가? 그것은 우선 "언어조작"137)이라 불릴 수 있는 언어를 통해 적을 만드는 것으로부터 시작되었다.138)

식탁의 상석에 프리아모스, 헤카베, 그리고 손님 메넬라오스가 앉았다. 그런데 아무도 더 이상 그를 '우정의 손님'이라고 불러서는 안 되었다. 뭐라고? 누가 도대체 그걸 금지시켰는가? 에우멜로스라고 했다. [⋯] 스스로 '왕당파'라고 부르던 이들이, 스파르타인 메넬라오스에게서 친구가 아니라 염탐자 또는 첩자로 간주하게 된 이후로 그렇게 되었다.139)

이런 일은 메넬라오스를 중심으로 조직적으로 이루어져서 그리스가 트로야를 공격하려고 하기도 전에 이미 적이 된 것이다. 한 걸음 더 나아가 크리스타 볼프는 전쟁을 향한 생각을 여성의 목소리를 빌어 체계적으로 배척한다. 전쟁은 남성이건 여성이건 모두에게 있는 절단된 에너지가 작동하여 벌어진다.(Penthesileia) "내가 숨 쉴 겨를도 없이 달려간 안키세스의 오두막에서 어머니 헤카베는 눈길을 주지 않고 보고를 했다: 그녀에게는 눈길을 주지도 않고, 모든 남자들이 회의로 들어갔다고.

---

137) Christine Maisch, Ein schmaler Streifen Zukunft. Christa Wolfs Erzählung Kassandra, Würzburg 1986, p.75.
138) 김용민, 크리스타 볼프의 소설 『카산드라의 현재성』, 있는 곳: 독일문학 제93집 (2005), 88쪽 이하를 참조하라.
139) Wolf, ibid., p.65.

나의 아들 헥토르도, 헤카베는 쓰디쓰게 말했다. [⋯] 이제 전쟁 중에는 어전회의에서 이야기되어야 하는 것은 이미 여자들이 참견할 문제가 아니야. 그렇고말고, 안키세스가 말했다. 그럼 그것은 애들 일이 되고 말지."(108)라고 말한다.

증오 말고도 또 다른 망각의 원천이 있다. 그것은 칭송이다. 전쟁의 요구들을 위해 만들어진 사람은 "영웅"이거나 "승리자"이다. 그의 힘과 영광은 불가피하게 맹목성이나 망각과 연결되어있다. 카산드라의 마지막 결정은 그녀의 연인 아이네이아스를 떠나는 것이다. 그녀는 그의 운명이 막 영웅주의로 바뀔 무렵, 그가 새로운 도시의 막강한 창시자가될 무렵 그를 떠난다. 기초적 신화의 장르는 서사시다. 그것은 칭송의 장르이다. 이 영웅시는 현재를 과거의 실현으로 칭송한다. 그것은 겸손함으로서의 인간성에 대한 고전적 지혜를 전혀 언급하지 않는다. 그러나 이 지혜를 잊을 수 없는 카산드라는 트로야에서 로마로 나아갈 수없어서 명성 대신에 순교를 선택한다.

그리스인들에게는 오직 진리 아니면 거짓이 있을 뿐이다. 옳지 않으면 그릇된 것이, 승리 아니면 패배가, 친구가 아니면 적이, 삶이 아니면 죽음이 있을 뿐이다. 보고, 냄새 맡고, 듣고, 만질 수 없는 모든 것은 존재하지 않는다. 그들이 자신들의 날카로운 구별 사이에 뭉개버린 그것이 바로 그 다른 것이다. 제3의 것, 그들의 의견에 의하면 도대체 존재하지 않는 것, 미소 지으며 살아있는 것으로 자신으로부터 늘 새롭게 창조해내는 것, 삶 속의 정신, 정신 속의 삶처럼 분리되지 않는 것이다. (124 ff.)

만일 죽음의 기술이 조상들로부터 전수된 것이라면 삶의 기술은 어머니들로부터 전수된 것이다. 이다산의 모계집단에서 이루어진 공동생활의 오랜 지식은 공유되고 전수되고 다시 학습된다. 이런 목가적인 장면이 볼프가 그린 모계사회주의의 유토피아이다. 이곳에서 사람들은 빠르게 그리고 철저히 잊힌 것, 다시 말해 "이야기하고 […] 의논하고 […] 음식을 끓이고, 먹고, 마시고, 서로 웃고, 노래하고, 놀고, 배우는" 방법을 함께 연습한다.(62) 살아가는 일이 최고로 우선순위를 가진다. 그것은 다른 어떤 이상을 위해 미뤄질 수 없는 것이다.(77)

여사제 카산드라에 따르면 인류의 미래는 승리가 삶으로 바뀌느냐 아니냐에 달려있다.(132) 프랑크푸르트 대학 '시학' 강연에서 볼프는 자신의 카산드라 탐구에 대해 적절한 설명을 했는데 그것은 바로 문화적 반기억의 "탐색과정"이다. 카산드라로 돌아가는 길에서 볼프는 다양한 층의 망각을 관통해야만 했다. 그 층 중의 하나가 그리스 고대를 미적 규범으로 고착화한 독일 고전주의의 전통이다. 좀 더 견고한 층은 5세기 그리스 폴리스에서 시작된 사고방식의 전통이다. "이것은 간단히 말하면 서양의 사고방식이다. 그것은 이원론, 일원론, 폐쇄된 세계관과 체계라는 명목 하에 현상의 다양성을 단절하고 분석하고 포기하는 방식이자 안전한 객관성을 찾으려다 주관성을 포기하는 것이다."140)

현대인은 확실성, 지속성, 통일성, 안전성을 찾으려는 욕구 때문에 카산드라의 진실된 기억과 멀어진다.(139) 크리스타 볼프의 이런 인류학적, 민족적 연구는 그리스 남성적 민주주의의 아폴론적 혁명 아래에 망각

---

140) Christa Wolf, Voraussetzungen einer Erzählung: Kassandra. Frankfurter Poetik-Vorlesungen (Darmstadt, 1988), p.139.

된 모계중심 사회의 하위맥락을 찾는 것이다. 부계 중심적 그리스 신화 아래에서 볼프는 여성들이 지혜의 중심인물이었을 것이라는 또 다른 양피지(흔적 위에 다시 쓰기)의 기억을 발견한다. 카산드라 자신도 상실된 지식에 다가가는 가능성을 지닌 경계적인 인물이다. 아폴론의 여사제로서 그녀는 여전히 과거의 지식과 연결되어 있으면서 동시에 새로운 세계의 시민이기도 하기 때문이다.

상실된 지식은 『카산드라』에서 이제 여성이라는 이름으로 통합된다. 편지글의 형태로 된 『카산드라』에 대한 강연에서 볼프는 "만일 여성들이 지난 2천년에 걸쳐서 그 과정에 참여할 수 있었더라면 '사고'가 달라질 수 있을 거라고 믿는 것이 너는 잘못되었다고 보느냐?"라고 질문한다. 볼프는 여기서 경제적으로, 지적으로 독립적인 여성은 역사의 현장에 보이지 않는다는 것을 인정한다. "여사제 이후 그 계승자들인 여자 시인들도 수천 년 동안 침묵했다."(VE,146) 볼프는 이 침묵이 거의 3천 년 후에 "나는 알려지지 않은 통로 같은 이야기만 수집해서 치명적 결론에 도달한다"라고 말한 잉게보르크 바흐만에 의해 깨졌다고 한다. 볼프에게 이런 특별한 주장은 새로운 시대를 발표하는 것이고 여성적 목소리로 글을 쓰는 것은 남성적 사회에서 억압되고 잊힌 것을 분명하게 말하는 것이다. 그것은 여성들이 부계사회에서 그들에게 부여된 역할을 초월하여 또 다른 진실을 주장하는 오래된 문화적 유산을 재개하는 것이다.

낭만주의는 남성의 아버지로서 고전의 유년을 칭송한다. 전통을 불신하고 혁신을 바라던 시대에 백지상태의 진실과 사회적 삶의 법칙에 영향 받지 않은 인간으로부터 어떤 계시가 있는데 그것이 볼프가 구상했던 반기억이다. 세계의 급진적 혁신이라는 반전을 바라던 메시아적 희망이 시든 후기 혁명, 후기 유토피아 시대에 여성은 볼프에게서 남성의 어머니로 재발견된다.(여성들뿐만 아니라 남성들에 의해서도 분명히 드러나는) 여성적 목소리는 자기파괴를 향해가는 가파른 길에서 인류를 잡아줄 수 있는 온전한 정신상태의 복구에 대한 희망으로 가득 차게 된다. 그런 종말론적 상황 아래서 여성적 목소리는 이중적 역할을 부여받게 된다. 즉, 그것은 지속된 경험의 사라진 원천과 기록들을, 희생자들의 이야기를, 망각과 무시로부터 철저히 관심을 집중하여 복구시키는 것이다.

크리스타 볼프는 망각된 신화라고 표현해도 좋을 만큼의 새로운 기억, 즉 반기억을 찾아 신화를 재구성하였는데 메데이아, 또는 악녀를 위한 변명 또한 그 중의 하나다. 신화 속의 메데이아는 황금 양피를 찾으러 온 이아손과 떠나기 위해 친동생을 죽이고, 나중에 이아손이 글라우케와 결혼하려고 하자 복수심으로 자신의 아이들까지 죽이고 만다. 그러나 크리스타 볼프는 메데이아를 남성중심 사회가 제시하는 권력에 순응하지 않았기 때문에 악녀로 재현될 수밖에 없었던 여성으로 보고 이런 이데올로기에서 그녀를 벗어나게 하여, 오히려 현명하고 비극적인 여성으로 재창조했다. 그런데, 이상향이 있었으나 몰락한 코르키스와 부유하지만 타락한 코린토스라는 두 사회 모두에서 메데이아가 배척당한 이유는 무엇일까. 그녀는 다른 사람들과 마찬가지로 평범한 인간이었지만, 다른 사람들과 달리 공동체에 숨겨진 불편한 진실을 알면서도 자신의 원칙을 지켜나간 여성이었기 때문이다.

3. 복권: 신경숙 『엄마를 부탁해』

신경숙의 소설 『엄마를 부탁해』(2008)는 엄마에 대한 기억의 가족사라 불릴 만하다. 그런데 이 소설이 '모정'이라는 주제로 읽힌다는 사실은 문학성 없는 독자의 통속성을 말해준다. 필자는 이 소설을 어떤 주제에 대한 담론이라는 측면에서 살펴보기보다는 인간 기억에 대한 도전, 즉 반기억을 서술하는 미학적 태도로 살펴보는 것이 더 타당하다고본다. 이 소설의 비교적 앞부분에서 화자는 기억과 그 기억의 담지자[141]인 "엄마"에 대해 이렇게 말한다. "한 인간에 대한 기억은 어디까지일까. 엄마에 대한 기억은? — 엄마가 곁에 있을 땐 까마득히 잊고있던 일들이 아무데서나 불쑥불쑥 튀어나오는 통에 [...]"[142] 이 문장들은 문학이 기억으로 이루어졌음과 또 그 기억이 특별한 성격을 가지고있음을 요약적으로 말하고 있다. "엄마"에 대한 소설은 결국 "엄마"에대한 기억의 한계와 (그래서) 그것을 넘어선 "엄마"에 대한 상상으로이루어져 있다는 뜻이다. 그리고 그 기억은 체계적으로 이루어진 것이아니라 앞에서 인용한 푸코의 말처럼 "일관된 기억의 체계와 무관한 파편적인 것"으로 이루어져 있음을 보여주고 있다.

우리는 이 작품의 기억 현상을 살펴보면서 같은 사건에 대해 어떤반기억들이 만들어지는지 규명해보면 소설의 서술전략과 반기억 사이에 밀접한 관련성이 있다는 것을 알 수 있을 것이다. 가장 먼저 "엄마"

---

141) 기억의 안정체Stabilisator란 의미로 사용함.
142) 신경숙, 엄마를 부탁해, 창비, 2009, 17쪽. 인용한 첫 문장과 두 번째 문장에 있는
    문단구별과 비어있는 행을 하이픈으로 줄였음을 밝힌다.

의 정체성부터 살펴보자면, 소설의 화자인 "너"에게 "엄마"는 "그저 엄마일 뿐"이었지만 이모에게는 다정한 자매였으며 외삼촌에게는 누이였고 남편에게는 "언제나 그렇듯 늘 옆에 있는 사람"이었고, 아들에게는 각별한 엄마였고 상상의 인물인 다른 남자에게는 연인이었다는 것을 알 수 있다. 그런 만큼 엄마에 대한 기억도 그저 반기억의 이형들만 있을 뿐이다. 그 가운데서도 "엄마"의 신상에 관한 자료는 반기억의 존재를 충분히 부각시킬 수 있는 소재다.

> 1938년 7월 24일 생이라고 엄마의 생년월일을 적는데 아버지가 엄마는 1936년생이라고 했다. 주민등록상에만 38년생이라고 되어 있을 뿐 실제로는 36년생이라는 것이다. [···] 38이라는 숫자를 36이라고 고쳐 적으려는데 오빠가 신상명세서이니 38년생으로 적어야 한다고 했다.(11)

생물학적 나이와 법적 나이의 차이는 단순히 새로운 인지가 아니라 기억의 이면에 다른 개인적 반기억이 존재하고 있음을 보여주고 있다. 나아가 "오빠"와 "너"는 이 점에 대해 서로 각기 다른 생각을 하고 있다. "오빠"는 호적상의 나이인 38년생으로 적어야 한다고 주장하나 "너"는 "아버지"가 말한 실제 나이인 36년생으로 적어야 한다고 생각한다. 당시에는 호적을 늦게 올리는 것이 다반사였다는 "아버지"의 기억도 지금 당당히 하나의 진실의 조건으로 나란히 자리하게 되었다. 또한 작가는 이 소설의 실마리를 찾게 된 과정을 밝힌 적이 있다. "어느 날 '어머니'를 '엄마'로 고쳐보았다. 신기한 일이었다. 어머니를 엄마로 고치고 나니 바로 첫 문장이 이루어졌다."[143] 화자인 "너"가 어머니를 부르는 두 가지 방법 "엄마"와 "어머니", 또한 전자는 경험기억으로서 후자는 순수기억으로서 기억과 반기억의 대비를 명확히 한다.

> 어머니에겐 그 무엇이 아닌 그저 어머니의 얘기를 들어줄 사람이 필요하다는 것을 실감했다. [⋯] 어떤 일을 두고는 그게 아니잖아! 왜 그렇게 생각하세요! 목소리를 높이며 싸우기도 했다. 같은 이불 속에서 서로 숨을 몰아쉬며 등을 돌리고 누워 있던 순간도 있었다.(296)

소설에서의 "엄마"는 지금 현재가 지배하고 있는 자전에서 "어머니"로 변신하고 있다. 이것은 중요한 의미를 내포하고 있다. 현실이 과거를 재구성하고 왜곡하는 만큼 과거 또한 현실을 재구성하고 왜곡한다는 뜻이다, 그것은 "엄마"라는 기억은 "어머니"라는 회상 앞에서 다른 실체가 되어버리고 말기 때문이다. 니체는 이런 기억의 현상에 대해 이렇게 말한다. "그는 하나를 행하기 위해 대부분의 것을 망각하며, 그는 자신의 배후에 있는 것에 대해 불의를 행한다. 그가 아는 유일한 권리는 이제 생겨나야 할 것의 권리다".144) 이런 불의의 과정에서 사라진 것이 반기억의 실체다.

이 소설에서 반기억의 결정적인 모습은 엄마를 잃고 난 뒤 어디서 각자가 "엄마" 또는 "아내"를 찾으려 했던가 하는 문제다. 아들은 "엄마"가 자기가 동사무소에 취직했을 때 자신을 찾아온 그 "엄마"를 생각하며 그곳에서 "엄마"를 찾으려 했고, 아버지는(즉 남편은) "J시의 집"에

---

143) 『창작과 비평』, 2007년 가을호, 348쪽.
144) Friedrich Nietzsche, Unzeitgemäße Betrachtungen. Zweites Stück: Vom Nutzen und Nachteil der Historie für das Leben. In: Sämtliche Werke. Band I, p.254.

서 기다리고 있었으며, "너"인 딸은 인터넷으로 수소문하거나 전단지를 돌림으로써 "엄마"를 찾으려 한다. 이것은 "엄마"를 기억나게 하는 기억의 터 lieux de méoire(피에르 노라)가 각자에게 모두 다르기 때문이다. "아버지"가 집에 돌아갔을 때에도 이런 일은 다시 재연된다.

> 아내가 남산동의 고아원에 드나들기 시작한 지가 벌써 십년째라는 데 당신은 그것조차 모르고 있었다니. 당신이 잃어버린 아내가 홍태희가 말하는 박소녀 아주머니이기는 한지 의심이 생길 지경이었다.(145)

그러니까 고아원의 홍태희라는 사람이 알고 있는 "박소녀 아주머니"와 남편이라는 화자가 생각하는 "박소녀" '할머니' 사이에 동질성은 없다. 푸코는 「사회는 옹호되어야 한다 Society Must be Defended」라는 강의에서 "누군가의 역사가 다른 사람들의 역사가 아니다."145)라고 말했는데 그것은 곧 이 내러티브에도 그대로 적용된다. 아내의 역사와 남편이 보는 아내의 역사 사이에는 엄연한 틈이 존재한다. 푸코는 이런 지식을 "예속된 지식"이라고 했다. 그것은 우리의 몸에 숨겨져 있거나 잊힌 경험과 기억들로서 우리가 말하는 반기억들이다.

한편, 푸코는 학자와 활동가는 (여기서는 소설가라고 말하자) 이런 "예속된 지식의 반란"을 생산하는 데 기여해야 한다고 말했다.146) 그러나 그런 "역사적 소재들은 묻히거나 사회적 체계 속에서 위장되어" 있다.147) 신경숙은 자기의 감정과 경험을 대변하는 기억을 말하는 대신

---

145) Michel Foucault, "Society Must Be Defended"(New York: Picador 2003), p.69.
146) Michel Foucault, 같은 논문, 9쪽.
147) Michel Foucault, 같은 논문, 7쪽.

이 작품에서 바로 그 "묻히거나 위장된" 반기억의 부활을 시도함으로써 새로운 차원의 산문을 구축하고 있다. 이런 관점에서 전체적으로 이 소설은 각기 다른 관점, 즉 반기억들을 생산해내고 있는데 그것들을 정리해보면 다음과 같다. "너"의 시각에서는 '그리움', 즉 결핍이 기억의 동력이다. 항상 그리움이었던 "엄마"는 어머니가 되어서야, 즉 상실되고 나서야 비로소 기억의 대상이 된다. 사르트르는 인지와 상상을 "인간 의식의 더 이상 환원할 수 없는 본질적인 것"으로 규정했다.[148] 그리고 이 의식의 행위에서 의향이 목표한 대상에 다다르는 동안에 상상 속에서는 대상이 "결여되어 있다"[149]고 주장했다.

우리가 주어진 대상을 파악하거나 보게 되는 것을 보고 '지각한다'라고 한다면 이때 의식은 그 대상과 관계를 맺게 된다. 그러나 이때 대상성이 사라지고 의식만 주어지는데, 이 의식은 "대상이 아예 존재하지 않거나 존재하였던 것이 부재 내지는 결여되어 있는 상태"[150]의 의식을 말한다. 라캉은 이런 현상을 두고 "나는 어떤 것의 결핍이다. 나는 그것을 애도하고 있는 중이다."[151]라고 말했는데 이것이 반기억의 실체다. 이 지각 체험은 실재하는 대상이나 사물로 충족되지 않는다. 그렇기 때문에 지각 작용을 통한 이미지가 발생하는 순간 사물과 대상은 사라지고 만다. 그렇기 때문에 문학에서의 반기억은 정체성Identität이라기보다는 오히려 이질성Alterität에 가깝다.

---

148) Jean Paul Sartre, Das Imaginäre. Phänomenologische Psychologie der Einbildungskraft, übers. von Hans Schöneberg, Hamburg 1971, p.199.
149) Ibid., p.281.
150) Ibid., p.110을 참조하라.
151) 임진수, 환상의 정신분석-프로이트 · 라캉에서의 욕망과 환상론, 현대문학, 2005, 27쪽에서 재인용.

"그"의 관점, 즉 형철의 시각에서 본 "엄마"는 '미안함', 즉 죄의식이 기억의 원동력이 되었다. 아들은 아들대로 특별한 사랑과 기대를 받았던 만큼 기대에 부응하지 못했다는 마음에서, "엄마"는 너무 많은 것을 기대했지 않았는가 하는 미안함에서 각기 기억의 이형을 만들어낸다.

> 그는 검사가 되지 못했다. 엄마는 그에게 니가 하고 싶어 하는 것, 이라고 했지만 그는 그것이 엄마의 꿈이기도 했다는 것을 미처 생각하지 못했다. 그는 자신이 청년시절에 꾼 꿈을 이루지 못한 것이라고만 생각했지 그의 엄마의 꿈을 좌절시킨 것이라고는 생각지 못했다. 엄마는 일평생 그가 하고 싶은 것을 하지 못하게 한 게 엄마 자신이라고 여기며 살았다는 것을 그는 이제야 깨달았다.(137)

비트겐슈타인은 『철학적 탐구』에서 "우리는 마찰이 없는, 그러니까 어떤 뜻에서는 그 조건이 이상적인, 그러나 바로 그 때문에 또한 걸어갈 수도 없는 빙판에 빠져들었다. 우리는 걸어가고자 원한다. 그렇다면 우리에게는 마찰이 필요하다. 거친 대지로 되돌아가자!"152)라는 명제를 말했는데 이는 바로 위 인용문에서 작가가 제시하는 반기억의 실체를 인식적 마찰로 보게 한다. 인식적 마찰은 푸코에 따르면 규범적으로 구조화된 다양한 지식들 간에 인식적으로 배제된 것들, 자격이 박탈된 것들, 헤게모니들을 놓고 상호 경쟁하는 관계에서 발생한다.153) 그러므로

---

152) Ludwig Wittgenstein, Philosophische Untersuchungen, Frankfurt a.M., 1984(stw 501), p.297. § 107. (번역서: 루드비히 비트겐슈타인, 철학적 탐구, 이영철 옮김, 책세상, 2006, 94-95쪽.)

153) José Medina, Speaking from Elsewhere: A New Contextualist Perspective on Meaning, Identity, and Discursive Agency (Albany: SUNY Press, 2006), p.21을 참조하라.

"그"가 엄마에 대해 생각한 것과 "엄마"가 "그", 즉 아들에 대해 바라던 것은 오로지 이 "마찰력"으로 가능한 것이지 하나가 다른 하나를 배제하는 인식이 아니다.

 "당신"의 관점에서는 '후회'의 마음, 즉 무관심이 기억의 동력이 된다. 상실되고 난 뒤에서야 "당신"에게는 아내가 얼마나 소중했던가 하는 모든 일이 떠오른다. 동시에 아내의 부재는 새로운 인식의 전환이 된다. 이것은 마찰력으로 인한 인식이다.

> 아내가 두통으로 머리를 싸매고 혼절해 있을 때도 당신은 아내가 잠자는 중이라고 여겼다. 아무데나 누워서 자지 않았으면 좋겠다고 생각했다. 종내는 아내가 방문마저 열지 못해 쩔쩔맬 때조차 당신은 눈 좀 똑바로 뜨고 다니라고 통박을 주었다.(150)

 살아있을 때는 절대로 할 수 없었던 인식들, 그 자체로 아무런 인식이 될 수 없는 인식이 곧 반기억의 실체다. 우리는 작품 곳곳에서 이런 인식의 실체를 찾아볼 수 있다. 그런 기억은 살아있을 때는 절대로 살아날 수 없고, 대상이 죽거나 사멸되어서 현재의 지배적인 기억과 마찰을 이루면서 생긴다. 반기억을 드러내기 위한 장치는 소설의 제4장 "또 다른 여인"에서 그 절정에 이른다. 이 장의 내용은 유교적 문화권과 상충하는 그야말로 반-역사를 서술하고 있기 때문이다. 정결한 "엄마"가 어떤 계기에서건 외간 남자를 만났다는 이야기는 우리에게 충격을 넘어선 미학적 "마찰"의 절정으로 다가온다. "곰소의 당신"은 원래 "엄마"가 시장 봐온 물건을 가지고 달아난 사람이었다. 그 사람과의 인연은 그래서 특별하다. "또 다른 여인"이 사랑하는 마음으로 만난 "이은

규"에 대한 구절을 읽어본다.

당신 이름은 이은규요. 의사가 다시 이름을 물으면 박소녀, 라 말고 이은규라 말해요. 이젠 당신을 놔줄 테요. 당신은 내 버팀이었네. 누구라도 나를 생각할 때 짐작조차 못할 당신이 내 인생에 있었네. 아무도 당신이 내 인생에 있었다고 알지 못해도 당신은 급물살 때 마다 뗏목을 가져와 내가 그 물을 무사히 건너게 해주는 이였재. 나는 당신이 있어 좋았소(236)

작가의 상상으로 만들어진 이 부분에 대해 가치를 두는 한국의 독자는 많지 않을 것이다. 왜냐하면 이런 내용은 현재의 이데올로기와 첨예하게 대립되기 때문이다. 이것이 바로 푸코가 말한 "결코 말해지지 않은 것", "숨결과도 같이 말 없는 목소리", 즉 반기억의 흔적이자, 클루게가 말한 "한밤중의 태양"을 보는 신경숙 특유의 서술 방식 Erzählweise 이다. 그는 작중인물을 통해 자신의 반기억의 서술태도를 이렇게 정리한다. "오빠는 엄마의 일생을 고통과 희생으로만 기억하는 건 우리 생각인지도 모른다고 했다. 엄마를 슬프게만 기억하는 건 우리 죄의식 때문일지 모른다고, 그것이 오히려 엄마의 일생을 보잘것없는 것으로 간주하는 일일 수도 있다고."(272) 신경숙의 "엄마"는 우리가 이데올로기에 의해 잊어버렸을 수도 있는 반기억을 형상화하고 있으며, 반기억적 서술전략으로 어떤 가치의 정체성을 확립하기보다는 이질성을 확립하려는 전략을 가지고 있다.154)

---

154) 알라이다 아스만은 모리스 알박스의 기억이론이 정체성 형성에 강조점을 둔 데 반해 자신의 기억이론은 이질성 형성에 강조점을 둔다고 밝히고 있다. Aleida Assmann,

4. 극복: 귄터 그라스 『게걸음으로 가다』

신경숙의 반기억을 토대로 한 이야기에서 벗어나 이제 역사성을 가진 귄터 그라스의 작품으로 가보자. 그라스는 이미 『양철북』을 통해 반기억 형식을 문학적으로 구상한 바 있다. 오스카 마체라트의 입을 빌어 나치라는 권력의 뒤에서 사라진 기억들을 재구성한 것이 이 작품의 생명이었다면, 『게걸음으로 가다』(2002)에서는 그런 주도적인 시대적 분위기(과거극복)에서 오히려 반기억으로 묻히거나 위장된 '구스틀로프호'의 기억을 문학적 담론의 전면에 배치하고 있다. 이미 잘 알려진 구스틀로프호에 대한 역사적 기억을 살펴보자면 다음과 같다. 2차 대전이 막을 내릴 무렵, 소련 잠수함의 공격을 받은 '빌헬름 구스틀로프호'는 1만 명에 가까운 인명과 함께 침몰했다. 그중에는 4000명의 어린이도 함께 있었다. 이 사건 또한 독일이 전범 국가이므로 사건의 참상이 거의 알려지지 않은 채 묻혀있거나 위장되어 있었다.

이 소설이 반기억의 구성이라고 보는 이유는 같은 작가의 여타 다른 작품과는 다른 구성을 하고 있기 때문이다. 그것은 말하자면 화자가 처음부터 서술의 내용을 지배적으로 서술하지 않은 객관적 참여자로 (방관자로) 등장하기 때문이다.

"하필이면 이제서?"라고 내가 아닌 그 어떤 사람이 물었다. 왜냐하면 어머니가 끊임없이... 왜냐하면 물 위에 고함소리로 가득하던 그때

"The Sun at Midnight: The Concept of Counter-Memory and Its Changes," in: Commitment in Reflection. Essays in Literature and Moral Philosophy, ed. Leona Toker, New York 1994, p.224를 비교하라.

처럼 내가 소리를 지르고 싶었지만 지를 수 없었기 때문에... 왜냐하면
진실을 그저 석 줄만으로는... 왜냐하면 이제서야 비로소.. 155)

이 인용문은 그라스가 반기억이라는 테마를 증명해줄 결정적 서술방
식으로 인해 더욱 중요한 의미를 띤다. 이미 말한 대로 화자는 서술에
직접 관여하지 않고 다만 역사적으로 묻힌 기억 소재를 찾아낸다는 점
에서 이 소설은 기존의 서술방식과 다르다. 나아가 첫 5행의 서술 방식
또한 이런 기억의 이형이 현존하는 주도적 권력의 기억이 아니라는 점
을 매우 구체적으로 보여준다. 여백Leerstellen을 통해서 직접적인 서술을
피하고 독자의 상상력을 끌어들이며, 그 (반)기억이 어떤 "예속된 기억"
에서 현재까지 벗어나지 못하고 있다는 것을 화자의 망설임으로 대변
하고 있다. 처음에 나오는 "그 어떤 사람Jemand"의 정체가 곧 반기억을
재현하는 동기가 된다. 이 인물이 제5장에서는 노인으로 모습을 드러내
며 그 노인은 이렇게 심경을 고백하고 있다.

그 노인은 그 문제 때문에 괴로워하고 있다. 그는 동프로이센 피난
민들의 참상을 기록하는 것이 원래 자기 세대의 과제가 아니었겠느냐
고 말한다. [...] 그 노인은, 사람들이 자신들의 죄가 너무도 크고 그 오
랜 세월 동안 참회를 고백하는 것이 너무나 절실한 문제였다는 바로
그 이유 때문에, 그처럼 많은 고통에 대해 침묵을 지켜서는 안 되며,
또한 그 기피 주제를 우파 인사들에게 내맡겨서도 안 된다고 했다. 이

---

155) Günter Grass, Im Krebsgang. Eine Novelle, Göttingen 2002, p.7. 아울러 장희창의 번
역본 귄터 그라스, 게걸음으로 가다, 장희창 옮김, 민음사, 2002, 9쪽도 참조하라.
상기 번역본은 "내가 대답했다"와 같은 설명을 부가함으로써 한국의 독자를 위한
배려를 많이 하고 있다. 그러나 기억이 흔적이라는 생각에서 출발하는 그라스의 생
각을 표현해내는 데는 오히려 방해가 될 수 있다.

127

러한 태만은 용납되어서는 안 된다고……

글 쓰느라고 지칠 대로 지친 그 노인은 그래서 이제 나에게서 그를 대신하여—그의 말대로 하자면 그의 '대리자가 되어'—소련군의 독일 제국 침공에 대해, 네머스도르프 마을 학살과 그 결과에 대해 보고할 의무를 진 사람을 발견했다고 생각하는 것이다.(99, 번역서 117-118)

이 부분은 반기억의 특성을 구체적으로 부여주고 있는 대목이다. 이 것은 더 이상 과거의 고통을 "작가의 양심에 따라 문학적으로 결산하기"보다는 하나의 지식으로 반기억을 드러내는 일이다. 푸코가 앞에서 언급한 강연 「사회는 옹호되어야 한다」에서 말했듯이 이런 반기억은(계보학적 탐구는) "역사적 지식을 예속에서 벗어나게 하는 시도이자, 그 지식들을 자유롭게 하거나, 다른 말로 하자면 유일하"다.156) 이것은 어떤 지식을 거부하거나 갑작스레 새로운 지식을 꺼내거나, 지식에 따라 새로 파악한 아이디어 같은 것이 아니라, "지식들의 반란insurrection of know-ledges"157)일 뿐이다. 그러나 이런 새로 발견된 계보학적 지식들, 즉 반기억들조차 새로운 예속을 감행할 수 있다. 즉, 이데올로기적으로 반기억이 우세해지면 기존의 기억체계가 다시 예속될 수 있는 운명에 처해지게 된다. 이 소설에서 이미 인용한 문장인 "그 기피 주제를 우파 인사들에게 내맡겨서도 안 된다"고 한 부분도 이런 맥락에서 이해할 수 있다.

푸코는 이런 위험을 극복하는 유일한 방법은 지식의 끊임없는 "인식적 마찰epistemic friction"을 보장함으로써 이루어진다고 보았다. "인식적

---

156) Foucault, 같은 책, 10쪽.
157) Foucault, 같은 책, 9쪽.

마찰"은 특이한 목소리와 관점들이 주류와 상호작용할 수 있게 하며 어둠과 침묵 속에 사는 사람들의 경험과 이해관계들이 무관심 속에 버려지게 하는 것이 아니라 마찰되도록 한다는 뜻이다.[158] 푸코의 (그래서 반기억의) 계보학은 다원적이다. 왜냐하면 계보학적 탐구는 망각한 과거의 투쟁들로부터 현재의 투쟁에 이르기까지 무한한 길을 파헤쳐낼 수 있어야하기 때문이다. 그리고 사람들에게 억압적 지식의 영향에 맞설 힘을 부여할 수 있는 그 중요한 힘을 부여하고자 한다면 그 계보학이 생산한 "예속된 지식의 반란" 역시 다원적이어야 한다.

인식적 마찰이란 위에서 언급한 비트겐슈타인의 철학적 언명처럼 우리의 지식적 타협과 인지적 삶을 다원적으로 바라보는 가운데 알게 되고 수행되는 것이지만 모든 종류의 인지적 다원주의가 이와 똑같은 방식의 인지적 마찰을 위한 공간을 제공하는 것은 아니다.

> 나의 보고문은 노벨레로 쓰기에 적합하다고 그가 말한다. 하지만 나
> 와는 상관없는 평가일 뿐이다. 나는 다만 보고할 뿐이다.(123, 번역서
> 146)

그러니까 이 텍스트에서 말하는 반기억이란 화자의 시점으로 말하는 것이 아니라는 의미다. 다시 말해 반기억의 내용은 어떤 사람이 보고한 내용일 뿐이고 이것을 "노벨레"로 만든 것은 "그", 즉 저자로서 이데올로기의 직접적 영향을 받고 있지 않다는 뜻이다. 푸코가 말한 새로운 예속이 아니라 이것은 비트겐슈타인의 "마찰"에 상응하는 반기억의 본

---

158) José Medina, Speaking from Elsewhere: A New Contextualist Perspective on Meaning, Identity, and Discursive Agency(Albany: SUNY Press, 2006)을 참조하라.

질을 말한다. 이 작품에서 반기억의 그런 장치들을 하나씩 살펴보자. "어머니"의 목소리를 통해 구스틀로프호에 발사한 러시아 군인에 대한 저주다. "하지만 분명해!" 하고 어머니는 소리친다. [⋯] "그 배를 다른 사람 이름으로 불렀어도 침몰하기는 매일반이었을 거야. 그 러시아 놈이 무슨 생각을 했을까? 우리한테 세 발을 쏘라고 명령하면서 말이야⋯"(15) 공론장에서 알고 있는 다비드 프랑크푸르터에 대한 다른 견해는 분명한 반기억이다. "이후 재판이 진행되는 동안 변호사 측에서 제시한 한 소견서에는 다음과 같이 쓰여 있다. '프랑크푸르터는 개인적인 성격에서 비롯하는 내밀한 정신적 이유 때문에 심리적으로 통제 불가능한 상황으로 빠져들었고, 그 때문에 거기서 벗어나야만 했다. 그의 우울증은 자살에 대한 생각을 불러일으켰다.'"(22) 저널리즘은 바로 반기억의 온상이다. "그러고 나서 수많은 종이들이 인쇄되었다. 볼프강 디베르거가 '비겁한 살인 행위'라고 쓴 것이 소설가인 에밀 루드비히에게서는 '골리앗에 대한 다윗의 투쟁'이 되었다."(35)

반기억으로서의 정당성을 획득하기 위한 장치로서 화자들의 신분을 이렇게 밝히고 있다. "이 무렵 어머니는 장인(匠人) 시험을 치렀고, 곧 슈베린의 가구 공장에서 목공 작업반을 이끌었다. 그 작업반은 의무 할당량에 따라 침실 가구를 만들었고, 완성된 가구들을 우호적인 선린관계를 위해 소련으로 보내라는 지시를 받고 있었다. 당시 그녀의 사고방식은 혼란스러웠으나 세밀하게 보자면 어머니는 오늘날까지 스탈린주의자로 남아 있다. 비록 나와 언쟁을 벌이는 동안에 그녀의 영웅을 깎아내리고 과소평가하려고 시도하긴 했지만 말이다. '그 사람도 하나의 인간일 뿐이었어⋯⋯"(200) 급기야 화자까지 반기억에 동조를 한다. "선수에서 선미까지 그 카데에프 선박은 아름다운 모습을 한눈에 보여주고 있었다. 내 아들은 수많은 조각들을 끼워 맞추어 계급 차별 없는 휴가 여행자들의 꿈을 조립해 놓았다. 아무런 구조물에도 가려지지 않은 상갑판은 얼마나 넓었던가! 배 한가운데 단 하나 있는 굴뚝은 이미 선미 쪽으로 약간 기울어진 채 얼마나 우아하게 서 있었던가!"(247-248)

"어머니"로 지칭되는 툴라 포크리프케는 손자를 네오나치즘의 신봉자로 만들지만 실제로는 이념과 아무런 상관없는 행동을 하고 있고, 과거를 거슬러 올라가 보아도 오히려 스탈린 체계에서 열성적 공산당원이었다는 점을 알 수 있으며, 동시에 모순적으로 구스틀로프호도 동시에 존경하는 인물로 묘사하고 있다. 그녀의 아들인 파울 포크리프케 또한 생계를 유지하기 위해 우익신문인 "슈프링어"에서 근무하다가 좌익성향의 "타츠"에서도 근무했으며 대체로 이념적으로 중립적인 성향이다. 화자의 아들 콘라트가 볼프강을 살해하는 동기 또한 기억의 문제를 이슈화하는 데 중요한 의미를 부여한다. 화자의 아들 콘라트는 법정에서 다음과 같은 발언을 한다.

몇 년 전 마침내 상트 페테레스부르크에 잠수함 함장 알렉산더 마리네스코를 기리는 기념비가 세워졌던 것처럼, 1936년 1월 4일 독일이 마침내 유대인의 질곡으로부터 벗어날 수 있도록 하기 위해 자신의 목숨을 바쳤던 사나이의 명예도 세워주어야 하는 것입니다. 저는 또한 유대인 쪽에서도 마찬가지로 다비드 프랑크푸르터가 1982년에 죽은 이스라엘이나 혹은 다보스에 자신의 민족에게 네 발의 총탄으로 신호를 보냈던 저 의대생의 동상을 세울 이유가 있음을 서슴지 않고 인정하는 바입니다.

이 발언은 물론 이데올로기의 색안경을 끼고 보는 사람에게는 단지 하나의 진술일 뿐일 것이다. 그러나 콘라트의 이 발언은 곧 반기억의 복권을 인정하자는 의미의 진술이다. 다만 저자가 화자가 아닌 장치에서 어떤 평가를 내릴지는 전적으로 독자의 몫이긴 하지만 말이다.

20세기 독일서정시를 모아 놓은 앤솔러지 『세기의 기억』(1998)이라는 책의 편자인 하랄드 하르퉁은 라이너 말로브스키의 참여시를 실어놓았다. 이 시는 독일의 과거사에서 벗어나고자 한다. "태어나자마자 내가 손을 뻗어 잡은 것은 모두가 독일어였다. [···] 나는 나의 기억이다—더 이상 무엇이란 말인가?" 독일 통일 이후에 기억과 반기억에 대한 문제는 마르틴 발저 논쟁에서부터 그라스의 과거사 문제까지 첨예한 문제로 부상하였다. 다시 말해 20세기 말의 기억은 더 이상 과거로 소급하려 하지 않는 듯하다. 독일에서 태어난 이는 어쩔 수 없이 독일어를 할 수밖에 없다는 생각은 독일의 뚜렷한 반기억에 속한다.

그러나 우리가 살펴본 그라스의 이 작품은 개신교 목사의 신앙고백처럼 모호한 결론을 맺고 있다. 마지막 부분에서 화자의 아들이 빌헬름 구스틀로프호 모형을 부숴버리는 것은 뜬금없다. 이것이 나치의 세뇌를 주장한 47그룹의 한계인가? 그래서 귄터 그라스를 포함한 현재의 독일 작가의 문학이란 것이 에세이나, 기껏해야 "문학이라는 옷을 입은 신문기사"159)처럼 보인다. 그것은 정치적 윤리의 공감대를 이탈한 것이 아니냐는 의심을 피하기 위한 태도일 것이다. 그라스를 포함해 전후 작가들은 기회가 있을 때마다 기억의 고통을 이야기하며 자기네들이 얼

---

159) Heinz Schlaffer, Die kurze Geschichte der deutschen Literatur, München/Wien 2002, p.151.

마나 선의 편인가 하는 것을 해명했다. 한국의 독문학자로서 문학에서 필요한 "사악한 생각과 행동들"160)이 (이런 생각은 시인과 작가에게 항상 미덕이다) 독일문학에서 유독 억압되는 것이 안타깝기만 하다. 언제 그런 "사악한 생각과 행동"들이 "인식적 마찰"이라는 반기억의 방패 앞에서 살아날 것인가? 그것은 아직 희미해 보인다.

---

160) 같은 곳.

5. 은폐: 베른하르트 슐링크 『책 읽어주는 남자』

영화로도 만들어지면서 공전의 히트작이 된 베른하르트 슐링크의 『책 읽어주는 남자』(1995)는 유대인 감시병인 한 여인의 시각에서 보여준 기억이라고 여길 수 있는 작품이다. 그러나 작품을 잘 읽어보면 여기에는 반기억을 중심으로 한 서술 장치들이 많다는 것을 알 수 있다. 우선 등장인물의 설정이다. 한나라는 인물의 알레고리적 의미는 고난 받는 인물이라는 문학적 플롯설정을 넘어서는 인물이다. 나치의 대리인이기도 한 한나의 인물에 독자들이 감정이입을 하게 함으로써 사실상—작가가 이를 의도했든 의도하지 않았든—반기억을 주도하고 있다. 가해자인 "아버지" 대신 친숙한 "연인"을 나치의 범죄자로 설정함으로써 이미 이 소설은 독자에게 다른 시각을 요구하고 있다. 심미적 의식은 결여적 privativ이기 때문에 의도하지 않은 설정이 더 큰 의미를 부여할 수 있고, 이 전략이 작품에서 문학적 반기억의 요체가 되고 있다.161) 독자는 등장인물 미하엘 베르크처럼 더 이상 판단하는 사람이 아니라 "관여자"이자 "동참자", "배심원"이 된다.(V.131) 이런 반기억을 제시하기 위한 전략 또한 매우 자연스러워 작가는 미하엘로 하여금 어떤 고백을 함으로써 이를 수행한다.

> 나는 한나의 범죄가 한편 이해가 되기도 하고 다른 한편 그것은 벌을 받아야 할 행위라는 생각을 했다. 그녀의(한나의: 필자) 범죄가 이해된다고 생각하는 순간 나는 그녀의 범죄에 대해 그녀가 당연히 받아야

---

161) Juliane Köster, Der Vorleser, München 2000, p.7을 참조하라.

할 선고를 내리지 못할 것 같았다. 그녀가 당연히 받아야 할 선고를 내려야 한다고 생각하는 순간 그녀를 이해할 여지가 없어졌다.(151쪽 이하)

그렇게 된 이유는 스스로 선택한 연인이 바로 범죄자였기 때문이다. 여기서 만나는 작가의 반기억은 이렇게 이것 아니면 저것이라는 일도양단의 반기억이 아니라 이성과 감정의 관계처럼 서로 완전히 다르나 하나의 몸체에서 이루어지는 딜레마의 형식으로 제시된다. 그러므로 미하엘을 통해 이루어지는 반기억은 자신이 알지 못하는 방식으로 이루어져 있다.162) 글의 마지막 부분에 화자가 회상을 하면서, 그리고 과거를 극복하기 위해서 이 이야기를 썼다고 말하는데, 이것은 단순히 회상기억의 정당성이 아니라 반기억의 정당성을 말한다.

어쩌면 나는 우리의 이야기를 비록 이것으로부터 완전히 벗어날 수는 없지만 그래도 벗어나고 싶었기 때문에 썼는지도 모른다163)

미하엘이 이렇게 고백하게 함으로써 작가는 은연중에 반기억(대안기억)을 정당화하고 있다. 물론 문학이 일상의 전복이라는 것을 생각할 때 당연한 설정인 것처럼 보이기는 하다. 그러나 이 또한 한나를 통한 숨겨진 의도의 누설이며, 그것이 클리셰처럼 보이는 일반적인 나치에

---

162) 이홍경은 "과거문제에 대한 답을 직접적으로 제시하거나 도덕적 감정을 부추기지 않고 끊임없이 문제제기를 하며 독자 개개인이 […] 답하지 않으면 안 되는 상황으로 끌고 간다."고 말하고 있다. 이홍경, 베른하르트 슐링크의 『책 읽어주는 남자』에 나타난 과거극복의 문제, 독일어문학 제27집, 146쪽을 참조하라.
163) 베른하르트 슐링크, 책 읽어주는 남자, 김재혁 옮김, 세계사, 1999, 259쪽.

대한 비난을 넘어선다. 다시 말해 한나라는 "문맹의illiterat" 인물 설정이 기존의 악한 나치라는 의미를 잠식해버린다.

1. 문맹

이 소설의 인물인 한나는 문맹이다. 물론 미하엘은 이 사실을 알지 못한다. 그러나 미하엘이 그녀에게 책을 읽어주게 된 동기도 그녀가 문맹이기에 가능했으며, 그녀가 문맹이기에 (이것이 작가의 의도일지는 모르지만) 그녀의 행위가 나치와 같은 범죄의 행위가 될 수 없음을 간접적으로 말하고 있다. 왜냐하면 문맹으로 인해 자신이 나치 범죄에서 담당한 역할이 무엇을 의미하는지 인식하지 못한 결과로 이해될 수 있기 때문이다.164) 이렇게 되면 모든 나치와 연관된 기억은 하나일 수밖에 없는 상황에서 대안기억으로 문학적 플롯을 만들기에는 안성맞춤이다.

중요한 플롯이기도 한 문맹에 대한 암시는 한나와 미하엘이 자전거 하이킹을 간 아모르바흐에서 발생했다. 한나가 문맹이라는 사실을 모르고 있었던 미하엘은 그날 아침 빵과 꽃을 사기 위해 외출 나갈 때 종이 쪽지를 써두었지만 한나는 이것을 읽지 못한 것이었다. 물론 독자는 왜 더 일찍 미하엘이 한나의 문맹을 몰랐을까 하는 의구심이 들 것이다. 그러나 한나를 이렇게 문맹으로 만들어놓고 보면 우리의 기억 전체가 흐트러질 수 있다. 다시 말하면 많은 사람들이 기억하는 한나는 곧 한나가 아닌 것이다. 무슨 이유에서인지 소설은 갑작스레 "한나는 글을 읽지도 쓰지도 못했다."라고 선언한다. 그리고는 앞의 모든 이해 불가

---

164) J. Köster/R. Schmidt: Interaktive Lesung mit Bernhard Schlink, in: Deutschunterricht 51(1998), H.1, p.46-49.를 참조하라.

능한 상황들을 한꺼번에 설명한다.

　　그 때문에 그녀는 다른 사람들한테 책을 읽어달라고 했던 것이다.
그 때문에 그녀는 우리의 자전거 여행에서 내게 쓰는 일과 읽는 일을
모두 맡겨두었고, 호텔에서 맞은 그날 아침에 내가 남겨놓은 쪽지를 발
견하고는 그 내용을 파악했을 것이라는 나의 기대를 짐작하고는 자신
의 약점이 노출되는 것이 두려워 정신이 나간 사람처럼 행동했던 것이
다. [···] 그 때문에 그녀는 필적 감정사와의 대면을 피하기 위하여 보고
서를 본인이 작성했다고 시인했던 것이다. 그 때문에 그녀는 재판과정
에서 사생결단을 하듯이 진술을 했던 것인가?

이렇게 되면, 즉 한나가 문맹이라면 그동안 있었던 죄가 다 사라지는
것이다. 다시 말해 그간 유효한 기억이라고 믿었던 모든 기억들이 이것
을 기회로 전혀 사라지고 새로운 기억, 즉 반기억이 생겨난다. 문맹은
단순히 글자를 모르는 것만을 내포하는 것이 아니다. 그것을 넘어 비판
적 성찰의 부족으로 연결된다. 한나는 재판관에게 "당신이라면 어떻게
행동했겠습니까?"라고 묻는다. 이것은 쉽게 말하면 무식한 질문에 속하
지만 책을 읽는 독자 입장에서는 이제 은폐된 것이 회복되어 새로운 기
억을 만들게 된다. 그간 잊혀진 것들, 아무런 적법성이 없었던 것들이
그 권한을 회복하게 된다. 이것은 마치 "한밤중의 태양"과 같은 일이
되어버린다. 실제로 슐링크는 한나 아렌트가 주장한 '악의 평범성'을
반기억의 소재로 삼고 있다. 슈피겔과의 인터뷰에서 슐링크는 홀로코스
트라는 야만성이 어떤 악마에 의해 저질러진 것이 아니라 한나 같은
(문맹의) 평범한 인간에 의해 저질러졌다는 사실을 밝힘으로써 새로운

기억을 보존하려 한다.[165]

2. "어머니"

미하엘에 대한 "어머니" 같은 한나의 역할은 하나의 반기억을 구상
한다. 이 경우 반(대안)기억은 바로 누설하는 데서 찾아볼 수 있는 문학
적 서술 전략이 된다.

> 그녀는 몸을 일으켜세우고는 울고 있는 나를 쳐다보았다. "얘!" 그녀
> 가 놀라면서 말했다. "얘!" 그녀는 나를 두 팔로 끌어안았다. 내 키가
> 그녀보다 클까말까 했다. 나는 나의 가슴에 닿은 그녀의 젖가슴을 느꼈
> 고 밀착해서 안겨 있는 동안 나의 지저분한 숨결과 그녀의 상큼한 땀
> 냄새를 맡았다.(9쪽)

이 부분의 서술에서 화자인 "나"가 한나를 본능적으로 만나게 함으
로써 반기억의 단초가 마련된다. 그야말로 한나는 여기서 그냥 엄마 같
은, 여성적인 존재일 뿐이다. 어떤 이성적인 접근이 먼저 시작했더라도
이렇게 완전히 무장 해제된 순수한 기억으로의 접근은 불가능했을 것
이다. 한나가 왜 어머니의 역할을 하게 되었는지는 그 다음의 구절들이
명쾌하게 설명해준다. 미하엘이 황달로 토할 때 도움을 주었던 한나에
게 미하엘의 어머니는 이 문제를 이성적으로 해결하려고 한다. 어머니
는 미하엘에게 자신이 누구인지를 말하고 고맙다는 인사를 하라고 한

---

165) Spiegel-Gespräch zwischen Volker Hage und Bernhard Schlink. 'Ich lebe in Geschichten',
    in: der Spiegel 4/2000, p.183.

것이다. 하지만 미하엘에게는 한나가 감사할 이상의 존재, 다시 말해 "어머니"의 역할을 대신하게 된다. 이런 표현은 곳곳에 나타나며 근친 상간의 모티브이다.

그러나 나는 쥘리엥 소렐과 마틸드 사이의 관계보다는 쥘리엥과 레날 부인 사이의 관계에 보다 많은 관심을 보였다. 나는 펠릭스 크룰이 결국에 가서는 딸보다는 엄마의 품에 안기는 것을 보기 좋게 생각했다. 대학에서 독문학을 전공하던 나의 누나가 식사 때 괴테와 슈타인 부인이 애정관계를 가졌었는지를 둘러싼 논쟁 이야기를 했을 때, 나는 가족들이 깜짝 놀랄 정도로 그들의 관계를 힘주어 옹호했다. [⋯] 그녀와 함께 자전거를 타고 교외로 나가자고 제안을 해놓았기 때문이었다. 내 생각으로는 그러면 우리는 어머니와 아들처럼 한 방을 빌려서 온밤 내내 함께 있을 수 있을 것 같았다.(52쪽)

미하엘이 가지는 어머니에 대한 환상은 실제 어머니에 대한 환상이 아니다. 성장과정에서 그는 이미 어머니와는 거리를 두고 있었고, 실제 어머니에 대해서는 혐오에 가까운 감정을 갖고 있었다. 한나는 본환상 속의 어머니에 가깝다. 이런 어머니에 무의식적으로 빠질 수 있게 하는 것, 그러니까 의식에서는 어쩔 수 없었다는 식의 구조를 만드는 것이 곧 이 소설의 반기억 전략이다. 나치에 대한 의식적 "과거사" 대신 무의식적 "어머니" 코드를 드러냄으로써 독자는 과거사에 대한 이면을 기억해내는 것이다. 아버지를 살해한 억압된 본환상은 한나라는 코드로 부활하고 이것이 반기억의 한 형식으로 자리한다.166) 이것이 검열을 통

---

166) 지그문트 프로이트, 토템과 타부(=프로이트전집 제16권), 이윤기 옮김, 열린책들, 1998, 403면 이하를 참조하라.

과하는 유일한 길이기 때문이다.[167] 이것은 우리가 제3장 문화적 반기억에서 다루게 될 프로이트가 말한 '억압된 것의 회귀'로서의 반기억과 같다.

3. 무의식

미하엘 주위에는 여러 여자가 있다. 여자라고 보기에는 미흡하지만 육신의 어머니, 그리고 학교 교실에서 만난 소피, 나중에 결혼 상대자가 된 게르트루트가 있다. 그러나 이들은 모두 한나 앞에서 무기력하기만 했다. 소피라는 친구는 그저 『오디세이아』를 번역할 때 친구로서, 그리고 수영장에서 즐겁게 노는 여자 친구로서만 존재했을 뿐이다. 소피와 만나면서도 미하엘은 한나를 상상했다.[168] 이로 미루어 짐작하건대 작가는 무엇보다 미하엘에게서 극단적인 이중성을 보고 있다. 말하자면 계몽과 같은 공적이고 의식적인 기억, 그리고 다른 편에서는 감정과 같은 지극히 사적이고 무의식적인 반기억이 그에게서 상당히 이중적으로 존재해 있다.

> 나는 또한 나를 향한 것이든 아니면 남을 향한 것이든 간에 애정이 담긴 조그만 제스처에도 목이 메어 오던 것도 기억한다. 때로는 영화의 한 장면만 봐도 그랬다. 매정함과 극단적인 감상성의 이 같은 병존은 내 스스로 생각해도 이상했다.(109쪽)

---

167) 임진수, 환상의 정신분석, 현대문학, 2005, 246쪽을 참조하라.
168) 책 읽어주는 남자, 82쪽 이하.

이 말은 학창시절 소피에 대한 감정이 없는 것을 부각시키기 위해 나온 고백 같은 것이다. 게르트루트와의 결혼도 이와 비슷한 상황에서 전개되었다. 우선 게르트루트는 "영리하고 유능하고 충실했다." 이 말로 게르트루트에 대한 설명은 완전하다. 그러나 둘 사이의 관계는 미하엘의 감정 때문에 결국 실패하고 만다. 그들은 그럼에도 "아픔을 느끼지 않고 헤어졌으며 서로 존중하는 관계로" 남았다. 이것을 우리는 어떻게 해석해야 할까? 나치에 대한 해석이 이성적으로만 표현되었지 보이지 않는 반기억의 형식으로 말해지지는 않았다는 것을 보여주는 대목이다. 미하엘은 이렇게 고백한다.

> 나는 게르트루트와 함께 지내는 것과 예전에 한나와 함께 지내던 것을 비교하는 일을 도무지 그만둘 수가 없었다. 그리고 나는 게르트루트와 껴안을 때마다 이게 아닌데 하는 느낌을 받았다. 그녀의 손길이나 감촉, 그녀의 냄새와 그녀의 맛, 그것은 내가 찾던 것이 아니었다.(206쪽)

그가 이런 위기를 극복할 수 있는 유일한 조건은 게르트루트가 "약간은 한나 같은 손길과 감촉을, 약간은 그녀와 같은 향내와 맛을 가지"고 있어야 했다. 그리고 그는 곧장 이런 일을 상담자들을 찾아 이야기한다. 그중 정신분석학자인 게지나라는 친구는 어머니와의 관계를 새로 정립해야 한다고 말해준다. 이는 곧 오이디푸스 콤플렉스를 상징하는 것으로서 미하엘의 무의식속에 이미 어머니의 본환상인 한나가 자리하고 있다는 것을 보여준다. 이는 의식적인 기억 대신 무의식적인 반기억이 있다는 것을 보여준다. 이는 이미 작품의 앞부분에서 미하엘의 입을 통해 암시적으로 제시한 바와 같다.

> 나는 지금까지 살아오면서 하지 않기로 내린 결정을 행동으로 옮긴
> 경우도 많았고 또 하기로 하고 내린 결정을 행동으로 옮기지 않은 경
> 우도 아주 많았다. <그것>이 무엇인지 모르겠지만 어쨌든 <그것>이
> 행동한다. <그것>이 내가 더 이상 보고 싶지 않은 여자를 향해 차를
> 몰고 가도록 만들고 […] (28쪽)

그러니까 이 소설은 우리가 의식하는 것을 말하는 것이 아니라, 바로
이 무의식인 <그것>이 반기억의 실체가 된다. 이는 독자의 호응을 이
끌어내기에 아주 좋은 전략이다. 이런 무의식의 세계는 아버지의 세계
인 의식의 세계와는 정반대편에 있는 것이다. 미하엘의 이야기에 어머
니가 배제된 것이 어머니 자신에서 기인한 문제가 아니라 바로 아버지
로 인한 것임을 알 수 있는 대목이다. 그는 아버지에 대해 어떤 기억을
갖고 있는가?

> 그는 아무 말도 하지 않은 채, 엄마가 아이들이나 집안일 문제로 말
> 을 걸 때면 늘 그렇듯이 깊이 생각에 잠긴 듯한 눈길을 보였다. […] 나
> 는 가끔 가족인 우리들이 그에겐 가축과 같은 존재들 같다는 느낌을
> 받았다.(39쪽)

의식적인 기억이 말하지 않는 것을 그는 아버지에게서 어떤 이미지
로 감지한다. 이런 분위기에서 그가 의지할 수 있었던 것은 바로 한나
에 대한 욕망의 이미지들일 뿐이다.

4. 유럽

이 소설 속에 담겨있는 다음 반기억의 기획은 전후 독일 사람들의 과거극복 문제이다. 한나로 인해 미하엘은 오히려 학교 성적이 나아지는데 그 이유 중의 하나가 바로 한나에게 책을 읽어주는 것이었다. 한나는 미하엘이 "학교에서 무엇을 배우는지 알고 싶어했"(54쪽)기 때문이다.

> 나는 호메로스의 서사시들과 키케로의 연설문 그리고 헤밍웨이가 쓴 노인과 물고기와 바다를 상대로 한 그의 싸움에 대해서 이야기해주었다. 그녀는 그리스어와 라틴어의 발음이 어떻게 울리는지 알고 싶어했다. 그래서 나는 그녀를 위해 『오디세이아』의 한 대목과 카틸리나에 대항한 연설의 한 대목을 읽어주었다.(54-55쪽)

그가 학교에서 읽는다고 한 책은 『에밀리아 갈로티』, 『간계와 사랑』이었고, 한나가 문맹이라는 것을 모르고 읽어준 책은 아이헨도르프의 『어느 건달의 이야기』와 레싱의 『에밀리아 갈로티』였다. 그리고 『전쟁과 평화』도 읽어준다(87쪽). 그러나 이러한 책들은 독일사회가 2차 대전 후에 시도한 과거극복이라는 코드를 간접적으로 드러낸다. 그들은 나치와 연관되는 '독일적인 것'을 숨겨야 했으므로 아데나워 체제하의 독일은 복고주의로 접어들게 되었다. 특히 이 시기에 독일 사람들은 유럽적인 것으로 그들의 사상을 포장하기 시작했으며 대표적인 경우가 바로 학교 교육에서 『오디세이아』를 번역하는(읽는) 것이었다. 철학자들도 뒤지지 않았다. 하이데거의 파리 강연(철학이란 무엇인가?)도 철학은 서구적-유럽적 abendländisch-europäisch이라고 누누이 강조하였던 것이다. 에른스트 로베르티우스 쿠르티우스의 저서『유럽문학과 라틴중세』도 예로 들 수 있는데 그는 이 책에서 유럽의 각 민족문학보다는 그것을 태동시킨 원동력을 유럽공통의 문학인 라틴문학에서 찾고 있다. 결국 독일의 교양시민계급 Bildungsbürgertum 육성이란 유럽문화의 일원으로서 독일문화를 공부하는 것이었다. 이는 슐레겔 형제의 낭만주의적 세계관, 유럽의 문학은 민속어 lingua volgare로 시작했다는 주장과 정면 배치되는 일이다.

독문학에서도 볼프강 카이저와 에밀 슈타이거의 저서들이 문학사의 주도적인 저서로 읽히게 되고, 1960년대부터는 민족적 색채를 가진 작가들이 서서히 물러나기 시작했다. "말하자면 하이네에 비해 뫼리케의 가치가 떨어졌고, 폰타네에 비해 슈티프터의 가치가 떨어졌다."169) 이런 맥락에서 볼 때 이 소설은 나치에 가담한 사람의 이야기를 쓰면서, 사실은 시대의 주도적 기억인 과거극복을 한나라는, 소위 말하면 어쩔 수 없는 인물에 투영해 다른 기억, 대안기억, 즉 반기억을 생산해내고 있다.

정리해보자면 이 작품은 법과대학 교수가 쓴 소설로서 대부분 제3제국에서 일어난 무지한 한나라는 여인에 대한 연민 같은 뜻으로 해석하는 경우가 많다. 그러나 필자가 보기에 이 작품에는 기억이라고 말할 소설의 구조에 대항해 반기억이라 할 목소리가 뚜렷이 각인되어 있다. 무엇보다도 한나의 목소리가 그렇다. 재판장이 "당신은 왜 문을 열어주지 않았습니까?"라는 질문을 던졌다. 모든 피고인들은 사실을 부정했다.

---

169) 하인츠 슐라퍼, 독일문학은 없다, 변학수 역, 열린책들, 2004, 13쪽.

하지만 한나는 강박적으로 "우리는"이라는 말을 반복하면서 "우리는 그들을 도망치도록 둘 수는 없는 입장이었습니다"라는 말로 대답했고 급기야는 재판장에게 "당신 같으면 어떻게 하셨겠습니까?"고 되묻는다. 여기에 "결코 말해지지 않은"(단지 문학에서 결석한 날을 출석한 날처럼 기록하고 있다) 반기억의 흔적들이 내포되어 있다. 이것은 반기억에 대한 알리바이를 주장하는 재판장에 대한 질문일 뿐 아니라 독자에 대한 질문이기도 하고 반기억의 동등한 권리를 말하는 권리장전일 수도 있다. 작가는 여기서 반기억의 동등한 권리를 요구하는 셈이다. 또한 한나는 "자신이 문맹이라는 사실이 노출되는 것이 두려워 범죄자로서의 정체성을 드러내"(160쪽)고 있는데, 여기서 작가는 하나의 다른 가치를 함축적으로 말하고 있다. 미하엘은 즉시 이 사실을 알릴까 고민하다가 철학교수인 아버지에게 상의한다. 아버지는 이렇게 말한다. "우리는 지금 행복이 아니라 품위와 자유에 대해서 말하고 있어."(171쪽) 미하엘은 아버지가 죽고 난 뒤, 그러니까 소설을 쓰는 시점에서 아버지의 이 말을 회상해낸다. "행복", 즉 쾌감은 칸트의 말에 따라 "자유"와 단순히 대비되는 것일 뿐만 아니라 기억과 반기억에 대한 메타포이기도 하다. 미하엘이 한나에게 읽어준 『오디세이아』는 나치 당시 독일 사람들이 읽던 책이 아니다. 그러니까 독일은 전후에 그들이 원하지 않았던 책을 읽었다. 더 이상 독일적인, 또는 문학적인 책이 아니라 유럽적이고 도덕적인 책을 읽고 싶었던 것이다. 이것은 사실 에밀 슈타이거(스위스 출신), 볼프강 카이저(스페인으로 망명), 쿠르티우스(독일문학의 유럽적 맥락) 등의 문학적 행위와 작업을 말해주고 있기도 하다. 이 작품의 반기억의 서술기법은 그 뿐만이 아니다. 미카엘의 "힘없는 아버지" 또한 반기억에 속한다. 그것은 실제로 "아버지 살해"라는 전후 독일인의 무의식적 공황상태를 말해주는 반기억의 하나이다. 그것은 다시 푸코가 말한 "생략"일 것이고, 그것을 생략하게 한 것이 니체의 "지식권력"일 것이다.

6. 진실: 파트리크 쥐스킨트 『콘트라베이스』

소설 『콘트라베이스』(1981)는 어떤 중년의 콘트라베이스 연주자에 대한 이야기다. 전체적 이야기를 개략적으로 정리하면 다음과 같다. 그는 국립오케스트라의 회원이고 방음벽으로 둘러싸인 방에 있다. 그는 이 방에서 외부와는 단절된 채 아주 특이한 삶을 살면서 자신의 악기 콘트라베이스에 대한 열강을 한다. 그러나 콘트라베이스에 대한 일방적인 칭송은 차츰차츰 모순적인 모습으로 변하고 급기야 반대의 모습으로 변한다. 이 콘트라베이스 연주자는 삶에 대해 실망하고 고독하고 내성적인 외톨이다. 재능이 조금 있지만 자신의 악기와 직업을 깊이 혐오하는, 이름 없는(세 번째 열drittes Pult, 그저 그런 사람들Tutti-Schwein) 연주가로서 모차르트와 바그너에게 복수할 양으로 연주할 때 악보 몇 장을 건너뛰는 사람에 불과하다. 그는 지휘자야말로 과대평가되었다고 보며 과잉되었다고 본다. 연주가 끝나면 땀을 흘린 것에 대한 별충으로, 나아가 오케스트라에 대한 염증으로 맥주를 많이 마신다.

이 콘트라베이스 연주자의 유일한 긍정적 감정은, 그렇다고 어떤 성적 즐거움이 있는 것도 아니지만, 조증에 가까울 정도로 젊은 소프라노 성악가인 사라Sarah라는 여자를 좋아하는 것이다. 그러나 그는 한 번도 이 여자에게 말을 걸어보지 못했으므로 수년이나 지났지만 그의 열정적 숭배는 그저 말 못한 채 남아있다. 그녀가 무대 위에서 노래를 부를 때 이 남자는—자기 콘트라베이스로 연주하는 범위 내에 있긴 하지만—실수 없이, 아름답게, 그리고 몰입하여 연주를 한다. 그러나 그 여자 사라는 이 남자에게는커녕, 이 남자가 전심전력하는 연주에조차 관심을 주지 않는다. 그런데 바로 오늘 저녁은 달라질지도 모른다. 그가 평상복을 벗고 바로 카를로 마리아 줄리니의 지휘 아래 라인의 황금 축제초연을 위해 연주복으로 갈아입으면서 스스로 자문한다. 이 남자가 만약 지휘자가 등장하고 박수갈채가 터져 나오고 지휘자가 제1바이올린 주자를 찾은 다음 고개를 끄덕이고 사람들이 헛기침을 하고 오케스트라가 연주하기 일보직전 초긴장의 순간 그가 "사라!" 하고 크게 외친다면 무슨 일이 벌어질까? 그가 이 일을 벌일지는 텍스트에서 말하지 않는다. 그는 사람들과 이별하고 불을 끄고 연주하러 떠난다.

우리가 이 소설을 반기억이란 담론으로 읽기 위해서는 그 단초가 필요하다. 우선 기억이라는 것이 무엇인가? 그에게 기억이란 주류적 생각, 일반적 생각들을 말한다. 가령 '오케스트라의 지휘자는 중요하다', '모차르트가 대단한 작곡가다', 또는 '슈베르트는 거장이다' 같은 명제들이다. 그에 반해 반기억은 역사에서 그렇지 않게 진행되어온 것들이다. 이를테면 '오케스트라에서 콘트라베이스가 지휘자보다 더 중요하다', '모차르트보다 더 대단한 작곡가가 있었다', '슈베르트는 절대 거장이 아니었다'와 같은 명제들이다. 그리고 이것을 주장하는 주인공의 이름은 반대로 '누군가 Jemand'일 뿐이라는 점이다.[170] 이렇게 말함으로써 화자는 주류의 이야기/역사가 관점에 따라 만들어진 것이지 실제로는 그렇지 않다는 것을 주장한다. 다시 말해, 기억이 다른 악기를 중심으로 콘트라베이스는 주변부로 만들었다면, 반기억은 콘트라베이스가 중

---

170) 조현천, 파트릭 쥐스킨트의 『콘트라베이스』에 나타난 고독과 익명성의 문제, 있는 곳: 세계문학비교연구 53권(2015), p.255 이하를 참조하라.

심이고 다른 악기, 이를테면 바이얼린이 주변부가 되도록 만들었다. 이런 반기억은 가치판단의 경직을 비판하고 부정 속으로 사라진 음화들을 건져내는 것이다. 그의 반기억적 서술태도는 다음과 같다.

> 베토벤은 피아노도 몇 개나 부숴먹었다고 하더군요. 그렇지만 콘트라베이스는 하나도 부수지 않았습니다. 그 점만큼은 그 사람을 훌륭한 사람으로 인정해주어야 한다고 생각합니다.(24쪽)

그간 베토벤이 그의 작품으로 유명했다면 이 화자가 말하는 "베토벤"은 "콘트라베이스를 하나도 부숴먹지 않았다"는 것으로 유명하다. 화자인 '나'의 반기억은 원래 기억의 현실에서는 없었던 것이다. 가령 '나'가 사라를 사랑했다는 이야기는 사라의 관심 밖의 이야기다.

> 어쩌면 착각인지도 모르겠습니다. 상대방도 그런 눈치를 전혀 못 채고 있으니까요.(39쪽)

> 제가 그 여자의 눈에 한 번이라도 확실하게 띤 적이 있었으리라고 생각되지도 않았습니다.(78쪽)

이 소설의 반기억은 기억이라고 할 수도 없을 정도로 엉뚱하다. 주류의 기억에는 없었던 것들이 반기억의 구성에서는 확실히 존재했던 것으로 보인다. 이것이 푸코가 주장한 "사물들의 불화", 즉 부조화disparite라 할 수 있는 것들이다. 이런 반기억들이 주류에서 벗어나 있다는 것은 단지 내용만으로 파악할 수 있는 것은 아니다. 화자가 이야기하는 방식, 즉 주된 에피소드에서 곁가지로 빠지는 부수 에피소드의 형식으로 나타난다. 어쩌면 주된 에피소드보다 이 부수의 에피소드가 독자들에게 더 중요한 것처럼 여겨진다. 그렇게 이야기의 가치를 기억에서 반기억으로 옮기는 역할을 하는 표현은 다음과 같은 것들이 있다.

자, 그건 그런 정도로 언급해 두겠습니다.(9쪽)

그건 그렇다 치고(15쪽)

그런데 참 이런 얘기는 지금 여기서 할 얘기가 아니로군요. 그건 제가 지금 말씀드리고자 한 사실과 전혀 관계가 없습니다.(25쪽)

어쨌든 그건 그랬다고 칩시다.(29쪽)

이야기의 서술과정에서 이는 일종의 "가치의 전도"를 만들어낸다. 이런 방식의 서술은 항상 주류에서 어딘가로 빠지게 하는데, 작가는 내용적으로만 그렇게 유도하는 것이 아니라 형식적으로도 그런 태도를 취하고 있다. 이야기가 부수적인 데로 흐르면 맥락에 따라 독자는 그런 부수적인 데 관심을 모으게 된다. 그러면 작가는 어김없이 그것은 부수적인 것이라고 그만 이야기해야겠다고 말한다. 이런 전략으로 인해 독자는 주된 것보다 오히려 부수적인 데 더 관심을 가지게 된다.

자, 그건 그런 정도로 언급해 두겠습니다.(9쪽)
지금 이 자리에서는 그 점에 대한 언급은 이 정도로 일단 접어두기

로 하겠습니다.(11쪽)

그 부분에 대해서는 지금은 이 정도로 접어 두기로 하겠습니다.(13쪽)

그건 그렇다 치고……(15쪽)

그건 그 정도로 해두고(18쪽)

이런 문장들로 인하여 사실은 더 중요하게 언급하려는 것들이 무엇인지를 넌지시 암시하기도 한다. 부정적 표현을 통해 긍정에 이르게 하는 효과를 거둔다. 발터 벤야민이 그의 「일방통행」의 "13번지"란 글에서 쓴 글과 그 모습이 흡사하다.

XIII. 책과 창녀. 한쪽에서 각주인 것이 다른 쪽에서는 양말 속에 끼워 넣은 지폐이다.[171]

중요하다고 여긴 것과 중요하게 여겨지지 않은 것들의 전도가 이루어지는 순간이다. 그러므로 그의 이야기의 진수, 즉 반기억은 합목적성 Teleologie의 저편에 있는 것들이다. 무가치한 것이 가치를 갖고 있는 것들과 자리를 바꾸게 된다. 그것은 마치 이름 없는 콘트라베이스가 이름을 얻는 순간이 되는 것과 같다. 앞에서도 언급했지만 푸코는 이런 반기억이 지식의 끊임없는 "인식적 마찰epistemic friction"을 통해서 이루어진다고 보았다. "인식적 마찰"은 다른 비주류의 관점들이 주류와 상호작용할 수 있게 하고, 어둠 속에 있는 사람들의 경험과 이해관계들이

---

171) 발터 벤야민, 일방통행로, 발터 벤야민 선집 1, 김영옥, 윤미애, 최성만 옮김, 도서출판 길, 2007, 104쪽.

무관심 속에 버려지게 하는 것이 아니라 구조되도록 한다는 뜻이다.172) 이렇게 보면 푸코의 반기억은 쥐스킨트에게서 그 구체성을 얻는다.173) 왜냐하면 쥐스킨트의 콘트라베이스가 이룩하는 계보학적 탐구는 망각한 것들로부터 반기억의 무한한 길을 파헤쳐낼 수 있기 때문이다. 이것이 사람들이 일반적으로 갖고 있는 기억의 영향에 맞설 "예속된 지식의 반란"이다. 이런 반란은 우선 들리지 않는 소리로서 작품의 처음에서 "나"란 화자가 애써 들어보라고 강조하는 소리다.

> 지금! 이 소리 들리지요? 이거요! 지금 이거요! 들리세요? [···] 이거요! 들으셨지요! 베이스 소리 말입니다. 콘트라베이스요……(7쪽)

이 소리는 단순히 들리지 않는 소리가 아니라 처음부터 들을 수도 없을 뿐만 아니라 중요한 소리로 인식도 되지 않는 소리다. 왜냐하면 그것이 "콘트라베이스" 소리이기 때문이다. 일반인들의 기억에 콘트라베이스는 없다. 그와 마찬가지로 콘트라베이스 주자를 아는 경우도 없다.

> 여러분께서는 혹시 요한 슈페르거라는 사람을 알고 계시는지요? 도

---

172) José Medina, Speaking from Elsewhere: A New Contextualist Perspective on Meaning, Identity, and Discursive Agency (Albany: SUNY Press, 2006)을 참조하라.

173) 조경식은 그의 논문 "독일적 깊이"에 대한 아이러니로서의 『콘트라베이스』에서 이런 상황을 관점의 문제로 논의하고 있다는 점에서 참조하기를 바란다. "첫째로 현대의 이해가 과거의 이해에 의해서 비판된다는 관점, 둘째로는 그와 반대로 과거의 이해가 현대의 이해에 의해서 비판된다는 관점, 셋째로는 현대의 이해와 과거의 이해가 서로 교차되면서 서로 상대방의 관점을 아이러니화한다는 관점이다." 있는 곳: 뷔히너와 현대문학 20집, 2003, S. 282.

메니코 드라고네타는 어떻습니까? 아니면 보테치니라는 사람은 어떻고
요? 혹은 지만들, 쿠세비츠키, 호틀, 판할, 오토 가이어, 호프마이스터,
오트마르 클로제라는 사람들은요? 그 중에 한 사람이라도 아시는 분이
있으신지요?(57쪽)

허공에 대고 불러봐야 메아리처럼 되돌아오는 소리는 그냥 질문뿐
대답이 없다. 그것은 대개의 독자(청중)이 이들 연주자들을 모르고 있기
때문이다. 이것을 우리는 반기억이라 명명할 수 있다. 그에 반해 우리
가 알고 있는 기억은 예를 들어 모차르트 같은 경우이다.

　모차르트는—그런 저의 입장에서 생각해볼 때—과대평가를 받아왔
습니다. 음악가로서의 모차르트는 <너무> 지나친 평가를 받아왔단 말
씀입니다. 사실이 정말 그렇습니다. 저는 제가 하고 있는 이 말이 별로
신빙성이 없게 들리리라는 것도 잘 알고 있습니다. 그렇지만 지난 수년
간 관련 자료를 연구하고, 직업상 면밀하게 검토하였던 사람으로서 모
차르트가 불공정하게도 완전히 잊혀져 버린 동시대의 수많은 다른 사
람들에 비해서 전혀 특별할 것이 없다는 것을 확실하게 말씀드릴 수
있습니다.(70-71쪽)

독자들은 스스로 지난 기억들을 되돌아보아야 한다. 그의 상식에 모
차르트는 완벽하고 위대하고 "특별하였"을 것이기 때문이다. 가치의 전
도를 요구하는 글이다. 그는 대신에 이런 주장을 한다.

　…이겁니다. 이것이 바로 그거지요. 디터스도르프가 만든 곡입니다.
［…］ 그 사람이 작곡한 수에 비하면, 모차르트는 한낱 하룻강아지밖에

되지 못합니다.(56-57쪽)

문장들을 잘 읽어보면 디터스도르프가 모차르트보다 낫다는 이야기를 하지는 않는다. 단지 그가 작곡한 작품의 수가 모차르트를 능가한다는 뜻이다. 그러나 이 문장들의 호소구조는 마치 모차르트는 특별한 것이 없고 우리에게 알려지지 않은 디터스도르프가 더 위대하다는 뜻을 전하려는 것 같다. 물론 관객에 대한 극적 효과는 다른 관점을 말하거나 사실이 아닌 코믹 효과를 불러일으키려 했을 수도 있다.174) 그러나 과장되게 읽든(보든), 진지하게 읽든(보든) 그것은 독자/관객의 몫이고 관점일 뿐이다. 전체적으로 이 모노드라마가 요구하는 것은 우선 반기억적 태도라고 할 수 있다. 음악사에 그 위대함으로 기억된 인물들은 이런 태도와 관점에 의해 굴절된다. 리하르트 바그너에 대한 평가가 그렇다.

그 사람은[바그너: 필자] 노이로제가 몹시 심했던 사람이었거든요 『트리스탄과 이졸데』와 같은 작품처럼 그가 만들어낸 것 중에서 가장 훌륭한 것들이 당시 어떤 과정을 거치며 만들어졌는지 아십니까? 그런 작품이 만들어진 단 한 가지 배경은 그가 그의 친구와 한 여자를 놓고 벌인 암투가 몇 년 동안이나 지속되었던 것이 이유가 되었습니다. […] 그 당시만 해도 부부관계 이외의 불륜의 관계란 지극히 비정상적인 것으로 받아들여졌거든요 그런데 만약 그런 문제를 갖고 바그너가 정신과 의사를 찾아갔다고 상상해보십시오! 자—어떻게 되었겠습니까! 『트리스탄과 이졸데』란 작품은 나오지도 못했겠지요 노이로제 때문에 그

---

174) 조경식, 앞의 논문, 286쪽을 참조하라.

런 곡을 쓸 엄두도 못 냈을 것이므로 그런 정도는 쉽게 추론이 가능합니다. 그 사람이 아내를 구타했단 일도 있었거든요 바그너가 말입니다. 물론 첫 번째 부인을 그랬고 두 번째 부인은 손도 대지 않았습니다. 확실합니다. 그렇지만 조강지처는 때렸습니다.(43-45쪽)

음악가라고 하여 가정사에 불행한 일이 없으리라고 상상하는 사람은 아무도 없을 것이다. 그러나 위대한 작곡가 중의 한 사람의 생애 중 하필이면 그 사람의 인격을 의심할 만한, 그리고 그런 인격 때문에 음악가가 되었다고 주장하는 부분을 공개하는 것은 바로 우리가 일상에서 기억하고 있는 것과 다른 진리가 있다는 것을 보여주기 위함이다. 니체가 "인간은 살기 위해 과거를 파괴하거나 해체할 힘을 가져야만 하고 때에 따라 실제로 그렇게 해야 한다. 그렇게 되기 위해 그는 과거를 법정에 세우고 고통스럽게 심문하고 마침내 유죄를 선고해야 한다."175)고 말한 바를 쥐스킨트는 실천하고 있다.

슈베르트는 절대 거장은 아니었습니다. 사람 자체로만 봐도 그렇고, 기술적인 면에서도 아니었습니다. 여러분께서는 슈베르트를 음악의 거장이라고 할 수 있으십니까? 저는 못합니다. 또한 그는 독창보다는 남성 합창단에 훨씬 잘 어울릴 만한 음성을 가진 사람이었습니다.

독자가 알기를 원하는 담론, 즉 슈베르트는 '가곡의 왕'이어서 작곡의 거장이라는 상식을 뒤집으려는 심산이 가득하다. 그뿐만 아니라, 그가 합창단이나 할 수밖에 없는 수준의 음악가였다는 것을 주장하고 있

---

175) KSA Bd.1 269, 니체전집 2, 314쪽.

다. 이렇게 이야기는 전적으로 반기억의 내러티브를 토대로 구조화되고 긴장감을 만든다. 그러나 이런 방식으로 단순히 반기억의 승리를 보장하기에는 이르다. 결국 화자는 현실에 처한 자신의 본심을 드러내고야 만다.

〈자리에서 일어서서 뒤로 물러서다가 콘트라베이스에 걸려 넘어지자 화를 벌컥 낸다.〉

……야, 이 멍청아 조심 좀 해! 왜 맨날 길을 가로막고 있는 거야. 바보 얼간이 같으니라고! 여러분, 삼십대 중반이나 된 제가 왜 항상 이렇게 훼방만 놓는 이 따위 악기와 함께 살아야만 하는지 그 까닭을 좀 설명해 주시지 않으시겠습니까? 인간적으로나 사회적으로나, 교통 편으로나, 연인과의 교제 면으로나, 음악적으로나 '항상' 방해만 하는 이 따위 것과 말입니다! [⋯] 제가 소리를 질러대서 미안합니다. 하지만 저는 이곳에서만큼은 제가 원하는 만큼 얼마든지 소리를 질러도 상관없습니다. 방음장치를 해놓았기 때문에 아무도 들을 수가 없습니다.

아도르노는 그의 『미학이론』에서 예술은 "현실을 탄핵함으로써 현실의 우위를 인정한다."라는 말을 했다. 오히려 그가 콘트라베이스를 매개로 반기억을 세세히 누설하였지만 오히려 그 반대로 현실의 우위를 인정하고 만다. "방음장치"라는 것은 단순히 자기가 소리를 지른 것에 대한 민망함의 표현이 아니라 그의 생각이 발각되지 않는 곳에 있다는 것을 재차 확인하는 장치에 불과하다. 작품의 후반부에서도 그는 목소리가 큰 것에 대해 항상 부담을 가지는 것을 보면 반기억의 실체가 결국 "소리를 지르지 못하는" 것이다. 화자는 항상 "소리를 질러대서" 미안할 뿐이다. 결국 이런 화자의 존재는 인간 사회에 있지만 확인될 수 없는 방음장치 속의 존재, 즉 소시민이 된다. 그런 화자인 "나"는 결국 스스로 "쓰레기"에 비유한 자신의 처지와 닮아있다.

> 그 누구보다도 지휘자의 자리는 높습니다. 그 다음에 제1바이얼린 주자가 있고 […] 그 중에서도 가장 나중에 콘트라베이스가 있지요 […] 그런데 음악 분야에서는 몇 가지가 정말로 불공정합니다. 독주 연주가에게는 우레와 같은 갈채가 쏟아지는 것이 상례고, […] 그런데 콘트라베이스 연주자는 미처 자리에서 제대로 일어서지도 못합니다. 콘트라베이스 연주자는—제가 이런 표현을 사용하는 것을 양해해 주시기 바랍니다—어떤 시각으로 살펴보아도 최후의 쓰레기 같은 존재입니다! 그런 까닭에 저는 오케스트라의 구성을 인간 사회의 모형이라고 말씀드렸습니다. 이 세계에서나 그 세계에서나 쓰레기와 관련된 사람들은 다른 사람들로부터 멸시와 조롱을 받게 마련이지요.(60-63쪽)

우연하게도 알라이다 아스만은 그의 저서 『기억의 공간』에서 반기억과 관련하여 "쓰레기"라는 개념을 도입한다. 그는 "완전히 쓸모가 없고 […] 효용 가능성의 영역에서 '벗어난' 대상들을" "쓰레기"라고 보았다. 그에 따르면 실제로 예술가들은 쓰레기를 토대로 반기억의 소재를 찾아내기도 했다. 일리야 카바코브나 다닐로 키쉬 같은 예술가가 전시한 쓰레기들이 이 글에서는 사람으로 변형되어, 마치 콘트라베이스를 연주하는 쓰레기 인간이란 설치미술로 변모하는 듯한 느낌을 만들어낸다.[176]
이런 존재가 세상에서 자신의 존재를 확인시킬 수 있는 법은 무엇인

---

176) 알라이다 아스만, 기억의 공간, 변학수·채연숙 역, 그린비, 2011, 534쪽 이하 참조

가? 물론 쥐스킨트는 알레고리적으로 콘트라베이스가 소프라노와 가장 어울린다고 하면서 콘트라베이스 연주자인 자신이 소프라노 사라와 사랑이 이루어지길 소망한다. 세상은 이 소프라노 소리의 아름다움과 그 사람과의 사랑만을 기억해준다. 그러나 그 사랑이 존재하기 위해서는 콘트라베이스라는 존재가 있을 때 가능하다는 것이다. 그러므로 콘트라베이스에 해당하는 그의 이력은 바로 자신의 숨겨진 반기억임에 틀림없다.

> 콘트라베이스 연주자로서의 전형적인 운명은 제가 살아온 이야기를 예로서 들 수 있을 것 같습니다. 공무원이셨고, 음악성이 전혀 없으셨으며, 완고하셨던 아버지. 플루트를 부셨고, 음악 애호가이셨으며, 약하셨던 어머니. 어렸을 때 저는 어머니를 우상처럼 사랑했고, 어머니는 아버지를 사랑하셨으며, 아버지는 제 여동생을 좋아하셨습니다. 저를 사랑하는 사람은 한 명도 없었지요 […] 여성스러운 악기 가운데 가장 큰 콘트라베이스의 형상에 어머니의 모습을 떠올리며 상상으로 수도 없이 겁탈해왔습니다.(41-42쪽)

얀 아스만은 프로이트가 주장한 "아케나톤으로서의 모세"가 아버지 살해에 대한 "잠복"으로 역사적 기억에 억압되어 있다가 다시 나타난 것이라고 주장한다. 이와 같이 기억이 억압되어 반복된다는 것은 그것이 화해된 망각이 아니라, "안정화된" 억압이기에 가능한 것이다.[177] 그렇다면 그가 다양한 반기억적 생각을 콘트라베이스의 이형으로 반복하는 것이 바로 이와 같은 억압으로 인해 발생한 것이다. 쥐스킨트의 『콘

---

177) 이에 대한 견해는 얀 아스만, 이집트인 모세, 그린비, 2010, 288쪽 이하를 참조하라.

트라베이스』는 지극히 상식적인 세상에서는 소외된 존재인 콘트라베이스의 눈으로 바라본 세계와 인물에 대한 억압의 회귀를 다루고 있는 작품이다. 왜냐하면 쥐스킨트가 구상한 콘트라베이스 자체가 반기억이기 때문이다. 이 모노드라마의 화자(배우?)는 끊임없이 들리지 않는(또는 약한) 소리를 들을 것을 주문한다. 그리고 우리가 알고 있는 콘트라베이스가 아니라 그가 알고, 느끼고 체험한(그러니까 기억한) "콘트라베이스"를 말한다. 그 콘트라베이스는 하나의 상징, 또는 메타포로서 이것을 사용하여 쥐스킨트는 우리가 알고 있는 낭만적 소설과는 전혀 다른 기억 형식을 만들어낸다. 이것이 메타포인 만큼 멸시당하고 "못생기고, 거칠고, 우아하지 못한 악기"는 어떤 잊힌 인간에 대한 대안기억이라 할 수 있다. 이야기의 대안 기억은 여기에서 머물지 않는다. 가령 "디터스도르프"라는 독일 음악가나 오케스트라의 사회가 얼마나 모순적인 사회인가에 대한 화자의 인식은 독자의 일반적인 상상을 초월해 마치 니체가 살아있어서 바그너를 비난하는 것보다 더 생소할 정도이다.

7. 흔적: 알렉산더 클루게 『이력서들』

이 작품에는 여러 이력서들이 나오는데 그 중 하나의 '이력서'를 기억이라고 본다면 다른 "이력서들"은 대안 기억, 즉 '반기억'이라고 할 수 있다. 이린 의미에서 알렉산더 클루게의 소설 『이력서들』(1962)은 제목부터 반기억이라는 주제를 부각시키고 있다고 할 수 있다. 『이력서들』은 1945년 2차대전 종전 전후의 독일의 이야기들/사건들을 다룬다. 그러니까 대체로 나치가 집권한 1933년부터 1950년대 말, 1960대 초반까지 일어난 사건들을 다룬다. 그 외에 시기가 분명치 않은 시대의 사건도 다루고 있다.[178] 클루게는 『이력서들』의 서문에서 다음과 같이 말하고 있다.

> 이 책에 실린 이야기는 매우 다양한 방면에서 전통에 대해 질문을 던지고 있습니다. 일부는 지어내고, 일부는 지어내지 않은 인생사(Lebensläufe)에 관한 이야기이며, 이들이 모여 함께 슬픈 역사를 이룹니다. 때로는 기록물과 같은 짧은 문구나 이질적인 텍스트가 들어가 있다는 사실도 첨언해 두어야겠습니다.[179]

분명 클루게는 이 소설에서 파시즘과 관련된 역사나 사건이 현재에 어떻게 영향을 미치는지를 탐구하고 있다. 앞장에서 다룬 소설들이 같은 소재나 사건을 두고 다른 관점이나 주제 의식이라는 측면에서의 반

---

178) 이야기가 선형적인 발전(연대기적)으로 진행되지 않기에 여기서 줄거리를 요약할 수 없다.
179) 알렉산더 클루게, 이력서들, 이호성 옮김, 을유문화사, 2012, 7쪽. 이하 클루게로 약칭.

기억(들)을 담론으로 삼고 있다면 이 소설은 대안기억들이 하나의 관점이나 주제의식 하에서 변주된다는 점에서 특이하다 하겠다. 구체적으로 말하자면 클루게의 『이력서들』에서 특정할 수 있는 반기억은 주제상의 반기억이 아니라 같은 관점으로 본 소재상의 반기억이라 할 수 있다. 알렉산더 클루게는 텔레비전에 대해서 말하면서도 "생산물은 오로지 대안적 생산물들을 통해서만 효과적으로 반박할 수 있다"[180]고 말함으로써 대안적 서사나 기억을 옹호하고 있다.

그로 인하여 이 소설의 서사는 독특한 서술형식을 갖고 있다. 포스캄프는 이런 대안적 서사를 개괄적-기록물적 서술형식rekapitulierend-dokumentarische Form der Darstellung이라 명명한다. 그는 이런 서술형식의 미학적 원칙들은 "상호텍스트적, 상호매체적 서술기법을 갖고 있고, 이는 노벨레적 폐쇄성을 포기하고, 현실의 이질적인 파편들을 새롭게 조합하는 콜라주의 형식들을 선호한다. '구성'이라는 측면에서 언어기록물을 연출하는 것은 동시에 독자와 관객의 수용과정과 관계한다."고 말한다.[181] 그러나 필자가 보기에 기록물 전시 같은 이 소설은 그 기록물 자체보다는 독자의 관점이나 기억을 중요한 것으로 다룬다. 클루게의 의도는 "다양한 방면에서 전통에 대해 질문을 던지는 것"[182]이었다. 이런 의도는 화자의 주관성이나 객관성에 따른 분류로서 아예 다른 화자를 원하는 반기억의 성격을 대변할 수 없지만 당시 현실과 역사에 말할

---

180) Negt, Oskar/Kluge, Alexander: Öffentlichkeit und Erfahrung, Zur Organisationsanalyse von bürgerlicher und proletarischer Öffentlichkeit, Frankfurt a.M. 1972, p.181.
181) Wilhelm Voßkamp, Deutsche Zeitgeschichte als Literatur. Zur Typologie historischen Erzählens in der Gegenwart, in: 독일어문화권연구 8, 1999, 80쪽.
182) 클루게, 앞의 책, 같은 곳.

수 있는 것이 많지 않다는 것을 다양한 소재에서 반기억의 형식을 표현한 것이라 볼 수 있다. 이 작품에서 변주되는 반기억들은 우선 소재상으로 하나만이 아니다. 제일 먼저 법과 정의를 다룬 두 에피소드 「중위 불랑제」와 「어떤 태도의 소멸—검찰관 셸리하」를 들 수 있다. 이 두 에피소드에서는 전후 독일의 과거극복에 대한 여러 논쟁이나 논의에 초점을 맞추는 것 같지만 실제로는 어떤 중립적인 태도를 취하면서 개입하지 않는다. 예를 들어, 검찰관 셸리하 문제에 작가는 개입하지 않는다.

1. 「어떤 태도의 소멸—검찰관 셸리하」

셸리하는 지방의 살인 사건을 해결하기 위해 베를린에서 지방으로 파견 나온 검찰관이다. 그런데 이상한 것은 엘빙 지방의 영주 폰 Z 살인 사건의 피의자인데도 불구하고 그는 기소되지 않았다. 관청들은 오히려 그를 비호하려는 움직임을 보인다. 셸리하만이 오로지 이 문제를 집요하게 파고들어 살인범 폰 Z를 쫓는다. 그는 결국 변방지역에서 러시아군의 포로가 되고 만다. 그가 폰 Z를 추격하는 동안 수많은 인간살상을 보지만 그는 지나친다. 죽음을 지나치면서 피의자를 쫓는 이 검찰관의 태도가 기이하게 느껴진다. 그러면서 화자는(엄밀히 말하면 이 작품에 화자는 없다. 그보다는 검찰관 셸리하는) "형사 전문가라면 자신이 속해 있는 기관이 실패라고 느껴지는 순간일수록 더 엄밀하게 임무수행을 위해 매진하며 가능한 더 강한 형사법 실효를 위해 항상 최선을 다하고 이미 손상된 법의 회복을 정말로 이끌어내지 못하더라도 그런 방향을 추구하는 자세를 가져야 한다."183)고 말하고 있다.

독자들로 하여금 이상한 생각을 가지도록 하는 것은 작가가 여기서 어떤 기억에 대한 확실성을 보장하고 있지 않다는 점이다. 위의 인용문에서 '손상된 법의 회복'184)이라 명명했지만 어느 것이 그 기준에 더 맞는지, 다시 말해 그것이 어떤 의미의 정의인지는 말하지 않고 있다. 다만 칸트의 명구를 인용하고 있을 뿐이다. "만약 어떤 시민 사회가 구성원 모두의 동의로 스스로 해산하기로 했다고 쳐도(예를 들면 어느 섬에서 사는 민족이 헤어져서 세상 각지로 뿔뿔이 흩어지기로 했다고 치자) 해산하기 전에 감옥에 있는 마지막 살인자 한 명까지 사형을 집행해야 한다. 이는 사람들이 모두 자기 행위의 가치대로 운명을 짊어지고, 피를 뿌린 범죄를 단지 처벌하지 않았다는 이유로 이 민족이 살인 범죄를 계속 짊어지고 있도록 하지 않기 위해서이다."185) 그야말로 검찰관 셸리하의 입장을 대변해주는 구절이다. 그러나 어느 곳에서도 작가는 개입하여 설명하거나 해설하지 않는다. 다시 말하면 화자(작가)가 어떤 특정한 기억을 제시하지 않는다는 뜻이다.

그러나 이렇게 되면 독일과 러시아 사이에서 벌어지는 전쟁에서 사람들이 죽어가는데 왜 정의란 문제를 여기에 적용시키지 않는가 하는 문제가 제기된다. 특정한 기억에 편을 들지/개입하지 않음으로써 하나의 대안기억, 즉 반기억이 생겨난다. 이야기가 계속되지만 이야기는 절대 피해자에 대해, 그가 누구인지, 왜 폰 Z가 그를 살해했는지에 대해서 묻지 않는다. 오직 서류에 의해서만 검찰관 셸리하는 자기의 임무를

---

183) 클루게, 같은 책, 38쪽.
184) 같은 곳.
185) 클루게, 39-40쪽.

수행하고 오로지 임무만 수행한다. 기억이라는 것은 오로지 자신만의 해석이라는 점을 강조한다. 모든 기억은 반기억에 의해서 그저 상대화될 수 있을 뿐이지 유일한 진리는 없다는 것을 방증하는 것이다. 나치가 오로지 모든 것을 법률에 의해 수행했지만 인격과 인권에 대해서는 신경을 쓰지 않았듯이, 그리고 아우슈비츠에서 죽은 자들이 누구인지 묻지 않고 가해자들만 잡으려고 혈안이 되었듯이, 범인을 쫓는 셸리하 또한 피해자에 주목하기보다는 가해자들을 쫓는 데 더 바쁘다. 하지만 이것은 어디까지나 우리들의 해석이지 작가는 이런 생각을 조금도 내비치지 않는다.

로타리 클럽에서는 아마도 이 문제를 더욱 더 상세하게 보도록 할 의도가 있었던 모양이다. 물론 여기서도 작가는 개입하지 않고 그냥 기록물만 제시하는 듯한 태도를 보이고 있다. 참가자들은 모두 셸리하의 강연을 듣고 정의에 대해 논한다. 그러나 아무도 정의가 무엇인지 악이 무엇인지 정확하게 말하지 못하고 있다. 이 논란은 그저 "따뜻한 박수"로 마무리 되고 만다. 말하자면 나치 시대의 정의를 두고 갈팡질팡하는 사람들의(시대의) 모습을 보여주기에 충분하다. 결국 이 토론에도 화자(작가)는 개입하지 않는다. 그저 여러 사람들이 말한 정의를(다양한 관점을, 그래서 결국 기억을) 그대로 전시하되 개입하지 않는다. 개입하지 않는다는 증거를 작가는 다양하게 처리한다. 벵어-리바나란 이름의 토론자에게는 어휘에 문제 삼게 하여 셸리하의 정의에 대한 강연을 무색하게 만든다. 바라바스란 사람의 입을 통해 셸리하가 비관주의자라고 말하게 한다.

셸리하의 답변 정도로 이해할 만한 (왜냐하면 뒤에 더 강한 박수가 나오기 때문에) 자기 반성적인 글이 있다. "셸리하는 본질적인 점을 충분히 생각하지 못했다. 그것은 자비다."[186] 그 이후에도 작가가 개입하지 않은 기억들은 충분히 많다. 가이벨이라는 인물은 아직도 "독일적인 것"(전후에 이것은 독일에서 터부시된다)을 강조하고 있다. 필스는 그 범죄가 독일 밖이었다고 강조함으로써 회피하려고 든다. 발러라는 사람의 목소리를 통해 칸트의 형이상학을 비판함으로써 구체적이고 존재론적으로 일어난 일을 변호하려 든다.(이런 식은 야스퍼스가 칸트의 '거짓말'에 대한 이론을 제기하는 것과 같다.) 헨은 셸리하가 끝까지 처벌했어야 한다고 생각한다. 글라스는 정의의 실천이 실패한 것은 검찰청의 잘못으로 보고 있다. 발렌틴은 더 엉뚱한 이야기를 한다. 폰 Z가 정당방위였을 수도 있다는 것이다. 메르텐스는 더욱 엉뚱한 이야기를 한다. 전쟁중에 어떻게 군인들이 살인자를 찾는다는 말인가? 이후 "격화된 논쟁"에서는 자질구레한 문제에까지 토론이 번진다. 마침내 "정의를 향한 사랑"에서는 정의에 대한 형이상학적 토론으로 연결된다. 결국 셸리하의 강연은 정의로부터 출발했지만 정의가 무엇인지 정의하지 못하고 끝난다. 혹시 클루게는 전후 독일의 이러한 상황을 개입하지 않고 말하려는 것이 아니었을까? 기억을 말하는 대신 다양한 반기억들을 말함으로써 어물쩍 과거 극복을 하려는 독일의 상황을 표현하는 데는 이러한 방법보다 더 좋은 방법은 없었을 것이다.

---

186) 클루게, 41쪽.

1. 「중위 블랑제」

「중위 블랑제」 또한 반기억의 모습들을 알레고리적으로 재현한다는 점에서 검찰관 셸리하와 크게 다르지 않다. 중위 블랑제라는 인물은 1942년경 슈트라스부르크 제국대학 해부학과의 정교수 A. 히르트 교수가 실행한 인종연구를 위해 그 밑에서 일한 사람이다. 그는 유대인 공산주의 정치위원의 두개골을 수집하도록 파견된, 의학을 공부한 사람이다. 의사국가고시에 통과하지 못했기 때문에 의사는 되지 못했다. 그는 히르트의 요구에 따라 '유대계 공산주의 정치위원'의 두개골을 확보해야만 하는 임무를 떠맡았다. 다소 기회주의적인 인간이자 고지식한 인물이지만 그 또한 평범한 인간에서 크게 벗어나지 않는 블랑제에게는 큰 기회가 된 것이다.

특별위임을 받은 블랑제는 갖은 특권과 명예를 누릴 수 있었다. 그리고 히르트 교수에게서는 극진한 대접을 받았다. 그런데 실제로 임지에서 체득한 것은 유대계 공산주의와 정치위원이 별로 관계가 없다는 사실이었다. 그래서 그에게는 "잡힌 포로들을 '정치위원'으로 올바르게 분류하고 추가적으로 '유대계 공산주의자'라고 판단하는" 것이 중요한 과제였다. 왜냐하면 "유태계 러시아 장교라고 해서 다 정치위원에 해당되지는 않기" 때문이었다.(17쪽) 그러나 블랑제는 세심하게 분류했지만 "수많은 오류들을 피할 수 없다는 사실을 알고 있었다."(18쪽) 그야말로 이 글이 문제시하는 것은 블랑제의 연구대상이 지닌 연관성이다. "두개골 연구는 생물학의 영역이고, 유태인은 종교문화사적인 개념이며, 공산주의는 정치경제적 신념의 문제이고 정치위원은 군사적 계급분

류이기"[187) 때문이다.

중위 불랑제를 악으로 규정하기 위해서는 이 모든 것이 합리적 연관성을 맺고 있어야 한다. 중위 불랑제에 대한 기억은 이런 조작에 의해 생겨난 것이다. 클루게가 제시하는 반기억은 불랑제에게 면죄부를 주는 것이 아니다. 60년대에 이르러 나치 범죄자 처벌에 대한 요구가 일어났을 때, 이 끔찍한 임무를 실행한 불랑제는 사업가가 되었다가 부도로 투옥되기도 했다가 이제 공장 노동자가 되었다. 그는 마르크스주의자가 되었지만 이제 아무것도 해서는 안 된다고 한다. 그는 아무 힘도 없는 무기력한 사람이 되고 말았다. 좌파 일간지 프랑스 특파원이 그를 찾아내고 그와 인터뷰를 하게 된다.

질문: 다른 죄수들도 같이 있었습니까?
대답: 거기에서는 차이를 두지 않았어요
질문: 몇 년이었지요?
대답: 3년이었습니다. 교도소 목사는 이 감옥 생활이 전쟁 동안 저지른 제 과오에 대한 속죄라고 생각하더군요
질문: 선생이 죽인 자들이 공산당 정치위원들이었기 때문에 목사가 선생을 용서해준 걸까요?
대답: 감옥에서 벌을 받았으니 목사에겐 모두 다 제대로 된 것이었지요 내가 어쩌면 에티오피아에서 나병 환자들을 돌봐줄 수도 있을 거라더군요
질문: 나병에 똑같이 걸리고, 그렇게 해서 환자 한 명 혹은 몇 명을 구할 수 있는 겁니다.
질문: 불평등한 교환이군요 에티오피아 나병 환자 대여섯 명을 살

187) 클루게, 365쪽. 해설.

리려고 60명에서 100명 정도 잘 배운 최고 기능인을 맞바꾼다면 말입니다. 물론 인간은 모두 평등하다는 전제가 여기 먼저 있어야겠지요.

대화를 들어보면 상당히 모순적이고도 아이러니한 점을 발견할 수 있다. 마치 "유대계 공산주의 정치위원"이란 말들이 아무런 연관관계가 없는 조합이듯이, 불랑제가 감옥에 간 것과 과오를 속죄하는 것은 아무런 관계도 없다. 왜냐하면 그가 감옥에 간 것은 부도로 인한 것이기 때문이다. 그리고 그가 속죄(속죄는 엄밀한 의미에서 죄와의 교환이다)하기 위해 (물론 자신의 과장된 생각이겠지만) 나병 환자가 된다는 것도 관련성 없는 일이다. 특히 「뤼마니떼」지 기자의 질문 또한 관련 맥락이 없는 말이다. 즉, 목사가 혹시 공산주의를 싫어해서 용서가 되었느냐는 말을 하는 것은 기자의 관점에 따라 해석하고자 하는 것이다.

불랑제가 공산주의자가 되고 동독으로 갈 수 있었는데도 가지 않은 것은 거기에는 공소시효 소멸이 없기 때문이라는 것도 자신이 저지른 죄와 자신의 행동 사이에 아무런 관련성이 없다는 뜻이다. 같은 죄라도 어떤 곳에서는 처벌되고 어떤 곳에서는 처벌되지 않는다는 점도 클루게가 문제시하고자 하는 부분이다. 여기서는 기억의 임의성이 드러난다. 「검찰관 셸리하」에서 폰 Z의 살인사건이 전쟁이 끝남으로 해서 범죄가 되지 않았듯이 국경을 넘어감으로써 범죄는 소멸되었다. 그리고 「뤼마니떼」지 기자와 불랑제 사이의 "인간적 관계" 또한 끔찍한 그의 범죄와 그의 "평범한" 인간성 사이에 아무런 관계가 없다는 것을 보여주고 있다. 불랑제가 인터뷰에서 말한 것 "질문: 구체적으로 무슨 일을

합니까? 대답: 벌써 말했잖아요. 아무것도 하면 안 된다고. 또 아무것도 할 수가 없어요. 신념만 가지고 있을 뿐이지요."188)에서 보다시피 한 인간의 범죄와 소외된 인간 사이에도 무어라 설명할 수 없는 간극이 있음을 알 수 있다. 이런 의미에서 이 작품의 기억에 대한 탐구는 단순한 기억이 아니라 반기억이자 정의를 결정짓는 중요한 기제임에 틀림없다.

『이력서들』에는 이렇게 특별한 서술방식을 구현하는데, 인물들과 에피소드를 나열하고 하나의 플롯을 가지지 않을 뿐 아니라 플롯 자체가 없다. 개별적 서술("이력서들")은 나열되고 병치되고 반복될 뿐이다. 그럼에도 이 에피소드들(엄격히 말해 에피소드들이라기보다는 기록들)은 자동화된 기억 시스템에 대한 차별, 즉 반기억적 특성을 지니고 있다. 그런 측면에서 인물들이 서사를 포기하게 만들어 독자가 서술자를 쉽게 믿지 못하게 만드는 것이 이 작품의 반기억적 특성들이다. 이를 증명해주는 문장을 인용한다.

코르티에게 닥친 또 다른 문제

법원 담당구역 주변 어느 마을에 사는 난민 가족의 어린 소녀 S에 관한 사건이었다. 이 가족은 다른 마을 사람들로부터 기피 대상이었다. 이 가족 안에서 근친상간 사건이 일어났다. 소녀는 처음에는 어떤 마을 사람이 자기를 성폭행했다고 지목했다. 경찰은 S의 형부를 범인으로 간주했다. 나중에 사람들은 공통적으로 소녀의 오빠를 의심했다. 외지에서 일하고 있는 소녀의 아버지에게 혐의가 갔을 때 그 소녀는 심문하던 형사에게 물어보았다. 누가 그렇게 말해요? 지금까지는 나만 알고 있다. 형사가 대답했다. 형사가 이 피의자를 임시로 구금되어 있던 교

---

188) 클루게, 24쪽.

화소의 방으로 다시 데려다 주었다. 그리고 문을 열려고 등을 돌리는데 피의자가 형사 목에 매달려, 누르기엔 너무 작은 손으로 그의 목을 힘껏 졸랐다. 그러니까 아주 어려운 사건이었다. 코르티는 교육형 2년형을 선고받았다. 선고를 내린 후에 코르티와 형사는 구내식당에 앉아 있었다. 그들은 선고를 받은 S가 감방에서 석방되면 곧바로 아버지를 찾아 나설 것 같다고 추측했다. 옛 직장에서 그를 찾을 수 없으면 아마도 그를 찾을 때까지 오랫동안 찾아다닐 것 같다고 했다. 아버지가 그때까지 만약 감방에서 풀려나 있다면 말이지![189]

기억의 허망함을 보여주는 대표적인 에피소드(기록물)이다. "이 가족 안에서 근친상간 사건이 일어났다"는 명제가 참이 되기 위해서는 여러 가지 증거가 있어야 한다. 전통적인 이야기에서는 물론 이 증거가 서술자에 대한 믿음에서 출발하였다. 그런데 위의 인용 텍스트 어디에도 서술자의 이 말을 뒷받침할 증거가 보이지 않는다. 그보다는 "이 가족은 다른 마을 사람들로부터 기피 대상이었다."나 "그러니까 아주 어려운 사건이었다."는 말이 참이 아님을 입증할 "흔적"의 역할을 한다. 전자는 마을 사람들이 이들 가족을 쫓아내기 위한 계략을 꾸몄다고 생각하게 만들고, 후자는 코르티의 태도가 수상하다는 것을 암시하고 있기 때문이다. 그래서 결국 S가 "너무 작은 손으로 그의(형사의) 목을 힘껏 졸랐다"는 말조차 사실인지 아닌지 의심하게 만든다. 결국 작가는 반기억의 전략을 직접적으로 언술하지 않으면서 호소구조로 실행하고 있다.

포스캄프가 클루게의 미학적 원칙을 두고 "소설적(노벨레적) 폐쇄성을 포기하"[190]였다고 말한 것은 그의 서술방식이 영화매체와 닮았다는 것

---

189) 클루게, 250-251쪽.

을 시사한다. 그의 이런 반기억은 결국 기억(기록)에서 만들어지는 것이 아니라 기억의 재구성에서 만들어진 것이다. 클루게는 영화의 몽타주 기법을 차용한 것임을 시사하는 연설에서 오히려 에이젠슈타인 식의 몽타주가 수사학적 차원임을 비판하며 이렇게 말한다. "나는 엄격히 말해 반 수사학적이며 설득적이지 않은 입장을 대변한다."191) 말하자면 에이젠슈타인의 경우 빨강색에 파랑색을 더해 보라색을 만든다면, 클루게의 경우 세잔느가 고안한 방법, 회색 옆에 분홍색을 칠하여 녹색이 보이도록 하는 몽타주 구성을 해낸다고 할 수 있다. 그렇다면 그가 역사에서 구상하고자 하는 반기억은 결국 "파국으로서의 진보" 또는 벤야민이 의미했듯이 "역사의 연속으로서의 파국"192)일 것이다.

---

190) Wilhelm Voßkamp, Deutsche Zeitgeschichte als Literatur. Zur Typologie historischen Erzählens in der Gegenwart, in: 독일어문화권연구 8, 1999, 80쪽.
191) Alexander Kluge, Der Autor: Dompteur oder Gärtner? Rede zum Heinrich-Böll-Preis. In: Wochenpost Nr.51(16.12.1993)
192) Walter Benjamin, Gesammelte Schriften I. 3. Hrg. von Rolf Tiedemann und Hermann Schweppenhäuser, Frankfurt a.M. 1974, p.1244.

8. 관점: 파울로 코엘료 『포르토벨로의 마녀』

이미 앞서 우리는 신경숙의 『엄마를 부탁해』를 통해 같은 사안에 대해 어떤 반기억이 작동하는지를 보았다. 그러나 사실 그보다 앞서 이런 기법으로 글을 쓴 사람은 바로 코엘료다. 파울로 코엘료의 『포르토벨로의 마녀』(2006)는 아테나라는 이름의 한 비범한 여자에 관한 이야기다. 영적인 존재들과 소통하고, 사람의 마음을 꿰뚫어보며, 매혹적인 구도의 춤을 추는 자유로운 영혼의 소유자 아테나, 혹은 셰린 칼릴, 그녀는 런던 중심가인 포르토벨로에 "마녀" 열광을 불러일으킨다. '포르토벨로의 마녀'는 아테나라는 여성을 통해 용기 있고 과감하게 꿈을 좇아서 살아가라는 메시지를 전달한다. 본명이 셰린 칼릴인 이 여성은 트란실바니아 집시의 딸로 태어나 일주일 만에 버려진다. 레바논의 부유한 사업가 부부에게 입양돼 안정적 환경에서 성장하다가 사춘기 무렵 레바논 내전으로 인해 가족이 영국으로 망명한다. 대학 1학년 때 사랑에 빠져 결혼하고 아들도 낳지만 생활고에 지쳐 곧 이혼한다.

그러나 가난한 미혼모에서 부유한 사업가로, 다시 포르토벨로가(街)의 영적 지도자로 태어나며 마지막에는 자신을 우상화하는 사람들로부터 벗어나기 위해 치정에 얽힌 살인사건의 희생자로 위장해 홀연 떠난다. 태어날 때부터 범상치 않았던 그녀의 행동은 용감하고 거침이 없다. 그는 버림당함과 떠남을 반복하며 끊임없이 자신의 기원을 찾아 헤맨다. 책을 읽으면서 독자들은 아테나의 삶에서 구도자의 모습을 발견하게 된다. 방황하고 갈구하고 시행착오를 거치면서 새로운 삶의 양태를 찾아 헤매며 도전을 거부하지 않는 정신이 바로 그것이다. 책은 일반적인 장편소설의 서사구조 대신 아테나의 행적에 대해 주변 사람들이 말한 기록을 풀어가며 이야기를 전개해 나간다. 아테나와 관련된 사람들의 증언과 관련 사건이 다각도로 펼쳐지면서 아테나는 입체적으로 그 모습을 드러낸다.

그러므로 이 작품의 내용에 대한 평가는 이 글이 원하는 바가 아니다. 그보다는 아테나에 관한 이야기를 독자에게 알리려는 작가의 태도다. 어떤 관점과 서술시점으로 그것을 알리느냐에 따라 그 내용이 판이하게 달라지기 때문이다. 작가는 처음에 다음과 같이 말한다.

> 여기에 실린 모든 증언이 내 책상을 떠나 세상에 나가기 전에, 나는 그것들을 전통적이고 엄격한 조사를 거친 실화에 바탕한 전기로 엮고자 했다. 그리하여 여러 전기문들을 참조하기 위해 읽어나가면서, 나는 한 가지 사실을 깨닫게 되었다. 대상인물에 대한 글쓴이의 시각이 어쩔 수 없이 조사결과에 영향을 미치고 있다는 사실이었다.(9쪽)

바로 그렇다. 독자는 작가의 시점에 의해 그 해석을 굴절시킨다. 이런 전지전능한 작가나 시점의 영향을 차단하기 위해 현대소설은 작가의 죽음을 택했다. 『포르토벨로의 마녀』는 아테나 혹은 셰린 칼릴의 행적에 대한 기억이다. 그러나 이 기억이 글쓴이의 시각이 아니기 때문에 하나의 기억이라곤 할 수 없고 기억의 이형들, 내지는 대안기억이므로 반기억이라고 명명할 수밖에 없다. 반기억은 코엘료에 의하면 다양한 "증언들"이고, 사람들은 자기가 한 증언을 "유일무이하고 결정적인 증언"이라고 생각하며, 또한 그 증언에 "절대적인 사실은 없다"고 생각한다.(28쪽) 이것은 곧 기억이 힘에 의해 굴절되며, 기억의 담지자에 의해 왜곡된다는 것을 의미한다. 따라서 기억의 실체와 반기억의 현상을 연구하기 위해서 우리는 그 "증언"을 하는 사람들의 신분과 처지를 매우 중요하게 생각하지 않을 수 없다. 이 소설에서 그런 증언을 할 반기억의 담지자들은 다음과 같다.

혜런 라이언, 44세, 신문기자
9-17, 135-140, 161-165, 202-207, 229-238, 248-251, 276-286, 305-316, 337-342, 360-368, 374-386

앤드리아 매케인, 32세, 여배우
18-21, 211-222, 239-247, 267-275, 293-304,

디어드러 오닐, 37세 의사, 일명 '에다'
22-25, 141-152, 192-201, 223-228, 260-266, 287-292, 317-330, 343-352

렐라 자이납, 64세, 수(數) 점술사
26-28

사미라 R. 칼릴, 57세, 전업주부, 아테나의 어머니
29-39, 128-134, 187-191, 353-359

루카스 예센 페테르센, 32세, 엔지니어, 전남편
40-48, 57-66

잔카를로 폰타나 신부, 72세
49-56, 67-75

파벨 포드비에슬키, 57세, 아파트 주인
76-90

피터 셔니, 47세, 런던 홀랜드 파크의 모 은행 지점장
91-110

나빌 알라이히, 나이 미상, 베두인족
111-127

보쇼 "부샬로", 65세, 식당 주인
153-160

릴리아나, 재봉사, 나이는 모름
166-186

앙투안 로카두르, 74세, 역사학자, 파리 가톨릭대학교(I.C.P.) 프랑스
208-210, 252-259, 369-373

1991년 8월 24일자, 런던의 모 일간지
331-336

저자 또는 제3의 화자
387-395

1. 런던의 일간지

이들의 눈에 비친 아테나는 과연 어떤 사람이었을까? 그들은 서로 다른 인물을 보았을까? 우선 1991년 8월 24일자 런던의 모 일간지는 이렇게 보도한다.[193] 벽 목사를 중심으로 한 사탄 숭배 규탄 시위에서 스스로 지혜의 여신 아테나라는 이름을 사용하는 셰린 H. 칼릴이 주도한 의식에 참가한 사람들과 충돌하여 사고가 발생했는데 당연히 벽 목사는 제도권 밖의 종교에 대해 비난했다. 그는 아테나를 "포르토벨로의 마녀"라 부른다. 그리고 그녀를 "사탄숭배자"라고 규탄한다. 그러나 신앙의 자유가 보장된 나라 영국에서 이런 의식은 합법적이다. 그리고 그녀를 옹호하거나 변호하는 사람들도 많다. 우선 유명 여배우 애드리안 매캐인은 오히려 벽 목사 쪽이 "예수의 이름으로 싸운다고 하지만 […] 이들이 예수의 말씀을 외면하고 있다"고 주장한다. 그리고 아테나 스스로도 "개인으로서 혼자 감당하기 대단히 어려운 사회에서" 중압감을 이겨내기 위해 "아야소피아"의 존재에 의존한다고 밝히고 있다. 사회학자 아서드 레녹스는 이 같은 현상들이 앞으로 지속될 것이라 보고, 이런 의식이 기성 제도권 종교와의 충돌로 이어질 것이라 객관적인 분석을 내놓는다. 영국주재 교황청 부주교는 이를 미국인들이 지지하는 뉴에이지주의라고 보고 이는 정신을 유린하는 현상이라고 보지만, 독일의 역사학자 프란츠 헤르베르트의 말을 빌어 기성종교는 인간의 근원적인 문제에 관심을 가지지 않고 있다면서 아테나의 의식 모임을 지지한다. 물론 이 신문기사는 중립적인, 객관적인 자세를 취한다. 그러나 적어도

---

193) 파울로 코엘료, 포르토벨로의 마녀, 임두빈 옮김, 문학동네, 2007, 331-336을 요약하였다.

우리는 이 신문의 기사를 시작점으로 하여 왜 이 이야기가 쓰였으며 작가는 어떤 태도를 취하는지, 그리고 이 이야기의 내부는 어떤지를 여러 사람의 시점에 따라 반기억의 모습으로 살펴볼 것이다. 성장소설 같은 이야기는 아테나 주변에 있는 여러 사람들의 관찰처럼 만들어진 구조로 인하여 하나의 이야기가 되는 것을 포기한다.

2. 헤런 라이언

이 남자의 반기억은 이야기의 처음부터 시작된다. 헤런 라이언은 44세, 신문기자로서 앤드리아 매케인과는 연인 사이였다. 그는 "흡혈귀에 관한 다큐멘터리를 찍기 위해 트란실바니아로 여행을" 했지만 어떤 이유가 있어서 다큐멘터리를 포기하고 거기서 아테나를 만나 빠지게 된다. 그 이유는 이렇다.

> 그 사랑은 존재하리라고 상상조차 하지 못했던 세계로 나를 이끌었다. 그것은 종교 의식(儀式)과 영혼의 체현(體現), 강신(降神)의 세계였다. 나는 내가 사랑으로 눈이 멀었다고 생각했다. 모든 것을 의심했다. 하지만 그 의심은 나를 얼어붙게 만드는 대신, 전에는 존재조차 인정할 수 없었던 드넓은 바다에 나를 빠뜨렸다. 바로 그런 힘 덕분에 나는 가장 어려웠던 순간에 동료기자들의 빈정댐을 이겨내고 아테나와 그녀에게 일어난 일들을 글로 남길 수 있었다. 내 사랑이 영원하기에, 그 힘은 아직도 건재하다.(13쪽)

사랑하는 사이였다는 것을 어떻게 이해할 수 있을까? 그 사랑이 육체적 사랑을 의미하는 것이었나? 그리고 이 사람은 왜 드라큘라의 다큐멘터리 대신 "아테나의 세계"(15쪽)에 대한 기사를 쓴 것일까? 그 대신 왜 그는 어떤 정신과 철학의 세계에 대해 비의적인 기사를 쓰고자 한 것일까? 만약에 이 기자의 1인칭 시점으로 서술을 했다면 독자는 이 점에 대해 좀 더 분명한 생각을 가졌을 것이다.

혜런 라이언은 루마니아에서 그녀를 만나서 빠지게 된다. 그는 루마니아에 흡혈귀에 관한 다큐멘터리 촬영을 갔다가 그녀를 만났는데 그에게 비친 아테나의 모습은 집시 춤에 빠진 여자였다. 그녀에 관한 혜런의 인상은 이랬다.

> 그녀의 두 눈은 감겨져 있었고, 자신이 누구인지 어디에 있는지 무얼 찾고 있는지 더는 의식하지 않는 듯했다. […] 그녀는 관능과 순결을, 포르노그래피와 계시를, 신에 대한 찬미와 자연에 대한 찬미를 뒤섞어 하나로 만들고 있었다.

혜런이 만난 아테나는 그야말로 지혜의 여신 아테나인 것 같다. 사랑에 대해서 그는 유보적인 입장이다. 자기에게는 앤드리아라는 애인이 있고 아테나에게는 소위 말하는 경시청의 남자 ("나와 거리를 두기 위해 설정한 가공의 형사 애인"(205쪽))가 있다고 말한다. 그러나 그럼에도 아테나를 좋아한다고 고백하고 있다. 하지만 거기서 머물 뿐 혜런은 아테나와 아야소피아의 양면성을 가진 아테나를 그저 기자의 눈으로 바라본다. 그렇게 보면 혜런은 아테나에게 비록 심정적으로 빠지긴 했으나 그녀를 바라보는 눈길은 어디까지나 인터뷰를 하는 기자의 시선일 뿐이다.

아테나가 도착한 것은, 내가 포르토벨로 사건과 여신의 재탄생에 관한 가장 이상적인 인터뷰를 머릿속에 그리며 생각나는 대로 미친 듯이 메모하고 있던 때였다.(360쪽)

니트함머는 인터뷰를 위한 기억이 개인적인 기억과는 다른 특성을 띤다고 말한다.

인터뷰에서 이루어진 모든 진술은 기억의 성과지만 대부분 과거에 대해 주관적으로 검증한 진술로서의 기억의 내용에 대해 관심을 갖는 것이 아니라, 그 기억을 각인시킨 어떤 사회적 상황과의 관계에 대해 관심을 갖는다.[194]

그러므로 헤런의 아테나에 대한 기억은 자신이 원하는 방식, 즉 그의 반기억에 의한 것임을 알 수 있다. 그에 대한 증거라도 되듯 아테나는 헤런이 자기를 도와줄 생각이 없는 것 같다고 말한다. 헤런이 하려는 일과 아테나에 대한 사랑 사이에는 괴리가 생긴다. 결국 헤런이 만난 아테나는 이렇게 마무리된다.

나는 '어머니'의 깨어남에 관한 연재기사를 썼다. 그 기사로 인해 "이교적인 것을 부추긴다"고 비난하는 독자들의 항의서신이 쏟아졌지만 대체로 대중에게서 호응을 거둔 성공적인 기사로 평가받았다.(386쪽)

---

194) Niethammer, "Fragen—Antworten—Fragen: Methodische Erfahrungen und Erwägungen zur Oral History", p.405. 알라이다 아스만, 기억의 공간, 371쪽에서 재인용.

3. 앤드리아 매케인

그러나 그 다음에 이어지는 앤드리아 매케인의 (반)기억에 의해 헤런의 생각은 독자를 잠시 혼란에 빠뜨린다. 앤드리아의 생각은 전혀 다르다.

> 그녀는 내 의지나 감정에 상관없이 나를 이용하고 조종했다. [···] 영적 추구에 빠져드는 사람들은 깊이 생각하려 하지 않는다. 단지 결과를 보고 싶어 할 뿐. 그들은 자신이 일반 대중들보다 강력하고 우월하다는 것을 느끼고 싶어 하고, 특별해지고 싶어 한다. 아테나는 꽤나 놀라운 방식으로 사람들의 감정을 가지고 유희를 벌였다.(19쪽)

앤드리아의 눈을 통해 본 아테나는 그녀의 연인 헤런 라이언의 생각과는 전혀 다른 것이다. 앤드리아는 아테나가 "우리가 지닌 내면의 이교적 요소들을 최대한 이용해 사람들을 자기 주위에 끌어 모으고 싶어 했을 뿐"이라고 평가 절하한다. 그리고 그녀가 가진 영적인 힘은 결국 "내가 사랑한 남자를 유혹하는 것"이라고 판단한다. 이어지는 그녀의 아테나에 대한 평가는 혹독하다.

> 그녀가 모든 힘을 인간의 선과 자기 영혼의 승화를 위한 통로를 만드는 데 사용하지 않고, 자기 이익을 위해서만 사용했다. [···] 아테나는 자신이 지닌 카리스마를 의식하고 있었다. 그리고 그녀를 사랑한 모든 사람들에게 상처를 주었다. 나를 포함하여.(20-21쪽)

그녀의 평가는 아마도 자신에게서 애인을 빼앗아간 질투심에서 비롯되었다고 생각하게 만든다. 물론 헤런 라이언에게 감정이입을 한 독자에게만 말이다. 그 반대의 경우는 오히려 헤런 라이언의 말을 (헤런 스스로 그랬듯이) 다시 의심하고 생각하게 한다. 아테나와 나눈 대화 또한 바람피우는 제우스에 대한 헤라의 태도가 담긴 말들이 많이 오간다.[195] 하지만 앤드리아는 점차 아테나와의 연극을 통한 만남을 통해 차츰 자신을 극복하고 '아야소피아'의 세계에 몰입하게 된다. 그녀가 인도하는 몸동작을 통해 반신반의하면서 차츰 아테나를 이해하게 된다. 앤드리아에게 아테나는 아테나와 아야소피아가 공존하는 세계다.

4. 루카스, 전남편

우리는 정말로 헤런과 앤드리아와 관련해서 아테나의 성격이 어떤지 궁금하지 않을 수 없다. 전남편이었던 루카스 예센 페테르센의 증언을 살펴보지 않을 수 없다. 루카스가 말한 아테나는 반항적이고 독립적인 기질이 있는, 그리고 사랑에 대해 조금은 무관심한 인물이다. 왜냐하면 긴 사랑의 연애기간이 없이 19살에 갑자기 결혼을 했으니까 말이다.

> 그녀를 만나면서 나는 점차 내면의 빛을 발견하게 되었는데, 그녀가 내 안에 깃든 최선의 것을 끌어내려고 격려를 아끼지 않은 덕분이었다. 그녀는 마법이나 주술에 관한 책은 전혀 읽지 않았다. 그런 건 모두 사탄의 짓이라면서, 유일한 구원은 예수를 통해서만 가능하다고 못 박았다. 하지만 그런 그녀가 간혹 성당의 가르침이라고 보기 힘든 것들을 이야기하기도 했다. […] 아테나는 항상 두 세계를 동시에 살았다. 자신

---

195) 코엘료, 같은 책, 267-270쪽 참조.

이 진짜라고 느껴온 세계와 신앙을 통해 받아들인 세계.(45-46쪽)

이렇게 되면 아테나에 대한 앤드리아의 증언보다는 헤런의 증언에 우리가 더 가까이 있음을 느끼게 된다. 아테나는 과격한 결정을 내리고, 선택에 망설임이 없으며, 사실은 "자신이 진짜라고 느껴온" 대로 살기 때문이다. 그런 그녀의 태도가 앤드리아에게 이기적으로 비칠 수도 있었을 것이다. 그러면 이제는 그녀가 소위 말하는 교육 받기 이전의 자연상태의 모습은 어땠을까 궁금하지 않을 수 없다.

5. 엄마, 사미라

아테나의 계모인 사미라 R. 칼릴은 그녀를 아테나라고 부르지 말길 간곡하게 부탁한다. 그것은 이름이 미치는 이미지가 크다는 것을 의미하며, 그 이전의 이름 셰린에 대해 증언하는 사미라의 기억이 또 다른 기억임을 알 수 있다. 사미라의 아테나에 대한 기억은 크게 몇 가지로 정리할 수 있다. 나중에 아테나에 대한 기억에 어떤 영향을 미칠지 모르지만 그녀가 집시의 딸이었고, 루마니아의 어떤 고아원에서 그녀를 입양했다는 사실, 그리고 그녀가 입양되었다는 사실을 인지하고 있었다는 것, 마지막으로 중동에서의 전쟁으로 인해 런던으로 이주했다는 사실, 그리고 이주하기 전에 마치 무엇에 홀린 것처럼 춤을 추었다는 사실이다. 그 전조현상으로 이미 그녀의 10대에서도 보여준 일화는 중요한 증언처럼 보인다.

셰린이 십대가 되었을 때, 우린 그 애가 강한 종교적 소명을 타고

났다는 걸 알았어요 그 애는 성당에서 살다시피 했고 복음서들에 통달했지요 축복인 동시에 저주이기도 했어요 […] 그런데 어느 날 셰린을 데리러 학교에 갔는데, 그 애가 "성모 마리아처럼 보이는 흰옷 입은 여자"를 봤다고 말하는 거에요. 상태가 심각하다고 생각했죠.(34쪽)

부모의 관점에서 아테나가 영적인 부분에서 무엇인가 특이하다는 증언을 하고 있다. 하지만 사미라의 입장에서 본 셰린은(아테나는) 자기들 부부의 공은 아랑곳하지 않고 생모를 찾으려는 이기적인 딸로 비친다. "그래서 우리 부부는 절대 아이를 낳으려고 하지 않았어요. 그리고 우리 딸이 우리의 유일한 희망이자 기쁨이자 슬픔이라는 사실을 깨닫게 하기 위해 무엇이든 했지요. 하지만 이런 부모 마음은 아무 소용이 없나봐요. 오 하느님, 어찌 자식들은 그렇게 하나같이 저희밖에 모르는지요!"(129쪽) 엄마 사미라는 셰린이 친모를 찾으러 루마니아에 갔다 온 후에도 평범한 여자를 살길 원한다. 동시에 셰린이 "집시의 마법"에 빠지지 않을까 걱정이다. 그러므로 그녀는 셰린이 학교에 다니던 시절에 보았다는 "흰옷을 입은 여자" 사건이 떠올랐다.(189쪽) 마지막 증언에서도 엄마는 딸의 행복이 평범한 가정임을 천명한다. 셰린의 길은 그녀가 보기에는 "그토록 어렵고 고통스러운 길"일 뿐이다.(354쪽) 그러나 마지막에 반전이 일어나는데 이것은 소설 전체의 반전과도 일치하는 것이다. 엄마 사미라는 셰린이 "파멸의 길을 향해 걷고 있다고" 안타까워서 성모님께 기도하고 이런 응답을 듣는 것 같다고 고백한다.

성모님께서 내게 말씀하시고 계시다는 느낌이 들었단다. '사미라, 내 말을 들어보세요 나 역시 그렇게 생각했어요 내 아들도(예수: 필자)

내 말을 도무지 듣지 않아서 오랫동안 힘들었어요 나는 아들의 안위를 무척이나 걱정했지요 아들 친구들도 마음에 들지 않았구요 내 아들은 법이니 관습이니 계율이니 하는 것들을 전혀 존중하지 않았고 나이든 사람들의 말에도 경의를 표하지 않았지요' 성모님은 내게 그렇게 말씀하셨어.(357쪽)

이 말로 엄마는 딸을 어느 정도 받아들일 수 있게 되었다. 이른바 반기억은 "가치의 전도"를 지향하고 있다.

6. 디어드러 오닐, 일명 '에다'

에다라는 이름은 9세기부터 13세기에 걸쳐서 고(古)노르드어로 쓰여진 고대 아이슬랜드의 가요를 말한다. 에다 중 저명한 것으로는 무녀가 오딘의 요청에 응해서 세계의 기원, 신들의 생활과 운명, 세계의 종말과 보다 좋은 세계의 새로운 도래에 대해서 이야기하는 시 <무녀의 예언>이 유명하다. 셰린의 영적 상태가 특별한 것은, 일명 에다라고 불리는 여성 의사이자 치유자인 디어드러 오닐의 증언과도 밀접한 관련이 있다. 더구나 아테나는 이미 베이루트에서 내전을 경험한 바가 있었다는 것도 어머니의 증언에 포함되어 있다. 디어드러 오닐은 아테나가 열아홉의 나이에 강신을 통해 소위 말하는 '어머니'를 만나도록 문을 열어주었다. 오닐은 "아테나의 가장 큰 문제점은 21세기를 살아가는 22세기 여자"라고, 그리고 "아테나는 사람들이 스스로의 권능을 받아들일 준비가 되었는지를 고려하지 않은 채, 우리 모두의 영혼에 담긴 풍요로운 세계를 바깥으로 끌어내고 말았다"고 증언한다. 오닐의 증언은 아테나가 얼마나 세상과는 다른 영적인 세계에 관심을 두고 있는지를 알려준다. 그러면서 아테나가 사회와의 접촉에 있어서 좀 더 신중했어야 한다고 말한다.

미르체아 엘리아데의 제자라고 소개한 '에다'는 부쿠레슈티에서 아테나를 만난다. 그녀는 의사로서 행복에 관한 철학자다. 그녀가 아테나에게 강조하는 것은 정신적인 세계의 믿음과 의지이다. 그녀가 아테나에게 가르치려 했던 것은 비의적인 정신세계이다. 긍정적인 생각을 하고 부정적인 생각은 버리라고 하면서 아테나의 스승이 된다. 하지만 그녀는 아테나를 자기의 방식으로 가르치려 들지 않는다. 이것은 셰린(아테나의 어머니가 자기 딸에게 가진 관점과는 정반대되는 것이다. 그는 이렇게 말한다.

> 스승과 제자 사이의 차이는 단 하나다. 스승이 제자보다 덜 두려워한다는 것. 그래서 스승은 제자와 함께 탁자에 앉거나 모닥불을 사이에 두고 앉을 때, "한번 해보는 것이 어떻겠느냐?"는 말을 던질 수 있다. 하지만 절대로 "이렇게 하면 나처럼 될 수 있다"고 말하지 않는다. 사람은 저마다 자기만의 유일한 길과 목적지가 있기 때문이다.(318쪽)

스승 '에다'의 기억은 아테나를 '있는 그대로' 보아주는 것이다. 이는 시공을 초월하고 개성을 초월하는 신적인 것과 맞닿아있다. 그녀가 스승으로서 아테나에게 베풀 수 있었던 것은 아테나가 사랑받고 보호받고 있다는 감정이었다.

7. 수 점술사, 렐라 자이납

수(數) 점술사인 렐라 자이납의 증언은 마치 우리가 보는 사주팔자처럼 직접적인 것인 아니지만 아테나의 운명을 점치게 하는 의미가 있다.

> 항상 질투심에 불타고, 늘 슬픔에 빠지고, 내성적이면서 충동적인 기질이 강해, 이 아테나라는 여잔 과도한 야망, 조바심, 권력의 남용, 사치 같은 부정적인 울림에 휘둘리지 않도록 주의하면서 살아갈 팔자야.
> (26-27쪽)

사람의 운명이 정해져 있는 것처럼 말하는 오닐의 진술에서 독자는 비의적인 아테나의 삶과 운명을 그녀의 실제적인 삶과 상관없이 예감하게 한다.

8. 잔카를로 폰타나 신부

이것을 증거라도 하듯 잔카를로 폰타나 신부는 또 다른 증언을 한다.

> 아테나는 항상 저를 당황하게 하는 아가씨죠. 성당에 처음 나올 때부터 그녀에겐 명백한 포부가 있는 것 같았어요. 그건 바로 성녀가 되는 것이었지요. 그녀의 남자친구는 모르는 사실이겠지만 그녀는 베이루트에서 내전이 발발하기 얼마 전, 자신이 리지외의 성 테레사와 비슷한 경험을 했다고 말했습니다. 거리에 유혈이 낭자한 것을 보았다더군요. 그런 일을 그냥 유년기나 사춘기의 트라우마 정도로 치부할 수도 있겠죠. 하지만 정도의 차이는 있어도 '성령의 깃드심'이라고 알려진

이런 경험은 모든 사람에게 일어납니다.(51쪽)

그리고 아테나가 신부에게 직접 고백한 사실을 이렇게 증언한다.

　제가 유일하게 행복할 때가 언제인지 아세요? 하느님께서 실재하시고 제게 귀를 기울여주신다고 생각할 때에요. 하지만 그것은 삶의 이유가 되기엔 불충분해요. 아무런 의미도 없고요. 저는 느끼지도 못하는 행복을 느끼는 척하죠. […] 지금까진 그렇게 버틸 수 있었지만 저는 점점 약해지고 있어요. 전 알고 있어요. 제게 아주 오래전부터 거부해온 소명이 있다는 걸요. 이제 그걸 받아들일 때가 왔어요. 바로 어머니가 되는 소명을 말이에요

아테나의 정신적인 소명을 더 객관적으로 파악하기 위해서는 어느 누구보다도 신부가 더 적합했을 것이다. 하지만 신부가 경험한 하나의 사건은 남편인 루카스가 학교에서 싸운 문제와 유사한 성격을 갖고 있다. 아테나는 미사에서 성체를 주지 않는 신부에게 아테나는 증오로 가득찬 목소리로 "이 빌어먹을 장소는 무엇 때문에 있는 거죠?"라고 소리쳤다. 왜냐하면 이혼한 자들에게 (가톨릭) 교회는 성체를 허락하지 않는다는 이유 때문이었다. 아테나는 이렇게 소리친다.

　이곳에 저주를 내리소서! 그리스도의 말씀에 귀 기울인적 없는 모든 이, 그분의 메시지를 돌로 된 건물과 바꿔버린 모든 이에게 저주를 내리소서. 그리스도는 말씀하셨죠 '수고하고 무거운 짐 진 자들아, 다 내게로 오라. 내가 너희를 편히 쉬게 하리라.' 그래요, 나는 무거운 짐을 진 사람이에요. 그런데 내가 그리스도께 다가가도록 내버려두지 않는

군요.(73쪽)

이런 아테나의 행동은 사실 루카스가 대학 1학년 때 그녀와 처음으로 만난 그 시간에 한 그녀의 행동과 유사하다.

> 그날은 개강 첫날이었다. 모두들 처음 보는 날이라 서로에 대해 아는 것이 아무것도 없었다. 그런데 아테나는 자리에서 일어나 시비가 붙은 여자아이의 멱살을 붙들고 미친 듯이 고함을 질러댔다. "이 인종차별주의자!"(40쪽)

사건이 어떻게 발생했는지 알 수 없지만 아테나의 정의를 향한 분노에 있어서는 동일한 행위양식이다. 파벨 포드비에슬키는 집주인인데 그녀가 어떻게 아테나를 만났는지, 그리고 거기서 어떻게 아테나가 그들의 춤과 만나게 되었는지를 증언한다. 디예모프로 이주했던 할아버지에게서 유래한 춤을 추는 주인에게서 아테나는 춤을 배운다. 피터 셔니는 은행지점장이다.

아테나의 삶은 디어드러 오닐, 여배우 앤드리아 매케인, 저널리스트 헤런 라이언, 어머니, 전남편 등의 시점으로 그려진다. 소설의 맨 앞과 맨 뒤에는 아테나의 죽음에 얽힌 비밀까지 알고 있는 제3의 화자가 있다. 그리고 아테나의 궤적에 따라 사회적 이슈도 부각된다. 그러나 이 모든 것들은 단순한 줄거리의 진행, 즉 선형적인 사건으로 구성되어 있는 것이 아니다. 그보다는 아테나에 대한 다양한 시점, 결국 세상 사람들 자신의 잣대와 태도만이 존재할 따름이다. 작가는 이렇게 기억의 불확실성을 통해서 기억의 존재를 문제시하고 있다.

9. 모순: 윌리엄 포크너 『내 죽어가며 누워 있을 때』

포크너의 작품 『내 죽어가며 누워 있을 때』(1930)는 작가가 창조한 상상의 지역, 미국 미시시피 주 북부 요크나파터파(Yoknapatawpha County)를 배경으로 쓰인 소설로, 번드런(Bundren) 가의 안주인 애디(Addie)의 죽음과 그녀의 유지를 이행하는 가족들의 이야기를 다룬다. 가장인 번드런은 무능한 농부다. 그의 아내인 애디는 지적 수준도 학력도 그보다 높다. 앤스는 말만 늘어놓지 행동으로 옮기지 않는 인물이다. 이 둘 사이에는 다섯 명의 자녀가 있는데 목수인 큰 아들 캐시, 정신이상 증세를 보이는 둘째 아들 달, 셋째 아들 주얼, 딸 듀이 델, 막내아들 바더만이다. 그런데 셋째 아들 주얼은 애디가 교회 목사인 휘트필드와의 불륜 관계에서 낳은 아들이다. 나중에 휘트필드 목사는 애디가 죽어가고 있다는 소식을 듣고 사죄하려고 앤스에게 가지만 도중에 애디가 이미 죽었다는 말을 듣고 돌아간다.

애디는 죽어가면서 남편 앤스에게 약속을 받아낸다. 자기가 죽으면 조상들이 묻혀있는 제퍼슨 공동묘지에 자기를 묻어달라는 내용이다. 결국 애디가 죽게 되자 번드런 가족은 애디의 약속을 지키기 위해 시신을 싣고 한여름의 날씨를 뚫고 제퍼슨으로 향한다. 그러나 홍수가 나서 물이 갑자기 불어나자 강을 건너지 못하고 설상가상으로 시신을 보관해둔 헛간에 불이 나자 번드런가는 온갖 어려움에 직면한다. 이런 역경을 넘어서서 제퍼슨 공동묘지에 도착하여 이들은 애디의 시체를 묻는다. 하지만 애디의 유언대로 매장을 끝내자마자 남편 앤스는 곧바로 새 아내를 데려오고, 딸 듀이 델 역시 어머니의 장례보다는 시골 청년 레이

프와의 사이에서 생긴 아이를 낙태할 약을 구하는 데 더 몰두한다. 그 동안 정신이상 증세를 보이던 달은 잭슨의 정신병원에 감금되게 된다. 그 이유는 형제들과 갈등을 빚을 뿐만 아니라 그가 듀이 델이 임신했다는 사실을 알고 있기 때문이었다.

이 소설은 내용상 단순한 장례 여행기처럼 보이지만 독특한 형식상의 실험이 돋보이는 작품이다. 우선 보기에는 등장인물이 사건 하나하나를 보고하는 단편 형식으로 만들어져 있고, 또한 그럼에도 전체적으로 사건이 진행한다는 점에서 전통적인 줄거리와 플롯이 존재하긴 한다. 그리고 작중 인물들이 홍수와 같은 자연재해나 헛간에 난 불 같은 재앙을 이겨내고 시신을 제퍼슨으로 인도한다는 이야기가 존재한다. 그러나 이것들은 포크너가 중요하게 다루는 문제, 즉 목표가 아니다. 그것들은 그냥 소설 형식으로서의 기능 밖에는 하지 않는다. 그것들은 그저 목표에 이르는 수단일 뿐이다.196)

중요한 것은 사건을 바라보는 관점인데 이 관점에 이 소설의 통주저음으로 작용하고 있다. 형식상 이 소설은 15명의 화자가 진술하는 59개의 장으로 구성되어 있다. 그런데 여기에서 흥미로운 점은 일곱 명의 번드런 가족과 여덟 명의 외부인이 전하는 총 59개의 언술들이 서로 충돌한다는 점이다. 한 명의 화자가 전하는 언술은 곧 다음 화자의 언술에 그 진실성이 의심된다. 절대적인 사실이나 진실을 전하는 화자가 없기 때문에 이들 화자는 모두 믿을 수 없는 화자들이다. 따라서 진실은 (일반소설의 화자처럼) 하나의 특정 화자가 전달하는 목소리에서가

---

196) 비슷한 시각을 우리는 김욱동, 포크너를 위하여, 이숲, 2013, 202쪽에서도 살펴볼 수 있다.

아니라 여러 화자들의 목소리가 서로 교차하고 충돌하는 곳에서 오롯이 드러난다. 그런 점을 포크너가 의식하지 않고 이 작품을 썼다고는 볼 수 없다. 그는 코라 툴의 독백으로 이에 대한 입장 표명을 다음과 같이 한다.

> 하느님은 마음을 보신다. 사람마다 정직에 대한 견해가 다른 것이 하느님의 뜻이라면, 그 뜻에 의문을 품는 것은 옳지 않을 것이다.(12쪽)

다시 말해, 독백이라는 것은 자신의 마음(성경에서는 "중심"이라는 표현을 함)의 고백인 만큼 우리가 외형적으로 듣거나 판단하는 진리와는 거리가 멀다. 포크너는 바로 이를 통해 소설에는 관점이 중요한 역할을 한다는 것을 말하고 있다. 우리가 듀이 델의 행동에 대해 그녀의 독백을 통해 소설 내에서 여러 가지로 판단할 수 있겠다. 가령 엄마를 위해 최선을 다한다는 생각을 가질 수도 있다. 그러나 코라 툴이 "딸이 해야 할 빨랫감과 다리미질감이—다림질된 적이 있기나 한지 모르겠지만—베갯잇 속에 꼬깃꼬깃 뭉쳐 있는 것이 보인다. 이것을 보면 애디가 딸 교육에 얼마나 무심한지 알 수 있다. 네 명의 사내들과 말괄량이 같은 딸에게 모든 것을 맡기고 누워 있으니 어련할까마는."(13쪽)에서 보듯이 우리는 듀이 델이 말한 것에서보다 여기서 듀이 델의 모습에 대해 좀 더 객관적인 정보를 얻게 된다. 그러나 반대의 경우도 있다. 코라 툴은 번드런 부인, 즉 애디에 대해 이렇게 말한다. "번드런 부인은 외로운 여자였다. 다른 사람들이 그녀를 그냥 참아주고 있다는 사실을 애써 숨기고 있을 때, 자신이 특별하다고 믿는 거만함 때문에 외로운 여자였다.

몸이 채 식기도 전에, 신의 뜻을 거스르면서까지 40마일이나 떨어진 먼 땅에 자신을 묻으라고 주문할 만큼 유난스럽다. 번드런 가족과 함께 묻히는 것이 싫었던 거지."(30쪽)라고 보고하면서, 마치 애디가 말한 것은 남편인 앤스가 오해한 것이라는 점을 강조한다. 가족 옆에 묻히길 원했을 거라는 뜻을 말한다.197) 그러나 정작 애디의 고백은 다르다. 자기가 죽으면 제퍼슨에 묻히길 원한다고 말했다는 것이다. 하지만 진심은 아니었다. 그것은 오로지 "보복"이었던 것이다. "내가 보복하고 있다는 사실을 그에게(앤스에게) 숨기는 것이 바로 보복이었다." 그렇다면 애디의 말을 들어주는 앤스도, 코라 툴의 생각도 애디의 생각과는 빗나가는 어떤 것이다.

이들 가족이 여행을 시작하는 발단을 제공하는 사건은 애디의 죽음이고, 하나의 줄거리에 가족 구성원들의 생각이 연결된다는 점, 즉 하나의 실마리로 연결된다는 점에서 애디가 중심적인 역할을 한다고 하겠지만 정작 애디가 진술하는 장의 개수는 하나에 불과하다.198) 네 명의 아들과 딸 듀이 델(Dewey Dell), 남편 앤스(Anse)가 추구하는 여행의 표면적인 목적은 장례를 완수하는 것이다. 즉, 이야기의 진행은 이 사건들을 중심으로 진행된다. 그러나 둘째 아들 달(Darl)과 사생아 주얼(Jewel)을 제외한 나머지 가족의 여행 목적은 따로 있다. 남편 앤스는 의치를, 장남 캐쉬(Cash)는 라디오를, 막내아들 바더만(Vardaman)은 장난감 기차를 얻기 위해, 그리고 임신한 듀이 델은 낙태 약을 얻기 위해 여행을 지속한다. 어머니와 아내의 유지를 실현한다는 여행의 본래 목적은 여

---

197) 이어지는, 같은 책 31쪽을 참조하라.
198) 소설의 제목 또한 애디의 관점에서 "내 죽어가며 누워 있을 때"라고 붙여졌다.

행이 진행되면서 점차 노골적으로 변질된다. 그러니까 이 소설에는 이 여행을 통해 저마다의 욕망은 물론 인물 간의 관계, 그리고 그 갈등이 드러난다. 다원 시점의 열린 구조를 취하는 이 소설의 형식은 그만큼 복잡한 삶의 실상을 드러내주는 데 가장 적합한 형식을 찾기 위한 작가의 노력이다. 소설 형식의 새로운 가능성을 실험한 이 작품이 현재에도 뛰어난 모더니즘 작품 가운데 하나로 평가받고 있는 이유 중의 하나다.

그렇기 때문에 우리는 이 소설이 얼마나 아이러니한 세계를 그려놓는지, 얼마나 긴박한 사건의 진행에 초점을 맞추고 있는지 하는 것보다, 포크너가 의도한 대로 개개의 인물들이 얼마나 독특하게 얼마나 개별적으로 세계를 바라보고 있는지, 다시 말해 반기억들을 통해 포크너가 이 소설들에서 어떤 의미구상을 구현하는지를 밝혀내는 데 주안점을 둘 것이다. 이 작품에 등장하는 인물은 모두 15명의 화자들인데, 그중 번드런 가의 사람들이 7명, 그 나머지가 8명이다. 번드런 가의 식구들은 이미 위에서 어느 정도 언급했지만 좀 더 자세히 살펴보면 다음과 같다.

애디(Addie Bundren): 번드런 가의 안주인. 자기부정과 극기를 강조하는 아버지의 가르침에 따라 부정적인 삶의 태도를 견지하는 인물. 애정이나 증오의 끈으로 남편과 자식을 연결한다. 특히 남편을 증오하고 휘트필드 목사와의 사이에서 태어난 쥬얼을 편애한다.

앤스(Anse Bundren): 번드런 가의 가장. 몰락한 가문의 책임을 남에게 돌리는 이기적인 인물. 자신이 행동의 주체가 되지 못하는 운명론자.

캐시(Cash Bundren): 번드런 가의 장남. 솜씨 좋은 목수. 어이가 없을 만큼 참을성이 많고 불평도 하지 않는다.

달(Darl Bundren): 번드런 가의 둘째 아들로 병적으로 예민한 인물. 예리한 투시력으로 다른 가족의 심리를 간파하는 데 뛰어나고 내적 독백을 통해 이를 전달한다. 애디의 사랑을 독차지하는 주얼을 질시하고, 말에 대한 애착이 깊다.

주얼(Jewel): 애디와 휘트필드 목사의 사이에서 태어난 사생아. 겉으로는 이기적으로 보이지만 어머니에 대한 사랑이 깊고 헌신적인 인물. 어머니의 관을 물과 불에서 구한다.

듀이 델(Dewey Dell Bundren): 번드런 가의 유일한 딸. 17세. 임신과 그로 인한 두려움에 자신의 존재성을 끊임없이 생각한다.

바더만(Vardaman Bundren): 번드런 가의 막내아들. 순진하고 상상력이 뛰어나다.

그리고 번드런 가 이외의 사람들로는 이웃 농부 버넌 툴과 그의 아내 코라 툴, 또 다른 농부 헨리 암스티드와 샘슨, 의사인 루시어스 피바디, 목사 휘트필드, 모츠타운에서 약국을 하는 모슬리와 제퍼슨 약국의 종업원 스키츠 맥고우원이 있다. 번드런 가 식구들의 독백은 애디의 죽음, 그리고 그녀의 관을 옮기며 떠나는 여정, 집안 식구들 사이에서 벌어지는 문제에 집중하고 있다. 그러나 이웃 사람들의 독백은 객관적 정보나 사실의 묘사에 집중한다. 그러니까 번드런 가의 식구들이 하는 독백은 그야말로 주관적이나 이들의 독백은 객관적 사실에 집중한다.

독백은 모두 59개에 이르는데 이중 달의 독백이 19개, 그 다음이 바더만 10개, 버넌 툴이 6개, 캐시가 5개, 듀이 델이 4개, 앤스와 코라가 3개, 그리고 루시어스 피바디가 2개가 있다. 그 외의 사람들이 하는 독백은 한 개밖에 없다. 재미있는 것은 정신적으로 이상한 달과 정신적으로 미성숙한 바더만에게 가장 많은 독백을 하도록 한 점이다. 아마도 포크너는 니체가 말한 대로, 인간의 이성이 사람을 속인다는 데서 출발하는 것 같다. 다시 말하자면 정신적으로 불안정한 사람들이 오히려 더 직관적으로 사태를 볼 수 있다는 생각이 지배하고 있다. 달은 "나는 내가 누구인지 모른다"고 말하거나 "나는 내가 존재하는지, 아닌지 모른다"고 말한다. 정신적으로 이상하지만 비교적 균형감각을 갖고 있는 달을 서사의 핵심으로 생각하고 있다.

이 작품의 핵심적인 사건은 오로지 달의 독백을 통해서만 기술된다. 예를 들어 에디가 죽어가며 병상에 누워있는 이야기, 주얼이 말을 얻기 위해 밤새도록 남의 밭일을 도와주는 이야기, 듀이 델이 레이프와 관계를 맺어 임신한 이야기, 번드런 가의 사람들이 요코너 강을 건너는 이야기, 엄마 에디의 시체를 보관해두었던 창고에서 불이 나는 이야기는 달의 입을 통해서만 우리에게 전해진다. 한편 바더만은 큰형인 캐시와는 22살, 달과는 19살 차이가 날 정도로 정신적으로 미성숙한 상태인데도 화자로서 더 큰 역할을 한다. 포크너는 왜곡되기 전의 인간이 더 '순수한' 눈으로 사건을 바라본다고 여겼던 듯하다. 언어 이전의 내면적 의식세계를 다루는 데 있어서 포크너는 바더만의 비문법적이고, 증후적인 언어, 파편적이고 지루하고 일관성 없는 말에 이성이나 합리성,

그리고 조작 가능성이 없는 진실한 세계일 것이라고 추론하는 것 같다.

그러면 포크너가 독자가 혼란스러울 정도로 많은 화자를 등장시키고, 그들의 주관적 또는 객관적 진술을 수많은 관점으로 제시하는 이유는 도대체 무엇일까? 그것을 포크너는 애디의 독백을 통해 다음과 같이 밝히고 있다.

말이란 전혀 쓸모없다는 사실도 그때 깨닫게 되었다. 말하려고 하는 내용과 내뱉어진 말이 전혀 맞지 않는다는 사실을. 캐시가 태어났을 때, 모성이란 말은, 그 단어를 필요로 하는 누군가에 의해 인위적으로 만들어졌음을 알게 되었다. 아이를 가진 엄마는 그런 단어가 있든 없든 상관없기 때문이다. 공포라는 말도 공포를 단 한 번도 느껴본 적이 없는 사람이 만들어낸 것이다.

그러니까 개인적 진술은 어디까지나 누군가에 의해 만들어진 인위적인 것이지 어떤 진리에 부합하는 말은 아니다. 진리란 포크너에게 있어 이렇게 인위적인 말들이 만들어낸 우수리를 말하는 것이다. 이것은 푸코가 본 니체의 사유, 즉 니체는 사물들이 "전혀 본질을 가지고 있지 않다."는 말과 일맥상통하는 것으로서 사물들은 본질로 존재하는 것이 아니라 그저 천의 조직(組織)처럼 짜여 있을 뿐이라고 보는 사유다. 그것은 결국 종국적인 인간본성도 아니요, 사물들의 역사가 시작하는 곳에 있는 그 사물들의 기원도 아니다. 거기서 발견되는 것은 오로지 푸코가 말한 대로 사물들의 불화, 즉 부조화disparité일 뿐이다. 포크너는 이런 사유를 전하고 있다.

이런 사고의 결과 포크너가 만드는 문장이나 진술은 확실한 곳이 없다. 가령 애디가 아프자 의사 피바디가 왔는데 앤스는 의사 피바디를 부르지 않았다고 말한다.

> "난 의사 선생을 부른 적이 없소" 내가 말했다. "맹세라도 할 수 있단 말이오"
> "자네가 날 부르지 않은 건 알고 있네." 피바디 의사가 말했다. "부르지 않은 것은 분명하지. 그건 그렇고 애디는 어디 있나?"(45쪽)

이 대화가 만약 전지전능시점이나 1인칭의 관점에서 쓰였다면 "피바디 의사가 말했다."는 진술은 객관적 사건이 될 수 있다. 그러나 피바디는 앤스가 자기 부인의 치료를 위해 불렀다고 말하면서 그 과정을 아주 세밀히 묘사하는 것을 보면 객관이란 존재하지 않는다는 사실을 알 수 있다.

> 앤스가 마침내 스스로 나를 불렀을 때, 난 말했다. "앤스는 결국 부인을 다 지쳐빠지게 만들었군."[…] 그러나 날씨가 오늘 어떨지 충분히 알 만큼 시간이 지난 후에야 비로소 날 찾은 것을 보면, 앤스가 불렀음이 틀림없다. (50-51쪽)

이들의 독백, 즉 진술이 이렇게 상충되지만 이 소설 어디에도 이 둘의 주장 중 어느 편이 옳은지 판단하거나 판단할 근거를 제시하지 않는다. 그러니 이 진술들의 평가는 오로지 독자의 몫이고, 그런 판단을 해야하는 독자는 혼란스러울 수밖에 없다. 이 소설에서 진술/기억들은 다른 (사람들의) 진술/기억들과 모순을 이룬다. 나아가 코라 또한 그야말로 객관적으로(그렇다고 진리는 아니다!) 주얼에 대한 이야기를 한다.

　　하기야 비 때문에 강물이 불어나 건너기 건너지 못하기 전에 서둘러
　　3달러를 버는 일에만 혈안이 된 사람들이니, 그럴 만도 하다.[199]

이렇게 코라는 주얼을 비난한다. 그러면서 오히려 달은 칭찬한다. 달
은 게으르지만 엄마를 사랑한다고 말한다.

　　난 달의 시선에서 하느님의 넘치는 사랑과 자비를 느낄 수 있었
　　다."(32)

또한 그녀는 달이 자기 엄마의 임종을 지킬 수 없도록 주얼은 돈 버
는 일에만 관심이 있다고 힐난한다.

　　떠나기 전 와서 작별 인사를 할 아이도 아니자. 엄마의 임종을 짐지
　　못해도 3달러를 벌 수 있는 기회를 놓칠 아이는 아니다.(28-29)

　　전형적인 번드런 가의 아이다.(29)

　　하는 일마다 구설수에 오르는 아이다.(31)

번드런 부인에 대해서도 이런 평가는 마찬가지로 내려진다.

---

199) 윌리엄 포크너, 내가 죽어 누워 있을 때, 김명주 옮김, 민음사, 2004, 31쪽.

번드런 부인은 외로운 여자였다. 다른 사람들이 그녀를 그냥 참아주고 있다는 사실을 애써 숨기고 있을 때, 자신이 특별하다고 믿는 거만함 때문에 외로운 여자였다. 몸이 채 식기도 전에, 신의 뜻을 거스르면서까지 40마일이나 떨어진 먼 땅에 자신을 묻으라고 주문할 만큼 유난스럽다. 번드런 가족과 함께 묻히는 것이 싫었던 거지.(29-30)

이런 코라의 평가에 대해 독자 누구도 선뜻 믿으려 하지 않는다. 그보다는 코라가 어떤 사람인가에 더 많은 궁금증을 가지게 된다. 추론할 수 있는 것은 우선 코라가 번드런 부인처럼 불행해지기를 원하지 않는다는 점이다. 남편 앤스는 번드런 부인이 자기 친정 식구 곁에 묻히길 원한다고 해서 그런 장례를 치른다고 말한다. 그러나 코라는 자신의 남편이 앤스의 말을 믿고 그렇게 생각한다고 말하며 자기는 절대 그렇게 하지 않겠다고 말한다.

앞에서는 주로 객관적인 묘사에 집중하면서 내포독자는 어떤 제한되지 않는 현실독자의 입장으로 상상을 펼쳐나간다. 그러나 나중에 정서적인 표현이 나오면서 독자는 이를 수정 보완한다. 가령 에디의 죽음에 대한 정보는 객관적인 데 머무른다. 그러다 유일한 에디의 독백이 나올 때쯤(민음사 본, 195쪽-205쪽)에 가서야 에디의 성격, 장례여정의 배경, 그리고 달과 주얼이 왜 서로 질시하고 반목하는가를 알 수 있는 정보를 접하게 된다. 전통적 소설에서는 화자로 위장된 저자가 사건에 개입하였지만 포크너의 경우 다양한 관점을 사용함으로써 그런 개입을 회피한다. 저자의 죽음이라고나 할까?

이런 기법은 등장인물들의 성격과 그들이 속한 시대의 분위기, 나아가 인간의 특성을 알려주는 매개체로 작동한다. 등장하는 인물들은 자신의 이야기만 할 뿐 다른 사람들의 말은 중요하게 생각하지 않는다. 그렇게 함으로써 인물들은 자기만의 고유한 세계에 갇히게 된다. 이것은 결국 이 소설이 단 하나만의 진리는 있을 수 없고 오로지 다원적 견해들만 있을 뿐이라는 우리의 반기억 담론에 대한 충실한 모범을 보여주는 것으로 풀이할 수 있다. 푸코가 말했듯이, 진리란 어떤 상황에서 만들어질 뿐 절대적 가치로서는 존재할 수 없다는 사실이 이 경우에 해당되는 말이다.

이런 복수적 관점에 따른 서술방식은 우리가 앞의 외론에서 다루었던 빌헬름 포스캄프의 마지막 서술형식, 즉 "개괄적-기록물적" 서술형식에 해당된다고 볼 수 있다.[200] 포크너는 화자의 다양한 관점들을 반기억의 방식으로 서술하고 있다. 포크너의 소설에서 독백이 갖는 기능은 "기록물 전시 같"지만, 기록물 자체보다는 독자의 관점이나 시각을 중요한 것으로 다룬다. 그러니까 포크너의 의도는 다양한 모습 속에서 인간에 대한 질문을 던지는 것이라고 할 수 있다. 그러나 그 인간의 모습은 어떤 소설가나 지식인의 관점으로 다 할 수 없는 사회적 맥락을 가지는데, 그런 모습이 의사나 약사, 상인, 목사 등 다양한 직업군을 통해 더 분명히 드러난다.

---

200) Wilhelm Voßkamp, 앞의 책, 같은 곳.

10. 객관: 김훈 『남한산성』

감정이입 없이 냉정하게 서술한 김훈의 『남한산성』(2007)에서는 객관적 역사를 찾아볼 수 있다. 소설가 박완서는 작고하기 전, 『못 가본 길이 더 아름답다』란 산문집에서 김훈의 소설 『남한산성』을 읽었던 소회를 "인정머리라고는 손톱만큼도 없이 냉정한 단문이, 날이 선 얼음조각처럼 내 살갗을 저미는 것 같다. 춥고 몸이 시리다."라고 썼는데, 이것은 단순히 김훈의 소설에 대한 느낌을 수사적으로 표현한 것이 아니다. 김훈은 냉정한 문체로 주화파와 주전파의 모습을 기억과 반기억이라는 프레임으로 재현한다. 기억이 따뜻한 음성을 말했다면 그 냉정함은 반기억을 그려내기 위한 김훈의 소설전략이다. 김훈의 『남한산성』은 어느 것도 편들지 않고 기억과 반기억을 그대로 객관적으로 대비시킨다.

같은 병자호란을 소재로 한 박종화의 『대춘부』는 그런 냉정함은커녕 일제의 이데올로기이기도 한 민족성에 대한 편파적 폄하만 난무한다. 문체는 나라 잃은 백성의 슬픔으로 가득 차 있다. 나아가 『박씨전』은 어떤가? 존재하지도 않은 "박씨"라는 여성을 가공하여 청나라에 복수를 가하는 이야기를 전개하고 있다. 이는 보상의 원리를 지향한 허구적 반기억이다. 성석제의 『인간의 힘』에도 부분적으로 병자호란을 배경으로 몽고군에 대항한 선비들의 태도에 대한 기술을 하는데, 이들의 행동이 거의 돈키호테 수준임을 말한다. 작은 칼 하나를 품고 오로지 우국충정 하나만으로 몽고의 기병을 맞는 그들의 모습을 아이러니(허위의식)의 서술태도로 묘사하고 있다.

서양철학의 기원으로 꼽히는 『국가』에서 플라톤은 동굴의 비유 형식을 들어가며 하나의 소설적 환상에 인간이 얼마나 경도되어 있는지를 보여준다. 지하 동굴에 갇혀있는 죄수는 자기가 대면하고 있는 동굴 벽의 거짓 환영(그림자)에 사로잡힌 나머지 스스로 동굴 밖으로 나올 생각을 하지 않는다. 죄수가 동굴 밖으로 나왔을 때 죄수는 그 태양 아래 펼쳐진 휘황찬란한 세계에 넋을 잃는다. 이제 그가 동굴에 다시 돌아와 다른 죄수들에게 동굴 밖의 세계에 대해 이야기하지만 그들은 비웃음과 빈정거림으로 이 죄수에게 대꾸한다. 말하자면 이들은 동굴 속 벽에 비친 환영이 거짓일 수 있음을 거부한 것이다. 다른 죄수들이 진리의 세계를 거부한 이유는 아무리 진리가 세상의 일을 올바로 알려준다고 해도 그들의 마음과 육체에 즐거움과 안정감을 주지 못하기 때문이다.[201]

그런 의미에서 병자호란의 역사적 행위를 소설화한 김훈의 『남한산성』은 기존의 병자호란 관련 역사소설과는 다른 플롯을 가지고 있다. 역사적 사건은 한 민족의 정체성을 담보해줄 만큼 중요한 것이기에 고대 신화에서는 역사적 인물의 영웅화가 줄곧 있어왔다. 역사소설은 현재로부터 역사를 바라보는 '기억'이라는 해석 필터, 환영이라는 인간의 관점에 의해 굴절된다. 독자들 중 어느 누구도 역사가 독일의 역사학자 레오폴트 랑케가 말한 대로 "있었던 그대로의 과거(wie es eigentlich gewesen)"를 그대로 재현할 수 있다고 믿지는 않을 것이다. 분명코 우리가 직시하는 역사해석이나 역사기술은 정치권력에 의해, 그리고 믿음과 이데올로기에 의해 좌우되고 있음에 틀림없다. 니체가 말한대로 "원인을 희생시켜 결과를 기념비적"[202]으로 만들고, 이 "한번 존재했던 것을 맹

---

201) 플라톤, 국가·정체, 박종현 역주, 서광사, 1997, 448-453.
202) 니체전집 2권, 305쪽.

목적으로 수집하는"203) 골동품적 역사를 만들고 있다. 그런 나머지 "생성 중에 있는 새로운 것",204) 즉 힘을 무시하게 된다.

그 결과 병자호란 이후 등장한 『박씨전』 같은 기념비적 세계가 만들어지고, 『대춘부』같은 골동품적 역사가 반복될 것이다. 이렇게 영화나 예술이 우리가 환상을 믿게 만든다면 그것은 필경 플라톤이 의심스럽게 바라본 예술적 믿음이 우리가 객관적으로 인정하는 인식론을 능가하는 일이 될 것이다. 이런 맥락에서 본다면, 병자호란과 관련된 소설은 객관적인 역사기술로 보기 힘들 뿐 아니라 환영에 가까운 그 무엇이다. 물론 그가 민족을 고난에 처하게 했던 전쟁에서 이겼고, 이겼을 뿐 아니라 위대한 그의 행위가 한 민족의 정체성의 일부가 되었다 하더라도 그에 대한 과도한 환상은 역사적 진리가 아니라 환영에 가깝다.

이것은 나쁜 경우에도 적용된다. 연산군일기가 비록 연산군의 사후에 기록된 것은 맞지만 사초를 기록한 이가 연산군의 총애를 받았던 사람이거나 후환이 두려워 사초의 기록을 회피하였다는 점을 감안할 때, 이 일기(일반적으로는 실록이라 함)가 신빙성이 있거나, 랑케가 말한 대로 "있었던 그대로의 과거"는 아닐 것이다. 자신이 스스로에 대한 글을 쓸 때 그것을 우리는 자서전이라 한다. 역사가 자서전이 되지 않기 위해서는 객관적인 관점이 필요한 것이다. 병자호란에 대한 소설이 역사가 아니라 소설이라면 당연히 독자적인 플롯을 가지고 있어야 하고 그것이 단순히 역사의 수치를 감추거나 미화한 스테레오타입에 그쳐서는 안 된다. 그런 의미에서 우리는 김훈이 조명한 소설 『남한산성』이 가지는 플

---

203) 같은 곳, 313쪽.
204) 니체전집 2권, 311쪽.

롯을 기억과 반기억의 대위법으로 파악할 필요가 있다.

병자호란이 일어나자 미처 피신하지 못한 인조는 남한산성에 갇혀 무기력하게 주전파와 주화파의 다툼을 보고만 있을 수밖에 없었다. 그리고 그가 겪은 것은 멸망해가는 조선의 운명 앞에 놓인 치욕스런 역사일 뿐이었다. 1636년 병자년 겨울 청의 대군이 압록강을 건너 서울로 진격해오자, 인조와 조선 조정은 길이 끊겨 남한산성으로 들 수밖에 없었다. 소설은 1636년 12월 14일부터 1637년 1월 30일까지 47일 동안 고립무원의 성에서 벌어진 "말(言)과 말(馬)"의 싸움, 삶과 죽음의 등치에 관한 참담하고 고통스러운 낱낱의 기록을 담았다. 쓰러진 왕조의 들판에도 대의는 꽃처럼 피어날 것이라며 결사항쟁을 고집한 척화파 김상헌, 역적이라는 말을 들을지언정 삶의 영원성이 더 가치 있다고 주장한 주화파 최명길, 그 둘 사이에서 번민을 거듭하며 결단을 미루는 임금 인조. 그리고 전시총사령관인 영의정 김류의 복심을 숨긴 좌고우면, 산성의 방어를 책임진 수어사 이시백의 기상은 조선의 무기력함을 한층 더 고조한다. 역사로 읽으면 이 책의 내용은 그렇다. 그런데 남한산성을 소설로 읽으면 다르다. 그 이유는 처음부터 구체적이다.

서울을 버려야 서울로 돌아올 수 있다는 말은 그럴듯하게 들렸다. 임금의 몸이 치욕을 감당하는 날에, 신하는 임금을 막아선 채 죽고 임금은 종묘의 위패를 끌어안고 죽어도, 들에는 백성들이 살아남아서 사직을 회복할 것이라는 말은 크고 높았다.

문장으로 발신(發身)한 대신들의 말은 기름진 뱀과 같았고, 흐린 날의 산맥과 같았다. 말로써 말을 건드리면 말은 대가리부터 꼬리까지 빠르게 꿈틀거리며 새로운 대열을 갖추었고, 똬리 틈새로 대가리를 치켜

들어 혀를 내밀었다. 혀들은 맹렬한 불꽃으로 편전의 밤을 밝혔다. 묘당(廟堂)에 쌓인 말들은 대가리와 꼬리를 서로 엇물면서 떼뱀으로 뒤엉켰고, 보이지 않는 산맥으로 치솟아 시야를 가로막고 출렁거렸다. 말들의 산맥 너머는 겨울이었는데, 임금의 시야는 그 겨울 들판에 닿을 수 없었다.[205]

주된 플롯으로 끌고 가기 위한 작가의 의도를 읽을 수 있는 첫 대목이다. 작가는 병자호란이라는 사건을 관찰하려는 의도가 니체의 "힘"이 아닌 조선의 "말"이었음을 강조하고 있다. 다시 말해 "말" 때문에 병자호란의 참상이 있었다는 것을 서술하고 있다. 이 "말"(言)은 청병의 "말"(馬)과 동음동형이의어로 크나큰 대조를 이룬다.

말의 산맥에 가로막혀 적들은 보이지 않았지만, 말 탄 적들은 눈보라를 휘몰며 다가왔다. 고개 숙인 김류의 머릿속에서 이를 악문 겨울 강은 옥빛으로 얼어붙었고, 그 위를 땀에 번들거리는 청명의 군마들이 건너오고 있었다. 헐떡이는 말들의 허파 속으로 빨려 들어가는 눈보라도 보였다.(15쪽)

반드시 죽을 무기를 쥔 군사들은 반드시 죽을 싸움에 나아가 적의 말발굽 아래서 죽고, 신하는 임금의 몸을 막아서서 죽고, 임금은 종묘의 위패를 끌어안고 죽어도, 들에 살아남은 백성들이 농장기를 들고 일어서서 아비는 아들을 죽인 적을 베고, 아들은 누이를 간음한 적을 찢어서 마침내 사직을 회복하리 하는 말은 크고 높았다. 하지만 적들은 이미 임진강을 건넜으므로 그 말의 크기와 높이는 보이지 않았다.(19쪽)

---

205) 김훈, 남한산성, 학고재, 2007, 9쪽.

칸이 오면 성이 열린다는 말과 칸이 오면 성이 끝난다는 말이 뒤섞였다. 칸이 오면 성은 밟혀 죽고, 칸이 오지 않으면 성은 말라 죽는다는 말이 부딪쳤는데, 성이 열리는 날이 곧 끝나는 날이고, 밟혀서 끝나는 마지막과 말라서 끝나는 마지막이 다르지 않고, 열려서 끝나나 깨져서 끝나나, 말라서 열리나 깨져서 열리나 다르지 않으므로 칸이 오거나 안 오거나 마찬가지라는 말도 있었다.(181-182쪽)

이런 기억 또한 특별한, 구별되는 기억으로서 반기억에 해당하지만, 그간의 병자호란 서사에 있어서 특이할 만한 일은 이런 반기억에 대비되는 또 다른 반기억의 대목이 있다는 점이다.

젊은 칸은 여자와 사냥개를 좋아해서 그의 진중 군막 안에는 허리가는 미녀들이 가득했고, 사냥개들이 미녀들의 군막을 지켰다. 젊은 칸은 또 몽고 말을 귀하게 여겼다. 황제가 말의 입 속과 똥구멍을 직접 살폈는데, 입 속 냄새가 향기롭고 이빨에 푸른 기운이 돌며 입천장의 구름무늬가 선명하고, 똥이 가볍고 똥구멍의 조이는 힘이 야무진 말을 보면 여자와 바꾸었다. [⋯] 그는 사냥개를 좋아해서 몽고와 티베트에서까지 종자를 구했고, 부족장들은 고을을 뒤져 영특한 개를 찾아서 바쳤다. 혓바닥이 뜨겁고 콧구멍이 차가우며 발바닥이 새카맣고 똥구멍이 분홍색이고 귓속이 맑은 개를 칸은 으뜸으로 여겼다. [⋯] 개들은 낯선 부족의 몸냄새와 똥냄새를 따라서 산속으로 군사들을 인도했다.(23-24쪽)

이렇게 칸은 조선 조정과는 달리 "힘"의 근원을 "말"이 아니라 "말(馬)", 즉 몸에서 찾았다. 동시에 같은 말을 하더라도 조선의 국왕과는 다른 수사학적 문장이 아니라 "거침없고 꾸밈이 없는", 그야말로 야만적이고 조야한, 그야말로 "짐승 같은" 모습이다. 그에 반해 임금의 모습은 도저히 한국의 역사소설에 나올만한 그런 모습이 아니다.

> 임금은 취나물 국물을 조금씩 떠서 넘겼다. 국 건더기를 입에 넣고, 임금은 취나물 입맥을 혀로 더듬었다. 흐린 김 속에서 서북과 남도의 산맥이며 강줄기가 떠올랐다. 민촌의 간장은 맑았다. [···] 임금은 국물에 밥을 말았다. 살진 밥알들이 입속에서 낱낱이 씹혔다. 임금은 혀로 밥알을 한 톨씩 더듬었다. ··· 사직은 흙냄새 같은 것인가, 사직은 흙냄새만도 못한 것인가······, 콧구멍에 김이 서려 임금은 훌쩍거렸다.(104-105쪽)

물론 남한산성이라는 예상치도 못한 곳에 피난을 와서 어쩔 수가 없는 상황이었지만 이런 서술은 당시 상황만을 묘사하기 위한 기억이 아니다. 그보다는 임금의 무기력함이 어느 정도인지를 모여주기 위함이다. 임금의 무기력함은 여기서 멈추지 않는다. 도망 온 아이를 배려하고 군량이나 민초들이 먹을 곡식까지 걱정해야 할 판이다. 결국 이 소설의 반기억의 실체는 말(馬)의 세계로서 말(言)로 이루어진 세계에 대한 전복적인 시점 변화를 요구한다. 저자는 이미 푸코가 말한 대로 이 소설에서 반기억contre-mémoire의 정체로 "집단적인 기억의 이마주"가 아니라 같은 "계열들"을 찾고 있는 셈이다.206) 묘당과 조정, 그리고 대신들 사이에 있었던 찬란한 말들은 아이러니하게도 결국 오랑캐의 우두머리(이렇게 파악한 조선의 조정은 허위의식으로 보인다)인 칸을 칭송하는 비문

---

206) 푸코, 지식의 고고학, 이정우 옮김, 민음사, 1998, 26쪽.

을 쓰는 데 유용하게 쓰인다. 그런 장면 중 가장 눈에 띄는 아이러니는 바로 김상헌을 묘사하는 장면이다. 적과의 화친을 거부하고 끝까지 싸우자는 김상헌에게 늙은 군졸은 이렇게 말한다.

　—소인들은 본래 겁이 많고, 또 얼고 주려서 두 발로 서기가 어려운데, 예판 김상헌 대감께서 싸워서 지키려는 뜻이 장하다 하니 예판대감을 군장으로 삼아 소인들을 거느리고 나가서 싸우게 하시면 적을 크게 물리칠 것이옵니다.
　김류가 늙은 군졸의 말을 막았다.
　—군장을 정하는 일은 군병이 말할 수 없다. 체찰사는 나다.
　군졸이 또 말했다.
　—예판대감께서 마침 군복을 입고 계시어 그 모습이 또한 늠름하신지라 소인들은 예판을 군장으로 모시고 성을 나가서……
　김류의 눈이 마당에 엎드린 군병들의 대열을 빠르게 훑었다. 대열 후미에서 엎드린 등짝 몇 개가 흔들렸다. 웃음을 참으며 낄낄거리는지 감기에 걸려 쿨룩거리는지 소리는 들리지 않았다. 등짝들은 후미에서 횡렬로 번지며 흔들렸다. 김상헌은 미동도 하지 않았다. 융복의 무게가 어깨를 짓눌렀다. 김상헌은 여전히 검단산 쪽을 바라보고 있었다.(202-203쪽)

역사소설들은 대체로 인물을 영웅처럼 묘사하고, 유교가 대세인 조선의 역사를 쓸 때 항상 스테레오타입처럼 등장하는 영웅주의가 여기서 사라지는 것을 본다. 마치 아풀레이우스의 변신에 나오는 '한밤중에 태양'과도 같은 생략된 것들을 묘사하고 있다. 생략된 것이란 바로 김상헌에 대한 평가다. 물론 작가는 이런 생략을 문학적 처리를 통해, 즉 자신의 생각을 발화하지 않고 누설하면서 아이러니라는 기법을 통해 실현한다. 이런 묘당과 조정이 취한 말의 아이러니는 작품의 후반기에 와서 완전한 반전을 겪는다. 칸에게 보낸 국서를 써야하는 조정에서는 누가 국서를 쓸 것인가를 두고 그렇게 말을 잘하는 대신들이 갑자기 사라진다. 결국 이 일은 당하관들에게 맡겨지지만 정육품 수찬은 못 쓰겠다고 하며 곤장을 맞고 죽는다. 다음은 정오품 교리 또한 "문장이 떠오르지도 않았지만 글이 간택되어 칸에게 보내지면 후세 만대로 이어질 치욕이"(303쪽) 감당이 되지 않는다. 이제 정오품 정랑의 차례다.

> 정랑은 매를 맞을 수도 없었고, 죽을 수도 없었다. 화친이 성립되어 칸이 군사를 거두어 돌아가고 임금이 환궁한 연후에 산성 안에서 목숨을 구걸하는 글을 쓴 자는 살아남기 어려워 보였다. 또 글이 간택되어 칸에게 간 뒤에 칸이 더욱 노하여 성을 으깨버리면 산성과 행궁과 종사가 모두 없어진 풀밭에 글 쓴 자의 오명만이 전해질 것이었다.(306쪽)

결국 임금은 칸의 앞에 머리를 찧고 아홉 번이나 숙배를 올리는 치욕을 당했다. 전근대나 근대화의 고정에서 이런 반기억은 허용되지 않았다. 그럴 수가 없었다. 그러므로 반기억에서 생략된 것을 찾으려는 시도는 사실상 후역사를 의미한다. 이런 반기억은 기억에 의해 강화된다. 가령 박종화의 소설 『대춘부(待春賦)』는 이와는 다른 관점, 즉 기억으로 병자호란의 실상을 이렇게 서술하고 있다.

> 상감께서는 가장 심복지인인 원훈대신 김유의 아들 김경증을 도검찰사를 시켜 이 중요한 자리를 맡기시고, 그래도 오히려 마음이 놓이지

아니 하시어 다시 김유를 어전에 부르시어,

"경의 아들 경중으로 강화도 검찰사를 시켰거니와 다른 염려는 없을까?"

하시고 용안엔 근심스러운 빛이 가득하셨다.

"황공하오이다. 신의 자식이온지라, 능하고 능하지 못한 바를 아뢰옵삽기 거북하오나, 다른 사람이 하는 일이오면 그 애도 그만큼은 하겠읍지요"

하고 믿음성스럽게 아뢰었다.

묘사주(廟社主)를 받드신 빈궁마마와 원손 아기씨와 두 분 대군의 급박하고 초조하신 행차가 강화도를 향하고 궐문밖에 납시니, 거리에는 울부짖으며 헤매는 백성들이 낙역부절 슬픔의 저자를 이루었다.

뒤미처 원임대신들의 행차가 지나가니, 난리통에도 헤매는 백성들을 헤치느라고 벽제(辟除) 소리가 요란하다. 그 다음은, 세도 있고 권력 있는 대갓집 내행(內行)들이 가마보교에 꼬리에 꼬리를 물고 구중 별배놈이 호통치며 달아난다.

상감은 아직 대궐 안에 계시어 파천도 하시기 전에 대신이요, 판서요 하는 점잖은 신하들은 뒷구멍으로 벌써 이리 저리 연락을 얻어서, 계집과 자식과 가산 집물들을 그중 안전하다고 믿는, 강화도로 슬그머니 먼저 피난을 시키는 것이다. 한 나라의 정사를 요리하는 대신들은 상감보다도 백성들보다도 계집자식이 더 소중했던 것이다.[207]

---

207) 박종화, 대춘부(待春賦), 을유문화사, 1937, 여기서는 조광출판사, 1979, 39-40면.

박종화의 소설에는 인물과 가족관계가 소상히 적혀 있다. 그리고 서술은 이들의 행위가 충직하고 도덕적인가 하는 데 집중하고 있다. 그리고 왕이 잘 보호만 된다면 다른 것은 큰 문제가 아님을 말하는 대목도 엿볼 수 있다. 김훈의 『남한산성』이 비판적인 시각으로 왕과 신하를 보았다면 종묘사직을 지키려는 관점이 이 소설의 지배적인 관점이다. 그리고 『남한산성』이 객관적으로, 즉 오늘날의 시점에서 조정의 대화를 묘사하고 서술한다면 『대춘부』는 근대화되지 않은 시대, 즉 일제시대의 눈으로 사건을 묘사하거나 서술한다. 결정적으로 전자가 결정하지 못하는 태도, 홍수처럼 불어나는 말 때문에 조정이 위험하게 되었다는 견해를 지지하고 있지만, 후자는 대신들이 상감이나 백성을 위한 마음보다도 자기 식솔이나 재산을 지키려 했기 때문에 위기를 겪게 되었다는 잠정적 결론을 내린다.

이것은 두 작가의 시대가 다르기 때문에, 두 시대의 화두가 다르기 때문에 일어난 문제다. 『남한산성』은 노무현 정부 때, 그리고 『대춘부』는 일제 강점기에 각기 쓰인 소설이다. 소설의 소재가 같은 병자호란이지만 그것을 바라보는 눈, 즉 관점은 시대적 생각을 반영하고 있는 것이다. 이런 맥락에서 볼 때, 성석제의 『인간의 힘』에는 또 다른 반기억을 찾아볼 수 있다.

몽진(蒙塵)이 시작된 것은 2월 8일로, 조선 개국 이후 내란으로 임금이 도성을 내준 것은 이때가 처음이었다. 임금으로서는 치욕스러운 일이었고 반정으로 얻은 권력 기반이 그만큼 취약하다는 반증이었다. 도성에서도 불필요한 정권 다툼에 새우등이 터진다며 원망하는 백성이 속출했고, 일부 사대부 집안에서는 임금이 도성을 떠나기도 전에 미리

식구와 재산을 떠나보내는 일도 있었다.

이 날에 이르러서야 시책을 간하고 건의하는 게 할 일인 사헌부와 사간원 양사(兩司)는 임금에게 이렇게 건의했다.

"적병이 가까이 다가와서 거동하실 계획을 갖게까지 되었으니 무릇 혈기(血氣)가 있는 자라면 누구인들 통분해 마지않겠습니까. 사방의 충의한 선비들 중 반드시 소매를 걷고 분발하여 일어날 자가 많을 것이니, 빨리 애통(哀痛)한 교서를 내려 의병을 모으소서."

하도 바빠 정신이 없던 임금은 건의를 그대로 반영한 교서를 팔도에 내렸다. '애통한 교서'란 당나라 덕종(德宗)이 봉천(奉天)에 있을 적에 임금에게 과실이 있어서 특별히 '애통한 조서를 내려 천하에 사례를 했던 것'에서 유래하여, 선조 때에 피난지 의주에서 나라가 십분 위급할 때 애통한 교서를 내린 적이 있었다. 임금이 스스로의 잘못을 백성에게 고백하는 형식의 이 글은 이후에 인조의 치세에서 유난히 자주 등장하게 된다. 애통한 교서가 내려진 후 군사를 모은다, 군량을 징발한다, 놀란 민심을 어루만지기 위해 내려오는 어사를 맞는다 하여 각 지방의 관아 부근에서는 북새통이 벌어졌다.

동구는 관아에 내걸린 방을 보자마자 그럴 줄 일찍 알고 있었다는 듯 집으로 돌아와 준비를 갖추고 다음날 새벽길을 떠났다. 동헌 말고는 누구에게도 말을 하니 않았고, 말을 할 생각도 하지 못할 만큼 흥분해 있었다. 집에서 입던 베옷에 도포를 걸치고 짚신 바람으로 길을 나선 동구가 준비한 건 고작 무명 한 필과 볶은 쌀 한 자루에 된장 약간, 헝겊으로 친친 감은 환도가 전부였다. 그 외에는 그저 혈기, 선비의 맨주먹과 가슴의 붉은 피였다.[208]

앞에서도 언급했다시피 이 소설에서의 기억의 프레임은 돈키호테적

---

208) 성석제, 인간의 힘, 문학과지성사, 2003, 88-89면.

인물의 행위이다. 말하자면 역사가 아닌 한국인의 "이마주" 같은 것을 느낄 수 있는 표현들이 수두룩하다. "혈기", "선비의 맨주먹", "가슴의 붉은 피", 물론 그것을 바라보는 아이러니적 태도, 모두가 하나의 기억을 만들고 있다. 이와는 반대되는 "이마주"는 아마도 가상적인 소설『박씨전』에서 찾아볼 수 있을 것 같다. 이에 반해 김훈의 반기억 전략은 역사가 하나의 주관성으로 파악할 수도 없고 조화로운 역사인식도 있을 수 없다는 것이다. 하나의 필연적 사건의 발생도, 확립된 연관성도 없이, "하나의 역전, 하나의 찬탈, 하나의 대항 가면을 쓴 타자에로의 진입"209)으로서 반기억 이념을 김훈은 이 작품에서 형상화하고 있다.

209) 푸코, 이광래, 같은 책, 345쪽.

11. 증상: 커트 보네거트『제5도살장』

커트 보네거트의『제5도살장』(1969)에서는 의식적으로 기억할 수 없는 것들을 환상과 상징으로 처리한 반기억의 전략을 찾아볼 수 있다. 보네거트는 기존의 서사가 지향하는 방법으로는 소설을 쓸 수 없었기에 다른 기억의 방법으로 기억에 접근할 수밖에 없음을 책의 1장에서 이렇게 고백하고 있다.

> 우리는 메리를 잊고 전쟁 때 일을 떠올리려 했다. […] 나는 내가 가져간 술을 두어 잔 마셨다. 우리는 전쟁 때 기억이 되살아나는 듯 이따금 낄낄거리거나 이를 드러내고 웃었지만, 두 사람 다 쓸 만한 기억을 되살리진 못했다. 오헤어는 폭격이 있기 전 드레스덴에서 한 사람이 완전히 술에 떨어져서 우리가 외바퀴 손수레에 실어 집에 데려다 주어야 했던 일을 기억해냈다. 책에 쓰기에는 별로 신통치 않은 이야기였다.[210]

보네거트의 문제는 무엇보다 되살린 기억의 원천에서 소설로 직행하는 방법을 알지 못한다는 점이었다. 그는 기억을 살려 소설을 만드는 데 가장 큰 문제가 의도적으로 재구성된 기억들로는 소설을 구성하기에 충분하지 못하다는 것이었다. 그는 처음에 자신이 "목격한 것을 그대로 보고하기만 하면 된다고" 생각했지만 막상 드레스덴에서의 기억이 말처럼 그리 떠오르지 않는다는 점이 문제였다.[211] 이유는 두 가지

---

210) 커트 보네거트, 제5도살장 혹은 아이들의 십자군 전쟁 죽음과 추는 의무적인 춤, 박웅희 옮김, 아이필드, 2007, 24쪽.
211) 앞의 책, 11쪽.

였는데, 하나는 트라우마에 접근하는 길이 제한적이기 때문이었을 것이고, 다음으로는 실제경험과 순수경험의 차이 때문이었다. 보통 사람들이 특별한 경험을 하고도 특별한 경험을 하지 않는 작가보다 글을 더 잘 쓸 수 없는 것과 같은 원리다. 이것을 커트 보네거트는 비유적으로 다음과 같이 말한다.

> 나는 내 기억에서 드레스덴 부분이 얼마나 쓸모없었는지, 그렇지만 드레스덴은 글의 소재로 얼마나 매혹적이었는지 생각해본다. 그럴 때에는 유명한 희시(戱詩)가 떠오른다.
>
> **스탐불에서 온 젊은이가 있었지.**
> **그는 저기 연장에게 말했다네.**
> **"너 때문에 재산을 날렸고**
> **너 때문에 건강을 잃었다.**
> **그런데도 오줌 하나 제대로 못 누다니, 이 멍청이."**[212]

이 비유는 전쟁 이야기가 얼마나 매혹적이었나, 다시 말해 그 전쟁에서 정말 이야기로 쓸 만한 끔찍한 일이 얼마나 있었나, 하는 작가의 주관과, 또 그 전쟁이란 주제가 그야말로 얼마나 "그 흔해빠진 죽음"인가, 라는 데 대한 패러디라 할 수 있다. 그러므로 보네거트에게는 이미 익숙해 있던 전통적 기법과 소설의 구성이 별반 도움이 되질 못했을 것이다. 두 번째 에피소드는 다음과 같다.

---

212) 앞의 책, 12쪽.

이런 내용의 노랫말도 생각난다.

내 이름은 욘 욘슨.
위스콘신에서 일하죠.
그곳 제재소에서 일하죠.
거리를 걷다가 만나는 사람들
그들이 내게 "이름이 뭐요?" 하고 물으면
나는 이렇게 대답해요.
"내 이름은 욘 욘슨.
위스콘신에서 일하죠.……"

이 두 번째 비유는 트라우마 속으로의 접근이 불가능하다는 것을 말
해준다. 프로이트는 그래서 '신경증자는 기억하는 대신 반복한다'[213]고
말하였다. "내 이름은 욘 욘슨"이라는 부분에서 간접적으로 말을 더듬
는 강박증이 드러나고, 그것은 어떤 기억을 회상하는 대신 몸으로 반복
한다는 명제를 입증한다. 이 소설에서는 이런 반복적인 문구가 자주 나
오는데 ("그렇게 가는 거지"), 이 또한 트라우마의 기표에 그 트라우마의

---

213) 지그문트 프로이트, 쾌락원칙을 넘어서, 프로이트전집 14권, 열린책들, 1998, 25쪽.
프로이트는 이렇게 말한다. "환자는 자신 속에 억압되어 있는 것의 전부를 기억해
낼 수 없다. 그리고 기억해낼 수 없는 것이 바로 본질적인 부분일 수 있다. 분석자
들이 말하듯이 환자는 억압된 자료를, 과거에 속한 것으로 '기억'하는 대신, 그의
동시대적 경험으로서 그것을 '반복'하지 않을 수 없게 된다." 프로이트가 이 말을
하게 된 다른 곳은 「회상, 반복 그리고 작업」인데 여기서 프로이트는 이렇게 말한
다. "Er reproduziert es [das Vergessene und das Verdrängte] nicht als Erinnerung,
sondern als Tat, er wiederholt es, ohne natürlich zu wissen, dass er es wiederholt."(우리
말 번역: 그는 망각된 것과 무의식적인 것을 회상하는 것이 아니라 행동으로 그것
을 반복한다. 하지만 그가 그것을 반복한다는 것을 모른다.) Sigmund Freud, Erinnern,
Wiederholen und Durcharbeiten, Gesammelte Werke X, Frankfurt a.M. 1946, S. 129.

기의가 누설되고 있다는 것을 보여준다. 결국 이 신경증적 기표의 재현을 위해서 보네거트가 택한 방법은 사이언스 픽션 소설이라는 장르와 콜라주라는 특별한 기법이다. 이 방법들은 사실 너무 난삽하여 일반 독자들이 이 책을 읽는 것이 힘들게 하는 요인이기도 하다. 그러나 잘 들여다보면 궁극적으로는 코엘료나 포크너의 서술방식과도 크게 다르지 않음을 알 수 있다. 소설은 이런 콜라주 형식으로 인해 그 골격이 깨지는데, 이는 푸코가 말한 "고고학적 탐구"의 태도와 유사하다. 이 소설은 콜라주를 통해 기억내용 자체를 독자들에게 들려주는 것보다 독자들에게, 소위 말하는 그 "기억"을 환기하도록 하는 데 뛰어난 실력을 발휘한다. 이야기의 첫 부분은 먼저 커트 보네거트에 대해 다음과 같이 소개한다.

> 4세대 독일계 미국인.
> 매사추세츠 주 케이프 코드의 안락한 환경에서 살고 있음[담배를 너무 많이 피우는 것이 흠].
> 아주 오래전
> 미국 보병대의 낙오병으로서, 전쟁 포로로서,
> 엘베 강변의 피렌체라는
> 독일 드레스덴의 대공습 현장에서 살아남아
> 그 이야기를 들려준다.
> 이 책은 비행접시를 보내오는 행성 트랄파마도어의 전보문 형식으로 쓴 정신분열성 소설이다.
> 평화.214)

214) 커트 보네거트, 제5도살장 혹은 아이들의 십자군 전쟁 죽음과 추는 의무적인 춤, 박웅희 옮김, 아이필드, 2007, 5쪽.

이야기가 전개되자 곧장 작가는 빌리 필그림이라는 이름을 가진 "나"라는 화자로 바뀌고, 그는 전쟁의 기억을 더듬기 위해 친구 오헤어를 방문한다. 친구 오헤어와 무슨 이야기를 나누지만 "쓸 만한 기억을"(24쪽) 되살리지 못한다. 더구나 오헤어의 부인인 메리 오헤어가 자신의 방문에 대해 화가 난 것처럼 행동한다. 그가 이유를 묻자 그녀는 전쟁에 반대한다고 하며 "당신들은 그때(전쟁 참여시) 젖비린내 나는 애들에 불과했어요!"라고 대꾸한다. 그녀는 그가 전쟁에 대한 소설을 쓴다는 것을 알고 비판적이다. 다시 말하면 어쩌면 우리가 읽는 이야기가 기억이 아니라 '반기억'일 수 있다는 것을 암시하는 말이다.

> 당신은 아이가 아니고 어른이었던 것처럼 쓸 거고, 영화화 되면 프랭크 시내트라나 존 웨인처럼 매력 있고 전쟁을 좋아하고 지저분한 배우들이 당신 역을 맡겠죠 그럼 전쟁이 아주 멋져 보일 거고, 그러면 우리는 훨씬 많은 전쟁을 치르게 되겠죠 그리고 그런 전쟁에서는 이층의 저 애들 같은 어린애들이 싸우겠죠(25쪽)

그녀의 이런 분석은 사실상 "전쟁이 책과 영화에 의해 조장된다"는 작가 보네거트의 생각과 일치하는 것이다. 메리라는 인물을 통해 발설한 이 생각은 바로 이 소설이 지향하는 반기억에 해당한다. 우리는 여기서 작가가 기억과 관련된 서술방식을 새로 찾아내고 있다는 것을 알 수 있는데, 전통적인 서술기법은 결국 전통적인 역사기억과 같은 선상에 놓여 있고 반기억을 다루는 소설에서는 소설의 서술형식이 현격히 달라진다는 점을 들 수 있다. 그래서 작가는 콜라주의 기법을 동원하는데 이어지는 에피소드에서도 마찬가지로 작동한다. 결국 메리에게 그녀가 원하지 않는 방향의 소설을 쓰지 않고 대신 소설을 쓰더라도 그녀가 원하는 식의 제목 "아이들의 십자군 전쟁"이라는 이름을 붙이겠다고 약속한다. 마침 메리의 집에서 그는 모든 십자군 원정을 좋지 않게 본 메케이의 책을 본다. 그 안에는 이런 내용이 들어있다.

"역사는 그 엄숙한 기록을 통해 십자군 대원들이 단지 무지하고 미개한 [···] 반면, 중세 무용담은 그들의 경건함과 용맹스러움을 부풀리고, 특유의 대단히 강렬하고"(27쪽)

이런 내용을 콜라주하여 에피소드로 만들거나 이미지를 조장하는 것은 바로 역사가 더 이상 기록된 대로 읽히지 않는다는 의미를 내포하고 있으며, 결국 작가는 새로운 전략으로 드레스덴의 공포를 이야기하지 않을 수 없다는 결론에 이른다. 그 서사 전략이 곧 이 소설의 반기억적 전략이다. 커트 보네거트는 자신의 체험을 토대로 우선 빌리 필그림이란 인물을 창조한 뒤 독특한 사이언스 픽션 같은 설정을 활용한다. '들어보라. 빌리 필그림은 시간에서 해방되었다.'라는 서문으로 시작하는 소설은 빌리 필그림이 자신은 트랄파마도어 행성의 외계인에게 납치되었다고 주장한다. 이는 무시간적 트라우마의 탄생을 의미하며 이런 식으로 기억하는 방법, 또는 그 기억을 독자에게 상상하게 하는 방법이 곧 보네거트의 서술방식이기도 하다.

보네거트 이야기는 앞에서 말한 자신이 소설을 쓸 계획이 무산되었다는 것으로부터 시작된다. 대부분의 소설작가들이 그러하듯이 보네거트도 처음에는 소설의 소재인 기억들을 찾고자 애썼다. 그러나 되살린 기억에서 소설로 가는 길은 그리 녹록치 않다.

> 클라이맥스와 스릴과 성격 묘사와 멋진 대사와 서스펜스와 갈등을
> 다루는 전문가로서, 나는 드레스덴 이야기의 얼개를 몇 번이나 짰다.
> 그 중 가장 나은 것은, 혹은 최소한 가장 예쁜 것은 벽지 두루마리 뒷
> 면에 쓴 것이었다.[215]

그에게 이미 익숙해 있던 전통적 기법과 소설의 구성은 자기 기억을
소재로 하는 경우에 별반 도움이 되질 못했다. 전통적인 플롯의 구성은
아리스토텔레스가 『시학』에서 말한 처음(시작)과 중간(절정), 끝(마무리)으
로 명명했던 것을 말하는데 이는 선형적으로 배열된 소설이다. 오히려
이런 구성은 이미 오헤어의 부인이 힐난했듯이, 이야기를 왜곡할 수 있
는 위험성까지도 가지고 있다. 그는 이제 지금까지 익혀 온 글쓰기 기
술이 별 도움이 되지 않고 소설을 쓸려면 철두철미하게 거기에서 벗어
나야 된다는 인식까지 하게 된다.

그가 실천한 소설은 결국 선형적인 소설이 아니라 세 가지 차원을
넘나드는 빌리 필그림의 행적이었다. 말하자면, 비행기 사고에서 살아
남은 뒤 자신이 외계인에게 납치되었다고 주장하는 노년의 빌리 필그
림, 실제로 외계인들의 비행선에 납치된 후 몬테나 와일드핵이란 여배
우와 함께 트랄파마도어 행성에 머물게 된 빌리 필그림, 그리고 2차 대
전에서 독일군에게 포로로 붙잡혀 드레스덴 수용소에 수감되어 생활하
게 된 20대의 빌리 필그림의 삶이 동시간적으로 진행된다. 이를테면,

---

215) 같은 책, 14-15쪽.

전쟁 포로로 붙잡힌 빌리가 소독을 위해 샤워를 하는 과정 이후 외계인들의 우주선에서 소독을 하는 과정으로 이동하며, 정신 분열의 계기가 된 60년대의 비행기 사고 직후 빌리는 병원에 입원한 후 포로 수용소의 침대에 누워있는 젊은 시절로 차원 이동한다.

이런 상황은 트라우마의 구조와 매우 유사한데 기억을 중심으로 쓴 소설이 하나의 단선적인 기억이라면 이 트라우마의 기억은 제3의 기억으로서 몸의 기억이자 시간을 초월한 아남네시스의 기억이다. 결국 보네거트는 이런 트라우마를 문학적으로 형상화하기 아주 좋은 형식을 고안했던 것이다. 그가 "아주 짧고 뒤죽박죽이고 귀에 거슬리는" 이런 형식을 고안한 것은 "대량 학살에 대해 말할 만한 지능을 갖춘 존재가 하나도 없기 때문이다".216) 대량 학살 이후의 이야기를 할 수 있는 방법이 그의 생각으로는 유일하게 콜라주와 사이언스 픽션이다. 콜라주는 색다른 이질적 내용을 화판에 구조적으로 구성하는 방법이다. 우연한 것, 폭력적인 것이 트라우마의 현상처럼 조합되어 있다. 그리하여 그런 방식의 이야기는 시간적, 연대기적 순서, 즉 소설의 골격을 깨버리고 사건의 관련성들을 '단절시키고' 이야기의 조각들을 자유롭게 배열시킨다.

이처럼 『제5도살장』은 뒤죽박죽인 시간대와 공간대를 이동하면서 벌어지는 이야기이지만, 시간 여행을 다룬 소설 속의 인물들이 미래를 알고 난 후 현실을 변화시키는 데 반해 소설 속의 주인공인 빌리 필그림은 여러 차원을 이동하면서 앞으로의 벌어질 일을 알게 되면서도 그 현실을 변화시키려고 시도하지 않은 채 자신에게 벌어지는 시간의 흐름

---

216) 같은 책, 30쪽.

을 받아들인다. 그러니까 우리가 일반적으로 이해하는 기억, 즉 시간을 선형적으로 받아들이는 것이 아니라 현재와 미래와 과거가 동시에 일어난다. 기법적으로 이런 뒤죽박죽의 시간은 콜라주라는 형식을 취한다. 이런 콜라주는 정신분열병(조현병)과 흡사한 모습을 취하는데, 그것은 프로이트가 말한 '환자는 기억하는 대신 반복한다'는 명제를 다시한 번 확인해준다.

갑자기 사이렌이 울리자 그는 더럭 겁이 났다. 언제든 3차 세계대전이 일어날 것이라고 생각하고 있었기 때문이었다. 사이렌은 정오를 알렸을 뿐이다. […] 빌리는 두 눈을 감았다. 다시 눈을 떴을 때에는 2차 세계대전으로 돌아와 있었다. 그의 머리는 부상당한 랍비의 어깨 위에 놓여 있었다. 한 독일군 병사가 그의 발을 차면서 잠 깨, 라고 말했다. 이동할 시간이라는 것이었다.(73-74쪽)

현재 사이렌 소리와 과거 드레스덴 공습 때의 사이렌 소리와 미래 제3차 대전이 일어나리라는 상상이 합쳐진 이 콜라주는 분명 빌리 필그림의 온전한 기억은 아니다. 다른 방식의 기억, 즉 반기억을 통해 그의 기억이 가지는 실체가 분명히 드러나는 역할만 할 뿐이다. 이어지는 문장에서도 이와 비슷한 서술전략을 찾아볼 수 있다.

빌리를 포함한 미군들은 밖으로 나와 길에서 '어릿광대 행진' 대형을 지었다. 사진 기자가 하나 있었는데, 라이카 카메라를 든 독일군 종군 기자였다. 그는 빌리와 롤런드 위어리의 발을 찍었다. 그 사진은 이틀 뒤 대대적으로 보도되었다. 미국이 부자라지만 그 군대의 장비가 얼마나 비참한지를 보여주는 믿음직한 증거로 제시된 것이었다. 하지만 사진 기자는 뭔가 좀 더 생생한 것, 실제로 포로를 체포하는 장면을 찍고 싶어했다. 그래서 경비병들이 그런 장면을 연출했다. 그들은 빌리를 덤불로 밀어넣었다. 빌리가 반편이처럼 선한 표정으로 덤불에서 나오자 그들은 기관단총을 들이댔다. 마치 그제야 그를 체포한 것처럼.(74쪽)

일견 블랙 코미디인 것처럼 보이나 이 에피소드는 오히려 우리가 대하고 있는 전쟁에 대한 기억이라는 것이 이렇게 만들어져 있다는 것을 보여주고 있다. 여기서도 시간은 겹치고 있다. 시간이 겹친다는 것은 언제나 미국은, 또는 인류는 전쟁을 하게 된다는 것을 의미한다. 동시에 '연출' 같은 일은 그가 경험했다는 것을 암시한다. 독일군이 그것을 활용했든, 미국 기자가 그것을 연출했든, 미국의 당시 현재가 그것을 순전한 기억이라고 선전했든 무관하게 말이다. 트라우마로 각인된 빌리에 대한 반기억 형식의 소설이 오히려 '연출된' 기억이라는 진실보다 더 진실하게 다가온다.

빌리가 덤불에서 나오면서 지은 미소는 최소한 모나리자의 미소만큼 미묘했다. 그는 1944년 독일에 발을 딛고 있으면서 동시에 1967년에 자기 캐딜락을 몰고 있기 때문이었다. 독일은 희미해져 사라지고 1967년이 선명해져서 다른 어느 시간에도 방해받지 않게 되었다. 빌리는 라이온스 클럽 오찬 모임에 가는 길이었다. […] 그는 일리엄 시의 빈민가에서 신호등에 걸려 차를 멈추었다. 그곳에 사는 사람들은 동네가 얼마나 싫었던지 한 달 전쯤 많은 부분을 태워 없앴다. […] 일대의 모습을 보니 전쟁 때 보았던 마을들이 생각났다.(75쪽)

여기서도 마찬가지다. 빌리는 미래에 일리엄시가 "태워 없애지길" 바라는 심리를 갖고 있다. 물론 이것은 병리적인 차원의 해석이다. (그것이 비록 트라우마임에도 불구하고) 다시 본 것에 대한 즐거움은 그를 바로 지난 것의 재현이라는 환상으로 몰아가고 있다. 이런 방식은 대조로 인해 더욱 그의 기억을 돋보이게 하고 있다. 왜냐하면 이야기는 누설하는 부분이 더 크게 느껴지기 때문이다. 작가 보네거트가 이러한 전기적인 경험들을 문학적인 소재로 다룬다는 것은 당연한 것이었다.

> 23년 전, 2차 세계대전이 끝나고 집에 돌아왔을 때에는 드레스덴 폭격에 대해 쉽게 글을 쓸 수 있다고 생각했다. 내가 목격했던 것을 그대로 보고하기만 하면 된다고 생각했기 때문이었다. 나는 또 그것이 명작이 되거나, 그렇게까지는 못 되더라도 큰 돈벌이가 될 것이라고 생각했다. 주제가 워낙 거창했으니까.217)

알라이다 아스만은 보네거트가 "자신의 심리적인 병을 전쟁 외상의 결과로 분류하였던 것처럼 '시간 마비성 환자'로서 주인공은 지속적으로 어느 한 시간 차원에서 다른 시간 차원으로, 미래로, 그리고 과거로 넘나들지 않을 수 없다"고 말한다.218) 여기에서 우리는 트라우마가 시간의 연속성을 파괴한다는 것을 알 수 있다. 그래서 이 소설의 주인공은 자신의 고정된 시간에서 해방되어 하나의 시간 차원에서 다른 시간의 차원으로 넘어가고 자신에 대한 애착, 희망, 두려움을 잃어버린다. 이렇게 시간이 마음대로 바뀌면서 빌리 필그림은 과거와 미래를 기억

---

217) 커트 보네거트, 같은 책, 11쪽.
218) 알라이다 아스만, 기억의 공간. 문화적 형식과 변천, 그린비, 2014, 396쪽을 참조하라.

할 수 있다. 그야말로 반복하는 것이다. 미래의 드레스덴에서 자행될 폭격의 재앙뿐만 아니라 그 후의 비행기 추락과 자신의 죽음을 기억해 낸다. 다시 말해 빌리의 반기억은 "기억된 미래"의 형식을 띠고 있다.

설명을 하자면 지구인이 하나 더 있어야 할 거요 지구인들은 대단한 설명가들이니까. 이 사건이 왜 이렇게 구성되었는지를 설명하고, 저 사건은 또 어떻게 실현되거나 피할 수 있는지를 말해주지. 나는 트랄파마도어인이라 모든 시간을 당신네가 로키 산맥 전체를 한눈에 보듯이 봐요 모든 시간은 모든 시간일 뿐이오 그것은 변하지 않지. 그것은 경고나 설명의 대상이 아니오 시간은 그저 존재할 뿐이니까. 각각의 순간을 떼어놓고 보면, 우리는 모두, 내 이미 말했듯이, 호박 속의 벌레가 되는 거요. (104쪽)

이렇게 말하는 트랄파마도어인에게 빌리 필그림은 "듣기에 당신은 자유 의지를 믿지 않는 것 같군요."라고 되묻는다. 결국 이 부분에서 보네거트는 소설이라는 것이 인간의 이성작용에 의한 과거의 평가에 불과하다는 점을 보여준다. 트랄파마도어인은 이렇게 대꾸한다. "자유 의지에 대해 조금이라도 언급하는 행성은 지구뿐이더군." 인간이 동물이나 본성을 넘어설 수 있는 능력이 바로 자유 의지라면 인간 또한 동물에 불과하다는 점을 여기서 강조하고 또 그런 조건 하에서 기억된 트라우마("호박 속의 벌레"), 무의식만이 기억의 대상이 된다는 점을 강조한다. 그러니까 트라우마는 이 소설이 기억하려는 반기억이 되는 셈이다. 의도적인 조작이 불가능한 기억 충동들이 빌리 필그림에게 반기억의 파도로 밀려온다.

내가 그렇게 많은 시간을 들여 지구인들을 연구하지 않았다면 나는 '자유 의지'가 무엇인지도 몰랐을 거요. 나는 우주의 유인 행성 서른한 곳에 가보았고 1백 곳에 대한 보고서를 검토했소. 자유 의지에 대해 조금이라도 언급하는 행성을 지구뿐이더군.(104-105쪽)

이 작품의 반기억은 지속적으로 반복되면서 언어적 모티브로 형상화된다. 그에 대한 사례들은 마치 개가 짖거나 동상에 걸려 희거나 푸르게 바뀐 발과 같은 신체적이고 무의식적인 기억들로 재현된다. 이제 우리는 마지막으로 사이언스 픽션에 대해 살펴본다. 사이언스 픽션은 시간여행을 전형적인 장르의 특성으로 내걸고 있다. 그런데 왜 보네거트는 트라우마를 나타내기 위해 이런 통속적인 장르로 다루었을까? 잠시 다른 은하계로 납치된 주인공은 시간 개념이 없는 지구 밖 세상의 세계관을 제 것으로 받아들이게 된다. 그곳에서 쓰이는 책들은 이제 더 이상 시간의 실타래와 연결되어 있지 않다. 그러므로 아리스토텔레스식의 이야기 전개, 즉 처음과 중간과 끝은 없다. 그것은 마치 "한쪽 끝에는 아이들 다리가 달리고 반대쪽 끝에는 늙은이들 다리가 달린 노래기"로 보인다고 말한다.(107쪽) 이런 상상은 보네거트의 반기억 전략이 기억의 내용이 아니라 기억의 방식임을 말해준다. 이는 빌리 필그림이 트랄파마도어에서 소설을 읽으려 할 때 그곳 사람들이 한 말에서 더 분명히 드러난다.

우리 트랄파마도어 인들은 그것들을 하나씩 차례대로 읽지 않고 모두 동시에 읽어요. 그 모든 전문들은 아무런 관련이 없소. 저자가 모든 것을 동시에 보면 아름답고 놀랍고 깊은 생의 이미지가 드러나도록 신

227

중하게 선택했다는 것만 빼면 말이오 거기에는 시작도, 중간도, 끝도, 서스펜스도, 교훈도, 원인도, 결과도 없소 우리 책에서 우리가 좋아하는 점은 수많은 경이로운 순간들의 깊은 속을 일시에 들여다볼 수 있다는 거지.(108쪽)

결국 이런 반기억의 실제는 시간의 초월 또는 "시간왜곡대에 들어" 가면서 기억의 다른 실체를 서술하고 있다. 예를 들면 "수직으로 1.6킬로미터 아래 협곡 밑바닥"을 바라보며 어린 빌리가 "바지를 적시고 만다"거나 프랑스 관광객들의 질문에 공원 감시원이 "절벽에서 뛰어내려 자살하는 사람이 많다"고 말하는 것이 곧 빌리 필그림의 기억의 이면이다. 그 다음 콜라주에도 칼스바트 동굴 안에 있던 빌리가 "하느님께 천장이 무너지기 전에 나가게 해 달라고 기도하게" 만들었다. 이런 트라우마의 형상들은 살아있는 한, 언제나 작동하는 기억의 기제를 나타내기 위한 형식이다. 이런 형식을 통해 분명하고 확실한 (전쟁의) 기억은 사라지고 그 대신 낯선 사람의 이야기가 만들어진다. 이런 인물의 이야기는 극단적인 경우로 상식적으로 알고 있는 전쟁에 대한 이야기와는 낯선, 대립적인 형상을 띠면서 동시에 전쟁에 대해 상상하게 한다. 그러기에 인물이 시간 속에서 심리적인 방황을 보여 주는 그 낯설음이 전쟁기억의 일부분이다. 카니발리즘 풍으로 표현된 이런 기괴함은 글쓰기를 통한 트라우마 치료의 방법이기도 하다. 이런 새로운 기억 방식을 통해서 보네거트는 전쟁에 대한 대안적 기억들에 접근할 수 있고 동시에 평이한 기억들과의 거리도 둘 수 있었다.

"한 행성의 모든 주민이 어떻게 이렇게 평화롭게 살 수 있는지요!

아시다시피, 나는 태초 이래 무의미한 살육에 열중해온 행성에서 왔습니다. 내 나라 사람들이 급수탑에 넣고 산 채로 삶아 죽인 여학생들의 시체를 내 눈으로 똑똑히 보았습니다. 그 사람들은 당시 자기들이 절대 악과 싸우고 있다는 긍지에 차 있었습니다." 그것은 사실이었다. 빌리는 드레스덴에서 삶아져 죽은 시체들을 보았다. "그뿐입니까? 나는 포로수용소에 있을 때에는 삶아져 죽은 여학생들의 오빠와 아버지들이 살육한 인간들의 지방으로 만든 촛불로 밤을 밝혔습니다."(139쪽)

우주인이라는 다른 세계를 통해서만이 지구의 기괴함이 제대로 파악될 수 있다. 그리고 지구의 끔찍한 학살이 객관화될 수 있다. 그래서 우리는 대비를 통한 기억 전략이 이 작품의 반기억임을 알 수 있다. 작가의 반기억 전략은 주인공이 읽은 소설과 평행하게 다루어진다. 이 소설에는 "대단한 인물이 거의 없으며, 극적인 갈등도"(191쪽) 거의 없다. 그러니까 작가는 대단한 홀로코스트 같이 대단한 인물들을 중심으로 한 기억 전략이 아니라, "거의 모두가 심하게 병들고 심히 무력한, 거대한 힘의 노리개들"(191쪽)을 다루는 전략, 즉 대안 기억 전략에 몰두하고 있다. 그래서 작가는 결국 그의 메시지를 이렇게 말하려고 한다.

사실, 전쟁의 중요한 영향 가운데 하나는 사람들이 대단한 인물이 될 마음을 잃어버린다는 것이다.(191쪽)

책의 중간쯤에서 문학과 트라우마의 관련성이 주제로 다루어진다. 빌리 필그림은 1948년 몇 개월 동안을 미국의 군인병원에서 보낸다. 유일하게 정해진 사이언스 픽션 소설만을 읽는 그의 방 이웃 환자에게서 그는 풍부한 독서 소재를 얻을 수 있었다. 소설에서 "그들은 자신과 그들의 우주공간을 새로이 고안하는 일에 몰두하고 있었다. 사이언스 픽션은 커다란 힘이 되었다"라고 그리고 있다. 전쟁소설이 사이언스 픽션으로 소급된다는 역설은 우리를 놀라게 한다. 이러한 장르는 트라우마를 통해서 현실적으로 증거가 될 만한 윤곽을 상실하였으며 또 그것이 강력하게 허구화된 세계에서는 의미가 있다. 좀 더 일반화시켜서 말하자면 세계대전의 트라우마는 현실 경험의 구조와 정상적인 생활의 규범을 파괴한다고 볼 수 있는데, 이것이 현상학적으로 하나의 반기억의 방향을 제시한다고 할 수 있겠다. 거의 작품의 끝에서 빌리 필그림이 남성 사중창단의 화음에 자기 내면의 아남네시스를 드러내고 있다.

> 빌리는 그렇게 화음이 계속 바뀌는 가락에 강한 정신 신체 반응을 나타냈다. 그의 입에서는 레모네이드 향이 그득히 피어났고, 그의 얼굴은 기괴하게 일그러졌다. 실제로 팔다리를 잡아 늘이는 고문대에 누워 있기라고 한 것 같았다.(201쪽)

상당히 모순된 두 극단, 이를테면 레모네이드 향과 고문대라는 두 극단은 빌리의 아남네시스적 기억, 즉 트라우마를 아주 잘 드러내고 있다. 또한 로즈워터 같은 환자는 이런 문제를 정신과 의사에게 떠넘기기도 한다. "당신네 정신과 의사들은 아주 그럴듯한 새 거짓말을 많이 만들어내야 할 것이오. 그러지 않으면 사람들이 더 살고 싶어 하지 않을 테니까."(122쪽). "아주 그럴듯한 새 거짓말들"이란 다시 말하면 전쟁기억에 대한 조작을 말한다. 빌리 필그림은 조작되지 않은 원천의 기억을 원하는데, 그것이 바로 보네거트가 기술한 반기억 전략이다.

12. 광기: 한강 『채식주의자』

한강의 『채식주의자』(2007)에서 발견한 반기억은 실로 장대하지 않을
수 없다. 몇 달 전 이 작품을 발견하고 나는 괴테가 스트라스부르 성당
의 아름다움을 표현한 그 말이 떠올랐다. "음미하고 즐길 수는 있지만
결코 이해하거나 설명할 수는 없다." 이 책을 연구재단의 학술서로 완
성할 즈음에 작가 한강은 우리에게 좋은 문학상으로 알려진 맨부커상
(Man Booker International Prize) 인터내셔널 부문을 수상했다. 이에 대해 언
론들은 앞다투어 작품의 유려한 "감성적 문체"를 기리고, 심사위원장
턴킨은 "번역가가 이국적이면서도 눈부신 소설의 문화적 뉘앙스를 살
려 영어로 번역했다"라고 언급했다. 영어번역이 어느 정도인지는 읽지
않아서 모르겠지만, 한국의 독자들이나 평자들이 한국문학에 늘 요구하
기도 하는 문체의 아름다움을 갖고 있다.

그러나 문학상의 면면을 보더라도, 그리고 번역의 한계성을 보더라도
우리는 결코 "폭력"이라는 소재나 "문체" 따위로 이 작품에 수준을 가
늠하기는 힘들다. 뉴욕타임스와 가디언 등 영미의 주요 언론들이 "한국
현대문학 중 가장 특별한 경험"이라고 보도한 것은 아마도 이 작품의
뒤에서 배경으로 작동하는 작품의 구조에 그 이유가 있다고 할 수 있
다. 이 작품의 수월성이 우리 사회에서의 해묵은 소재, 즉 인간의 "폭력
성"과 "오래된 미적 본능인 탐미주의"(정과리 교수)의 발견만이 아닐 것
이다. 그보다 이 작품이 가지는 몇 개의 (또는 여러 개의) 상반된 관점
들이 이루는 총합 이상의 것이 바로 이 작품을 뛰어나게 한다. 그러나
화음이 세 음의 결합으로만 이루어진 것이 아니라 그 총합 이상인 것처

럼 이 작품에서 이루어지는 기억, 반기억, 그리고 또 다른 반기억의 구조는 요한 세바스치안 바흐의 푸가(둔주곡)처럼 이루어지면서 대위법적 구조를 갖고 있다.

　이 소설의 표지에는 '연작소설'이라는 표제가 붙어 있다. 연작소설이라는 것이 무엇인가? 사전에 따르면 독립된 완결구조를 갖는 소설이 내적 관련성을 갖고 서로 연쇄적으로 묶여있다고 설명한다. 조세희의『난장이가 쏘아올린 작은 공』이나 쥐스킨트의『좀머 씨 이야기』가 대표적이다. 이 경우 개별 소설의 연관관계는 주제의 동일성에 그치기 쉽지만 한강의 소설은 주제상의 동일성을 뛰어넘는다. 주지하다시피「채식주의자」는『창작과비평』 2004년 여름호에,「몽고반점」은『문학과사회』 2004년 가을호에, 그리고「나무 불꽃」은『문학 판』 2005년 겨울호에 각가 발표되었고, 이 중「몽고반점」은 2005년 이상문학상을 수상한다. 이 세 작품이 하나를 이룬 소설『채식주의자』는 2007년 단행본으로 출간되는데, 그런 측면에서 보면 전혀 다른 기억들에 대한 구성, 다시 말해 반기억의 구성이 작품의 핵심으로 자리하고 있다.

　「채식주의자」는 "아내", "처제", "동생"으로 지칭되는 한 여자 "영혜"가 채식주의자라는 이유로 육식을 멀리하고, 그 이유로 폭력을 당하자 그에 대항하며 스스로 식물인 나무가 되어간다는 환상(광기)을 가지며, 결국 정신병원에 감금되고 죽음에 다가간다는 이야기다. 그러니 이 소설은 "영혜"의 남편, 형부, 언니 등 3명의 관찰자 관점에서 서술된다. 이것을 다른 말로 하자면 하나의 주 기억과 두 개의 반기억들 또는 세 개의 반기억들이 이루는 상충된 시점의 총합이라고 할 수 있다. 1부는 남편의 기억을, 2부는 형부의 반기억을, 그리고 갑자기 거기에는 1부에서 보았던 영혜라는 인물이 갑자기 등장하여 다른 사람의 시각으로 관찰되거나 보고된다. 이때부터 독자는 영혜가 그야말로 1, 2부의 화자들의 대상이 아니라 독자적인 시점을 형성함을 알게 되고, 결국 제3부에 가서는 그 시점이 또 하나의 완벽한 반기억임을 알게 된다.

1부 「채식주의자」는 영혜 남편인 '나'의 시선으로 서술되므로 영혜는 아내가 된다. 이 "아내"는 남편의 시선으로 볼 때 엉뚱하다. 어린 시절 자신의 다리를 문 개를 죽이는 장면이 각인된 아내는 육식을 하지 않기로 결심한다. '나'는 아내의 행동을 이해할 수 없다. 결국 '나'는 아내의 부모와 형제들에게 구원을 청하고 그들의 힘으로 이 '병'을 치료하려 한다. 하지만 그 병을 치료하는 것이 그야말로 '치료'가 아니라 '폭력'이다. 아내의 언니(처형)인 인혜의 집들이에서 아내의 아버지(장인)가 강제로 아내의 입에 고기를 넣으려 하자, 아내는 그 자리에서 칼을 갖고 와 손목을 긋는다. 한마디로 남편의 소위 말하는 정상적인 '시선'으로 볼 때 아내는 비정상이다.

2부 「몽고반점」은 영혜의 형부이자 비디오아티스트인 '나' 시선으로 진행된다. 처음부터 독서를 하는 독자는 이 이야기가 앞의 관점을 파괴하고 새로운 이야기를 서술하는 것처럼 보인다. 처음 이야기를 시작하는 담론이나 프레임이 앞의 이야기와는 전혀 다르기 때문이다. 우리가 어느 자리에서 나에 관한 이야기를 들을 때와 같은 분위기를 만들어낸다. '나'는 어느 날 아내 인혜로부터 우연찮게 영혜(처제)의 엉덩이에 몽고반점이 남아 있다는 이야기를 듣는다. '나'는 영혜의 몸을 욕망한다. 영혜는 남편(예전의 동서)과 이혼한 상태다. '나'는 영혜를 찾아가 비디오 작품의 모델이 되어달라고 청한다. 결국 나체인 영혜의 몸에 바디페인

팅을 해서 비디오로 찍지만, 성에 차지 않자, 스스로 바디페인팅을 하고 충동적으로(무의식적으로?) 영혜와 섹스를 한다. 예술적으로 '나'는 독자의 심층을 드러나게 하는 독서행위에 속하는 자연스럽고도 미학적인 인물이지만, 도덕적으로 본다면 '나'는 비정상이다. 왜냐하면 비정상으로 여겨지는 영혜와 '그 짓'을 하기 때문이다. 영혜는 언니에 의해 사면된다. 왜냐하면 비정상이니까.

3부 「나무 불꽃」은 1, 2부에서 취하던 일인칭이 사라지고 3인칭으로 인혜를 바라본다. 아마도 작가는 여기서 영혜를 사회적인 '시선'으로 보고자 한 것 같다. 인혜는 동생과의 사건으로 사라지게 된 남편 대신 생계를 책임지고 있다. 동시에 동생 영혜의 병수발을 들어야 한다. 인혜의 시선으로 이야기가 진행된다. 정신병원에 입원한 영혜는 식음을 전폐하고, 링거조차 받아들이지 않아 나뭇가지처럼 말라간다. 병원의 연락을 받고 찾아간 인혜에게 동생은 자신이 곧 나무가 될 거라고 말한다. 이 3부의 구조는 전체적으로 다른 이미지를 만들어내는데 2부가 미학에 가장 가깝다면 3부는 화자의 입을 통해 사회적 폭력이 무엇인지에 대해 말한다. 그러나 영혜의 시선으로 보자면 영혜의 "개성화 과정 Individuation"(칼 구스타브 융)일 뿐이다. 이 3부는 인간정신의 가능성이 외부적 인간 집단의 시선에 의해 오염되지 않은 영혜의 내면적 세계에 가깝다.

이 작품에 화자로 등장하는 사람들은 각기 형식적으로 나름의 시선을 가진 1, 2부의 화자들은, 그리고 작가로 보이는 제3의 화자까지 오로지 자기의 기억에 대해서만 이야기한다. 문제는 독자다. 독자는 처음에는 화자의 시점과 관점을 따라가지만 어느 순간 어떤 시선의 단절과 전복을 통해서 이 작품의 관점을 바꾸고 만다. 전복은 주로 각 부의 형식적인 화자의 입장이 아니라 그 화자들의 서술대상이었던 영혜를 통해서 이루어지며, 그렇기 때문에 이 작품을 하나의 시각으로(전체로) 읽을 수 있게 한다. 만약에 제3의 화자인 작가가 이 작품에 개입한다면 부정성을 띠고 말을 하지 않거나 도피하는 영혜의 관점으로서만 가능하다. 어느 것이 주된 기억인지, 아니면 아예 기억이 없는 것인지는 독자들의 몫이다.

작가 한강이 어떤 기억을 형상화했는지 모르지만 "인간은 선로에 떨어진 어린아이를 구하려고 목숨을 던질 수도 있는 존재이지만 아우슈비츠 수용소에서 잔인한 일을 저지르기도 한다"며 "인간성의 스펙트럼에 대한 고민에서 소설을 시작했다"고 말한 것을 보면 그야말로 작가는 그저 한 특수한 인간의 스펙트럼을 제시하기만 할 뿐 어떤 태도를 취하는 것이 아니다. 나아가 작가는 "폭력과 아름다움이 공존하는 세계를" 그려내되 그것이 무엇인가에 대해 "대답을 찾아내는 것이 아니라 질문을 완성하고 싶었다"고 말한 것을 보면 반기억에 대한 우리의 확신은 더 큰 개연성을 얻는다.

1. 현실원칙 vs 쾌감원칙

우선 주인공이라고 여겨지는 연작소설의 인물 영혜는 아무 서술도 하지 않는다. 그저 말한다. 그녀는 주된 화자의 대열에서 이탈하고 항상 응시나 책임이나 보호의 대상이 된다. 근대의 많은 한국 소설이 인물의 주체성을 부정하지 않는 것이 대부분인데 이는 대부분 전지전능

시점이거나 3인칭 화자로 등장하는 것으로 대변된다. 소설을 읽기 시작하는 독자는 1부 「채식주의자」를 읽을 때 영혜의 남편이라는 화자의 시점으로 읽기 시작한다. 그러다가 마지막에 나올 때는 시점을 해체하고 만다. 그리고 '어? 내가 뭘 읽었지?' 하는 느낌을 부여받는다. 그래서 독자는 다시 한 번 이 글을 읽기를 요구 당한다.

가족 모두 영혜의 채식주의적 특성을 고치기로 마음먹고 영혜의 아버지가 폭력을 행하면서 모든 서사의 권력은 영혜에게로 가버린다. 1인칭 화자가 전지전능의 시점을 포기하고 고백하듯이 말함으로써 우리의 궁금증은 영혜라는 사람에게 집중된다. 그러니까 관점의 단절은 꽤 빨리 일어난다. 아내가 "꿈을 꾸었다"라고 말하는 두 번째 에피소드부터는 그야말로 심상치 않은 관점의 전환이 일어난다. 그러나 갑자기 완전히 역전된 주객의 전도라는 전환이 아닌, 소위 정상이라고 하는 현실적 화자의 시각으로 이루어져 있다. 그러나 화자가 아닌 목소리, 즉 영혜의 꿈 이야기는 처음에는 화자인 나의 보완으로 존재하는 듯 보인다. 독자가 읽을 때 주어지는 시점은 독자의 경향, 흥미, 사고와 독자의 지식에서 온 것이다. 그렇기 때문에 독자가 이해하기 위해 노력하는 것은 임의적인 것이 아니라 항상 텍스트에서 제시되어 있고 텍스트가 요구하는 것을 수용하면서 발생한다. 그렇기 때문에 수용미학에서는 텍스트가 자기 고유의 이해 조건들을 포함하고 있다고 말한다. 이를테면, 텍스트가 독자의 마음을 어떻게 열고 닫는지, 텍스트가 어떤 질문을 하는지, 어떻게 의미관계를 암시하거나 기대를 만들고 깨고 하면서 좀 더 분명하게 되는지, 어떻게 텍스트가 독자의 스스로의 관습을 따르다가도 그 관습들을 바꿔나가는지 등과 같은 것들이다.

어두운 숲이었어. 아무도 없었어. 뽀족한 잎이 돋은 나무들을 헤치느 라고 얼굴에 팔에 상처가 났어. 분명 일행과 함께였던 것 같은데, 혼자 길을 잃었나봐. 무서웠어. 추웠어. 얼어붙은 계곡을 하나 건너서, 헛간 같은 밝은 건물을 발견했어. 거적때기를 걷고 들어간 순간 봤어. 수백 개의, 커다랗고 시뻘건 고깃덩어리들이 기다란 막대들에 매달려 있는 걸. 어떤 덩어리에선 아직 마르지 않은 붉은 피가 떨어져내리고 있었 어. […]

어떻게 거길 빠져나왔는지 몰라. 계곡을 거슬러 달리고 또 달렸어. 갑자기 숲이 환해지고, 봄날의 나무들이 초록빛으로 구겨졌어. 어린아 이들이 우글거리고, 맛있는 냄새가 났어. […]

하지만 난 무서웠어. 아직 내 옷에 피가 묻어 있었어. 아무도 날 보 지 못한 사이 나무 뒤에 웅크려 숨었어. […]

그렇게 생생할 수 없어. 이빨에 씹히던 날고기의 감촉이, 내 얼굴이, 눈빛이, 처음 보는 얼굴 같은데, 분명 내 얼굴이 아니었어. 아니야. 거 꾸로, 수없이 봤던 얼굴 같은데 내 얼굴이 아니었어. 설명할 수 없어. 익숙하면서도 낯선…… 그 생생하고 이상한 끔찍하게 이상한 느낌을.[219]

텍스트가 제시한 (독자가 임의로 정하는 것이 아닌) 시점은 다름 아 닌 바로 이 지점, 영혜의 꿈 이야기, 즉 그녀의 비현실(꿈)에서 제시된 다. 여기부터 차츰 독자는 시점의 단절에 길들여져 자기의 관습을 버리 게 된다. 이제부터 어떤 특정한 관습을 가진 독자에겐 너무나 낯선, 그 럼에도 침착하고 익숙한 아내의 목소리 같은 새로운 관습을 가진 새로 운 화자가 등장한다. 그러니까 이 이탤릭체로 쓴 부분은 화자의 주체적 인 목소리에 대한 보완이 아니라 1부, 나아가 전체 책을 읽고 나면 하

---

219) 한강, 채식주의자, 창비, 2016, 18-19쪽.

나의 대등한 주체로서, 또는 전도된 주체로서 그 역할을 하기 시작한다. 그 이유는 영혜가 꾼 "익숙하면서도 낯선 것"의 꿈이 서서히 친밀하게 되기 때문이다. 이 부분은 외부자적 시각으로는 매우 낯설다. 그러나 내부자적 시각으로는 매우 친밀하다.

프로이트는 이런 익숙하고도 낯선, 그리고 괴이란 것을 "섬뜩함"das Unheimliche이라고 설명하고 있다. 프로이트는 이것이 바로 "친숙한 것" 과 같은 것이라고 그가 1919년에 헝가리 의사 페렌치에게 쓴 동명의 글에서 이렇게 밝히고 있다.

> 섬뜩함이라는 감정은 공포감의 한 특이한 변종인데, 오래 전부터 알 고 있었던 것, 오래 전부터 친숙했던 것에서 출발하는 감정이다.[220]

영혜가 표현하는 "익숙하면서도 낯선", 그리고 "끔찍한" 감정은 바로 프로이트로 하여금 미학적인 카테고리를 벗어나면서도 결국 거기로 귀결되는 문제이기도 하다. 프로이트는 자신이 왜 문학에서 미학적인 카테고리가 아닌, 그러면서도 미학에서 필수불가결한 이 문제를 다루는지 다음과 같이 말한다.

> 정신분석가가 미학적인 탐구에 몰두해 보고 싶은 유혹을 느끼는 것 은 매우 드문 경우인데, 비록 관심을 갖는다고 해도 그것은 미학을 미 (美)에 관한 이론으로 한정하지 않고 감수성의 여러 특질들에 관한 이 론으로 간주할 때이다.[221]

---

220) 프로이트, 번역본 102쪽. "두려운 낯설음"이라는 번역은 "섬뜩함"으로 바꾸었다.
221) 프로이트, 같은 책, 99쪽.

그러나 이 문장에서 읽을 수 있듯이, 프로이트는 문학적(미학적) 텍스트에서 미의 이론이 내면에 관한 특수한 현상과 밀접한 관련이 있음을 시사한다. 그리고 그 대표적인 작품을 프로이트는 독일 소설가 E. T. A. 호프만의 소설『모래사람』에서 찾는다. 호프만의『모래사람』[222]이라는 이야기는 작품의 주인공 나타나엘이 어린 시절 목격했던 "모래사람"이라 불린 코펠리우스의 모습에 대한 불안으로 인해 정신적 발작을 일으키는 내용을 담고 있는 소설이다. 소설 처음에 나타나엘은 이런 심리적 문제를 호소하는 편지를 자기 친구 로타르에게 보내는데, 이 편지를 함께 읽은 로타르의 누이동생 클라라가 나타나엘에게 보낸 답장에는 이런 내용이 들어있다.

> 스스로 몰두한 저 어두운 정신적 힘은 종종 외부세계가 우리에게 던져주었고 우리가 내면으로 끌어들인 낯선 형상들이며, 이때 우리는 이상한 착각에 빠져서 그 형상에 깃들어 있다고 믿는 정신에 사로잡혀 그것에 열정을 가지게 된다고 로타르 오빠도 말했어요. 그것은 우리 자신의 환영에 불과한 것인데도, 그 환영은 내적인 친화성을 갖고 있어서 우리 심성에 커다란 영향을 끼칠 수 있기 때문에 때로는 우리를 지옥으로 내던지기도 하고 때로는 천국의 황홀경에 빠지게도 한다는 거에요.[223]

맨부커상 선정위원회는 "압축적이고 정교하고 충격적인 소설이 아름다움과 공포의 기묘한 조화를 보여줬다"고 채식주의자 선정 이유를 밝

---

222) "모래 인간" 또는 "모래 사나이"로 번역되기도 하는데, 필자는 눈사람처럼 "모래사람"이라고 평이하게 번역하는 것이 옳다고 본다.
223) 에른스트 호프만, 모래 사나이, 권혁준 옮김, 지식을만드는지식, 2011, 24-25쪽.

했다. 그러니까 우리가 연구하고자 하는 이 작품의 반기억의 제일 처음은 현실에 대한 무의식의 반응인 셈이다. 이 무의식은 현실로 여겨질 리가 없는 그야말로 "섬뜩함"을 유발하는 것이다. 작가는 이런 소재를 아주 내면적인 아름다움으로 바꾸고 있으며, 독자는 작가의 이런 유혹에 대해 저항할 수 없고 이런 불쾌 대신 '아름다운' 내면의 고백으로 읽게 한다. 이것이 작가가 이 작품을 1성부가 아닌 다성부로 만들면서 이루는 첫 번째 반기억이다. 이런 반기억의 특성은 그것이 낯선 외부에서 유래된 것이 아니라, 오래된, 그래서 고향이나 집 같은 "친밀한 것"에서 유래한 것이다. 프로이트는 이렇게 말한다.

> 섬뜩함의 감정이 경험되는 것은 억압된 어린 시절의 콤플렉스들이 어떤 인상에 의해 다시 활성화되거나 혹은 극복된 원시적인 확신들이 다시 존재하는 것처럼 보일 때이다.[224]

그러니까 독자는 이 꿈 이야기, 즉 내면의 고백으로부터 화자의 시점을 남편에서 영혜로 옮겨가기 시작하고 원래의 화자를, 비록 그가 계속 주도적으로 이야기를 이끌고 있음에도 불구하고 대상으로 바꾸고 상대화하기 시작한다. 이것이 문학의 경계 넘기이다. 화자인 남편이 현실원칙, 즉 사회적 맥락을 만들고 아내인 영혜의 행동을 사건화하면서 사회소설을 만들어내려는 것이 기억이라면, 영혜는 끝없이 그 맥락에서 일탈하여 자신의 내면세계에 집착하고, 또 천착하는 정신의 고단함을 보인다. 이것이 제1부에서 기억에 대한 대안기억 즉 타자의 기억이다.

---

224) Sigmund Freud, Gesammelte Werke XII, p.263. 번역본 145쪽.

내가 믿는 건 내 가슴뿐이야. 난 내 젖가슴이 좋아. 젖가슴으론 아무 것도 죽일 수 없으니까. 손도 발도, 이빨과 세치 혀도, 시선마저도, 무엇이든 죽이고 해칠 수 있는 무기잖아. 하지만 가슴은 아니야. 이 둥근 가슴이 있는 한 난 괜찮아. 아직 괜찮은 거야. 그런데 왜 자꾸만 가슴이 여위는 거지. 이제 더 이상 둥글지도 않아. 왜지. 왜 나는 이렇게 말라가는 거지. 무엇을 찌르려고 이렇게 날카로워지는 거지.[225]

손과 발, 이빨과 혀, 그리고 시선이라는 무기에 대해 난 가슴이라는 무기를 가지고 있다. 완벽한 고향과 평화의 상징, 자주 본 친근함과 익숙함의 상징인 가슴이 이제 타자의 무기를 닮아가고 있다. 이것이 그녀에게 "섬뜩함"이라는 콤플렉스를 만들어내는 것을 그녀는 인지할 뿐 알지 못한다. 그 콤플렉스, 다시 말해 관념복합군은 이성의 세계에서는 "장인어른"의 폭력으로, 영혜의 꿈에서는 "개가 아버지의 오토바이에 묶여" 끌려가는 정황으로 대변된다. 여기서 굳이 콤플렉스의 상황을 설명하자면 사랑하는 아버지와 폭력을 하는 아버지, 나를 문 개와 그 개를 잡아먹는 아버지로 설명할 수 있겠다. 그 이후 화자의 생각은 달라진다.

얼핏 든 잠에 꿈을 꾸었다. 내가 누군가를 죽이고 있었다. 칼을 배에 꽂아 힘껏 가른 뒤 길고 구불구불한 내장을 꺼냈다.[226]

이렇게 마치 음악에서 조바꿈을 하듯이 이 작품에서 시점은 전이되면

---

225) 한강, 채식주의자, 43쪽.
226) 한강, 채식주의자, 61쪽.

서 현실 원칙을 따른 기억은 와해되어 무의식이라는 반기억에 자리를 내주고 만다.

2. 쾌감원칙 vs 쾌감원칙

칸트의 『판단력 비판』 이후로 숭고함의 영역이 미학의 카테고리로 부상하였다는 점이다. 칸트는 『판단력 비판』에서 우리가 아름답다고 생각하는 사물들의 특징을 이렇게 말하고 있다. 첫째 사물이 주는 만족감이 무목적적이어야 하고, 다시 말해 실제적 이득과는 무관해야 하고, 둘째, 그것이 불러일으키는 쾌감이 보편적이어야 하고, 셋째, 다양한 것을 총체적으로 종합하는 경험을 제공해야 한다. 이 소설의 제2부 「몽고반점」의 화자는 영혜의 형부이다. 독자는 물론 제1부에서 영혜라는 이름을 알았을 수 있지만 무심히 읽는 독자는 제2부가 되어서야 이를 지각하게 된다. 왜냐하면 제1부에서 화자는 영혜의 남편으로서 줄곧 "아내"라는 대상으로 서술되기 때문이다. 그렇기 때문에 비디오 아티스트인 "형부"가 예술적 "고갈상태"에 머물러 있던 중, 자기 아내로부터 영혜의 엉덩이에 있는 "몽고반점"에 대한 이야기를 들었을 때 흥분을 감추지 못하는 것은 '미적' 대상이라는 측면에서 이 소설의 새로운 관점을 제공한다. "그에게(화자에게: 필자), 관능적인", 그리고 "흡사 괴물과도 같은" 이 이미지는 무목적적이긴 하나, 보편적이지도 않고(인간의 특수한 경험을 이야기하므로) 운율이나 기타 아름다움 이미지를 보장하지 않는 한 총체적인 아름다움을 보장하지도 않는다. 실제로 작품 내에서도 그의 동료나 아내에게 "아픈 사람"이 한 짓으로 평가받는다.

"스무살?" 하는 그의 물음에 "응······ 그냥, 엄지손가락만하게. 파랗게. 그때까지 있었으니 아마 지금도 있을거야"라는 아내의 대답이 뒤따르지 않았다면. 여인의 엉덩이 가운데에서 푸른꽃이 열리는 장면은 바로 그 순간 그를 충격했다. 처제의 엉덩이에 몽고반점이 남아있다는 사실과, 벌거벗은 남녀가 온몸을 꽃으로 칠하고 교합하는 장면은 불가해할 만큼 정확하게 뚜렷한 인과관계로 묶여 그의 뇌리에 각인되었다.227)

제1부에서 영혜가 경험한 "섬뜩함"이 내포하고 있는 친숙함 같은, 이상한 "아름다움"이 있지만 그것을 우리는 아름답다고 볼 수 없다. 칸트는 "숭고the sublime"라는 개념을 중요하게 다루는데, 피라미드와 같은 거대한 건축물에서 느끼는 특별한 미학적 경험을 말한다. 이를테면 전통적인 미학의 '미'는 안정감, 조화, 평화, 쾌감을 부여하는데 반하여, 숭고는 우리에게 불쾌, 경이, 당혹, 공포를 안겨준다. 이런 "숭고"의 미학은 『햄릿』에 등장하는 유령과 『파우스트』에 등장하는 메피스토펠레스의 마법적 힘이나 롤리타의 주인공이 충동에 이끌려가는 불쾌함을 유발하는 힘 같은 것을 말한다. 그러므로 정신분석가의 "섬뜩함"에 대한 규정만큼이나 이 "불가해한" 아름다움은 근대의 예술가들이 추구하는 낯설고 기이한 이미지로 자리 잡고 있다.

이런 미학은 물론 작중 인물의 특정한 기호이긴 하지만 작가의 관점이라고 볼 수 있다. 그 관점은 다른 관점을 무력화하거나 정당화하기 위해 사용된 작가의 전략이다. 처제의 벗은 몸에 있는 몽고반점은 당혹과 전율을 보장해줄 만한 특별한 것이었다. 이것이 단순한 쾌감이나 성욕에 머무르지 않는 것은 바로 처제와 형부라는 도덕적 관계 때문이기

227) 한강, 채식주의자, 73-74쪽.

도 하다. 아들의 몸에 있는 "몽고반점"과 처제의 몸에 있는 몽고반점은 그 존재부터 다르기 때문이다. 그에게 그 반점은 "뜻밖에도 성적인 느낌과는 무관하며 오히려 식물적인 무엇으로 느껴지기"[228] 때문이다. 우리는 여기서 근대미학이 출발하는 지점을 분명히 목도할 수 있다. 그것은 미학이 도덕적 아름다움을 포기함으로써 시작된다는 점이다. 이 점은 프로이트와 라캉이 말한 욕망은 금지에서 비롯된다는 명제에 상응하기도 한다. 처제에 대한 그의 욕망은 응시의 욕망, 금지된 것에 대한 욕망, 원초적 아버지가 금지한 어머니에 대한 욕망이다.

M의 작업실에서 옷을 벗은 처제에 대한 형부의(또는 아티스트의) 관점(기억)은 영혜가 스스로 생각하는 관점과 분명하게 다를 수밖에 없다. 우선 형부의(아티스트의) 관점은 객관적으로 기술한 응시일 뿐이다.

> 그녀는 놀라울 만큼 호기심이 없었고, 그 덕분에 어느 상황에서도 평정을 지킬 수 없는 것 같았다. 새로운 공간에 대한 탐색도 없었으며, 당연할 법한 감정의 표현도 없었다. 그저 자신에게 벌어지는 모든 일들을 지켜보는 것만으로 충분한 것 같았다.[229]

다만 제3의 화자가 영혜의 내면을 형부의 관점에서 추론한 상상의 이면을 이렇게 추론하고 있다.

> 아니 어쩌면 그녀의 내면에서는 아주 끔찍한 것, 누구도 상상할 수 없는 사건들이 벌어지고 있어, 단지 그것과 일상을 병행한다는 것만으

---

228) 한강, 채식주의자, 101쪽.
229) 한강, 채식주의자, 105쪽.

로 힘에 부친 것인지도 몰랐다. 그래서 일상에서는 호기심을 갖거나 탐색하거나 일일이 반응할 만한 에너지가 남아 있지 않은 건지도 몰랐다.[230]

그 이후에도 화자의 시선은 영혜를 동정적으로 바라보고 있지만 그것은 오로지 "착란증상"[231]이라는 확고한 판단을 가진 화자의 시선 내에서의 관점이다. 그런 관점은 영혜의 남편을 향해서는 더욱 노골적이다.

이제 동서라고 부를 필요도 없게 된 그녀의 옛 남편의 얼굴을 떠올렸다. 감각적이고 일상적인 가치 외의 어떤 것도 믿지 않는 듯 건조한 얼굴, 상투적이지 않은 어떤 말도 뱉어본 적 없을 속된 입술이 그녀의 몸을 탐했을 거란 상상만으로 그는 일종의 수치를 느꼈다. 둔감한 그는 그녀의 몽고반점을 알기나 했을까. 알몸의 두 사람을 상상한 순간, 그것은 모욕이라고, 더럽힘이라고, 폭력이라고 그는 느꼈다.[232]

영혜의 "몽고반점"은 자신에게 의미 있지, 영혜의 남편에게 의미 있지는 않다. 그것은 영혜에게도 마찬가지다. 작가는 여기서 독자들을 혼란스럽게 하는 글쓰기 전략을 구사하고 있는데, 화자의 입장에 따라 관점 변화를 체험하지 않을 수 없다. 우선은 화자가 영혜에 대해, 또는 그녀의 몽고반점의 '미학'에 대해 말하는 것 같지만 다른 사람(화자)의 시각에서는 "모욕", "더럽힘", "폭력"이나 무관심이 될 수도 있다. 따라서 작가의 이런 반기억 구상은 독자로 하여금 훨씬 폭넓게 작품을 이해하

---

230) 같은 곳.
231) 한강, 채식주의자, 85쪽.
232) 같은 책, 105-106쪽.

게 한다. 이를테면, 텍스트는 독자의 마음을 열었다가 닫고, 또 닫았다가 다시 여는 식으로 다양한 관점을 경험하게 한다. 그리고 텍스트는 어떤 질문을 하는지, 어떤 의미관계를 암시하고, 기대지평을 만들고 다시 그것을 파괴하는지, 텍스트는 독자가 자신의 관습대로 책을 읽게 하다가 그 관습들을 스스로 바꿔나가는지를 보여준다.

그래서 독자는 텍스트를 읽어나가다가 다시 앞으로 돌아가서 다시 내용을 살펴보고, 텍스트에 제시된 것과 텍스트의 요구를 바탕으로 그것을 인지하고 활용할 가능성을 높인다. 예를 들어 109쪽에서 "전혀 성욕을 느끼지 않았다"는 구절을 읽는 독자는 지금까지 성욕을 느꼈다고 읽은 나머지 다시 십여 쪽 앞 99쪽에 가서 "며칠 전 처제의 집에 다녀온 밤 그는 견딜 수 없는 충동의 힘으로 어둠속의 아내를 안았었다"를 다시 읽어야 한다. 이제 한 관점, 즉 작가가 체험한 하나의 기억이 아니라 다양한 기억이나 관점 내에서 적극적인 놀이 상대자로서 텍스트를 바라보고 이제 텍스트에서 더 많은 것을 창출하게 된다.

그러나 이렇게 사분오열된 주제들은 제1부와 제2부에서 은유적 일치점을 보이는데 그것이 바로 꿈이다. 형부는 처제에게 묻는다. 왜 고기를 먹지 않는 거냐고. 처제는 대답한다. 꿈 때문이라고 남편에게도, 그리고 형부에게도 그렇게 말한다. 다양한 화자들의 다양한 기억들은 이 키워드를 향해 일종의 응집성(또는 결속력)을 가지게 된다. 하지만 진정한 미학적 관점은 형부가 아니라 영혜에게서 나온다. 형부가 끊임없이 성적인 이미지(몽고반점)로 소위 말하는 유사미학을 완성해간다면 그 너머에는 꽃과 식물에 대한 영혜의 착란적인 미학이 존재한다. 영혜의 쾌감원칙과 형부의 쾌감원칙은 서로의 목적론적 방향을 상실하고 충돌할 뿐이며 독자의 상상에서 그저 즉물적으로 대비될 뿐이다.

3. 현실원칙 vs 죽음 원칙

제3부 「나무 불꽃」에서도 영혜는 여전히 서술의 대상이 되는데 언니 인혜의 시점으로 서술된다. 다만 1, 2부와 다른 점은 3인칭 시점으로 서술된다는 점이다. 이는 1, 2부에 비해 3부가 현실과 격리된 정신병원에서의 상황을 주된 목적으로 하고 있기 때문일 것이다. 인혜의 관점으로 서술된 제3부는 영혜의 정신분열을 주로 서술하고 있다.

> 언니, 내가 물구나무서 있는데, 내 몸에 잎사귀가 자라고 내 손에서 뿌리가 돋아서…… 땅속으로 파고들었어. 끝없이, 끝없이…… 응, 사타구니에서 꽃이 피어나려고 해서 다리를 벌렸는데, 활짝 벌렸는데……[233]

화자는 이런 정신분열의 영혜를 폐쇄병동에 감금한 장본인이다. 형부와 처제가 몸에 꽃그림을 그리고 밤을 지낸 것을 정신병의 발발로 본 인혜는 그 둘을 모두 병원에 감금한다. 남편은 정상으로 판단 받아 법적인 처벌만 받아 그곳을 나왔으나 아이러니하게도 영혜는 병동에 갇히게 된다. 사실 형부의 비디오 아트를 위한 모델의 제의를 받아들였을 뿐 영혜가 그야말로 정신분열의 행동을 한 것은 아니었다. 그러니까 이 3인칭 화자는 자신의 관점에 따라 영혜를 정상으로 파악하고 대화 내지는 접촉을 한 1, 2부의 서술자와는 상충된다. 언니인 영혜의 시선은 음식 먹기를 거부하고 죽기를 갈구하는 영혜를 설득하겠다는 자세를

---

233) 한강, 채식주의자, 156쪽.

보인다. 그러나 영혜가 음식을 먹는 것이 가능하다면 영혜는 정신분열증이 아니라 도덕적인 문제를 안고 있는 것이다. 인혜나 영혜의 아버지, 그리고 영혜의 남편은 모두 영혜의 문제를 도덕적인 문제로 본다. 도덕적 문제란 쾌감원칙과 현실원칙의 변증법에서 발생한다. 작가는 내포 독자가 바로 이런 이질성을 직시하도록 끝내 인혜의 관점을 바꾸지 않는다. 이것은 하나의 사회적 폭력으로 그 실상에 대해서 작가는 서술하지 않는다. 그 대신 다른 상황을 제시하기만 한다.

사악한 것들! 내장을 다 빨아먹어도 시원찮은 것들! 나 이민갈 거야.
너희 같은 것들하고 하루도 더 못 지내!
남편 같지는 않다. 오빠나 남동생쯤 될까. 저 중년여자가 오늘 입원
수속을 밟으면 아마 안정실에서 밤을 새우게 될 것이다. 팔다리를 묶이
고 진정주사를 맞을 확률이 높다.

영혜의 무관심한 내적 고백이 영혜의 실상을 암시한다. 그렇게 본다면 영혜에 대한 인혜의 관점은 그들을 포함하고 있는 세상 사람들의 관점과 같은 것이며, 영혜를 정신병원에 입원시킨 것은 또 하나의 폭력일 수 있다. 그 폭력에 대항하는 언어는 세상의 이데올로기가 가두고 감추려는 사람들의 진솔한 발언뿐이다. 그들의 기억은 이렇다.

언니, ... 세상의 나무들은 모두 형제 같아.[234]

꿈에 말이야, 내가 물구나무서 있었는데...... 내 몸에서 잎사귀가 자

234) 한강, 채식주의자, 175쪽.

라고, 내 손에서 뿌리가 돋아서…… 땅속으로 파고 들었어. 끝없이, 끝
없이…… 사타구니에서 꽃이 피어나려고 해서 다리를 벌렸는데, 활짝
벌렸는데……235)

누군가를 해치지 않는 사람을 사회적 이데올로기(도덕체계) 때문에 가
두는 것은 폭력이다. 앞의 인용문에 나오는 중년여자와 마찬가지로 영
혜도 갇혀 있고, 또 그것을 인혜는 당연하게 생각한다. 그리고 이해하
려고 하지도 않는 것은 인혜도 마찬가지다. 아버지가 고기를 먹이려 했
을 때나 지금 아무것도 먹지 않겠다는 영혜에게 과일을 먹이려는 언니
도 이해 못하긴 마찬가지다. 그러나 차츰 인혜도 어느 날 하혈을 한 이
후로 차츰 영혜의 심리에 동정적이 되어가는데 그것은 바로 영혜가 죽
음 원칙, 즉 죽음 충동을 가지고 있다는 것을 뜻한다.

아무도 날 이해 못해…… 의사도, 간호사도, 다 똑같아…… 이해하
려고 하지도 않으면서…… 약만 주고, 주사를 찌르는 거지.
영혜의 음성은 느리고 낮았지만 단호했다. 더 이상 냉정할 수 없을
것 같은 어조였다. 마침내 그녀는 참았던 고함을 지르고 말았다.
네가! 죽을까봐 그러잖아!
영혜는 고개를 돌려, 낯선 여자를 바라보듯 그녀를 물끄러미 건너다
보았다. 이윽고 흘러나온 질문을 마지막으로 영혜는 입을 다물었다.
……왜, 죽으면 안되는 거야?

영혜가 "검은 흙을 움켜쥐면"236) 나무로 다시 태어날 수 있다. 영혜

---

235) 한강, 채식주의자, 180쪽.
236) 한강, 채식주의자, 206쪽.

의 서술되지 않은 생각은 인혜의 생각과는 대척점에 있다. 인혜가 생각하는 것은 사람이고 동물이고 살아야 하는 것이지만 영혜의 생각은 나무 같은 식물이고 정지하여 서서 햇빛을 받아들이는 것이다.

> 다리는 허공으로 ······ 하늘에서 빛이 내려와 영혜의 몸을 통과해 내려갈 때, 땅속에서 솟아나온 물은 가꾸로 헤엄쳐 올라와 영혜의 살에서 꽃으로 피어났을까?

이런 일은 죽지 않으면 불가능하고 인간인 이상 불가능하다. 죽음의 세계, 더 이상 감금되지 않고 더 이상 음식을 먹지 않고 물만 있으면 사는 세계, 그 세계는 동물과 인간의 세계에서는 불가능하다. 불가능하기 때문에 인간은 꿈을 꾼다. 죽는 꿈을. 죽음의 세계로 돌아가고 싶은 꿈을. 살고 싶다는 꿈과 동시에 죽고 싶다는 꿈은 모순율이지만 이 작품이 인간의 기억/반기억의 변증법을 체현하는 미학적 소재이기도 하다.

13. 오인: 제임스 조이스 「망자」

제임스 조이스의 작품집 『더블린 사람들』(1914)에 들어 있는 단편소설 「망자」에서는 서로 완전히 구별되는 기억이 다뤄지고 있다. 나이 많은 두 여인 케이트 여사와 줄리아 여사, 그리고 조카딸 메리 제인이 매년 12월 31일 더블린에서 친구들을 위해 연례무도회를 벌인다. 그들이 기다리는 손님 중에는 문학교수 게이브리얼 콘로이와 그의 부인 그레타 콘로이도 있다. 한층 숭고한 것을 동경하는 유미주의자 게이브리얼은 이날 저녁에도 자기 역할을 성공적으로 해낸다. 다양한 취향들을 가진 손님들을 접대했고 파티를 마련한 세 여주인에 대해 감사 연설도 했는데 이 연설은 파티의 절정을 이루었으며 사람들은 그를 경탄해 마지않았다. 파티 장소에서는 현재에 대한 직시나 미래에 대한 전망보다는 과거에 대한 향수가 지배적이었다.

이제 소설의 중후반으로 가면 이야기의 초점은 콘로이 부부에게로 좁혀진다. 자정이 지난 지 오래되었고 손님들은 막 집으로 돌아가려는 참이다. 집 앞에서는 웃음소리와 소음이 나는 가운데 마차 한 대가 출발하고 있으며 게이브리얼은 이미 외투를 입고 목도리까지 두른 채 계단 끝에 서 있었다. 계단의 위쪽 끝에는 반쯤 어둠 속에서 한 사람이 보였는데, 그는 한 번 더 보고 나서야 그것이 자기 아내임을 알게 되었다.

> 여자의 얼굴은 보이지 않았지만, 그늘 때문에 흑백으로 보여도 실은 적갈색에 연어 살빛의 분홍색을 띤, 여자의 치마에 세로로 달린 천이

보였다. 아내였다. 아내는 난간에 기대어 무슨 소린가를 듣는 중이었다. 게이브리얼은 아내가 꼼짝 않고 있는 데 놀라 도대체 무슨 소린가 하고 귀를 쫑긋 기울였다. 그러나 앞문 계단에서 웃고 떠드는 소리와 몇 마디 피아노 화음과 한 남자가 노래하는 몇 마디 음정 외에는 제대로 들리는 소리가 없었다.237)

게이브리얼은 어둠 속에서 노래의 곡조를 들어보려고 애쓰면서 집중하여 자신의 아내를 관찰한다.

아내의 태도에 기품과 신비로움이 어린 것이 마치 무엇인가의 상징이라도 되는 것 같았다. 어둠 속 계단에 서서 아련한 음악에 귀를 기울이고 있는 여자가 무엇의 상징이 될 수 있을지 자문해 보았다. 자신이 화가라면 저런 태도를 취하고 있는 아내 모습을 그려보련만. 아내의 파란색 펠트 모자는 어둠에 대비하여 머리의 청동색을 더 두드러져 보이게 할 것이고 치마에 댄 검은 색 긴 천은 밝은 천을 돋보이게 하리라. 자신이 만일 화가라면 그 그림을 「아련한 음악」이라 이름 붙이리라.238)

현관문이 닫히고 나니 목소리와 피아노 소리는 더욱 또렷하게 들린다. 그 노래는 죽음을 노래하는 옛 아일랜드 노래였는데 다음과 같다.

오, 비가 내 무거운 머리칼에 내리고
이슬은 내 살갗을 적시는데,
우리 아기 식은 몸으로 누워 있네……(299쪽)

---

237) James Joyce, The Dead, in: Dubliners (1914), Harmondsworth 1970, 207. 제임스 조이스, 더블린 사람들, 이종일 옮김, 민음사, 2012, 297-298쪽에서 인용함.
238) 제임스 조이스, 더블린 사람들, 298쪽.

이날 목이 심하게 쉬어 노래를 부르지 않으려 했던 다시 씨는 불안정한 음성으로 한탄하듯 노래를 불렀는데, 이유는 상태도 나쁜 데다가 가사까지 제대로 생각나지 않았기 때문이다. 그후 눈과 추위와 감기에 관한 대화가 이어진다. 하지만 여전히 그레타는 다시 씨가 부른 노래에 관심이 많아 그 노래 제목이 무엇인지 묻는다. 노래의 제목은 「오림의 아가씨」라는 말을 듣자 그레타는 왜 그 제목이 생각나지 않았는지 스스로 의아해 한다. 이제 모두 파티에서 헤어지고 나온다. 그레타와는 달리 게이브리얼은 마음이 상기된다.

아까 같은 우아한 태도는 이제 사라진 터였으나, 게이브리얼의 눈은 행복에 겨워 여전히 반짝였다. 혈관을 따라 흐르는 피는 팔딱팔딱 뛰고 있었고, 머리를 스쳐 지나가는 상념은 자부심과 기쁨과 애틋한 마음과 용기로 들끓었다.(303쪽)

그 다음부터 독자는 상황을 게이브리얼의 시각에서 경험하게 된다. 게이브리얼은 자기 아내의 관심과는 상관없이 아내를 기억하고 아내에게 마음이 끌리는 경험을 한다. 무슨 이유에서인지 아내가 용광로에서 일하는 노동자에게 "아저씨, 불이 뜨거워요?"라고 묻는 것조차 남편은 환희의 순간으로 체험한다. 아내 그레타에 대한 사랑의 기억이, 아내 자신의 기억과는 상관없이 게이브리얼의 마음속에 불꽃처럼 타오른다.

아스라이 쏟아지는 별처럼, 둘이서 함께 보낸 삶의 순간들이, 아무도 알지 못했고 앞으로도 결코 알지 못할 순간들이, 아무도 알지 못했고 앞으로도 결코 알지 못할 순간들이 기억 위에 환하게 펼쳐졌다. 아내에게 그 순간들을 상기시키고 싶어서, 아내로 하여금 둘이 함께한 시간 중 무미건조한 세월은 잊어버리고 환희의 순간만을 기억하도록 만들고 싶어서, 애가 탔다.(304쪽)

이런 화자의 고백은 하나의 1인칭 고백시점이 되고 화자의 주도적인 기억일 뿐이다. 그러나 만약 그레타가 게이브리엘과 다른 생각을 하고 있다면 그의 기억은 그저 반기억이 될 뿐이다. 아직까지는 게이브리얼의 연상과 기억이 자신이 기대하는 사랑의 일치에 모아져 있지만, 이 합일이 이루어지려는 순간 두 사람 사이에는 심연 같은 거리감이 생긴다. 조금 전에 들었던 "아련한 음악"이라는 것도 게이브리얼의 생각에서만 가능한 것이었다.

사랑하는 이와 완벽하게 하나라고 느끼는 바로 그 순간 게이브리얼은 그녀가 자신에게서 몇 마일이나 떨어져 있는 듯한 씁쓸한 경험을 하게 된다. 그 옛 아일랜드 노래는 언젠가 청소년 시절 그레타의 남자 친구가 시골에서 불렀었다는 것이 밝혀진 것이다. 이 노래가 지금 그레타에게 자신이 완전히 잊고 있었던 남자 친구의 눈빛을 상기시켜 주었는데, 그의 눈빛은 많은 세월이 지났음에도 그 강렬함을 전혀 잃지 않고 있었다. 그녀의 눈앞에는 그 허약한 소년이 다시 보인다. 당시 곧 닥칠 그녀와의 이별을 견딜 수 없어 비를 맞으며 하룻밤을 보낸 후 결국 그 일로 목숨을 잃게 된 그 소년 말이다.

그때 눈빛이 지금도 눈에 선해요! 그 애는 나무가 있는 벽 끝에 서 있었어요."(315쪽)

여기서 나무는 이 문장의 통사구조에 어울리지 않게 매달려 있는 듯한 느낌을 주는 디테일이다. 나무는 이야기의 논리에서는 아무런 역할도 하지 않지만, 이미지 기억의 논리에서는 중요하다. 바로 이것이 갑작스레 복원된 지각의 이미지가 정확하고 신빙성 있음을 증명해 주기 때문이다. 이 점에 관해서 한 번 더 니트함머의 말을 들어 보면, 깊이 각인된 이미지는 "매우 정확하게 묘사되기도 한다". 그리고 이미지 자체는 "아무런 서사구조도 없고, 대개는 어떤 의미가 있는 것도 아니다."[239]

조이스가 쓴 이 소설 제목은 '망자'다. 그 가운데 한 사람이 바로 청소년 시절 정열적인 친구였던 마이클 퓨리다. 죽은 이 사람의 강렬함에 비하면 살아 있는 이들이 오히려 망자 같아 보인다. 게이브리얼 콘로이는 그와 대조되는 인물로서 불안과 자기 보호와 소유욕으로 각인된 인물이라고 말할 수 있다. 조이스는 이 소설에서 두 가지 상반된 이미지 기억의 형식들을 충돌하게 만들었는데, 하나는 니체의 기억 이론에, 다른 하나는 프로이트의 이론에 비유할 수 있다. 게이브리얼에게서 나타나는 기억 심상들은 의도적 기억(mémoire volontaire)을 따르고 있으며, 이것은 의식에 의해 형성되며 의지에 의해 조종된다. 자신의 아내를 <먼 음악>이라는 제목의 그림으로 변형시키는 것을 보면 그가 현실을 자신의 뜻에 맞게 해석하는 데 능한 자라는 것을 알 수 있다. 그가 받은 관능적 느낌은 내면적 이미지의 흐름을 자신이 예상하고 있는 그 사건을 중심으로 배열하는 데서 생기는 것이다. 그는 현재 자신의 열정을 고조

239) Lutz Niethammer, Fragen – Antworten – Fragen, in: Lutz Niethammer und Alexander von Plato, Hgg., 'Wir kriegen jetzt andere Zeiten'. Auf der Suche nach der Erfahrung des Volkes in nachfaschistischen Ländern. Lebensgeschichte und Sozialkultur im Ruhrgebiet 1930-1960, Bd. 3, Berlin, Bonn 1985, 405.

시켜 주는 장면은 즐겁게 모두 떠올리고 그에 반대되는 장면은 고의적으로 잊어버리고 있다.

게이브리얼은 자신의 기억을 의지와 행위에 맞춰 조정하고 있다. 언젠가 조지 엘리엇이 정확하게 표현했듯이 그는 "기억을 의도라는 더 밝은 빛으로 약하게 만드는 것이다."[240] 이와 같은 그림 기억을 알라이다 아스만은 멜레테라고 말하였다. 멜레테란 어떤 행위를 위해 과거의 경험 중 미래의 기대를 증대시키는 요소만 눈앞에 그려보는 긴장된 의식 상태를 말한다.[241] 게이브리얼은 자신의 그림 기억을 완전히 장악하고 있으며 자신의 느낌이나 기억이나 충동을 침착하게 연출할 수 있다. 니체는 이러한 기억의 특성을 우연찮게 남성적 성의 패러다임으로 보았다. 권력에 대한 의지와 성행위에 대한 의지는 그리 다르지 않다.

그러나 이야기의 극적인 절정에서 그레타는 다시 남성적 욕망의 대상에서 기억하는 주체, 정확히 말하면, 자신의 기억을 분출하는 주체로 변한다. 그레타는 무의도적 기억에 포획된 것이다. 다시 말해, 기억이 스스로 주체가 되어 돌연 의식 속으로 들이닥치고 의지와 욕구의 원형을 모두 폭발시킨다. 이와 같은 기억의 동력은 억압된 죄의식이다. 프

---

240) George Eliot, The Mill on the Floss (1860), Harmondsworth 1994, 315: "헤카베와 말의 용사인 헥토르 시대 때부터 이미 그래 왔다. 문 안 쪽에서 여자들은 머리가 흐트러진 채 손을 올려 기도를 드리면서 그 세계적인 전투를 멀리서 바라보며 길고 공허한 날들을 기억과 두려움으로 채우고 있었다. 바깥에서 남자들은 신적이고 인간적인 일과 치열하게 씨름하기 위해 목적에 급급하여 기억을 몰아내고 공포감과 심지어는 그 상처의 아픔마저도 잊어버리고 정념적인 행동을 하느라 바쁘다."
241) 멜레테(Melete)는 기억의 여신 므네모시네의 딸이다. 이에 관해서는 Reinhart Herzog, Zur Genealogie der memoria, in: Memoria, Poetik und Hermeneutik XV, München 1993, 3-6을 참조하라. 헤르초크는 멜레테를 "어떤 것에 대해 곰곰이 생각하는 것"이라고 표현하고 있다.

로이트에 의하면 "어떤 인상이나 장면이나 체험을 망각한다는 것은 대개 이것들을 '폐쇄'한다"는 것을 뜻한다.[242] 게이브리얼의 기억이 정지된 이미지, 곧 심미적 거리를 둔 관조적 이미지에 의해 시작되었다고 한다면, 그레타의 기억은 청각적 신호에 의해 자극된 무의도적 기억이다. 조이스는 이 두 가지 기억의 형태를 성의 차이와 관련시켜 보여 주고 있다. 즉 의도적 기억은 남성의 눈에 의해 유발되는 반면, 무의도적 기억은 여성의 귀에 의해 유발되고 있는 것이다. 귀는 좀 더 수동적인 기관으로서 지각한 인상이 직접 유입하는 것을 허용하지만 눈은 그 대상을 더 쉽게 변형시킨다. 아득히 잊혔던 심상은 청각 인상이 뚫고 들어올 때처럼 불가항력적으로 영혼의 밑바닥에서 떠올라 잠시 의식의 표면에 비춰진다. 잊혔던 심상은 우연한 자극에 의해 이를테면 다시 해방될 때까지 수십 년 동안 갇혀 있었던 것이다. 이야기의 마지막쯤 게이브리얼은 놀라워한다.

> 그는 곁에 누워 있는 아내가 살고 싶지 않다고 말하던 때의 애인의
> 눈의 그 환상을 얼마나 오랜 세월 마음속에 깊이 간직하고 있었을까를
> 생각해 보았다."(219)

이처럼 한번 최고의 강도로 경험한 것은 기억 속에 의식의 뒷받침 없이 보관되며 불현듯 어떤 충격으로 불러오게 될 때까지는 의지의 영향권 밖 망각 속에 살아있는 것이다. 그림 기억은 "분위기를 보존하기"도 하고 "분위기를 자극하기"도 한다.[243] 조이스의 작품에서 기억을 느

---

242) Sigmund Freud, Erinnern, Wiederholen, Durcharbeiten, in: Gesammelte Werke, Bd. 10, 126-136.

굿하게 조작하는 게이브리얼 콘로이의 경우도, 또 프루스트의 작품에서 상상 속에서 뭔가 꾸며내어 자신을 자극하는 스완의 경우도, 기억은 남자 주인공이 능동적으로 만들어 내는 것으로 묘사된다.

이와 같은 기억은 '멜레테'라고 할 수 있으며 니체의 기억 이론과 맥을 같이 한다. 재구성하는 기억의 반대 정점은 분출하는 기억, 곧 수동적 기억 경험으로서 조이스의 작품 속 그레타 콘로이의 예로 설명될 수 있다. 이것은 프루스트가 발견하여 연구했던 무의도적 기억의 약화된 형태다. 그런가 하면 죄의식과 억압으로 인한 기억의 박탈이 더 심화된 곳에서 프로이트의 기억 이론이 시작된다. 조이스는 「망자」에서 부부가 과거를 회상하는 에피소드를 가져와서 기억의 이형이 분명 존재하고 그것이 반기억임을 보여주고 있다.

---

243) Edgar Wind, Warburgs Begriff der Kulturwissenschaft und seine Bedeutung für die Ästhetik (1931), in: D. Wuttke, Hg., Aby Warburg. Ausgewählte Schriften und Würdigungen, Baden-Baden 1979, 406.

제 3 장

문화적 반기억

문화적 반기억

앞에서 우리는 허구적 텍스트에 나타난 반기억의 요체를 살펴보았다. 그것은 관점의 복수성, 이야기의 불연속성이라는 측면에서 서술방식과 관련을 맺고 있으면서 동시에 권력과의 대립이라는 이항을 통해 서사의 민주주의를 겨냥하고 있었다. 이 장에서는 완전한 허구 텍스트가 아닌 역사-문화적 신화 텍스트들을 통해 반기억에 대한 이론을 탐구하고자 한다. 특히 얀 아스만의 저작을 통해 우리에게 알려진 프로이트의 문화적 기억담론을 다룬 이집트인 모세, 토마스 만의 (물론 허구적 성격을 띤 소설이기는 하나) 문화적 신화 텍스트 『요셉과 그 형제들』, 그리고 마지막으로 『삼국유사』 같은 역사적 신화 텍스트들은 역사와 기억, 기억과 반기억의 이항대립으로 논의할 때 매우 흥미로운 논점들을 제시한다.

성경에서 히브리 신앙의 시작으로 알려진 모세가 역사적 인물이 아니라는 사실은 우리를 새삼 경악케 한다. 이미 유럽은 수 세기 전부터 이런 사실에 대해 많은 연구를 거듭해 와서 프로이트의 모세나 예루살미와 아스만의 연구로 인해 이 문제는 기억담론의 요체로 변하고 있다. 그러나 아직까지 신화와 역사의 중간쯤으로 평가받고 있는 삼국유사의 텍스트들에 대한 기억과 역사의 담론은 활성화되어 있지 않다. 말하자면, 역사에는 없지만 기억에는 있고 기억에는 없지만 역사에는 있다는 명제에 대한 논의가 필요한 시점이다. 왜냐하면 이것이 바로 반기억의 성립에 중요한 계기가 되고 또 그런 한, 문화이론에도 중요한 실마리를 제공하기 때문이다.

오래전부터 논쟁이 되어왔던 「서동요」에 관한 논쟁이나 「처용가」와 「헌화가」에 관한 해석은 이런 이론과 밀접한 관련성이 있다. 우선 이 텍스트들을 역사 텍스트로 보느냐 아니면 설화(신화) 텍스트로 보느냐에 관한 논의가 있는데, 어떤 결론을 짓든 우리는 그에 관한 명확한 이론적 토대를 유추해볼 필요가 있다. 마치 이집트 고고학의 연구로 모세가 역사적 인물 아케나톤일 가능성이 거론되는 것과 마찬가지로, 「서동요」의 경우 그간의 고고학적 탐사로 인해 역사적 성격이 퇴색한다는 것을 알 수 있다. 그렇다면 이야기로서의 완벽한 성격을 갖추지 못한 과거의 텍스트를 어떻게 해석하느냐에 비상한 관심이 모아진다. 우리는 여기서 한 가지 가능성을 열어두어야 하는데 그것이 제일 먼저 우리가 다룰 프로이트의 이론이다. 프로이트는 어떤 사건이 억압되었다면 그것은 잠복되어 있다가 회귀한다는 그의 정신분석 이론을 토대로 모세의 사건이 기억할 만한 역사적 사건은 부정되고 그것이 이야기로 회귀한다는 가설을 세우고 있다.

1. 회귀: 프로이트의 모세

프로이트 연구는 일반적으로 개인적 차원의 억압이 문학/예술과 어떤 관계를 맺고 있는지에 대한 주제 면에서 가장 많이 다루어졌다. 그 다음으로 문화적 차원의 프로이트 또한 많이 연구되었다. 그의 저작을 살펴보면 개인심리학을 넘어 강박을 집단 심리학, 즉 문화적 차원에 적용한 사례가 많다는 것을 알 수 있다. 1907년에 쓴 「강박행동과 종교행위」, 1913년에 저술한 「토템과 타부」, 1921년에 쓴 「집단심리학과 자아분석」, 그리고 1930년에 쓴 「문명 속의 불만」이 대표적인 경우다.244) 그러나 이 문화이론들은 대부분 심리적인 차원에 머물러 있었다. 그의 억압에 관한 이론이 구체적인 역사/이야기를 만난 경우는 프로이트의 원전에서든 그에 관한 연구에서든 드물다. 필자는 이 관계를 분명히 진술한 예루살미 Yosef Hayim Yerushalmi의 『프로이트와 모세』,245) 얀 아스만 Jan Assmann의 『이집트인 모세』를 계기로, 기억담론과 관계하는 프로이트의 저작 「그 사람 모세와 유일신교」와 「미켈란젤로의 모세」를 재조명하면서, 프로이트의 집단 심리학이 실제 역사와 문화에 적용되면서 역사와 기억을 어떤 관계에서 조명하는지를 고찰하고자 한다.

---

244) 개인심리학과 집단심리학을 통시적으로 보지 않고 「토템과 타부」와 「그 사람 모세와 유일신교」를 종교적 차원의 문화이론으로 연결하는 시도에 대해 곽정연, 정신분석학과 문화분석 -낯선 것에 대한 공격적 태도를 중심으로, 독일문학 93집, 2005.3., 264면을 참조하라.

245) 원전에는 Freud's Moses, 즉 프로이트의 모세라는 제목이 붙어 있다.

1.1. 프로이트의 기억 담론

앞에서 살펴보았다시피, 미셸 푸코는 담론을 특정 대상이나 개념에 대한 지식을 생성시킴으로써 현실에 관한 설명을 산출하는 언표들의 응집력 있고 자기지시적인 집합체로 보았다.[246] 이에 앞서 프로이트는 푸코가 제시한 담론의 의미보다 더 특수한 담론을 제시한다. 이런 관점에서 프로이트의 「그 사람 모세와 유일신교」는 프로이트의 반기억 담론을 논의하는 데 정전이라 할 수 있는 작품이다. 이 책에 대한 독자들의 관심 또한 그 다양성을 증명하고 있는데, 가령 예루살미의 『프로이트와 모세』는 왜 프로이트는 나치의 권력이 부상하고 있을 때 이 책을 썼나, 모세는 이집트인인가 아니면 히브리인인가와 같은 담론을 중심으로 이 책을 쓰고 있다.[247] 그리고 자기 민족의 창시자라 할 만한 모세를 왜 이집트인이라고 했고, 왜 성서(모세 오경은 유대인, 기독교인, 무슬림들이 공유)가 왜곡되었다고 썼으며, 모세가 살해되었다고 하는 이유는 무엇인가 하는 관심도 아울러 보여주고 있다.

하지만 이 책이 우리의 관심을 끄는 것은 그런 문화적 대상에 관련되는 관심이 아니다. 먼저 독자들에게 잘못 알려진 프로이트의 저작에 대한 인식을 바로잡고, 그런 오류가 일어난 배경에 대한 성찰이 기억담론과 연관된다는 점에 관심을 두고자 한다. 그리고 반기억으로서의 문학에 프로이트의 생각과 그의 담론이 왜 중요한지, 나아가 그것이 우리

---

246) 푸코의 담론 개념에 대해서는 Christopher Tilley(ed.) Reading Material Culture, Oxford: Blackwell, 1990, pp.290-304을 참조하라.
247) Yosef Hayim Yerusalmi, Freud's Moses: Judaism Terminable and Interminable, Yale University Press, New Haven and London, 1991, p.6.

가 다룬 문학의 해석과 서술기법에 얼마나 중요한지를 탐구하고자 한다.

1990년 열린책들에서 출판된 (이윤기 역) 번역본을 보면 그 제목이 「인간 모세와 유일신교」로 번역되어 있다.[248] 그러나 단순하게 생각해보아도 이 제목은 이치에 맞지 않는다. 왜냐하면 "인간 모세"란 표현은 모세가 신이냐 인간이냐의 문제가 담론이 되었을 때[249] 사용할 수 있는 표현이기 때문이다. 실제로 모세가 유일신교의 창시자이자 신이라고 주장하는 담론도 있기 때문에 그럴 가능성도 열려 있으나, 프로이트의 저작은 그 내용 상 그런 것을 다루고 있지 않기 때문에 우리의 의문은 더해간다. 이 점에 대해 아스만의 저작 『이집트인 모세』는 새로운 인식을 제공한다. 얀아스만은 이 표현이 ha-'ish Mosheh를 번역한 구약성서 출애굽기의 '그 사람 모세'("또한 그 사람 모세는 그 땅 이집트에서 아주 위대하였다")라는 내용임을 힘주어 말하고 있다. 그러니까 프로이트가 표현한 "그 사람 모세"는 우리말로 번역된 것처럼 그저 '인간 모세'란 뜻이 아니라 특별한 의미를 내포하고 있다는 것이다. 나아가 아스만은 이집트인 모세가 신약성서 사도행전 7장 22절("이렇게 해서 모세는 이집트 사람의 모든 학문을 배워 말과 행동이 뛰어나게 되었다")에 오랜 잠복을 거쳐 갑자기 등장하는 이유와 그 신빙성, 공인된 기억의 왜곡 가능성을 지적하고 있다. 프로이트에게서 이렇게 히브리의 조상 모세 기억이 아니라 이집트인 모세라는 반기억은 매우 중요한 문화적 기억 테마로 등장한다.

---

248) 지그문트 프로이트, 인간 모세와 유일신교, 열린책들, 1990, 7쪽 이하.
249) 가령 '인간 예수'라는 표제어는 담론으로서 가능하다. 왜냐하면 기독교 일반적으로 예수의 신성은 인정되기 때문에 다른 측면(담론)으로서 '인간 예수'라는 제목은 가능하다.

필자가 보기에 반기억, 즉 기억 흔적250)에 대한 프로이트의 탐구는 이미 「미켈란젤로의 모세」란 저술에서 시작되었다. 그는 기억이 역사적 사실 이상이라는 것을 미켈란젤로가 바라본 모세 상에서 분명하게 서술하고 있다. 성경에서 서술하는 모세와는 판이하게 다른 모세, 즉 화가 난 나머지 십계가 새겨진 돌판을 던져 부수는 모세가 아니라, 오히려 그 분노를 억제하는 모세를 그리고 있는 모세상은 분명 현재에서 과거의 역사적 사실을 기억(회상)하는 미켈란젤로의 모세 이미지와 더 가깝다고 할 수 있기 때문이다. 프로이트가 「미켈란젤로의 모세」와 「그 사람 모세와 유일신교」에서 밝히고자 하는 것은 이집트인 모세나 히브리인 모세 등과 같은 역사적 사실이 아니라 흔적 속에 묻혀 있는 모세의 반기억을 재구성하는 일이었다. 그는 「토템과 타부」에서 시작된 부친 살해의 억압에 관한 생각을 토대로 위의 두 작품을 통해 새로운 형식의 역사를 연구하고자 애썼다. 그것은 바로 억압된 것이 잠복하고 있다가 다시 회귀한다는 인식인데, 이것이 우리의 반기억으로서의 문학이라는 테마에 중요한 논의를 제공하고 있다.

우리는 먼저 「그 사람 모세와 유일신교」의 기억담론을 기억과 흔적의 관계에서 밝히고 억압과 잠복의 원리를 살펴보고 난 뒤, 미켈란젤로의 모세 상을 통해 재확인할 것이다. 그리고 마지막으로 프로이트의 모

---

250) 프로이트는 인지가 비로소 기억의 행위 속에서, 다시 말해 경우에 따라 몇 년이 지나거나 몇 십 년이 지난 후에 그 의미를 경험할 수 있다는 사실을 발견하고 이 개념을 사용하였다. 데리다 또한 비슷한 견해를 갖고 있다. Jacques Derrida, Grammatologie, Frankfurt a. M. 1974, S. 109: 눈에 보이지 않는 텍스트는 "늘 수정본일 뿐인 문서들에서 만들어진 것이다. [...] 모든 것은 재구성으로 출발한다. 무엇이 만들어졌든 간에, 즉 과거 어느 시점에서 존재하지도 않았던 어떤 의미가 만들어졌을 경우, 그것이 중요한 의미를 띤다면 그것은 곧 시간적으로 차후에, 그리고 보충되어 개작된 때문이다."

세에 대한 얀 아스만의 기억담론을 논의할 것이다.

1.2. 기억 흔적과 반기억

우선 기억담론에 익숙하지 않은 독자들에게 프로이트의 「그 사람 모세와 유일신교」에 담긴 내용을 간단히 요약하고자 한다. 프로이트에 따르면, 유일신교는 유대인의 것이 아니라 이집트인의 것이다. 아케나톤이라 불리는 파라오 아멘호테프 4세는 태양신 아톤(Aton)만을 숭배하는 유일신교를 국가 종교로 확립했다.[251] 프로이트에 따르면 이 종교는 유일신만을 믿으며 신인동형설의 개념, 마법, 주술, 내세 등을 모두 부정했다. 하지만 아케나톤이 죽자 그의 유일신교는 급격히 붕괴했고 이집트인들은 다시 과거의 다신교로 회귀했다. 모세는 히브리 사람이 아니라 이집트의 사제 혹은 귀족이었으며 열렬한 유일신교 옹호자였다. 아톤 종교가 멸망하는 것을 막기 위해 모세는 당시 이집트에서 억압받으며 살고 있는 셈족의 우두머리가 되었고, 이들을 노예의 신분에서 구출하여 새로운 나라를 세웠다. 동시에 모세는 이들에게 정신적이며 우상을 섬기지 않는 유일신교를 믿게 했다. 또 이들을 이민족들과 구분하기 위해 이집트의 습속인 할례속(割禮俗)을 도입했다.[252]

하지만 예전에 노예였던 우매한 이집트 민중은 유일신교의 엄격한 요구사항들을 견딜 수가 없었다. 민중은 반란을 일으켜 모세를 살해했고 그 살해의 기억은 억압되었다. 이어 이스라엘 사람들은 셈 부족인

---

251) Sigmund Freud, Der Mann Moses und die monotheistische Religion, in: ders. Gesammelte Werke XVI, Frankfurt a.M. 1981, S.119f.
252) A.a.O. 124ff.

미디언 족과 타협의 동맹을 이루었고, 미디언 족의 화산신인 야훼를 그들의 민족신으로 삼았다. 그 결과 모세의 신은 야훼와 합쳐졌고, 모세의 업적은 같은 이름을 쓰고 있는 미디언 사제의 공(功)으로 돌아가고 말았다. 하지만 수세기의 시간이 지나면서 진정한 종교(신앙)와 그 창시자의 억압된 전통은 충분한 힘을 다시 회복했고 마침내 승자가 되었다. 이렇게 하여 야훼는 모세가 숭배했던 신의 보편적이고 정신적인 특징을 부여받게 되었다. 하지만 모세를 살해한 기억은 유대인들에게 억압되었고, 기독교가 탄생하면서 아주 위장된 형태로 다시 등장했다.

이런 프로이트의 모세담론은 성서에서 출발하며 그 근거로 그는 모세 5경, 특히 출애굽기를 들고 있다. 「출애굽기」의 저자는 모세로 알려져 있다. 그러나 한 구절 한 구절을 분석해보면 이에는 명백한 모순이 있음을 알 수 있다. 출애굽기 11장 3절에 보면 "또 그 사람 모세는 애굽 땅에 있는 바로(파라오)의 신하와 백성의 눈에 아주 위대하게 보였더라."라고 기술되어 있다. 아스만은 그간 어떤 문헌도 프로이트의 저작 「그 사람 모세와 유일신교」라는 제목이 바로 성서의 이 구절에서 유래했다는 사실을 언급한 적이 없음을 지적하고 있다.253) 문제는 이 제목의 유래만이 아니다. 출애굽기의 저자가 모세가 아닌 그 누구라 하더라도 그보다 더 중요한 것은 이 지점에 와서 왜 갑자기 그 서술시점이 바뀌는지 하는 점이다. 전후의 맥락에서 독자들은 영웅이자 주인공인 (심지어 저자이기도 한) 모세에게 감정이입을 해서 읽고 있는데 이 구절에 와서 뜬금없이 모세가 제3자로("그 사람"), 즉 독자의 감정이입과는 거리를 둔 방식으로 묘사되고 있는 것이 아닌가.254) 이와 비슷한 경우를 출애굽기

---

253) Jan Assmann, a.a.O., S. 219. 번역본 얀 아스만, 같은 책, 269면.

32장 1절과 32장 23절에서도 찾아볼 수 있다.

여기서 이런 자료가 어떻게 기억담론의 구성요소가 되는지를 살펴보기 위해 우리는 먼저 기억담론의 본질을 살펴보아야 한다. 기억은 우선 저장기억과 활성기억으로 나눌 수 있는데, 전자를 사료 또는 역사 같은 기억 보관소로 생각한다면, 후자는 회상해내고 상상하는 하나의 활동으로 생각할 수 있다. 환언하면, 기록된 것은 하나이나 그것을 해독해내는 길은 여러 가지일 수 있다는 뜻으로 볼 수 있다. 이미 앞에서 살펴보았다시피, 근대 철학에서 이 개념을 집중적으로 다룬 철학자는 로크다. 그는 저장기억의 전통에서 탈피하여 회상기억을 다룬 이론가로서 회상기억을 두고 망각으로 옮겨가는 것을 건져내기 위한 하나의 기술로 보지 않는다. 다시 말하면 그는 회상과 망각을 서로 대립되는 것으로 보지 않고, 오히려 회상기억을 망각에 의해 만들어진 것으로 봄으로써 망각을 회상의 일부로 보았다. 그렇게 되면 망각은 회상의 필수 불가결한 요소가 된다.

앞에서 언급한 로크에 따르면 회상기억은 망각의 흔적을 담고 있기 때문이다.[255] 이런 로크의 생각은 우리가 연구하려는 프로이트의 모세

---

254) 우리는 이 지점에서 번역상의 차이를 살펴보고 나가야 한다. 원문을 보면 "Und der Herr verschaffte dem Volk Gunst bei den Ägyptern, und Mose war ein sehr angesehener Mann in Ägyptenland vor den Großen des Pharao und vor dem Volk."으로 달리 번역되어 있다. 그리고 공동번역 성서에는 "그 어른 모세"로 번역하고 있는데 이것은 또 다른 의미를 내포하고 있다. 이 점에서는 한글 개역개정판 성경이 훨씬 원문에 가깝다.

255) 홉스에 의하면 기억과 상상력에는 부패의 냄새가 배어 있다. 그는 이런 맥락에서 "쇠락하는 감각 decaying sense"이란 개념을 만들었다. 영국의 계몽주의, 낭만주의에 있어서 상상에 관한 성찰의 역사에 대해서는 Wolfgang Iser, Das Fiktive und das Imaginäre. Perspektiven literarischer Anthropologie, Frankfurt a. M. 1991, 296 ff.을 참조하라.

에 그대로 적용된다. 우선 '이집트인 모세'는 유대교와 기독교의 규범적 전통에 속하지 않는다. 그런 만큼 모세는 반(反)기억(Gegenerinnerung)[256]의 인물일 수밖에 없고 그런 반기억의 흔적이 바로 로크의 "기억에는 망각의 흔적이 담겨 있다"는 말로 설명될 수 있다. 프로이트가 제시한 기억의 구성 요소는 여기에만 머물러 있지 않다. 성서는 모세가 히브리 출신이 아니라는 흔적을 많이 남겼는데 그것은 바로 출애굽기 4장 10절의 "혀가 둔한 자"[257]란 표현에서 보듯이 모세가 히브리말에 능통하지 못했다는 점과, 이어지는 4장 11절에서 보듯이 그래서 모세가 자기 형 아론에게 의존하는 사건에서 찾아볼 수 있다. 나아가 프로이트는 히브리의 것으로 알려진 할례속(割禮俗)이 이집트로부터 온 것이며, 그것을 전한 사람이 바로 모세였기 때문에 이와 관련된 성서의 일부분, 즉 할례속이 아브라함에게서 유래한 것으로 만든 것은 조작된 것임을 비판하고 있다. 또한 여러 곳에서 모세가 그 비타협성 때문에 히브리인들에게 살해되었음을 주장한다.

이런 방식의 기억 흔적에 대한 프로이트의 반기억 담론은 이미 「그 사람 모세와 유일신교」에 20년 앞선 「미켈란젤로의 모세상」에서도 분명히 드러난다. 프로이트는 성 베드로 성당에 있는 미켈란젤로의 모세상에 대한 논의도 기억담론과 비슷한 방식으로 추론해나간다. 이를테면

---

256) 영어 counter-memory에 해당하는 개념으로서 우리말로는 대항기억, 또는 대안기억으로 번역하기도 하지만 필자는 반기억으로 명명하고자 한다.

257) Sigmund Freud, Der Mann Moses und die monotheistische Religion, in: ders. Gesammelte Werke XVI, Frankfurt a.M. 1981, S. 132. 이윤기의 상기 번역서에는 모세가 <입이 무거웠다>라고 번역하였는데 이는 명백한 오역이다. 그리고 '모세에게는 언어장애가 있었던 것이 분명하다'고 번역한 것도 오역이다. '히브리말을 더듬거나 잘못했던 같다'라고 표현하는 것이 옳다.

미켈란젤로의 모세 상은 성서에서 서술한 모세와 일치하지 않으며, 성서의 모세에 대한 기술도 모순투성이라고 본다. 우선 미켈란젤로의 모세 상은 성서에서 분을 못 이겨 율법 판을 깨버리는 모세와는 판이하게 다르다. 다시 말해 그의 모세상은 그가 본 (또는 재구성한) 모세의 이미지이지 성서를 자구(字句) 그대로 옮겨놓은 모세가 아니다.258)

1.3. 미켈란젤로의 모세상

기억담론에서 중요한 점은 명사로 사용되는 '기억'과 동사로 사용되는 '기억하다' 또는 '기억되다'의 차이이다. 우리가 성경을 역사기술로 볼 경우 역사는 일차적으로 전자에 기댄다. 그러나 그것을 해석하는 입장에서 발생하는 후자, 즉 회상의 경우에는 문제가 다르다. 율리우스 2세의 장례기념물을 장식하기 위해 제작되어 지금 바티칸 성당에 보존되어 있는 미켈란젤로의 모세 상은 프로이트가 보기에 단순한 미켈란젤로의 해석을 넘어 회상의 전형이다. 왜냐하면 미켈란젤로는 히브리 사람들의 우상숭배에 분노를 하여 석판을 깨뜨리는 모세가 아니라 분노를 억제하고 석판을 깨뜨리지 않는 모세를 더 진실에 가까운 기억이라고 보았기 때문이다. 프로이트는 이렇게 말한다.

그러나 그렇게 되면 사람들은 곧 이 모세가 실제로 화를 내고 석판을 던져 부순 성경 속의 모세가 아니라고 비난하고 나설 것이다. 이 모세는 아마도 예술가의 감성이 조각한 모세, 성서를 마음대로 해석하고 신의 부름을 받은 남자의 성격을 왜곡한 모세일지도 모른다. 그렇다고

258) 지그문트 프로이트, 예술과 정신분석(=프로이트전집 17), 열린책들, 1998, 149면.

하여 우리는 미켈란젤로가 성경에 대한 거의 신성모독에 가까운 행위
를 저질렀다고 볼 수 있을까?259)

우리는 프로이트가 여기서 이미 미켈란젤로의 조각상을 "왜곡"이나
"신성모독" 또는 "상상력"이 아니라 하니의 기억(회상)형식으로 보고 있
나는 점을 찾아볼 수 있다. 그것을 입증하기 위해 그는 직접적으로 출
애굽기 32장 7절 이하의 성경을 인용한다.

> (7) 그런데 주님께서 말씀하셨다. "자 내려가거라. 왜냐하면 네가 이
> 집트에서 인도해 온 너의 족속이 모든 것을 망쳐놓았기 때문이다. (8)
> 그들은 내가 그들에게 명령한 길에서 빨리도 벗어났구나. 그들은 송아
> 지를 몰래 들여와, 그것을 경배하고 찬양하며 제사지내며 말한다. '이
> 스라엘이여, 너를 이집트에서 인도해온 너의 신이 여기에 있다.'" (9)
> 주님은 또 모세에게 말씀하셨다. "그들은 목이 굳은 백성이다. (10) 그
> 러니 이제 내가 하는 대로 내버려두어라. 내 분노가 그들 위에 불길처
> 럼 타오를 것이고 그들을 몰살하리라. 그리하여 너로 하여금 큰 민족을
> 이루게 하리라." (11) 그러나 모세는 그의 하나님 주님께 호소하며 말
> 했다. "주여 어찌하여 당신의 진노를 당신이 위대한 힘과 강력한 손으
> 로 이집트 땅에서 인도해내신 당신의 백성 위에 타오르게 하시나이
> 까?"

여기서 보다시피 모세에게 유대 백성이 여호와를 버리고 우상을 제
작했음을 알리는 이는 "주님"(야훼) 자신이다. 이때 모세는 죄인들을 변

---

259) Sigmund Freud, Der Moses des Michelangelo, in: ders. Gesammelte Werke X, Frankfurt
a.M. 1981, S. 195.

호하고 중재에 나선다. 즉, 모세는 이 사실을 알고 있었다. 그런데 이상하게도 18절 이하에 가서 모세가 그 일을 모르고 있었다는 듯이 우상숭배 장면을 보고 순간 분노에 사로잡힌다.

(18) 모세가 말하기를, 그것은 서로 싸우며 이긴 자와 진 자가 내지르는 소리가 아니라, 승리의 춤 소리라고 했다. (19) 그러나 그가 진에 가까이 다가가 송아지와 둥그렇게 모여 춤을 추고 있는 것을 보자 그는 분노의 불길에 휩싸였고 손에 들고 있던 판을 내던져 산 밑에서 부쉬 버리고 말았다.

그뿐만이 아니다. 같은 곳의 서술을 좀 더 면밀히 살펴보면 14절에서 모세는 백성이 지은 죄에 대하여 이미 여호와께 용서를 구했는데 31절에 다시 용서를 구하기 위해 산으로 올라간다. 그리고 백성의 배교(背教) 행위를 여호와께 전하고 응징을 연기하지만 35절에 가서 여호와가 백성에게 다시 응징하는 구절이 등장한다. 이렇게 출애굽기의 텍스트는 누군가에 의해 또는 세월의 변화 앞에서 왜곡되었기 때문에 프로이트가 보기에 모순과 비논리성을 많이 지니고 있는 텍스트가 되었다. 적어도 성경 텍스트에 대한 비판을 상상할 수 없었던 르네상스 시대에는 기억의 이런 모순을 드러내는 데 그 어느 누구도 도전하지 않았다. 프로이트는 "미켈란젤로가 모세의 성격을 성서에 있는 그대로가 아니라 바꾸어서 묘사한 것은 그가 성서를 있는 그대로 읽지 않았다는 사실보다 더 중요하다."260)고 말한다. 다시 말해 기억에 대한 담론을 무의식적으로 파악하려는 프로이트에게 왜곡의 사실보다는 왜곡의 내용이 더 의

---

260) Ebd. 197.

미 있다는 뜻이다.

그렇다면 "그 사람 모세"261)는 어떤 사람인가? 그는 다혈질의 인간이었다. 출애굽기 처음에도 기술되어 있지만 한 이스라엘 사람을 괴롭히는 이집트인을 때려죽인 것은 바로 이런 성격에서 기인했을 것이다. 그러므로 그가 화를 내며 돌판을 부숴버린 것은 충분히 이해가 가는 일이다. 더욱이 이런 일이 성경의 진정성을 말하는 데 보탬이 되었으면 되었지 방해되지는 않을 것이다. 그런데 왜 미켈란젤로는 그런 모세와는 다르게 억제하는 모세를 생각해냈을(회상했을)까? 이 점은 우리의 주제와 매우 밀접한 관련성을 맺고 있다. 우선 그는 교황의 장례 기념물을 제작하면서 전해 내려오는 에피소드에서보다 훨씬 위대한 인물을 만들어내려고 했을 것이라고 추측한다. 그래서 프로이트는 미켈란젤로가 "내던져 부숴버린 율법 판이란 에피소드를 변형해서 모세가 화를 내어 율법 판을 부숴버리는 대신 율법 판이 부서질지 모른다는 우려로 인해 자신의 분노를 삭이거나 적어도 행동으로 옮기지 못하고 억제하는 모습을 조각한 것이다."라고 해석하고 있다.

여기서 프로이트는 기억이 있는 그대로, 즉 즉자적으로 전승되는 것이 아니라 회상을 통해 조작되거나 확장되거나 탈루될 수 있으므로 얼마든지 미켈란젤로처럼 읽고 해석할 수 있다는 것을 강조하고 있다. 또한 성경의 표절이나 왜곡의 증거가 흔적으로 인해 분명하게 되는 만큼, 기억 또한 흔적의 연구를 통해 재정립될 수 있음을 분명하게 밝히고 있

---

261) 같은 곳에서 프로이트는 분명 "Der Mann Moses(그 사람 모세)"라고 표현하고 있는데 이윤기와 마찬가지로 정장진도 "인간 모세"로 번역하고 있다. 프로이트는 성서에서 인용한 이 말을 각각의 문맥에서 거듭 사용하되 유의미하게 사용하고 있다. 그래서 경우에 따라서는 문맥상 어색하더라도 계속 사용할 것이다.

다. "위대한 모세의 인상"이라는 표현은 결국 기억, 즉 회상 Erinnerung이 현재의 욕망의 관점에서 재구성된다는 것을 보여주고 있다.262) 그리고 위에서 이미 언급했다시피 기억(회상)은 망각이라는 필수불가결한 과정을 내포하고 있음을 알 수 있는데 이것을 우리는 망각의 기억술 또는 반기억이라 말할 수 있다.

1.4. 프로이트의 모세

그러면 왜 프로이트는 "그 사람 모세"라는 말에서 모세를 이집트인이라 추론하고 할례속(割禮俗)을 이집트인의 것이라 보았을까? 아스만은 프로이트의 이런 생각 뒤에는 프로이트 자신이 계획하고 있었던 정신분석 이론의 기획이 배경으로 깔려 있다고 본다. 사실 이 주장은 프로이트 자신의 고고학적 근거에 의한 주장이 아니라 구약학자 젤린의 주장을 받아들인 결과이다. 그런데 젤린이 프로이트가 이 이론을 취하기 전에 모세가 살해되었다는 주장을 철회하였기 때문에 우리가 다루려는

---

262) 프로이트는 이 저작에서 여러 예술가들의 의견을 많이 인용하고 있지만 (Sigmund Freud, Der Moses des Michelangelo, in: ders. Gesammelte Werke X, Frankfurt a.M. 1981, S. 175ff. 그리고 한국어 번역본 지그문트 프로이트, 미켈란젤로의 모세상(= 프로이트전집 제17권), 정장진 옮김, 열린책들, 1998, 123쪽 이하를 보라.) 필자는 예술사적 의미에서 빙켈만 Johann Joachim Winckelmann의 라오콘 군상에 대한 레싱 Gottfried Ephraim Lessing의 반박 (Laokoon oder Über die Grenzen der Malerei und Poesie)으로 해결할 수 있다는 생각을 가져본다. 레싱은 고전고대의 예술에 대한 빙켈만의 견해 "고귀한 단순과 고요한 위대"가 성취된 라오콘 군상은 순간적인 면을 포착하기 때문에 베르길리우스가 라오콘의 외침이 별에까지 이르렀다는 문학적 표현에 대해 표현의 한계를 가질 수밖에 없다고 말했다. 마찬가지로 미켈란젤로의 모세상도 성서의 기록처럼 시간적으로 변화하는 모습을 다 담을 수 없다고 할 수 있다. 그러므로 분노를 억제하는 모세상을 조형예술의 특성으로 해석할 수도 있을 것이다. 그러나 필자는 이런 해석 대신 아스만의 기억담론으로 이 문제를 바라보고자 한다.

주제에서 프로이트의 '모세 살해 담론'은 역사적으로 큰 의미가 없는 일이다. 다만 그가 주장하는 모세 살해와 그것의 억압, 그리고 잠복이 어떤 의미에서 프로이트에게 절실하였는지를 아는 것이 더 중요하며 그것이 문학적 반기억에 어떤 의미를 띠는 지가 더 중요하다.

이미 프로이트는 「토템과 타부」에서 원시 유목민 집단에서 살해되는 아버지의 가설을 주장한 바 있다.263) 아버지는 자식들 위에 포악하게 군림하고 여자들을 독점적으로 거느렸으며 그에 도전하는 아들들을 죽음과 추방으로 위협했다. 그러나 그 아버지는 그 아들들에 의해 살해되고 아들들은 그 죄의식의 묘지 위에 토템이라는 기념비를 세운다. 이런 아버지 살해의 원시적 경험은 인류의 무의식에 깊은 흔적을 남긴다. 그리고 그것은 반복을 통해 각인된다. 프로이트에 따르면 원시 아버지 살해의 기억은 억압되었다가 강한 죄의식으로 변형되어 초기 종교에서 금기, 금지, 자제, 자기 징계, 잔인한 희생과 같은 두려움을 만들었다. 프로이트는 개인의 신경증이 억압된 어린 시절의 트라우마에서 빚어진 것이라면, 이것을 종교에도 적용할 수 있겠다는 생각을 하였고, 이런 관점에서 모세와 유일신교를 바라보았다. 프로이트의 눈에는 유일신교 그 자체가 억압의 반복이었다. 결국 모세는 허구적 인물로서, 살해된 아케나톤을 대신하는 기억의 인물이 되는 셈이다.264) 다시 말해 모세의

---

263) Sigmund Freud, Totem und Tabu, in: ders. Gesammelte Werke IX, Frankfurt a.M. 1981, S.171ff. 지그문트 프로이트, 토템과 타부(=프로이트전집 제16권), 이윤기 옮김, 열린책들, 1998, 403쪽 이하를 참조하라.

264) 아케나톤은 원래 이집트 파라오였던 아멘호테프 4세를 지칭한다. 프로이트와 아스만은 모두 성서의 모세를 이 아케나톤의 다른 이름으로 보고 있다. 나아가 프로이트는 모세가 여러 인물이 중첩된 것으로 보는데, 아멘호테프 4세는 모세이지만 사실은 이집트에서 보면 태양신 파라오다. 그리고 미디안인 모세는 화산신인 야훼를 섬겼다고 보고 있다.

유일신교는, 프로이트에 따르면, '아버지의 복귀'였다.

모세 살인자들에게는 그들의 행위에 대한 의식적, 무의식적 부정도 아무런 소용이 없이 자신들의 죄의식과 두려움만 강화할 뿐이었다. 이리하여 골드슈타인에 따르면 "프로이트는 그 인식되지 않은 양심의 가책에 대한 집착이 가해자와 그 후손들에게 더욱 더 신과 모세의 종교에 헌신하게 함으로써 자신들과 원시 조상들의 죄를 보상하도록 유도하였다"265)고 주장한다. 이 점이 바로 모세담론을 기획한 프로이트의 확실한 동기가 아닌가 하는 생각을 들게 한다. 그리고 그의 이 같은 이론은 개인심리학에서 집단심리학으로 넘어가는 과정을 그리고 있다. 다만 개인심리학에서의 의식적 기억과 억압(무의식적) 기억의 차이는 집단기억에서 역사(전승 또는 전통)와 (회상)기억의 차이로 나타난다. 역사나 전승된 것은 결코 논리적 성격을 잃어버리지 않는다. 그러나 모세와 관련된 출애굽기의 역사는 본질적으로 모순되는 많은 내용을 포함하고 있고, 또 프로이트의 탁월한 판단처럼 "그것이 대중들에게 그토록 강력한 영향력을 행사하려면 먼저 억압되어 무의식 속에 맴도는 운명을 겪어야 한다."266)

> 양가성은 아버지에 대한 관계의 본질의 일부분이다. 시간이 흐르면서 적대성 또한 반드시 자극되는데 그것이 한 때 아들들이 존경하면서 두려워했던 아버지를 살해하게 만든다. 모세의 종교라는 틀에는 아버지를

---

265) Bluma Goldstein, Reinscribing Moses: Heine, Kafka, Freud, and Schoenberg in a European Wildeness (Cambridge, Mass.: Harvard UP, 1992), p.118.

266) Freud, Standard Edition, vol.23. p.101. Bluma Goldstein, Reinscribing Moses, p.117, Yerusalmi, Freud's Moses, p.30에서 재인용.

살해할 만한 증오에 대한 직접적 표현은 없었다. 모습을 드러내는 것은 그것에 대한 강력한 반응, 즉 그런 적대감 때문에 생긴 죄책감, 신에게 죄를 지었고 죄를 멈추지 못하는 것에 대한 양심의 가책이다.[267]

「토템과 타부」라는 사전 작업이 없었다면 「그 사람 모세와 유일신교」라는 논문의 집필은 불가했겠지만 두 논문의 차이점 또한 명백하다. 진자는 역사 시대에 벌어진 사건이 아닌 추상적 사건을 다루는 반면, 후자는 역사 시대 내에 벌어지는 사건이다. 다시 말해 「토템과 타부」와는 다르게 과거를 구체적인 역사적 증거 위에서 집필해야 했던 프로이트는 이제 정신분석의 이론을 뛰어넘는 역사적 사실과 마주하게 되면서 증거를 필요로 하게 되었다. 1934년 11월 6일 그는 아르놀트 츠바이크에게 다음과 같은 편지를 보낸다.

더 확실한 증거가 필요합니다. 진흙의 바탕 위에 구조물을 세워서 이 책 전체를 위태롭게 하고 싶지 않습니다.[268]

한 달 뒤에는 또 다음과 같은 편지를 보낸다.

개인적으로는 불확실성이 전혀 없습니다. 그건 이미 확정된 거나 마찬가지입니다. 하지만 진흙 바탕 위에 그처럼 당당한 조각상을 세운 바람에 바보라도 그 상을 무너뜨릴까 걱정됩니다.[269]

---

267) Sigmund Freud, Der Moses des Michelangelo, in: ders. Gesammelte Werke X, Frankfurt a.M. 1981, S. 131.
268) Sigmund Freud, und Arnold Zweig, Briefwechsel, hrsg. Ernst L. Freud, Frankfurt a. M. 1968, S. 108.

우리가 '진흙 위의 청동상'이라는 비유를 그저 프로이트의 심리적 일면으로 그냥 흘려보낼 수도 있지만 이것은 프로이트의 이전 작업에 비추어볼 때 의미심장한 성격을 띤다. 이미 프로이트가 1914년에 집필한 「미켈란젤로의 모세상」에서 그는 이 위대한 조각가와 의견일치를 보았었다. 미켈란젤로나 프로이트 두 사람 다 성경의 해석자라는 입장에서, 그리고 텍스트를 벗어나 아주 과도하게 해석한 해석자라는 점에서 공통점을 보이고 있다. 하지만 두 사람 사이의 차이 또한 간과할 수 없다. 미켈란젤로의 조각상이 상상력의 소산인 데 반하여 프로이트는 역사소설을 지나 역사적 현실에서의 모세를 다뤘다. 프로이트가 설암으로 고생하면서 굳이 자신의 민족인 유대인을 폄하하는 내용의 글을 쓸려고 한 것은 무슨 이유인가? 물론 그가 토마스 만이 쓴 『요셉과 그 형제들』을 감명 깊게 읽은 것은 옳지만 말이다.

프로이트는 고대 이집트에 성상을 파괴한 유일신교적 반-종교가 있었다는 사실을 알고 있었다. 그리고 그는 성경이라는 유대인의 기억에 대비되는 반기억을 기술하고 싶었던 것이다. 그것은 바로 이집트가 상실한, 그리고 망각한 기억을 복원하고 완전한 이집트 상을 재건하는 것이었다. 다시 말하면 모세 기억은 아케나톤으로 불리는 아멘호테프 4세의 반기억으로 재정립되어야 했다. 프로이트의 이집트가 역사가 아닌 기억으로 끝을 맺어야 했던 이유는 그것의 증거가 부족했기 때문이다. 그에 대한 진술이 바로 "진흙 위의 청동상"이란 은유적 표현이다. 나아가 프로이트가 처음에 계획한 제목 '모세와 유일신교' 대신 성서의 말을 차용해온 '그 사람 모세와 유일신교'라는 말을 쓴 이유는 프로이트

269) Ebd. 109.

가 유대인이라는 범주를 넘어 객관화된 기억, 즉 반기억을 도모하였다는 사실을 짐작케 한다.[270]

모세가 살해되었을 것이라는 주장은 젤린에 의해 시작되었기 때문에 젤린이 이 가설을 포기한 마당에 프로이트의 주장이 역사적으로 유효할 수 없다. 그렇기 때문에 살해당한 모세는 결국 종교의 기원과 본질에 대한 프로이트의 이론을 입증하기 위해 만든 것이라 볼 수 있다. 대신 프로이트는 여기서 역사적 사실을 찾는 것을 포기하는 대신 하나의 이론을 세운다. 그것은 원시적 아버지를 살해한 기억이 억압되고 그것이 죄의식으로 바뀌어 초기 종교에 금기, 금지 같은 심리적 기제를 만들었을 것이라는 가설이다. 모순적이지만, 그렇게 살해되었기 때문에 모세는 기억의 인물, 유대인의 영원한 조상이 되었다. 그러므로 프로이트가 의도적으로 사용한 이 제목 "그 사람 모세"는 결코 소홀히 할 수 없는 문화적 기억의 핵심어다. 그는 이 말을 히브리 성경에서 차용했으며, 그 결과 우리는 '인간 모세'라는 번역을 택할 수는 없다.

프로이트는 이 저작을 기억사나 담론사에 대한 관점으로 작업하지는 않았다. 이미 본문에서 언급했듯이 토템과 타부에서 그려낸 '아버지 살해'의 개념을 역사에서 찾으려했던 것이 그의 의도였다. 그러나 우리는 그의 업적이 모세에 대한 기억사의 일부분으로 중요한 역할을 하고 있음을 알 수 있다. 또한 아버지 살해와 억압에 대한 연구나 모세의 역사적 실체에 대해 우리가 신뢰할 수 없지만 과거에 대한 관점, 즉 기억담론의 일부분으로서 프로이트의 억압과 잠복이론은 문화적 기억담론에

---

270) 예루살미, 프로이트와 모세, 유대교, 기독교, 반유대주의의 정신분석, 즐거운 상상, 2009.

서 중요한 위치를 차지하고 있다. 프로이트가 진지하게 생각한 것처럼 문화적 망각은 분명한 억압이 잠복되어 있었다는 가설을 통해서만 정당화된다. 이는 성경 텍스트의 흔적, 미켈란젤로의 예술적 작업에서 찾을 수 있는 흔적이 프로이트에게 얼마나 중요한지를 알게 한다.

마지막으로 우리가 프로이트의 모세담론에서 중요하게 짚고 넘어가야 할 부분은 규범전도를 통해 억압되어 망각된 부분은 텍스트에 강한 인상을 남긴다는 가설이다. 즉, 기억된 것은 거절된 것이고 나아가 부정된 것이라는 역설적 해석 방법이다. 모세가 히브리인이라고 강하게 주장하는 규범전도에는 모세가 이집트인의 강한 규범을 갖고 있다는 반기억의 이론을 가능하게 한다. 현재가 과거에 부여하는 중요성이 부각할수록 특정한 기억은 타자의 기억, 즉 반기억을 강하게 망각하게 한다. 그렇기 때문에 프로이트의 기억담론은 기억에 대한 접근을 대단히 선택적으로 만드는 규범에 대한 연구라고 할 것이다. 아버지 살해에 대한 억압된 의식을 연구하여 토템과 타부의 이론을 입증하려던 프로이트의 모세담론이 모세에 대한 기억사로, 망각의 기억술을 담론으로 삼은 이론으로 발전한 것을 계기로 필자는 이런 생각들이 특정한 영역에만 머무는 것이 아니라 일반화할 수 있는 토대로 정립되고 그 연구 범위가 확장되어야 한다고 본다.

2. 구별: 아스만의 모세구별

1997년에 출판된 『이집트인 모세』271)에서 아스만은 모세라는 인물을 중심으로 기억사를 논한다. '그 사람 모세'라는 작은 구절과 함께 시작된 기억사는 현재의 (아스만의) 관심에서 출발한다. 즉 "모세구별"로 시작된 유일신교는 서구를 넘어 전 세계에 많은 영향을 끼쳤다. 가령, 중동전이나 나치, 기독교와 이슬람의 갈등 모두 모세구별의 영향을 피해가지 못한다. 그래서 아스만은 그 모세구별의 근원까지 거슬러 올라가 어떻게 모세가 기억되었는지를 짚어간다. 아스만은 모세가 성서적 의미에서 그 형식은 히브리인(유대인)이지만, 실체는 이집트인이라고 말하고 있다.

아스만의 가설이긴 하지만, 역사적 의미에 있어서 형식은 율법판을 받은 '모세'가 역사적 실체에 있어서 아마르나 혁명을 만든 파라오 아멘호테프 4세 '아케나톤'일 수 있다. 그러므로 아스만은 모세구별의 영역, 또는 이 공간에서는 역사적 인물 모세와 기억의 인물 모세가 서로 같지 않다고 주장하고, 이것을 기억사의 산물로 본다. 그래서 그는 "기억사는 [...] 기억의 산물들이자 후세의 해석의 관점에서만 드러나는 의미와 중요성의 관점들만 전적으로 탐구한다."272)라고 말한다. 이 말을 달리 표현하자면 이집트인 모세를 역사적으로 파악하겠다는 것이 아니라 후세에 어떤 특정한 관점(여기서는 서유럽)들로 기억되었는가, 즉 모세

---

271) 이 책은 독일어보다 영어로 Harvard University Press에서 먼저 출간되었다. 독일어본은 이듬해 많이 변형, 보완되어 Carl Hanser Verlag에서 출간되었다.
272) Jan Assmann, a.a.O., S. 36.

가 어떻게 받아들이고자(회상하고자) 하는가를 말하겠다는 뜻이다.

성경에 따르면 모세는 유일신교의 창시자다. 야훼가 불타는 떨기나무 속에 나타난 이후 그는 자기 민족인 이스라엘 백성을 이집트에서 이끌어내었다. 이것이 출애굽의 역사다. 모세가 십계명을 야훼로부터 받아 공표할 때부터 참종교와 거짓종교의 구별이 시작되었는데, 이 구별로 인해 최초로 만들어진 문화적 공간이 유대-기독-이슬람의 유일신교였다. 이 세 종교의 역사적 영향력은 바로 모세와 더불어 시작된 이 구별로부터 만들어진 것이다. 이런 구별로 인하여 세 종교의 정체성과 정향성이 만들어지기도 했지만 갈등과 비관용, 폭력의 근원이 만들어지기도 했다. 이런 모세에 대해 『이집트인 모세』에서 아스만이 제시한 질문은 다음과 같다. 1) 모세는 과연 역사적 실존인물이었나? 우리는 그에 대해 무엇을 알고 있는가? 2) 그의 실존여부와 상관없이 모세는 문화적 기억에서 어떤 의미를 가지는가? 3) 모세라는 인물은 기억사에서 어떤 변화과정을 겪었나? 4) 그리고 그 변화과정은 각각의 시대에 어떤 목적을 가지고 있었는가?[273]

아스만은 역사의 모세는 없고 기억의 모세만 있다고 결론짓는다. 아스만이 이 책에서 추적하는 모세기억의 저자들 중 마네톤, 스트라본, 톨런드, 프로이트는 모세를 민족적 · 문화적 의미에서 진정한 이집트인으로 보았고, 스펜서, 커드워스, 워버턴, 라인홀트, 그리고 실러는 모세가 규범에 충실한 유대인이지만 이집트의 지혜와 신비를 알고 있는 사람이었다고 보고 있다. 아스만은 모세구별로 인해 이렇게 기억담론에서

273) Vgl. Gerhard Kaiser: War der Exodus der Sündenfall? Fragen an Jan Assmann anläßlich seiner Monographie "Moses der Ägypter". In: Zeitschrift für Theologie und Kirche 98 (2001), S. 2.

도 많은 갈등이 있었음을 언급하고 있다. 그리고 그 갈등은 유대교와 기독교 사이에, 기독교와 이슬람 사이에, 유럽과 오리엔트 사이에(에드워드 사이드의 오리엔탈리즘) 지속적으로 있어왔다고 본다.

아스만은 서구 역사에서 '이집트인 모세' 담론이 다양한 형식으로 지속되었으나 프로이트의 「그 사람 모세와 유일신교」에 와서 결정적 전기를 맞았다고 판단한다. 프로이트는 모세 텍스트에는 억압과 망각의 기제로 만들어진, 말하지 않은 텍스트가 있는데, 그것이 위에서 언급한 '그 사람 모세'라는 표현에서 실천되었다고 본다. 문화적 기억은 전통의 구어문화에서 끊임없이 재작업 되었는데 회상의 시점에 상응하지 않는 부분은 폐기되고 망각되었다. 그리고 구어문화는 폐기되고 망각된 기억을 보존할 저장수단이 없었다. 다만 우리가 다룬 성서 텍스트는 문어 문화가 시작되면서 남긴 구어문화의 흔적의 일부분이다. 그래서 프로이트가 읽은 망각, 잠복, 왜곡으로서의 모세 이야기는 성서의 것과는 다르다. 성서의 모세는 동일인의 역사가 아니며, 동일한 저자에 의해 만들어지지도 않았다.

아스만은 여기서 이스라엘 사람들이 모세에게 반기를 들고 그를 살해했다는 프로이트의 주장, 오이디푸스 콤플렉스의 적용, 원시적 아버지의 살해에 대한 그의 문화이론을 우리가 전적으로 신뢰할 순 없다 하더라도 텍스트에 감추어진, 또는 흔적으로 남겨진 억압된 것의 회귀 개념에 대해서는 진지하게 검토할 필요가 있다고 본다. 왜냐하면 오늘날 프로이트로 거슬러 올라가는 흔적과 망각을 중심으로 한 기억담론에는 아스만이 말한 소위 "문화적 망각"274)이 내재되어 있기 때문이다. 역사

274) 문화적 망각이란 문화적 기억에 대한 대비 개념으로서 구어적 전통사회에서 일어

적 사료로서의 아케나톤의 아마르나 혁명이 소실되었고, 그것이 '그 사람 모세'의 텍스트에 침묵의 흔적으로 남아 있다면 우리는 그것이 억압, 즉 망각이라는 형식의 반기억이 된다는 사실을 알 수 있다. 모세가 많은 이집트인의 규범을 포함하고 있는데도 히브리인으로서의 모세를 주장한다면 그것은 규범전도[275])에 의해서만 일어날 수 있다. 규범전도에서는 거절되고 부정된 것만이 기억되기 때문이다. 그 대신 규범전도는 타자의 기억을 생생하게 보존한다. 왜냐하면 역사는 권력자의 것이고 권력자에 의한 규범전도는 반드시 반기억일 수밖에 없기 때문이다.

아스만의 이런 견해는 텍스트에 대한 새로운 생각을 많이 가져 왔음에 틀림없다. 그러나 그의 이론이 수용이론이나 담론이론과 크게 구별되지 않는다는 점은 비판받아야 한다. 그가 모세에 대한 기억에 기여한 학자들을 다룬 방식이 프로이트의 텍스트와는 성격 상 다르다는 점도 이를 방증한다. 그러나 아스만이 진정으로 모세구별이라는 기억담론에서 중요시하는 것은 구분이자 구별이다. 거의 모든 이야기(스토리텔링)와 역사에서 중요한 것은 바로 이 구별이기 때문이다. 아스만은 관용의 시대를 살아가야 할 우리가 이런 구별에 의해 얼마나 진리를 또는 하나의 견해를 절대적으로 믿어왔는지에 대한 회의를 표명하고 있다. 그는 이

난다. 현재의 관심사에 더 이상 의미 있게 상응하지 못하는 기억들은 폐기되고 망각되는 것을 말한다. 그러나 폐기된 지식을 저장할 수단을 갖추지 못한 구어사회와는 달리 프로이트가 바라본 '성서' 같은 문어문화에서 그런 폐기된 지식은 그의 이론으로 볼 때 보관될 수 있다. Jan Assmann, a.a.O., S. 278. 아스만, 같은 책 380쪽을 참조하라.

275) 규범전도란 마이모니데스가 제일 먼저 규명한 성서의 이집트 유래에 관한 견해로서, 이집트 다신교의 많은 것을 유대교가 받아들이고 난 후, 그 규범과 반대되게 기억하는 것을 말한다. 가령 이집트인의 다신교는 유대교에서 우상숭배가 된다. 아스만, 이집트인 모세, 63쪽 이하를 참조하라.

렇게 말한다.

> 내가 이 책에서 다루고자 하는 구별은 유대인과 이민족들, 기독교인
> 과 이방인들, 무슬림과 비무슬림들 같은 좀더 특수한 구별을 하는, 종
> 교에 있어서의 진리와 거짓 간의 구별이다. 그런데 이 구별은 한번 이
> 루어지면 그로 인해 갈라진 공간들 내에서 끊임없이 분열한다. 예를 들
> 어 기독교인과 이방인으로 시작한 구별은 구교도와 신교도, 루터와 칼
> 뱅파, 소시니안과 광교파, 그리고 수많은 유사한 종파들과 그 하부 종
> 파들의 구별로 이어진다. [...] 그래서 문화적 의미가 훼손되는 위험을
> 감수한다 할지라도 이런 구별을 다시 재점검함으로써 그 갈등을 극복
> 하려는 시도가 항상 존재해왔다.276)

이것은 방법론적으로 파악한 프로이트의 잠복과 회귀 이론을 실제의
문화적 기억에 적용시킨 생각을 담고 있다. 아스만은 여기서 "진정한
타자"와 "구성된 타자"를 기억과 반기억의 스펙트럼 안에서 조명해보
고자 한다. 진리는 문화적 구별에 대한 장애를 거두면서 자문화 중심주
의를 극복할 수 있고 진리와 역사의 보편성과 공통토대를 더 잘 파악할
수 있기 때문이다.

이러한 기억담론의 특성을 아스만은 "과거는 현재에 의해 만들어지
고, 창안되며, 재창안 되거나 재구성 된다"277)고 말한다. 그러나 이런
기억담론은 객관적 증거와 대조해보지 않고는 역사적 자료로 유효하지
않으며, 주어진 기억의 진실은 그 '실제성'보다는 '현실성'에 더 큰 무
게를 둔다. 왜냐하면 기억은 어떤 집단에서 살아남지 않는 한 소멸되기

---

276) 얀 아스만, 이집트인 모세, 변학수 옮김, 그린비, 2010, 14-15쪽.
277) 얀 아스만, 이집트인 모세, 26쪽.

때문이다. 우리가 앞에서 살펴본 '그 사람 모세와 유일신교'가 오늘날 기억담론에서 중요한 위치를 차지하는 것은 모세라는 인물로부터 시작되는 모세구별이 서구의 문화에서 다양한 반기억을 만들어내는 데 단초가 되기 때문이다. 말하자면 모세가 이집트인인가 아닌가라는 실제적 사실보다, 그것을 어떤 관점에서 파악하려 하는 현실적인 담론이 더 중요하게 부상하는 것은 변화하는 현실 때문이다.

1. 아케나톤 또는 반-종교

모세는 기억의 인물이지만 아케나톤은 역사적 인물이다. 그러나 아멘호테프 4세인 아케나톤은 19세기까지 인류의 기억에 나타나지 않는다. 반대로 모세에 대한 기억은 지금까지 찬란하게 이어져오지만 모세에 대한 역사적 기록은 그 어디에도 없다. 아케나톤에 대한 비문이 발견되고 난 후에야 비로소 사람들은 아케나톤이 모세와 비슷한 행적을 한 사람이라는 것을 알게 되었다. 그는 신상을 파괴하고 아톤이라는 태양신을 숭배하였다. 전통적으로 이해해온 시편 104편이 아케나톤에 대한 찬가라는 사실을 믿을 만한 기독교인은 얼마 되지 않을 것이다. 여기서 또한 우리는 "아톤" 신의 이름과 히브리어 "아도나이"가 같은 단어임을 확인할 수 있다.278) 이렇게 하여 만약 모세가 아케나톤의 변형이라면, 성서의 모세 기억은 잊혀진 파라오의 반기억으로 대체되어야 한다. 필시 아케나톤에 대한 망각이 모세의 동일시로 둔갑한 것일 수도 있기 때문이다.

---

278) 얀 아스만, 이짐트인 모세, 51쪽.

히브리 종족에 대한 견해도 마찬가지다. 유대인 역사학자 요세푸스 플라비우스는 기원전 17세기 나일강의 동쪽 삼각주를 점령하였던 힉소스족이 유대인의 조상이라고 본다. 이들이 이 지역의 이집트를 지배하였던 것이 분명하나 이집트 왕들의 종교적 의무, 즉 바알 신을 계속 섬기는 다신교적 태도를 취하고 있었다. 그리고 다신교 숭배가 고대종교의 일반적인 특성이었다. 배타적인 종교가 탄생한 것은 유일하게도 기원전 14세기 이집트에서였다. 아멘호테프 4세는 즉위하자 테베의 아문 신들을 격하하고 사제를 내쫓았으며 아톤 신만을 유일신으로 두었다. 외부의 영향 없이 내부에서 자생적으로 발생한 유일신교적 반혁명이었다. 아멘호테프 4세가 행한 이 반-종교는 이집트 전체 문화를 변화시켰다. 그리고 이 충격적인 문화적 트라우마는 오히려 기억의 고정체의 역할을 하여 오랫동안 이 기억이 전해질 수 있게 되었다. 투탕카멘의 석비복원에서 밝혀진 당시의 모습을 그린 비문이 있다.

> 엘레판티네에서 저 먼 델타의 습지까지
> 모든 신들의 사원은 황량하게 버려졌도다.
> 그 성소들은 이제 무너져 버려
> 쓰레기 더미가 되고 가시덤불로 뒤덮였네.
> 그 신전들이 마치 있지도 않았던 것처럼
> 이제는 짓밟혀 길이 되었구나.
> 그 땅은 중한 질병[znj - mnt]이 창궐했고
> 신들은 그 땅을 외면했도다.
> 만약 이집트의 땅을 넓히고자 군대를 시리아로 보냈다 해도
> 그들은 결코 성공하지 못했으리.

만약 인간들이 신들에게 간청을 했더라도
신들은 들어주지 않았으리.
만약 인간들이 여신들에게 기도했다 하더라도
그 여신들 찾아오지 않았으리.
그들의 심장이 육체 속에서 약하디 약해졌던 것은
'그들'이 세운 것을 파괴했기 때문이도다.[279]

    성상파괴가 당시 이집트인들에게 어떤 트라우마를 안겨주었을지 가히 짐작이 가게 하는 비문이다. 이 비문에 등장하는 "중한 질병"은 어떤 은유가 아니라 사실일 가능성이 매우 높은 것으로서 당시 이집트인들이 "아시아의 질병"이라고 표현했던 어떤 전염병일 가능성이 매우 높고 이 또한 출애굽기에서 찾아볼 수 있는 "문둥병"과 같은 맥락에서 생각해볼 수 있는 질병이다. 이렇게 하여 다신교와 결부된 모든 흔적들이 삭제되고 공식 기록물에서 제거되는 체계적인 억압의 과정을 겪게 된다. 이런 아마르나 시대의 모든 흔적은 공식적인 기록에서 사라졌기 때문에 19세기 아마르나 문서를 통해 밝혀지기까지 아무 것도 남아있지 않았다. 이 시대에 대한 기억은 오로지 트라우마의 형태로 전해졌을 뿐이다.

    가령, 제1계명 "너는 나 외에는 다른 신들을 네게 두지 말라."는 다른 다신교의 문화를 배척하는 규범전도의 원칙은 아마르나의 트라우마를 간직하고 있다. 이는 아스만의 해석에 따르면, 가령 돼지고기를 금지하는 것이 맛있고 영양가가 많은 것을 몰라서라기보다는 그런 음식

---

279) Wolfgang Helck, *Urkunden IV: Urkunden der 18. Dynastie*, vol.22, Berlin: Akademie Verlag, 1958, p.2025ff. 얀 아스만, 같은 책, 56쪽에서 재인용.

을 먹는 이들을 혐오하기 위해서라는 것과 같은 이치라는 것이다.[280] 아스만에 따르면 제2계명 "우상을 만들지 말라."는 다른 사람들과 교제 하지 말라는, 소위 말하는 엔클레이브 문화를 트라우마로 간직하고 있 다는 것이다. 이 모두 상호 문화적 소통을 지지했던 고대 다신교와는 사뭇 다른 문화를 보여준다. 반-종교의 트라우마는 결국 모세구별이라 는 적대적 신화를 만들어냈다. 이스라엘은 진리이고 이집트는 거짓이 다, 이스라엘은 참 종교이고 이집트는 우상숭배이다, 이스라엘은 기억 과 진보이고 이집트는 망각과 퇴행이라는 구별을 만들어왔다. 이렇게 기억사의 모드는 매우 선택적이다.

2. 모세구별의 폐지

아스만이 주장하는 반기억은 성서 텍스트라는 기억에서 출발한다. 그 에 따르면 성서에는 이집트가 서브텍스트(하위 텍스트)로서의 기능을 할 뿐이다. 유태인이 선민이라는 기억을 구축하기 위해, 성서는 때로는 이 집트를 토대로, 때로는 이집트에 대항해서 쓰여 있다. 그러기에 히브리 인 모세가 아니라 이집트인 모세는 아스만에게 반기억, 또는 반역사의 전형적인 예가 된다. 이런 생각은 물론 17세기부터 시작된 계몽주의의 기획이었다. 우리가 스피노자의 범신론을 읽고, 모차르트의 <마술피 리>에서 기독교의 서브텍스트인 이시스와 오시리스를 듣고 의아해하 거나 괴테의 『서동시집』을 읽고 페르시아의 시인 하피스를 즐기는 것 은 모두 서양의 계몽주의가 기획한 문화적 기억작업의 일환이다.

---

280) 아스만 64쪽.

이집트의 성서적 기억은 매우 선택적인 것으로 오로지 우상숭배와 밀접한 관련이 있다. 이집트는 모세구별이 만든 종교적 진리의 반대편에 놓여 있다. 그것은 "거부된 것, 폐기된 것, 그리고 버려진 것"[281]을 상징한다. 「출애굽기」에서 기록된 이집트는 역사적인 것이 아니라 신비적인 것이다. 그것은 실제의 역사나 기억이 아니라 그 이야기를 만든 사람들의 정체성을 보장해주는 기능밖에는 하지 못한다. 그러나 프로이트가 요술공책의 비유에서 글자는 지워져도 밀랍 판에 그 흔적이 남아 있다는 예를 들듯이, 이런 신비적인 텍스트에는 반기억의 흔적이 묻어 있다. 증오와 혐오의 대상인 이집트가 고스란히 남아 있다. 아스만의 모세구별은 그 위에 적힌 글자 밑에 있는 흔적을 새로운 학문의 패러다임, 즉 반기억의 패러다임으로 보고 있다.

아스만은 같은 저작에서 스펜서나 워버턴, 커드워스, 톨런드, 스트라본 같은 계몽주의자들이 이런 적대관계의 기억을 해체하고 극복하려는 시도를 했음을 밝힌다. 그가 가장 중요하게 다룬 프로이트는 어느 민족에게나 있는 고대유산 속에서 억압된 사건이 있음을 밝히고 있다. 말하자면 이집트의 아마르나 유일신 종교혁명은 부정과 비판, 비관용, 박해라는 형식이 있지만 문헌들 속에서 결코 등장하지 않는다. 그것은 억압되어 오랫동안 잠복해 있다가 신약에서 갑자기 등장하거나 계몽 이후 진리를 파악하기 위한 서로 다른 방법을 용인한 이래 새로운 차원에서의 진리를 드러내게 되었다. 말하자면 <마술피리>에 등장하는 타미노와 파파게노에게 들어맞는 진리가 각각 따로 있고, 자라스트로가 추구하는 진리는 밤의 여왕이 추구하는 진리에는 적대적이다. 적어도 계몽

---

281) 아스만, 371쪽.

이전에 자라스트로가 추구하는 계몽적-이집트적 진리는 생각해볼 수 없는 잠복된 것으로 남아있었다.

계몽적 이성은 고고학적 발굴을 통해 진리가 상당한 시간 동안 훼손되거나 왜곡된 채 묻혀 있었다는 사실을 알게 되었다. 거짓과 위선, 유령이 되었던 이집트는 이제 반기억의 새로운 패러다임을 통하여 완전한 귀환을 꿈꾸게 되었다. 그것은 관용과 공존의 정신으로 가능하고 이것은 모세구별의 폐지를 통해 가능하다. 에드워드 사이드가 역설한 노리엔탈리즘에서 보듯이 역사는 억압이라는 형식으로 문헌에 숨겨져 있거나 망각된 지식으로 가득하다. 어느 날 가정집에서 공자의 책들이 발견되거나 쿰란공동체와 하마디의 도서관이 발견되듯이 우리가 너무나 익숙하게 전승하고 있는 서동요가 무왕의 무덤이 발굴됨으로써 다른 진리로 다가올 수 있다. 아스만은 모세구별로 인한 장벽이 무너질 때, 지성사가 획일적인 진화를 멈출 때, 즉 반기억의 프레임이 권리를 보장받을 때 우리가 새로운 지식에 접근할 수 있다고 강조한다.

3. 기원: 토마스 만의 『요셉과 그 형제들』

토마스 만은 그의 소설 『요셉과 그 형제들』을 통해 당시 독일적 상황에 대한 입장을 정리하고자 자신의 세계관을 표명한다. 토마스 만이 처했던 시기는 나치가 정권을 탈취하고 민족주의적, 파시즘적 이데올로기를 표방했을 때였다. 이 시기는 일체성이나 순수성이 강조되었던 시기였다. 말하자면 민족주의적, 인종적, 혈통적, 문화적 독특함을 중심에 둔 시대였다고 할 수 있다.282) 그가 요셉이라는 성경 구약의 인물에 접근하고자 했던 것은 바로 문화적 기억의 혼합적, 이질적 개념이었으니, 그야말로 이런 관점은 나치의 이데올로기에 저항하는 다원적 반기억이라고 할 수 있다.

토마스 만의 이 저작은 비록 학문적인 논문이 아니라 하지만 미드, 후설, 베르그송, 윌리엄 제임스에 뒤지지 않는 문화적 기억에 관한 프로젝트를 다루고 있다.283) 신화들은 바로 이 문화적 기억의 하나로서 문화적 정체성을 가진다. 그런데 이 문화적 정체성은 성경과 같은 단일한 문화적 저작에서 고정되어 있지 않다. 그것은 오히려 개방적이고 그 경계를 끊임없이 변동시킨다. 그 층위는 "다양하고, 때로는 모순적이며 이질적이다.vielschichtig, wider- sprucksvoll und heterogen"284) 그러니까 아브라함의 문화적 기억은 말하자면 요셉이나 모세의 그것과는 판이하게 다르다고 할 수 있다. 우리는 이 장에서 토마스 만이 그리는 성서와는 다

---

282) Jan Assmann, Thomas Mann und Ägypten. Mythos und Monotheismus in den Josephromanen, C.H. Beck, München 2006, p.75를 참조하라.

283) 아스만, 같은 책 63쪽 참조

284) 아스만, 같은 책, 68쪽.

른 성서의 기억을 다섯 가지 측면에서 살펴보고자 한다.

3.1. 성서적 인물과 사건의 정체성

우선 토마스 만은 성서에서 말하는 요셉의 증조부가 아브라함이 아니라는 것을 제일 먼저 이야기한다.

> 다시 한 번 말하지만, 요셉이 우르 남자를 그 남자와 이름이 비슷했던, 아니 어쩌면 똑같았을 수도 있는 자신의 증조부라고 여긴 건 사고의 유희이다. 정신으로 보나 육신으로 보나 요셉의 조상인 이 우르 나그네가 유랑을 떠난 시절과 소년 요셉 사이에는 당시 시간계산법으로 최소한 20대, 바빌론식으로 600년의 세월이 가로놓여 있다.[285]

이런 착각이 만들어진 것을 그는 현대의 시간관념과 고대의 시간관념의 차이로 본다. 비록 소돔과 고모라 같은 획기적인 사건의 변화가 있긴 했지만 지금에 비해서 "전체적으로 변화보다 보존의 성격이 훨씬 더 강한 시절이었기 때문에" 그럴 수 있다. 심지어 당시는 "꿈꾸는" 시대이었기에 자신의 아버지가 한 일을 이 우르에서 온 남자, 즉 아브라함의 일로 기억할 수도 있었다는 생각을 한다. 그러니까 토마스 만이 전개하는 반기억은 바로 이 시간과 인물의 정체성으로부터 시작한다. 아브라함이 갈대아 우르를 떠난 것도 사실상 시초라 볼 수 없으며 이것은 태초라는 시간과 공간으로 거슬러 올라간다. 이런 연대기는 편의상 만들어진 것으로 이 이야기는 태초의 인간 "아다파 또는 아다마(아담)"

---

285) 요셉과 그 형제들 1, 번역본, 32쪽.

로 이어진다. 세상의 시초라는 것도 현재로부터 만들어진 기억에 의존하는 것이다. 토마스 만은 요셉을 가르쳤던 가정교사 엘리에젤(성경에서는 엘리에셀)을 우르 남자, 즉 아브라함이 데리고 있던 노복과 혼동해서는 안 된다고도 한다. 그 두 사람은 동일인이 아니라는 것이다.286)

이런 설화(!)들은 대홍수 사건에도 적용되는데 원형질적인 이런 사건은 바빌로니아의 설형문자에도 비중 있게 다루어지는 사건이다. 이것조차 확실하다고 볼 수 없는 것은 그 설형문자가 원본이 아니기 때문이다. 이런 일은 자주 과거 사건의 반복으로, 그 과거의 사건이 "눈앞에 생생하게 펼쳐졌다는"287) 점이다. 다시 말해 대홍수 사건이 한 번만 있었던 일이 아니라 언제 어느 곳에서나 현실성을 갖고 있기 때문이다.

> 대홍수는 유프라테스 강 유역에서 일어났다. 그러나 중국에서도 대홍수는 있었다. 기원전 1300년 경 황하가 범람하는 끔찍한 사태가 발생한 것이다. [...] 이 대홍수의 모습으로 다시 찾아오기 전의 대홍수는 그로부터 1050년 전, 5대째 왕의 통치 시대로 거슬러 올라간다. [...] 하지만 이 대홍수도 따지고 보면 최초의 진짜 대홍수는 아니었다. 왜냐하면 이 최초의 원조격인 대홍수에 대한 기억을 모든 민족들이 공유하고 있기 때문이다. 요셉이 알고 있던 바빌론의 홍수가 [...] 아주 옛날의 원형으로 거슬러 올라간다. 그리고 사람들은 그 마지막 원형인 진짜 원본을 아틀란티스 대륙의 침몰 사건이라고 믿고 있다.288)

이렇게 결국 기억의 기억이 후퇴하면서 과거사는 반복되고 인간은

---

286) 요셉과 그 형제들 1, 38쪽.
287) 요셉과 그 형제들 1, 55쪽.
288) 요셉과 그 형제들 1, 56쪽.

무서운 기억을 생생하게 살려낼 뿐이다. 고대인들이 신비를 통해 시간을 초월하고 있다는 점을 일깨우고 있다. 인간에게 살아있는 신비에 대한 의식은 성서에서 결핍되어 있는 논리적 요소들을 제거해주는 요인들이다. 토마스 만은 결국 이런 이야기를 하면서 우리들이 사건을 이해하는 방법, 즉 우리들의 기억방식이 잘못되었을 수도 있다고 경고하는 셈이다.

3.2. 신화와 유일신교

요셉과 관련된 성서 설화는 창세기 39장에서 50장에 이르는 긴 서사를 가지고 있다. 토마스 만은 『요셉과 그 형제들』에서 요셉 이야기를 하기 위해 그 앞 시대 야곱의 시대부터 시작한다. 여러 에피소드를 다루지만 창세기 34장에 등장하는 야곱의 딸 디나의 강간 사건이 불분명한 이유를 포함하는 한 사례이다. 이 에피소드는 그 사건의 전말, 다시 말해 인과관계가 불분명하게 진행되고 있고, 나아가 성서의 특정한 이데올로기, 즉 유일신교에 따라 그 해석이 이루어진다. 이 부분을 토마스 만은 신화의 양식으로 촘촘하게 서술하면서 다른 시각을 보여주고 있다. 다시 말해 이 사건에 대한 성경의 단순하고 일방적인 해석을 토마스 만은 재조명하는데 하나의 반기억으로 재현하고 있다. 세겜이 디나에게 가진 불같은 정열로 단순히 강간한 것이 아니라 "실제 사건의 진행은 훗날 목자들이 '아름다운' 대화로 들려준 것과는 순서가 달랐다"고 서술한다.

이 '아름다운' 대화에서는 세겜이 무턱대고 못된 짓을 저지른 바람에 이쪽에서 계략을 동원하여 폭력으로 맞받아친 것으로 되어 있다. 하지만 사실은 그게 아니다. 부당한 행동을 먼저 한 것은 야곱 일행이었다. 그들이 세겜을 속였다고는 할 수 없어도 아무튼 뒤통수를 친 건 분명하다.[289]

토마스 만에 따르면 디나의 강간 사건은 야곱의 가족이 세겜에 머물렀을 때 벌어진 일이다. 세겜에서 야곱은 돈을 지불하고 성 앞의 땅을 샀고 그들은 세겜 땅에 머무르게 되었다. 부족장의 아들 세겜은 디나가 마음에 든다며 강제로 취하게 된다. 세겜은 그의 아버지 하몰에게 디나를 사랑하고 결혼하길 원하니 허락해달라 간청하였고, 하몰은 야곱을 만나 자기 아들과 야곱의 딸과의 결혼을 청하였다. 하몰은 두 부족이 결혼을 통하여 하나로 합치기를 원하며 제안하였고, 그는 이를 위해서 하몰의 부족이 해줄 수 있는 모든 성의를 제공하겠다고 단언하였다.

하지만 자존심에 상처를 받은 야곱의 아들들은 세겜과 그 사람들에게 결혼의 조건으로 "할례"할 것을 요구하였고 세겜 사람들은 이를 받아들인다. 세겜 사람들이 "할례"로 인한 고통에 몸져누워있을 때, 그래서 아무런 저항력을 가지지 못할 때 야곱의 아들들은 피의 살육을 벌인다. 세겜의 남자들을 모두 죽이고 그들의 재물과 여자들과 아이들을 약탈한다. 야곱은 그 아들들이 한 짓을 심하게 꾸짖는다. 그런데 야곱이 아들들을 비난한 이유는 신의와 친절을 배신하고 사람들을 살육한 것 때문이 아니라, 그들이 한 짓으로 인해 자신이 당할 보복 때문이었다. 유일신교에서 바라보는 시각은 하나님이 이 살육자들의 편이라는 점이

---

[289] 요셉과 그 형제들 1, 281쪽.

다. 하나님은 쫓기는 야곱의 아들들을 추격으로부터 보호하시고 더 이상의 추격을 허락하지 않으셨다고 하며 에피소드는 끝난다.

이 내용은 기독교인들에게 '하나님의 백성들이 당한 수모는 어떠한 수단을 통해서든 반드시 앙갚음하신다'는 내용으로 이해하게 만든다. 하나님의 선택받은 족속 야곱의 딸 디나를 강간했기에, 하나님의 사람을 해한 이들은 반드시 그에 대한 혹독한 응징을 당하게 하신다는 말이다. 이 설화 어디에도 야곱의 가족이 세겜 사람들에게 박해와 괴롭힘을 받은 적은 없다. 오히려 그들은 친절하게 야곱의 가족을 대했고, 그들의 아들 세겜의 잘못에 대해 보상하려는 자세가 분명했다. 그러기에 토마스 만은 이렇게 말한다.

> 이들은 양심의 가책 없이 어떤 것은 슬쩍 내용을 갈아치우고, 또 어떤 것에 대해서는 입을 꾹 다물어버렸다. 모두 이야기의 정결함을 위해서였다.[290]

그렇다. 바로 이 "이야기의 정결함"이 유일신교가 이야기를 기억하는 방식이다. 이것은 이미 앞서 프로이트의 항에서도 모세구별이라는 용어로 규정한 바 있다. 먼저 강간을 하고 결혼을 요청한 것이 아니라 축제 때 디나의 아름다운 모습이 세겜을 자극했고, 세겜은 결혼을 조르고 야곱 측에서 들어주지 않고 할례라는 조건을 내걸자 세겜은 그대로 행했지만 결국 야곱의 아들들이 뒤통수를 친 것이었다. 세겜이 강제로 디나를 데리고 간 것은 그 후의 일이었다. 유일신교에서 이성화되고 합리화

---

290) 요셉과 그 형제들 1, 268쪽.

된 에피소드가 신화적 다양성에서 볼 때는 반인류적이고 파렴치한 행동으로 바뀔 수 있다.

3.3. 혼합적 문화

야곱의 아내 라헬이 입었던 화려한 결혼식 예복kitônet passîm을 통해 토마스 만은 문화적 기억의 알레고리를 서술하고 있다. 그것도 자신의 결혼식에서와 후일 자기가 가장 사랑하는 아들 요셉의 면전에서 말이다. 처음 서술 부분은 장인 라반에게 속아서 라헬이 아닌 레아가 이 옷을 입고 야곱과 동침을 하였다. 두 번째는 아들 요셉과 말을 하다가 실수로 줄 게 있다는 말을 하고서는 어쩔 수 없이 이 옷을 보여주는 장면이다. 문제는 이 옷에 있는 다양한 문화적 문양들인데 이것은 성경에서 서술하고 있지도 않거니와 또한 그렇게 상상할 수도 없는 것들이다. 이 서술에서 주목을 끄는 부분은 바로 성경의 기자가 쓴 '아름다운' 이야기에 대한 반기억임에 틀림없다. 야곱이 레아와 결혼할 때 옷에 대한 설명을 보자.

숫처녀가 입는 이 신부복을 손에 올려놓으니 가벼운 것도 같고 무거운 것도 같은 것이 참으로 묘했다. 이쪽저쪽의 무게가 서로 달랐다. 짙은 파란색 바탕천은 올이 얼마나 가늘고 곱던지 공기 한 줌처럼 가벼웠다. 대신 무게를 만드는 건 곳곳에 수놓아진 그림들이었다. 하나같이 촘촘하게 수놓아진 고상한 그림들은 황금빛, 구릿빛, 은빛, 그리고 온갖 색실로 화려하기 그지없었다. 흰색도 있고, 자주색, 분홍색, 올리브색도 보이고 검은색도 있었다. 색을 혼합하기라도 하듯, 무채색과 유채

색의 화려한 색 잔치에 한결 돋보이는 것이 바로 그림 자수였다. 각기 다른 묘사 방식으로 자주 등장하는 형상은 이쉬타르-마마였다. 벌거벗은 채 양손으로 젖을 짜는 여신의 양편에 태양과 달이 보였다. '신'을 뜻하는 별의 다섯 줄기 광선을 색색으로 수놓은 것도 여러 개 있었다. 사랑의 여신, 어머니 여신을 표시한 은빛 비둘기도 곳곳에 보였다. 영웅 길가메쉬도 있었다. 3분의 2는 신이며 3분의 1은 인간인 그는 지금 막 사자의 목을 조르고 있었다. 세상의 끝에서 태양이 아랫세상으로 내려가는 문을 지키는 한 쌍의 전갈인간도 또렷이 보였다. 여러 가지 짐승도 있었다. 늑대, 박쥐, 모두 이쉬타르의 연인이었던 정원지기 이샬라누를 그녀가 둔갑시킨 짐승이다. 하지만 깃털이 화려한 새는 분명 탐무즈, 이쉬타르가 처음으로 연정을 품었던 연인, 그녀 때문에 해마다 울어야 했던 바로 그 양지기였다. 그리고 불을 내뿜는 황소도 당연히 수놓아져 있었다. 길가메쉬로부터 퇴짜를 맞아 화가 난 이쉬타르를 달래려고 아누가 길가메쉬를 죽이려고 내려 보냈던 하늘의 짐승이 바로 그 황소였다. 옷을 이리저리 살피던 라헬은 한 남자와 여자가 나무 양쪽에 앉아 있는 그림도 발견했다. 나무의 열매를 따려고 손을 뻗은 장면으로 여자의 등 뒤에 뱀 한 마리가 고개를 쳐들고 있었다. 그리고 성수를 수놓은 것도 보였다. 성수 옆에는 두 명의 수염 난 천사들이 마주 서서 비늘 모양의 수술을 건드려 씨를 맺게 하는 중이다. 그 생명의 나무 위에 태양과 달, 그리고 별들에 둘러싸인 여성성을 뜻하는 기호가 있었다. 그리고 설형문자를 수놓은 것도 있었다. 드러누운 것, 비스듬한 것, 또는 똑바로 서 있는 것들의 교차방식도 각각이었다. 라헬은 그 문자를 읽어 내려갔다. '내가 옷을 벗었으니 어찌 다시 입을까?'[291]

이와 유사한 기술이 뒤에 다시 등장하는데 이번에는 야곱이 그 화려

---

291) 요셉과 그 형제들 1, 번역본, 496-498쪽.

한 옷을 요셉에게 보여주는 장면에서 재현된다.

　저건 팔로 사자를 조르는 길가메쉬군요. 멀리서도 알아보겠어요! 그
리고 저곳에는 몽둥이를 마구 휘두르며 독수리와 싸우는 사람이 있군
요. 오 잠깐만요, 잠깐만요! 오, 체바오트! 만군의 주여! 이 희한한 짐승
들! 여신의 연인들이군요. 말, 박쥐, 늑대와 알록달록한 새! 아, 제대로
좀 보게 해 주세요! 제발! 못 알아보겠어요. 구별을 못 하겠어요! 이렇
게 멀리 봐야 하니 아이의 가엾은 눈은 불에 타는 것처럼 따갑군요. 저
건 한 쌍의 전갈-인간인가요? 꼬리에 침이 달려 있는 것 말이에요. [⋯]
오, 엘로힘! 더 아름다워지는군요! 더 또렷해졌구요! 수염 달린 저 정
령들은 나무 옆에서 뭘 하는 거죠? 아, 나무가 열매를 맺게 하는군요.
그런데 뭐라고 쓰여 있는거죠? '내가 옷을 벗었으니, 어찌 다시 입을
까?' 오 멋져요! 나나는 항상 비둘기와 태양과 달을 데리고 다니는군요.
이제 몸을 일으켜야겠어요! 일어나야겠어요. 상인어른. 윗부분이 보이
지 않아요. 대추야자나무. 거기서 한 여신이 음식과 마실 것을 들고 팔
을 내밀고 있군요.292)

　앞에 나오는 다섯 개의 이미지, 즉 사자와 싸우는 길가메쉬, 독수리
와 싸우는 사람, 이쉬타르 여신의 연인들, 전갈-인간 한 쌍, 삶의 나무
에 열매가 맺히는 광경은 바빌론의 도상(圖像)들이고, 뒤에 나오는 남녀
한 쌍과 뱀이 있는 나무는 성경의 도상이다. 새겨진 글자는 솔로몬의
아가에 나오는 글귀(아가서 5장 3절)이며, 마지막 도상은 이집트의 나무신
이다. 그러니까 이 도상들에는 바빌로니아와 히브리와 이집트의 그림들
이 섞여 있다. 그중에서는 바빌로니아의 것이 가장 많다. 토마스 만이

---

292) 요셉과 그 형제들 2, 번역본, 157쪽 이하.

여기 옷의 자수에서 제시한 것은 바로 혼합적인 문화적 기억인데 이것은 토마스 만이 땅속 여행(저승 나들이)에서도 제시한 바 있는 시원도 없고, 문화적 경계를 넘나드는 문화적 기억의 도상들이다. 이 도상들은 앞의 글에서도 보다시피 일정한 패턴을 형성하고 주기적으로, 새로운 스토리의 맥락에서 반복된다는 것을 알 수 있다. 이는 말하자면 레비스트로스가 말한 일종의 브리콜라주로서 성서라는 위대한 서사의 정체성이 이루는 응집(또는 결속)과 대립된다. 말하자면 성서가 말하려는 서사적 응집성 대 토마스 만의 소설이 말하고자 하는 도상적 불변성이라 바꾸어 말할 수 있을 것이다.

성경에서 요약적으로만 말하려는 서사적 응집성을 우리는 토마스 만의 소설에서는 다문화적 기억지평이라는 3차원의 세계에서 다르게 바라보게 되는데, 서사적 응집성이야말로 히브리적 요소이다. 이런 서사적 응집성은 논리적으로 다른 이야기가 차례차례로 이어지도록 만들어져 있다. 그런데 그 응집성이 도상의 불변성이라는 틀 안에서 반복된다는 것을 토마스 만은 보여주는데, 이것이 토마스 만이 『요셉과 그 형제들』에서 보여주고자 하는 반기억의 윤곽이다. 이런 반기억의 윤곽은 유월절의 의식(儀式)이 모세 이후에 생긴, 독특한 행사가 아니라 이미 그 이전에 신께 사람을 바쳤을 수도 있다는 생각을 가져오기에 충분하다.

곧 축제가 다가오지 않느냐. 그러면 밤에 제물을 바쳐야지, 해가 지면 양을 잡아 히소프 약초에 피를 묻혀서 문설주에 발라서 목을 조이는 자가 지나쳐 가게 해야 하지. 그날 밤은 제물을 봐서 죄를 면해주고 그냥 지나가는 날이니까, 그리고 문설주의 피는 떠돌아다니는 자를 달래려고 그가 목을 조르고 싶어 하는 인간과 짐승을 대신하여 첫 소산을 속죄양으로 바친다는 표식이지. 그래서 이것저것 생각을 하게 되었다. 인간은 여러 가지 일을 하지만 자신이 무슨 일을 하는지 모르지 않느냐. 만약 인간이 자기가 무엇을 하는지 안다면 속이 뒤집혀 구역질을 할 게다. 그래서 제일 밑바닥에 있던 것이 울컥 위로 치밀 거야. 나도 지금까지 살면서 그런 적이 몇 번 있었다. 맨 처음 라반이 유프라테스 강 건너편의 시날에서 집을 수호해 달라고 자기 첫 아들을 잡아서 도기 항아리에 담아 주춧돌 밑에 제물로 파묻었다는 소리를 들었을 때였다. 하지만 그것이 축복을 가져다줬다고 생각하느냐? 아니다. 전혀 아니었어. 오히려 축복은커녕 저주와 장애만 가져왔지.293)

십자가에 몸을 던진 예수의 수난이 이미 토마스 만의 상상력에서 드러나고 있다. 그것은 이미 문화적으로 반복되는 혼합적 문화에 대한 이질적 양식인 반기억들로 부활한다. 이런 반기억의 가능성에 대해 토마스 만은 이 소설에서 다음과 같은 비유를 통해 그 이유를 설명한다.

밑동과 우듬지가 튼실한 나무죠. 선조께서 자손들을 즐겁게 해주려고 심은 나무예요. 그 우듬지가 바람에 번쩍거리며 흔들거리고 있어요. 하지만 뿌리는 깊은 어둠이 지배하는 땅 속의 돌멩이와 먼지 사이에 박혀 있어요. 그러면 이렇게 지저분한 뿌리에 대해 땅 위에서 상쾌한 바람을 즐기는 우듬지가 많은 것을 알고 있나요? 아뇨. 우듬지는 주님과 함께 바깥으로 나가 있어서 뿌리 같은 것은 생각도 안 하죠. 저는 관습과 불결함도 마찬가지라고 생각해요. 경건한 관습이 구역질을 일으키지 않고 맛난 관습이 되려면 제일 밑바닥의 것은 얌전하게 맨 밑바닥에 그냥 남아 있어야 하는 거죠.294)

---

293) 요셉과 그 형제들 2, 번역본, 145쪽.
294) 요셉과 그 형제들 2, 번역본, 147-148쪽.

사고의 경직성에서 만들어진 신앙적 형식의 서사에 대해 토마스 만은 이런 문화적 기억의 다양성을 "지저분한 뿌리"에 비유하고 있다. 그는 그런 것들이 곧 고대의 성서 문화, 또는 성서의 고대 문화에 적절한 것이라 생각하는 것이다.

3.4. 요셉의 순결

요셉 4부작에서 중요한 스토리 중의 하나는 요셉이 소위 성경에서 보디발의 아내라고 불리는 여성과의 사이에서 벌어진 스캔들이다. 토마스 만은 그의 소설에서 이 여인의 이름을 무트-엠-에네트라고 지칭하고 '아름다운' 청년 요셉과 사랑에 빠지게 한다. 그녀가 이 청년에게 깊이 빠지게 되고 그를 유혹하는 것이 실패하자 자기 남편에게 거짓 고변을 한다.

> 7. 이런 일이 있고 난 뒤, 주인의 아내가 요셉에게 눈길을 보내며 "나와 함께 자요!"하고 말하였다.(창세기 39장 7절)

요셉은 주인이 금한 것을 어기고 신뢰를 저버릴 수 없다고 하면서 이를 거절한다.

> 8. 그러나 요셉은 거절하면서 주인의 아내에게 말하였다. "보다시피 주인께서는 모든 재산을 제 손에 맡기신 채, 제가 있는 한 집안일에 전혀 마음을 쓰지 않으십니다.
> 9. 이 집에서는 그분도 저보다 높지 않으십니다. 마님을 빼고서는 무

엇 하나 저에게 금하시는 것이 없습니다. 마님은 주인어른의 부인이십니다. 그런데 제가 어찌 이런 큰 악을 저지르고 하느님께 죄를 지을 수 있겠습니까?"

10. 그 여자는 날마다 요셉에게 졸랐지만, 요셉은 그의 말을 듣지 않고, 그의 곁에 눕지도 그와 함께 있지도 않았다. (창세기 39장 8-10절)

그런데 어느 날 위기가 다가온다.

11. 하루는 그가 일을 보러 집 안으로 들어갔는데, 마침 하인들이 집 안에 아무도 없었다.

12. 그때 그 여자가 요셉의 옷을 붙잡고 "나와 함께 자요?"하고 말하자, 요셉은 옷을 자기 손에 버려둔 채 밖으로 도망쳐 나왔다.

모함하는 이 여인의 행위에 대해서는 좀 더 상술을 한다.

13. 그 여자는 요셉이 옷을 자기 손에 버려둔 채 밖으로 도망치는 것을 보고,

14. 하인들을 불러 그들에게 말하였다. "이것 좀 보아라. 우리를 희롱하라고 주인께서 저 히브리 녀석을 데려다 놓으셨구나. 저자가 나와 함께 자려고 나에게 다가오기에 내가 고함을 질렀지.

15. 저자는 내가 목청을 높여 소리 지르는 것을 듣고, 자기 옷을 내 곁에 버려두고 밖으로 도망쳐 나갔다."

16. 그러고는 자기 주인이 집에 돌아올 때까지 그 옷을 제 곁에 놓아두었다가,

17. 그에게 같은 말로 이르는 것이었다. "당신이 데려다 놓으신 저 히브리 종이 나를 희롱하려고 나에게 다가오지 않겠어요?

18. 그래서 내가 목청을 높여 소리 질렀더니, 자기 옷을 내 곁에 버려두고 밖으로 도망쳤답니다."

19. 주인은 "당신 종이 나에게 이렇게 했어요" 하는 아내의 말을 듣고 화가 치밀어 올랐다.

20. 그래서 요셉의 주인은 그를 잡아 감옥에 처넣었다. 그곳은 임금의 죄수들이 간혀 있는 곳이었다.

여기 성경 텍스트에는 이 이야기에 관한 한 한마디라도 더 보태거나 줄일 것이 없다. 그러나 토마스 만의 소설에서는 이 여인의 삶과 내면적 모습에 대한 다른 서술이 있다. 성경에서는 오로지 요셉의 미덕, 즉 순결과 주인에 대한 경외심이, 그 후 어떻게 왕의 곁으로 가게 되었는지가 기술되어 있을 뿐이다. 보디발이 요셉을 보호하고자 죽이지도 않고 (악어의 입에 쳐넣지도 않고) 왕의 감옥으로 보냈다는 사실은 전혀 언급하고 있지 않다. 그러니까 보디발이 언제든지 요셉을 죽일 수 있었다는 맥락을 가진 독자(신자)는 실제로 의아하게 생각할 수 있을 정도이지만 당시 왕 이외에는 누구도 사람을 죽일 권한이 없었다는 사실이다. 이것이 토마스 만이 그렸어야 할 반기억이다. 당시 이집트에서는 간통이 사형을 받을 만한 행동이 아니었다.[295] 그러나 토마스 만은 우리의 기대와는 달리 성경에서 밝힌 이유에서 크게 벗어나지 않는 이유로 요셉을 감옥에 보낸다.

만일 그렇지 않았더라면 너는 이 시간에 악어밥이 되거나 또는 천천

---

295) Renate Müller-Wollermann, Vergehen und Strafen, 108-119; Elke Blumenthal, Mut-em-enet und die ägyptischen Frauen, 184 f. 얀 아스만, 같은 책, 121쪽에서 재인용.

히 불에 타죽는 형벌을 받았을 것이기 때문이다. […] 최악의 것은 피했기 때문에 이런 벌을 내릴 수는 없다. 그럼에도 불구하고 내가 너를 거칠게 다룰 생각이라는 사실은 의심하지 마라! […] 나는 너를 왕의 포로들을 가두는 감옥에 집어넣겠다. 거기 가면 너는 더 이상 내 소유가 아니며 파라오의 소유로서 파라오의 노예가 된다.296)

일단 성경에 제시한 것과 같은 이유로 인해 요셉이 감옥에 가지 않고 보디발의 은혜로 감옥에 보내진다는 것으로 우리는 만족하고 그 이유에 대해 생각해본다. 얀 아스만은 간통은 당시 이집트 법으로 사형이나 감옥에 가야할 범죄가 아니라고 말한다. 실제로 요셉은 죄수로 감옥에 가는 것이 아니다. 창세기 39장 22절에서는 죄수 요셉이 슬그머니 사무직원으로 바뀐다. (성경에서는 "여호와께서 요셉과 함께 하시고 그에게(간수장에게) 은혜를 더하사"라고 이유를 밝힌다) 그러므로 그가 감옥에 간 것은 죄수로서가 아니라 직원으로 간 것이다. 원래 요셉 이야기는 성스러운 텍스트가 아니고 세속적인 이야기(문학)였을 가능성이 높다. 이것이 나중에 성경 에스더 서(書)와 같이 성경에 포함되면서 이 세속적인 이야기가 순수함의 표식인 성사가 된 것이다. 이렇게 한 이유는 요셉이 감옥으로 보내진 계기가 된 사건, 즉 보디발의 아내와의 스캔들이 창세기 40장에서 50장에 이르는 긴 이야기의 서장에 불과하기 때문이다. 토마스 만은 성사가 아니라 바로 문학적 이야기를 만들어냈어야 하므로 보디발의 아내에 대한 소위 말하는 문학적 버전을 만든 것이다. 그렇기 때문에 성경에서는 요셉의 순결함이 중요한 사건으로 기록되고 토마스 만의 이야기는 비록 성서적 이야기 텍스추어를 따르고 있긴 하

296) 요셉과 그의 형제들 4, 977-978쪽.

지만 요셉의 순결함 자체보다는 무트-엠-에네트와 포티파르와의 심리적 정황적 관계에 더 치중할 수밖에 없었다. 고대의 어느 텍스트에도 순결함이나, 특히 여기서처럼 한 남성의 순결함에 특별한 테마로 중요시되는 경우는 없었다. 순결함이란 그 훨씬 이후에 기독교가 전파되면서 가정 중요한 미덕으로 여겨지게 되었다. 이렇게 되자 요셉 또한 순결함의 상징으로 여겨지게 되었다. 그러니까 율법이전시대ante legem에는 유대인들의 토라와 마찬가지로 이런 순결함이 아니라 정의로운 자zaddiq의 모습이 지배적이었고 토마스 만의 소설도 바로 이런 방식으로 요셉의 이야기를 받아들이고 있다. 그러니까 기독교인이 아니라 유대인과 토마스 만의 소설은 오히려 율법시대의 간음하지 말라는 제7계명에 따라 행동한 것이다.

요셉의 순결함은 결국 토마스 만에 따르면 유일신교의 고안물이다. 그것은 요셉을 엘로힘과 여호와라는 유일하고 고독한 신과 함께 하는 인물로 만들면서 발생한 일이다. 보디발이 환관이라는 사실에 대해 요셉이 이야기할 때를 살펴보자.

> 그가 본 포티파르의 미소부터 그랬다. 집사의 아첨을 들으며 그는 당당해 하면서도 남몰래 고마워하는 듯한 우수에 젖은 미소를 지었다. 그 미소는 뭔가 부족한 것이 있는 고독을 보여주었다. 어린아이 같은 소리로 들릴지도 모르지만, 요셉에게는 세상 밖에 고고하게 있는 선조의 신과, 칭송의 황금을 매달아 도도한 모습이지만 여하튼 절단되어 인간의 바깥에 머물고 있는, 르우벤처럼 몸이 큰 거인이 왠지 비슷해보였다.[297]

297) 요셉과 그의 형제들 3, 341쪽.

보디발이 환관이라는 설정 자체가 성경과는 대비되는 스토리다. 그렇게 설정함으로써 포티파르와 요셉, 그리고 무트-엠-에네트는 고독한 사람들이 된다.

3.5. 파라오 또는 아케나톤

『요셉과 그 형제들』에 나타난 토마스 만의 반기억에서 가장 중요한 영역은 성서에서 "바로"라고 칭하는 파라오 아케나톤에 관한 기억이다. 성서에서 이 파라오는 중립적인 인물로 처리한다. 그러나 토마스 만은 그렇게 단순화시킨 것을 비판한다.

> 요셉이 왕에게 꿈을 해석해주고, 이 일을 대비할 수 있는 사려 깊고 지혜로운 남자를 찾으라고 조언하자 왕이 다짜고짜 "그대보다 더 사려 깊고 지혜로운 남자는 없으니 내 그대를 전 이집트 위에 올리겠다!"라고 대답하고, 열광하다시피 도가 넘치는 영광스러운 직위를 씌워주었다니 이런 단축이 어디 있는가? 말하자면 중요한 속 알맹이는 다 빼놓고 소금에 절여 메마르게 건조시킨 다음 붕대를 감은 진실의 잔재, 곧 미라처럼 보이니, 이거야 어디 살아 있는 몸뚱이로 보이겠는가.[298]

토마스 만은 한 걸음 더 나아가 "처음부터" 요셉과 파라오 간의 대화를 "땅속 여행"(저승 나들이), 그리고 한 걸음 더 나아가 이 요셉 이야기 전체의 클라이맥스로 보고 있다.

---

298) 요셉과 그의 형제들 5, 334쪽.

우리가 사실 육신의 소심함을 누르고 마음을 단단히 먹고 저승으로 내려가 수천 년 세월이 가로놓인 계곡을 가로질러 요셉이 살아 숨 쉬던 우물가로 내려간 목적은 다름이 아니었다. 그건 바로 파라오와 요셉이 하(下) 이집트 온에서 나눈 이 대화가 어떻게 진행되었는지 하나부터 열까지 다 엿듣고 위로 퍼 올리기 위해서였다.299)

1928년 토마스 만은 한 신문(Wiener Neuen Presse)에서 요셉이 만난 파라오 왕이 에크나톤 왕으로서 유일신교를 주창한 종교적으로 용감한 왕이었다고 보고 있다. 이 파라오는 전통 신 아문 레를 혁파하고 스스로 아톤 왕이 된 아멘호테프 4세였을 것으로 본다. 우리가 아멘호테프 4세를 파라오 왕으로 보는 것을 매우 궁금하게 생각하는 것은 바로 역사상에서 존재를 찾아보기 힘든 모세가 바로 이집트에서 유일신을 공포한 아멘호테프 4세일 것으로 추정하기 때문이다. 더구나 이 파라오는 요셉이 감옥에 들어갈 때의 파라오, 아멘호테프 3세가 아니라는 점도 강조하고 있다. 그러므로 성서에서 요셉을 재상으로 써주는 단순히 좋은 파라오가 아니라 그야말로 성서와는 다른 기억, 즉 반기억의 실상을 보여주는 유일신교를 주창한 왕으로 그려지고 있다. 그러니까 성서에서 말하는 정치와 종교를 분리하려는 인상에 대해 토마스 만은 다른 의견을 표명하고 있다.

종교와 정치가 기본부터 다른 것으로 상호 아무 상관도 없는 것이며 또 상관해서도 안 된다고 하여, 종교에 정치적인 색채가 가미될 경우, 그 종교의 가치를 부인하고 진짜가 아니라고 폭로한다면, 이는 세계가

299) 요셉과 그의 형제들 5, 334쪽.

하나라는 사실을 모르는 처사이다. 사실 종교와 정치, 이 둘은 이쉬타르와 탐무즈가 베일 옷을 바꿔 입듯이, 서로 옷을 바꿔 입는다. 그리고 다른 하나가 다른 것의 언어로 이야기하면 온전한 하나의 세계는 또 다른 언어, 예컨대 프타흐의 작품들을 통해, 다시 말해서 취미와 재주의 산물, 세계를 치장하는 보석으로 말하기도 한다. 그런데 이것을 두고, 이는 하나의 독자적인 문제이며 온전한 하나의 세계 바깥에 존재하는 것으로서 종교와 정치와는 아무 상관도 없다고 한다면, 이 또한 어리석은 발상이다.300)

이런 언급에서 우리는 에크나톤의 종교적 혁신이 바로 위에서 언급한 3가지 영역에서 출발했다는 것을 알 수 있다. 그것은 바로 종교와 정치(경제), 그리고 예술의 영역이다. 이 세 영역이 온전한 세계를 이루는 것이었다. 이런 상상은 테베(테벤)에서는 사제들이 아문-레 신을 섬기고 있었는데, 그 신은 반동적인 정교였다. 그에 반해 파라오가 주창한 신은 개방적이고 관용적인, 세계를 빛으로 비추는 아톤 신이었다. 오늘날 이집트학에서도 에크나톤의 종교적 혁신이 과연 정치경제적인 것이냐 아니면 종교적이고 정신적인 것이었느냐 하는 데 대해서는 논란이 많다.301)

---

300) 요셉과 그의 형제들 5, 162-163쪽.
301) 얀 아스만, 157쪽.

4. 과제: 일연 『삼국유사』 기이(紀異) 편

우리는 토마스 만의 작품을 통하여 문화적 기억으로서의 반기억의 전형에 대해 살펴보았다. 마지막으로 우리가 관심을 두는 문화적 영역의 반기억은 삼국유사 「기이(紀異)」 편에 실린 세 편의 설화들과 관련된 것이다. 이 설화들은 우리나라에서 대부분 고대사를 전공하는 역사가들의 전유물이거나 고대어나 고전문학을 전공하는 국어(문)학자들의 전유물이었다고 해도 과언이 아니다. 이제 이 설화들이 지닌 문제에서 출발하여 그 설화들의 문화적 기능에 대해 살펴볼 상황이 되었다는 점을 염두에 두고 문화적 반기억의 '과제'로 설정하고자 한다.

「기이」 편에 실린 세 설화, 「서동요」, 「헌화가」, 「처용가」의 공통적인 특징은 이야기의 기본적 뼈대라 할 수 있는 이야기의 플롯이 부재한다는 점이다. 그리고 세 편의 설화에는 성적인 요인이 빠짐없이 등장하지만 어떤 연구도 이를 성적으로 해석하지는 않는다는 공통점이 있다. 그리고 어느 설화라 말할 것도 없이 대부분 역사적이거나302) 역사적이 아니라고 주장할 경우, 상징적으로 해석하는 경우가 대부분이었다. 그러다보니 역사 연구 이상으로 문헌학적 연구는 "연구 성과가 많아질수록 오히려 방향이 혼미해지는"303) 경향이 있다. 이런 연구들은 설화들을 상징적으로 연구하고자 하였고, 그 상징이라는 것도 먼저 이론을 정

---

302) 이기백, 삼국유사의 사학자적 의의, 『한국의 역사인식』 상, 진단학회, 1973, pp.162-165, 김영태, 미륵사 창건 연기설화고, 『마한 백제문화』 1, 원광대 마한백제문화연구소, 1975, p.92. 등을 참조하라.

303) 조동일, 삼국유사 설화 연구사와 그 문제점, 『한국사 연구』 38, 신라문화연구소, 1982, pp.57-66.

하고 그 틀에 맞추어 설명하고자 하는 데서 문제가 생긴다. 그렇기 때문에 여기서 역사적 연구나 문헌학적 연구에 대해 문외한인 필자가 그런 연구에 복잡함을 더하자는 의도는 없다. 그보다 이 연구는 프로이트가 『토템과 타부』에서 펼친 억압과 회귀라는 기억이론의 관점에서 설화에는 무엇이 생략되었을 수 있는가, 무엇이 왜곡되었을 수 있는가에 대해 더 큰 관심을 둘 것이다.

1. 서동요(薯童謠)

「서동요」는 서동이나 선화가 노래하는 것이 아니라 사람들이 노래한 것이다. 그것도 소문을 낸 것이다. 그런데 왜 우리들은 이것을 귀중한 역사로 생각하는 것일까? 더구나 연구의 대부분은 고고학적인 차원이 아니라 문헌학적인 차원에서 이루어졌음에도 말이다.

> 선화공주님은
> 남 몰래 사귀어(통정하여 두고)
> 서동(薯童) 도련님을
> 밤에 몰래 안고 간다.

> 善化公主主隱
> 他 密只 嫁良 置古
> 薯童房乙
> 夜矣 卯乙 抱遣 去如

일반적으로 문헌학적 연구서들이 중점을 두는 것은 양주동의 해석에 따라 '卯乙'(묘을)을 '몰래'라고 해석하느냐, 김완진의 해석, 즉 '卯'를 알을 뜻하는 '卵'(란)의 오기(誤記)로 보고, '밤에 알을 안고 가다'로 해석하느냐 같은 문제이다. 다음에 제기되는 문제는 역사학으로서, 이야기에서 서사하는 것, 즉 마를 캐는 자라는 뜻의 서동이라 불렸던 백제의 무왕이 신라 진평왕의 셋째 공주인 선화가 세상에서 둘도 없이 아름답다는 소문을 듣고 신라의 서울로 가서, 동네 여러 아이들에게 마를 나눠주면서 바로 자신이 지은 서동요를 부르게 했다는 이야기의 역사성 문제이다. 그런데 이 역사성을 논의하는 데 가장 큰 걸림돌을 이 무왕의 역사적 존재로서 의문시된다는 점이다. 2009년 미륵사 석탑 보수를 하면서 발견된 금판에는 무왕의 비인 사택적덕의 딸의 발원으로 미륵사를 창건했다는 기록이 있다. 즉 무왕의 비는 선화공주가 아니라 전라도 지역의 유력한 호족의 딸이었다는 것이다.

> 우리 백제 왕후께서는 좌평(佐平) 사택적덕(沙宅積德)의 따님으로 지극히 오랜 세월[曠劫]에 선인(善因)을 심어 금생에 뛰어난 과보[勝報]를 받아 삼라만상을 어루만져 기르시고 불교[三寶]의 동량(棟梁)이 되셨기에 능히 정재(淨財)를 희사하여 가람(伽藍)을 세우시고, 기해년(己亥年, 639) 정월 29일에 사리(舍利)를 받들어 맞이했다.(我百濟王后 佐平 沙宅積德女 種善因於曠劫 受勝報於今生 撫育萬民棟梁三寶 故能謹捨淨財 造立伽藍 以己亥年正月卄九日奉迎舍利)

이 기록은 미륵사가 백제 무왕(재위 600~641) 때인 기해년(639)에 그 왕후가 창건한 것임을 알려준다. 무왕의 왕후도 서동요의 주인공인 선화공주가 아니라 백제 귀족인 좌평 사택적덕의 딸이다. 이로 미루어 보면 백제 서동왕자와 신라 선화공주 간의 사랑이 역사적 사실이 아니라 말 그대로 설화로 판명된다. 그래서 관련 연구자들은 이야기의 역사성을 입증하기 위해 무왕의 역사적 실재성을 두고 논쟁을 벌인다. 물론 두 나라간의 관계가 좋지 않다고 해서 혼인이 없었다는 것은 아니다. 백제 성왕 때에는 왕녀를 신라의 진흥왕과 결혼시킨 일도 있다.[304)

몇 년 전 KBS 역사스페셜에서 방영한 '서동설화의 주인공은 누구인가?'라는 주제의 프로그램에서도 서동설화 미스터리의 요체는 바로 '서동이 누구냐'는 것이었다. 첫 번째 가설은 '서동은 무왕이다'는 가설이다. '서동이 백제 30대왕 무왕이었다'(양주동)라는 것이 현재 통설에서 잘 알려져 왔다. 그러나 최근 학계에서 여러 가지 정황상 서동으로 짐작되는 왕은 무왕 이외에도 동성왕(이병도), 무령왕(사재동) 세 명이다. 서동이 무령왕이라는 주장은 백제 역사상 신라와 가장 적대적인 관계에 있었던 무왕이 계속되는 전쟁중에 신라 공주와 혼인을 하고, 미륵사와 같은 대규모 사찰을 건축하는 게 가능할 수 있었겠느냐는 의문에서부터 출발한다. 미륵사지 석탑 사리봉안기의 기해(己亥)년이라 새긴 명문은 무령왕의 재위 기간과 비슷하다는 점을 강조하고 있다. 그러나 이 또한 불명확한 가설일 뿐이다. 이 모두는 아직도 학계에서 어떤 근거를 제시하며 끊임없이 '서동'에 대해 의문점을 토로하고 있다는 방증이다. 그러나 이런 식으로 가면 서동이 누구인지에 대한 미스터리는 끝까지 풀리지 않는 의문으로 남을 것이다. 우리는 이러한 미스터리한 설화들은 설화이기에 다른 방법을 모색해야 할 것이다. 그것이 바로 우리가 앞장에서 살펴본 프로이트의 잠복이론에 의한 방법이다.

---

304) 김종진, 무왕설화의 형성과 서동요의 비평적 해석, 한국문학연구 27, 2004.

이 사건, 즉 백제의 왕과 신라의 왕이 결혼했다는 것은 당시의 상황으로 볼 때 특별한, 다시 말해 불가능한 일이다. 그렇기에 이것이 설화적 가치를 가진 것이다. 마치 모세가 역사적으로 존재하지 않지만 기억에 있어서 활발한 것과 마찬가지다. 서동이든 선화든 기억에서는 활발하나 역사에선 찾아보기 힘들다. 물론 아마르나 문서를 통해 모세가 아멘호테프 4세일 것이라는 추측이 가능해졌듯이, 다른 사료가 발굴되어 이 설화를 어느 정도 역사적으로 입증할 수도 있을 것이다. 그러나 현재 성태로 볼 때 그것은 불가능한 일이 될 것처럼 보인다. 그렇다면 이 설화를 이해할 근거를 어디서 찾을 수 있을까?

문화적 기억은 강렬한 트라우마를 통해 시작된다는 것이 프로이트의 기억이론에서 핵심적인 부분이었다. 가장 아름다웠다는 선화공주가 원수의 나라 서동과 결혼해 백제의 왕비가 된다는 것은 그만큼 두 나라의 상처가 심했다는 것을 말해준다. 또한 개인적인 시각에서 보면 국익 때문에 어쩔 수 없이 상처를 안게 된 선화공주의 트라우마를 치유하기 위한 노래가 국경을 넘는 사랑으로 포장될 수 있다. 그러나 그들의 사랑 이야기를 위한 역사적 트라우마가 냉혹할수록 이야기는 강도를 가지고 전승된다. 그녀의 남편 서동은 백제 무왕으로 즉위 후 신라를 줄기차게 공격한다. 장인인 진평왕과 한 치의 양보 없는 전쟁을 치룬 것이다. 서동이 선화공주와 결혼한 것이 사위로서 신라의 왕권을 계승하고자 했던 정략적 결혼이 아니라면 선화공주와 무왕의 이야기는 치열한 신라와 백제 사이의 전쟁 시기, 평화에 대한 기원이 담긴 당시 백제와 신라의 험악한 관계를 누그러뜨리기 위한 치유책일 것이다. 그것도 당대에는 불가능한, 고려시대에 와서야 가능한 일이다.

이런 추론의 가능성이 일리 없지 않다. 왜냐하면 통일신라나 고려는 두 지역의 백성을 하나로 치유하고 통합해야 할 과제를 안고 있었기 때문이다. 이런 맥락에서 본다면 서구의 "모세"에 대한 연구가 계몽시대가 되어서야 본격적으로 시작되었듯이 이런 기억담론을 통해서 비로소 연구될 수 있다. 그간의 사료나 사실에 대한 연구는 서동요에 대해 잘못된 편견만 키워온 것이 사실이다. 그러기에 이 설화는 처음부터 "기억"의 대상으로 봐야지 역사의 대상으로 볼 수 없다. 그렇다면 서동요에 대한 기억 연구의 목표는 서동에 대한 있음직한 사실을 규명할 것이 아니라 이런 허구(또는 사실)를 집단적 기억 현상으로 연구하여야 한다. 기실 기억은 거짓되고, 왜곡되고, 조작되고, 인위적으로 주입된 것이라는 사실은 동서양을 넘어 보편적이기 때문이다. 이는 법의학이나 정신분석학, 자서전 연구 그리고 역사 분야의 최근 연구에서 충분히 밝혀졌다. 기억은 "객관적" 증거와 대조해보지 않고는 역사적 자료로서 유효하지 않다. 이런 사실은 개별기억의 경우뿐 아니라 집단기억에도 적용되며 이에 대해서는 <이집트인 모세>에서처럼 명확한 담론을 가질 수 있다. 하지만 기억연구가에게는 주어진 기억의 "진실"은 그 "실제성"보다는 그 "현실성"에 달려 있다.

2. 처용가(處容歌)

설화는 특별해야 하고 또한 집단기억에서 살아남아야 한다. 그렇지 않으면 곧 망각된다. 거꾸로 잊히지 않는 설화가 특별한 의미가 없다면 이것 또한 온전한 것으로 볼 수 없다. 이 같은 원칙은 의미론적 구별에도 적용된다. 이런 구별이 기억되지 않는다면 역사는 의미가 없다. 우리가 다음으로 살펴볼 「처용랑과 망해사」(간단히 처용가라 하자) 설화도 역사로 보기에는 미흡하다. 이미 오래 전에 그런 관점들이 많았다. 어떤이는 처용이 울산 지방의 호족이었다[305]고 보고, 어떤 학자는 아라비아상인이었다[306], 그리고 이도 저도 설화해석에 도움이 되지 않는다는 학설들이 그것이다. 그러나 필자의 생각으로는 설화(즉 이야기)로 보기에도 미흡하다. 말하자면 이 이야기에는 정신분석학적인 관심으로 볼 때 검열된 것이 포함되어 있기 때문이다. 이 설화(역사)가 특별한 플롯을 포함하고 있지 않는 것은 바로 그 검열 때문이다. 상식적으로 어떤 사람이(또는 귀신이) 상대의 아내를 범하였는데 상대가 "노여워하지" 않는다는 것이 가능한 이야기이겠는가? 그렇다면 그것은 이야기가 되지 않는다. 그리고 이 문화적 기억(설화)은 이렇게 "계속 살아남아" 우리에게 전달되지도 않는다. 이야기가 전달되려면 사건들의 지속적인 중요성이 있어야 한다.

지속적인 중요성이란 그들의 역사적 과거로부터가 아니라 현재 이런 사건들을 중요한 사실로 다루고 기억하는 문화적 담지자로부터 발생한다. 광주 민주화운동, 세월호 사건, 위안부 같은 사건이 계속 전승되는 이유는 그것이 어떤 트라우마를 포함하고 있고 또한 그것이 집단기억화 되어 살아있는 사람들에게 지속적인 중요성을 제공할 수 있기 때문이다. 혹자는 이렇게 주장할 수 있다. 그 특별함이라는 것이 처용이 역신(疫神)이 자기 아내를 범하는데 참은 것이 특별함이 아니냐고 할 수

305) 이우성, 삼국유사 오재 처용설화의 일분석, 김재원박사회갑기념논총, 1969.
306) 이용범, 처용설화의 일고찰, 진단학보 32, 1969.

있다. 그러나 트라우마란 그런 도덕적인 것이 아니다. 상처를 입히고 사람을 죽이고 하는 과정에서만 생성될 수 있다. 그렇기 때문에 이 처용가 텍스트 또한 서동요처럼 그 사건을 수용하는 과정에서 왜곡된 것의 결과라고 보는 것이 옳을 것이다. 이런 유형의 도덕적 규율은 모리스 알박스가 집단기억에서 주장한 것처럼 신라 이후의 고려와 조선, 한국의 문화에서 전형적으로 찾아볼 수 있기 때문이다.

모세는 히브리 사람이고 모든 계명과 전례를 이집트에서 받은 것이 아니라 하나님에게서 직접 받은 것이라는 것을 믿는 사람이 아무도 없듯이, 도덕("노여워하지 않음")이라는 '현재'(그 '현재'가 고려시대인지 신라인지는 모른다)에 의해 다분히 영향을 받았을 내용을 믿는 사람 또한 없다.

동경 밝은 달에 밤새도록 노닐다가 들어와 자리를 보니 다리가 넷이구나.
둘은 내 것이지만 둘은 누구의 것인가. 본래 내 것이지만 빼앗긴 것을 어찌하리.
東京明期月良, 夜入伊遊行如可, 入良沙寢矣見昆, 脚烏伊四是良羅,
二肹隱吾下於叱古, 二肹隱誰支下焉古

처용이 사람이 아니라 역신과 대적한다는 것은 곧 불가항력이 있었다는 것을 의미하고, 그렇게 대항하지 않는다는 것은 곧 지배자의 지배력을 공고히 하겠다는 의지이다. 그렇게 할 때 마치 칼라하리 사막의 원시부족들이 곰 사냥 후에 겸손하게 자기의 지분을 요구하지 않는 것(앤서니 기든스, 성찰적 근대화)과 같은 이치로 사회의 질서가 유지되는 것이다. 이런 설화는 수로부인 설화와 마찬가지로 성적 충동과 같은 원시적 제의를 포함하고 있고 그것을 탈제의사회에서 어떻게 제어하는가 하는 문제가 드러나 있다. 그러니까 기억사적인 측면에서의 처용가에 대한 연구는 "처용이 정말로 노여움을 참았는가?"라는 문제보다는 "왜 참은 것을 기억하는가?"라는 문제에 집중해야 한다. 기억은 "서동이 정말로 선화공주에 대한 소문을 내어 그를 아내로 맞이하였던가?"라고 묻는 대신 그런 설화가 왜 다른 사가들에 의해 부정되는지, 왜 플롯이 없는(말이 되지 않는) 텍스트로 전승이 되는지를 연구하여야 한다.

기억담론의 접근법은 앞서 언급했듯이 대단히 선택적이다. 우선적으로 「서동요」와 「처용가」의 설화들은 금석학적, 고고학적, 문헌학적 사료들을 고려해야 할 것이다. 그러나 문학자로서 나는 이 연구에서 무엇을 전제해야 할지 잘 알고 있다. 그것은 우선 이야기를 역사로 다루려는 자들의 태도이고, 다른 하나는 집단기억으로서의 신라와 백제, 또는 경상도와 전라도, 지배자와 피지배자가 갖는 기억의 차이일 것이다. 그렇다면 우리는 기억이 왜 설화를 만들고 왜곡하는지 그 이유를 텍스트 내에서 재구성할 수 있다.

3. 헌화가(獻花歌)

『삼국유사』「기이」편의 설화의 기억은 「수로부인(水路夫人)」조(條)에서도 같은 형식으로 계속된다. 우리가 잘 알고 있는 우선 「수로부인」 조의 헌화가는 다음과 같은 내용으로 시작한다.

성덕왕 때 순정공이 강릉태수(지금의 명주溟州)로 부임하는 도중에 바닷가에서 점심을 먹었다. 그 곁에는 돌 봉우리가 병풍처럼 바다를 두르고 있는데 높이가 천 장인데 그 위에 철쭉꽃이 만발하여 있었다. 공의 부인 수로가 그것을 보더니 좌우를 둘러보며 말했다. "누가 꽃을 꺾어다가 내게 줄 사람은 없나요." 종자들은, "거기는 사람이 갈 수 없는 곳입니다."하고 모두 할 수 없는 일이라고 사양하였다. 그때 암소를 몰고 그곳을 지나가던 노옹이 있었는데 부인의 말을 듣고 그 꽃을 꺾어 노래를 지어 바쳤다. 그 노인이 어디 사는 사람인지는 알 수 없었다.

水路夫人 〈聖德王〉代, 〈純貞公〉赴〈江陵〉太守[今〈溟州〉], 行次海汀畫饍. 傍有石嶂, 如屛臨海, 高千丈, 上有躑躅花盛開. 公之夫人〈水路〉見之, 謂左右曰 "折花獻者其誰?" 從者曰: "非人跡所到". 皆辭不能. 傍有老翁牽牸牛而過者, 聞夫人言, 折其花, 亦作歌詞獻之, 其翁不知何許人也.

여기서 꽃을 꺾어 바치면서 노래를 지은 것이 바로 헌화가(獻花歌)이다. 헌화가의 내용은 다음과 같다.

딛배 바회 ᄀᆞᆷ히
자ᄇᆞᆫ온손 암쇼 노히시고
나ᄒᆞᆯ 안디 붓ᄒᆞ리샤ᄃᆞᆫ
곶ᄒᆞᆯ 것가 받ᄌᆞ오리이다.(양주동 해독)
紫布岩乎希
執音乎手母牛放敎遣
吾肹不喩慚肹伊賜等
花肹折叱可獻乎理音如

(붉은 바위 끝에,
암소 잡은 손을 놓게 하시고

나를 부끄러워하시지 않으신다면
꽃을 꺾어 바치겠습니다.)

이 내용을 두고도 다양한 해석들이 나오지만 그것이 오로지 전통적인 한 가지 방향의 해석으로밖에는 보이지 않는다. 그 하나는 바로 수로부인은 누구이며 노인은 누구냐에 관한 실이다. 조동일은 수로부인이 무속인이며, 그러니 헌화가는 굿의 내용일 가능성이 많다고 설명한다.307) 그에 따라 노인 역시 선승, 신선, 산신 등으로 해석되기도 한다. 이는 "불교와 유관하다"는 해석이다.308) 이에 대한 반론도 만만치 않다. 즉, 선승일 수 없고,309) 텍스트에 있는 그대로 아주 평범한 농부라고 해석하는 경우도 있다.310) 두 인물에 대한 해석이 신화적이거나 무속적이거나 불교적이라면 순정공에 대한 의견은 어떤가? 놀랍게도 순정공에 대한 해석은 역사적이다. 삼국사기의 기술과 대비하여 순정공은 성덕왕 때 이찬 순정과 동일 인물이라고 보는 경우가 대부분이다.311) 하지만 이들의 정체성이 문화적 기억에서 무엇이란 말인가! 이 모두는 역사와 허구 사이를 오가는 의미 없는 행위로 혼란함만을 더할 뿐이다.

앞에서 다룬 두 텍스트, 「처용가」와 「서동요」처럼 이 텍스트 바깥에도 사라진 반기억이 존재할 것이다. 그러나 이 텍스트를 설명하는데 왜 굳이 에로틱한 부분, 그리고 뒤에 해룡과의 만남, 해가(海歌)에서 보이는

---

307) 조동일, 한국문학통사 1, 지식산업사, 1990, pp.135-136.
308) 홍기삼, 향가설화문학, 민음사, 1997, pp.148-149.
309) 윤영옥, 신라시가의 연구, 형설출판사, 1993, pp.164-169.
310) 박노준, 신라가요의 연구, 열화당, 1982, p.201.
311) 대표적으로, 황병익, 「삼국유사 수로부인」 조(條)와 헌화가의 의미 재론, 한국시가연구 22, 2007 pp.7-8.

성적인 부분은 연구자들이 부정하는지 그것이 의문이다. 많은 수용자들이 이 헌화가를 에로틱한 내용으로 수용하고, 또 연구서가 아닌 에세이에서는 유연하게 이 헌화가의 에로틱한 내용을 받아들이고 있는 실정인데도 말이다.312) 우리는 앞에서 말한 프로이트의 담론을 다시 생각해 보지 않을 수 없다. 국문학자들이(엄격하게 말해 유학자들이) 지금보다 윤리적으로 더 유연했을 신라 향가의 미적, 정서적, 성적 내용을 왜곡한다는 것은 있을 수 있는 일이다. 그러나 그렇게 하는 만큼 우리는 그런 일들이 있었을 개연성에 무게를 둘 수밖에 없다. 왜냐하면 오로지 억압된 것만이 이야기나 이미지를 남기고 전승하기(imagines agentes)때문이다. 이것은 마치 십계명의 제1계명과 제2계명을 통해 이집트의 다신교를 추측하는 것과 마찬가지다. 모세가 이끈 이스라엘(히브리) 사람들은 시나이 산에서 내려온 모세가 보는 앞에서 우상을 섬기고 있었고, 그것을 본 모세는 십계판을 내리치는 일을 자행하였다.

헌화가의 내용이 꿈이라고 가정한들 아니면 일상이라고 가정한들 노인의 정체는 변할 것이 없다. 만약 이야기의 노인 자리에 젊은 청년을 넣는다면 이야기도 되지 않거니와 의미도 없다. 왜냐하면 이 부분이 가장 노골적인 만큼 심리적 검열은 당연한 일이기 때문이다. 현실원칙의 지대한 검열은 역사나 현실 심지어 꿈과 신화에까지 작용한다는 것을 알아야 한다. 검열은 왜곡으로 나타난다. 그리고 검열을 거친 문헌은 오래 살아남는다. 다만 검열된 '기억' 텍스트에서 사라진 반기억을 찾는 것이 과제다. 이 사라진, 또는 왜곡된 부분을 찾기 위해서 우리는 역사적 텍스트와 이 이야기가 상호 텍스트성에 주의를 기울여야 한다. 수

---

312) 김지하, 사이버 시대와 시의 운명, 북하우스, 2003, 137쪽.

로부인의 신이성("나를 아니 부끄러워하신다면"), 순정공의 무책임함, 경덕왕에 대한 서술, 해룡의 신성한 불상지사(不祥之事)는 텍스트가 그렇게 쉽게 비밀을 열어주지도 않거니와 합리적, 도덕적 해석에 공간을 주지 않는다.

텍스트의 실제 내용을 완전히 무시한 채, 텍스트의 의미를 넘어서는 상징적 노래, 즉 헌화가를 사랑 노래나 주술이나 불교적 의미의 노래로 생각하는 것은 고대에서 전승된 서사에 대한 오독이다. 우리는 무엇을 어떻게 노래했는가가 아니라 무엇을 왜곡하고 무엇을 감추려는가에 주의를 기울여야 한다. 텍스트에 담겨 그것을 문헌학적으로 이리저리 추론하는 것은 고고학적 태도가 아니고 기억연구의 근본적인 해결책도 되지 않는다. 그래서 필자는 이 마지막 장을 문헌학적 연구가 아니라 반기억의 코페르니쿠스적 전환을 요구하는 '과제'로 제시하는 것이다.

마치는 말

마치는 말

독일 아이들이 즐겨하는 놀이 중에 "Ich sehe, was du nicht siehst."라는 놀이가 있다. 가끔씩 어른들과 같이 하는 경우도 있다. "나는 네가 보지 못하는 것을 보고 있다."는 내용의 이 게임은 술래가 생각하는 대상을 맞추는 것이다. 이 놀이야말로 우리가 지금까지 말해온 반기억의 본질을 말해주는 것이 아닌가 생각한다. 우리는 우리의 욕구, 의지, 욕망, 권력관계에 딸 세상을 바라보는 눈이 다르다. 전체주의 사회에서는 이 다양성이 억압된다. 이런 문제는 당장 위안부 문제에 대한 한일 간의 시각차만 보더라도 분명한 차이가 있다. 위안부 할머니들은 강제적으로 연행되었다고 주장하는 반면, 『제국의 위안부』의 저자 박유하 교수는 위안부가 일본군과 "동지적 관계"였다고 주장해 법적인 소송까지 이르고 있다.

이런 구도야 말로 우리가 이 책에서 집중한 기억과 반기억, 즉 memory와 counter-memory의 대비라고 보지 않을 수 없는 전선을 형성하고 있다. 이 반기억 담론은 물론 사회학적으로 포스트 식민주의의 담론과 문학 예술적으로 포스트 모더니즘에 병행하고, 문화적 기억이라는 담론에서 많이 다루어지고 있다. 그러나 우리는 문학 예술적 형상화와 관련해서 관점의 다양성이란 주제 하에 담론을 진행해 왔다. 그 첫머리는 니체의 철학에서 연유하였다. 니체는 모든 세상의 가치를 "전복" Um-wertung이라는 관점에서 정립한 철학자다. 그러므로 반기억이라는 사고가 그에게서 출발한다는 점은 명백하다. 니체는 "진리란 무엇인가?"와 같은 물음에 현혹되지 않는다. 그보다는 "진리는 어떤 가치에 의해 진리가 되는가?"와 같은 식의 물음에 집중한다. 그러니까 니체의 물음은 계보학적 질문에 관한 것이다.

말하자면 언제부터 이 진리, 또는 저 진리가 좋거나 나쁜 것이었느냐하는 질문이다. 니체는 이런 질문이 곧 어떤 것은 망각하고 어떤 것은 기억하게 하는 인간종족의 특성을 만들었다고 주장한다. 이런 가치에 대한 물음은 곧 모든 태도와 입장표명에 대한 물음으로 나아가고, 특히 문학은 세계에 대해 어떤 입장을 취하는가 하는 물음으로 치닫게 되었다. 시간적이고 시대적인 모든 가치는 결국 어떤 이데올로기에 의해 만들어졌거나 권력에 의해 만들어진 것으로 문학자나 철학자는 끊임없이 억압된 것을 건져올리는 데 주력해야 한다. 니체 식으로 말하자면 "인간은 살기 위해 과거를 파괴하거나 해체할 힘을 가져야만 하고 때에 따라 실제로 그렇게 해야 한다. 그렇게 되기 위해 그는 과거를 법정에 세우고 고통스럽게 심문하고 마침내 유죄를 선고해야 한다."

니체의 이런 사상을 반기억이라는 핵심어로 발전시킨 학자는 푸코였다. 니체와 같은 맥락에서 푸코도 "과거의 생생함을 되찾기 위해 물질적 문서들에 덧붙여지는 매우 오래되고 집단적인 기억의 이마주"들로부터 벗어나야 한다고 주장한다. 그는 지식이란 하나의 관점일 뿐이기에 "쓸모 있는 역사"를 찾기 위해서는 역사/이야기의 불연속성을 인정해야 하고 반기억을 구축해야 한다고 역설한다. 그는 사물의 배후에는 우리가 알고 있는 것과는 상이한 어떤 것이 존재한다고 본다. 그에 따르면 우리는 그 역사적 사건들을 그 "특유한 성격, 예리한 표현"으로 재구성해내야 한다. 이유는 역사가 하나의 결정이 아니라 전복, 하나의 진리에 대한 대항, 하나의 타자이기 때문이다. 푸코는 역사의 단절을 요구하였는데, 그것은 역사가 진실에 비실제적 가면들을 입혔기 때문이다.

이런 이론적 토대를 전제로 우리는 문학이나 영화의 텍스트들이 어떻게 기억이나 역사, 진리를 다양하게 만들고 분화하고 가면을 벗기는지 조명하였다. 우리가 사례로 가져온 각각의 문학들은 각각의 시대에 그야말로 "근원으로의 회귀"라는 모토를 안고 이야기의 "구성적 생략"을 어떻게 구현하는지에 관심을 두었다. 다시 말하면 기억의 소산인 이야기가 생략한 것을 어떤 방식으로 재현해내는지에 관심을 두고 작업을 하였다. 그러니 이 문제는 자연히 이야기의 담론성과 서술방식에 맞추어지게 되었다. 첫째 이야기를 전개함에 있어서 감추어진 진리를 드러내는 데 화자나 작가가 개입을 하지 않는 것이 반기억을 드러내는 데 중요한 역할을 한다고 본 작가들이 있다. 포크너, 코엘료, 조지 오웰, 신경숙, 한강 같은 작가들의 작품이다. 이들은 기억과 반기억의 내용들을 동등하게 취급함으로써 진리문제에 작가가 개입하지 않으려 하고 있다. 작가가 화자로 개입하지만 관용을 갖고 화자가 서술에 있어 확신이 없음을 인정함으로써 객관성을 찾는 작품들이 있다. 크리스타 볼프,

귄터 그라스,슐링크, 쥐스킨트, 김훈, 샐린저, 조이스가 여기에 속한다. 그리고 다른 작가들은 아예 서술을 기록물적인 방식, 또는 공상 과학과 같은 방식으로 재현하면서 의견을 전혀 표명하지 않는 경우도 있었다. 알렉산더 클루게와 코트 보네거트가 그에 해당하는 작가들이다. 물론 두 번 째 작가 군과 세 번째 작가군의 서술방식 사이에 경계가 그리 분명한 것은 아이다.

마지막으로 토마스 만의 요셉 4부작에 대한 연구는 문화적 반기억에 대한 제3의 형식을 우리에게 보여준다. 작가는 화자를 넘어, 전지전능 시점을 넘어 그야말로 실제 학자인 것처럼 작품에 개입한다. 그러면서도 성서의 기억을 큰 틀에서는 벗어나지 않지만 작은 세부사항에서 많이 다르게 재구성한 반기억을 실현하고 있다. 이런 작품은 어떤 측면에서 프로이트의 모세아 얀 아스만이 지향하는 문화적 기억과 같은 맥을 갖고 있다고 할 수 있다. 그래서 마지막 장에서는 고대 문화적 유산에 대한 반기억에 관심을 가지고 접근하였다. 이런 문제는 관용이라는 주제와 걸맞게 특히 유일신교의 문화적 기억에 대한 반발을 표현한다. 여호와나, 엘로힘을 절대시하고 히브리 신앙의 창시자 모세라는 인물을 절대시하는 유일신교에 대한 반기억은 인류문화사에 끼칠 영향이 지대하다. 세계가 IS라는 공포의 집단에 의한 테러에 직면해서 관용에 대한 문화적 기억 연구는 매우 중요하기 때문이다. 이 문제는 말할 것도 없이 삼국유사라는 역사서 아닌 역사서의 내용과 관련해서도 매우 중요한 쟁점을 제시할 수 있다, 신화와 설화는 반드시 반기억을 생략하고 있다. 그렇기 때문에 입증할 수 없는 신화를 단순히 전승하고 문헌학적 차원에서 연구하는 것만으로는 내러티브와 역사 연구가 충분하다고 할 수 없다. 기억이 무엇을 누락하고 있는지, 무엇을 억압하고 있는지, 그 억압의 잠복은 어떻게 재구성할 수 있는지 거기에 대한 관심이 필요하다. 삼국유사에 있는 여러 가지 사건들이 어떤 문화적 기억의 패턴을 통해 반기억들을 구성하고 있을지 그 문제에 대한 토론을 하였다.

1차 문헌

조지 오웰, 1984, 정희성 옮김, 민음사, 2004.

크리스타 볼프, 카산드라, 강여규 역, 작가정신, 1988.

파울로 코엘료, 포르토벨로의 마녀. 한국독자들에게 2007년 9월, 문학동네, 2007.

커트 보네거트, 제5도살장, 박웅희 옮김, 아이필드, 2007.

신경숙, 엄마를 부탁해, 창비, 2009.

권터 그라스, 게걸음으로 가다, 장희창 옮김, 민음사, 2002.

베른하르트 슐링크, 책 읽어주는 남자, 세계사, 1999.

알렉산더 클루게, 이력서들, 이호성 옮김, 을유문화사, 2012.

제임스 조이스, 더블린 사람들, 김병철 역, 문예출판사, 1999.

제롬 데이비드 샐린저, 호밀밭의 파수꾼, 민음사, 2004.

김훈, 남한산성, 생각의나무, 2007.

윌리엄 포크너, 내가 죽어 누워있을 때, 민음사, 2003.

한강, 채식주의자, 창비, 2007.

Thomas Mann, Joseph und seine Brüder, 2 Bände, Stockholmer Gesamtausgabe, S. Fischer
    Verlag, Berlin 1966.

(한국어 번역본: 토마스 만, 요셉과 그 형제들, 장지연 옮김, 살림, 2001.)

2차 문헌

얀 아스만, 이집트인 모세, 변학수 옮김, 그린비, 2010.

알라이다 아스만, 기억의 공간, 변학수·채연숙 옮김, 그린비, 2011.

요세프 하임 예루살미, 프로이트와 모세, 이종인 옮김, 즐거운상상, 2002.

지그문트 프로이트, 인간 모세와 유일신교(전집 제16권), 이윤기 옮김, 열린책들, 1998.

지그문트 프로이트, 토템과 타부(전집 제16권), 이윤기 옮김, 열린책들, 1998.

지그문트 프로이트, 미켈란젤로의 모세상(전집 제17권), 정장진 옮김, 열린책들, 1998.

루드비히 비트겐슈타인, 철학적 탐구, 이영철 옮김, 책세상, 2006.

임진수, 환상의 정신분석: 프로이트·라캉에서의 욕망과 환상론, 현대문학, 2005.

이광래, 미셸 푸코 광기의 역사에서 성의 역사까지, 민음사, 1996.

미셸 푸코, 지식의 고고학, 민음사 1999.

하랄트 바인리히, 망각의 강 레테: 역사와 문학을 통해 본 망각의 문화사 (백설자 옮김), 문학
동네, 2003.

한스-게오르크 가다머, 진리와 방법 I, -철학적 해석학의 기본 특징들, 문학동네, 2000.

메를로-퐁티, 지각의 현상학(류의근 옮김), 문학과 지성사, 2005.

길버트 라일, 마음의 개념, 문예출판사, 1994.

토마스 홉스, 리바이어던, 최진원 역, 동서문화사, 2009.

질 들뢰즈, 니체와 철학, 이경신 옮김, 민음사, 1998.

하인츠 슐라퍼, 니체의 문체, 변학수 옮김, 책세상, 2013.

프란츠 슈탄첼, 소설형식의 기본유형, 안삼환 역, 탐구당, 1982.

미셸 푸코, 광기의 역사, 김부용 옮김, 인간사랑, 1993.

질 들뢰즈, 푸코, 허경 옮김, 동문선, 2003.

미셸 푸코, 감시와 처벌, 오생근 역, 나남출판, 2000.

미셸 푸코, 성의 역사, 제1권 앎의 의지, 이규현 역, 나남출판, 2001.

질 들뢰즈/펠릭스 가타리, 천개의 고원, 김재인 옮김, 새물결, 2003.

시몬 듀링, 푸코와 문학: 글쓰기의 계보학을 향하여, 오경심·홍유미 옮김, 동문선, 2003.

Jan Assmann, Thomas Mann und Ägypten. Mythos und Monotheismus in den Josephromanen,
C.H. Beck, München 2006.

Günter Grass, Im Krebsgang. Eine Novelle, Göttingen 2002.

Juliane Köster, Der Vorleser, München 2000.

Friedrich Nietzsche, Unzeitgemäße Betrachtungen. Zweites Stück: Vom Nutzen und Nachteil der Historie für das Leben.Schopenhauer als Erzieher, in: Friedrich Nietzsche, Sämtliche Werke. Kritische Studienausgabe, hg. von Giorgio Colli und Mazzino Montinar, Bd.1, München 1980.

Michel Foucault, "Society Must Be Defended"(New York: Picador 2003)

Wilhelm Voßkamp, Deutsche Zeitgeschichte als Literatur. Zur Typologie historischen Erzählens in der Gegenwart, in: 독일어문화권연구 8 (1999).

José Medina, Speaking from Elsewhere: A New Contextualist Perspective on Meaning, Identity, and Discursive Agency (Albany: SUNY Press, 2006).

Jean Paul Sartre, Das Imaginäre. Phänomenologische Psychologie der Einbildungskraft, übers. von Hans Schöneberg, Hamburg 1971.

Franz K. Stanzel, Typische Formen des Romans, Göttingen 1972.

Thomas Uzzel, Narrative Techniques, 3rd ed., New York 1934.

Heinz Schlaffer, Die kurze Geschichte der deutschen Literatur, München/Wien 2002.

Alexander Kluge, Lebensläufe. Vorwort zur ersten Ausgabe der Lebensläufe, Stuttgart 1962.

Pierre Nora, Zwischen Geschichte und Gedächtnis, Berlin 1990.

Reinhart Koselleck, Nachwort zu: Charlotte Beradt, Das Dritte Reich des Traums, Frankfurt a.M. 1994.

Marcel Proust, Auf der Suche nach der verlorenen Zeit, übers. v. Eva Rechel Mertens, Frankfurt 1957, Band 7, 275; frz. Ausgabe: A la Recherche du Temps Perdu. Band III, Edition Gallimard, 1964.

Renate Lachmann, Gedächtnis und Literatur. Intertextualität in der russischen Moderne, Frankfurt a. M. 1990

Anselm Haverkamp, Renate Lachmann, Hg., Gedächtniskunst: Raum - Bild - Schrift. Studien zur Mnemotechnik, Frankfurt a. M. 1991.

Aristoteles, Über Gedächtnis und Erinnerung, in: Kleine Schriften zur Seelenkunde, hg. v. Paul Gohlke, Paderborn 1953.

Jürgen Trabant, Memoria - Fantasia - Ingegno, in: Memoria. Vergessen und Erinnern, hg. v.

Anselm Haverkamp und Renate Lachmann, Poetik und Hermeneutik XV, München 1993.

Aleida Assmann, Die Erinnerungsräume. Formen und Wandlungen des kulturellen Gedächtnisses, C. H. Beck, München 1999.

Aleida Assmann/Dietrich Harth(Hrsg.), Mnemosyne. Formen und Funktionen der kulturellen Erinnerung, Frankfurt a.M. 1991.

Aleida Assmann, "The Sun at Midnight: The Concept of Counter-Memory and Its Changes,"in: Commitment in Reflection. Essays in Literature and Moral Philosophy, ed. Leona Toker, New York 1994.

Jan Assmann, Moses der Ägypter. Entzifferung einer Gedächtnisspur, München Wien 1998.

Jacques Derrida, Grammatologie, Frankfurt a. M. 1974.

Jan Assmann, Thomas Mann und Ägypten. Mythos und Monotheismus in den Josephromanen, München 2006.

Jan Assmann, Das kulturelle Gedächtnis, Schrift, Erinnerung und politische Identität in frühen Hocjkulturen, München 2002.

Maurice Halbwachs, Das Gedächtnis und seine sozialen Bedingungen, Suhrkamp, Frankfurt a.M. 1985.

Christopher Tilley(ed.) Reading Material Culture, Oxford: Blackwell, 1990.

Gerhard Kaiser: War der Exodus der Sündenfall? Fragen an Jan Assmann anläßlich seiner Monographie „Moses der Ägypter". In: Zeitschrift für Theologie und Kirche 98 (2001).

John Locke, An Essay Concerning Human Understanding. Vol. I, ed. by John W. Yolton, London 1964; deutsch nach: Locke, Versuch ber den menschlichen Verstand. Bd. I, übersetzt v. C. Winkler, 4., durchges. Aufl., Hamburg 1981.

Bluma Goldstein, Reinscribing Moses: Heine, Kafka, Freud, and Schoenberg in a European Wildeness (Cambridge, Mass.: Harvard UP, 1992).

Sigmund Freud, Totem und Tabu, in: ders. Gesammelte Werke IX, Frankfurt a.M. 1981.

Sigmund Freud, Der Moses des Michelangelo, in: ders., Gesammelte Werke X, Frankfurt a.M. 1981.

Sigmund Freud, Der Mann Moses und die monotheistische Religion, in: ders., Gesammelte

Werke XVI, Frankfurt a.M. 1981.

Sigmund Freud, und Arnold Zweig, Briefwechsel, hrsg. Ernst L. Freud, Frankfurt a. M. 1968.

Yosef Hayim Yerusalmi, Freud's Moses: Judaism Terminable and Interminable, Yale University Press, New Haven and London 1991.

Wolfgang Iser, Das Fiktive und das Imaginäre. Perspektiven literarischer Anthropologie, Frankfurt a.M. 1991.

Lutz Niethammer, Fragen - Antworten - Fragen, in: Lutz Niethammer und Alexander von Plato, Hgg., 'Wir kriegen jetzt andere Zeiten'. Auf der Suche nach der Erfahrung des Volkes in nachfaschistischen Ländern. Lebensgeschichte und Sozialkultur im Ruhrgebiet 1930-1960, Bd. 3, Berlin, Bonn 1985.

Odo Marquard, Zeitalter der Weltfremdheit? Beitrag zur Analyse der Gegenwart, in: Die Apologie des Zufälligen, Stuttgart 1986.

Gerhard Schröder, Logos und List, Königstein 1989.

John Locke, Versuch über den menschlichen Verstand I, übers. von C. Winckler, Hamburg 1981.Maurice Halbwachs, Das kollektive Gedächtnis, Frankfurt a. M. 1985.

Peter Burke, Geschichte als soziales Gedächtnis, in: Assmann, Harth (Hgg.), Mnemosyne, Frankfurt a. M. 1991.

Arnold Gehlen, Der Mensch. Seine Natur und seine Stellung in der Welt, Bonn 1950.

Jean Paul Sartre, Das Imaginäre. Phänomenologische Psychologie der Einbildungskraft, übers. von Hans Schöneberg, Hamburg 1971,

Edmund Husserl, Phantasie, Bildbewußtsein, Erinnerung (Gesammelte Werke 23), Hg. Eduard Marbach, The Hague, Boston, London 1980.

Reinhart Koselleck, Nachwort zu: Charlotte Beradt, Das Dritte Reich des Traums, Frankfurt a.M. 1994.

H. R. Maturana, Erkennen: Die Organisation und Verkörperung von Wirklichkeit, Braunschweig, Wiesbaden 1982.